수확자

닐 셔스터먼 장편소설   이수현 옮김

수확자

먼 곳에 있는 나의 팬이자 친구,
올가 루도비카 뇌트베트를 위해

차례

1부 로브와 반지

우리는 법에 따라 우리가 죽이는 무고한 이들을 기록해야 한다.

그리고 내 눈에는 모두가 무고하다. 유죄인 이들조차 그렇다. 누구나 죄를 짓기 마련이고, 누구나 어린 시절 순수함의 기억도 간직하고 있다. 아무리 삶이 여러 층위로 둘러싸여 있다고 해도 그렇다. 인류는 무고하며, 인류는 유죄이다. 둘 다 부인할 수 없는 진실이다.

우리는 법에 따라 기록을 해야 한다.

기록은 수습 기간 첫째 날에 시작된다. 하지만 우리는 공식적으로 그 일을 〈죽인다〉라고 표현하지 않는다. 그렇게 부르는 것은 사회적으로나 도덕적으로나 정확하지 않다. 과거에도 지금도 이는 〈거두는〉 일로, 고대에 가난한 이들이 농부의 뒤를 따라가면서 뒤에 남겨진 이삭을 주워 모으던 데서 따온 말이다. 이런 방식의 수확은 초창기 자선의 한 형태이며, 수확자의 일도 그와 같다. 모든 아이들은 수확자들이 사회를 위해 대단히 중요한 봉사를 한다는 사실을 이해하도록 배운다. 우리의 일은 현대 세계가 아는 성스러운 임무에 가장 가깝다.

우리가 법에 따라 반드시 기록을 해야 하는 것도 그래서일지 모른다. 이는 결코 죽지 않을 사람들과 아직 태어나지 않은 사람들에게 왜 우리 인간이 이런 일을 해야 하는지를 증언하는 공공 기록이다. 우리는 우리가 한 행동뿐만 아니라 우리의 감정도 기록하라는 지시를 받는데, 우리에게 감정이 있다는 사실을 알려야만 하기 때문이다. 회한도 있고, 후회도 있다. 견딜 수 없을 만큼 큰 슬픔도 있다. 그야, 그런 감정을 느끼지 못한다면 우리가 어떤 괴물이 되겠는가?

— 수확자 퀴리의 「수확 일기」 중에서

1
햇빛은 어두워지지 않았다

그 수확자는 어느 추운 11월 오후 늦게 도착했다. 시트라가 식탁 앞에 앉아서 특히 어려운 대수학 문제를 끌어안고 X 또는 Y를 풀지 못해 끙끙거리며 변수를 정리하고 있을 때, 이 새롭고도 훨씬 치명적인 변수는 그렇게 그녀의 인생 방정식으로 들어왔다.

테라노바 가족의 아파트에는 손님이 자주 찾아왔기에, 초인종이 울렸을 때 불길한 예감 같은 것은 조금도 없었다. 햇빛이 어두워지지도 않았고, 문 앞에 죽음이 도착했다는 전조도 없었다. 우주가 그런 경고를 따로 보내 준다면 좋겠지만, 수확자들은 크게 봐서 세금 징수원만큼도 초자연적인 존재가 아니었다. 그들은 그저 나타나서 달갑지 않은 일을 해치우고 떠났다.

나가 본 사람은 어머니였다. 시트라는 열린 문이 시야를 가리는 바람에 처음에는 방문자의 모습을 보지 못했다. 보인 것은 어머니가 갑자기 피가 다 굳어 버린 것처럼 움직임을 잃고 서 있는 모습뿐이었다. 툭 건드리기라도 하면 바닥에 쓰러져서 산산이 부서질 것만 같았다.

「들어가도 되겠습니까, 테라노바 부인?」

방문자의 음성에서 정체가 드러났다. 둔탁한 쇠로 만든 종 소리처럼 울림이 깊고 피할 수 없으며, 가닿아야 할 이들에게 는 반드시 가닿게 되어 있다는 자신이 있는 목소리. 시트라는 그의 모습을 보기도 전에 수확자라는 사실을 알았다. 〈세상에! 수확자가 우리 집에 오다니!〉

「네, 네, 물론이지요. 들어오세요.」 시트라의 어머니가 비켜 서서 그를 안으로 들였다. 마치 상대방이 아니라 어머니 쪽이 방문자 같은 모습이었다.

문지방을 넘어오는데, 부드러운 슬리퍼 같은 신발이 나무 바닥을 밟으면서도 아무 소리가 나지 않았다. 여러 겹으로 이 루어진 로브는 매끄러운 상아색 리넨이었고, 바닥을 끌 정도 로 길게 늘어졌는데도 얼룩 한 점 없었다. 시트라는 수확자가 자신의 로브 색깔을 고를 수 있음을 알고 있었다. 그들의 일에 적합하지 않다고 여겨지는 검은색만 빼면 어떤 색이든 가능했 다. 어둠은 빛의 부재였고, 수확자는 빛 자체였다. 그들은 깨우 치고 빛나는 존재로서, 인류 중 가장 뛰어난 이들로 인정받았 다. 그래서 수확자로 선택된 것이다.

어떤 수확자의 로브는 색이 선명했고, 어떤 로브는 색이 은 은했다. 르네상스 시대 작품 속 천사들이 늘어뜨린 로브처럼 값비싸 보였고, 무거운 동시에 공기보다 가벼워 보였다. 재질 과 색에 무관하게 수확자들만의 독특한 로브 스타일이 있어 공공장소에서 쉽게 눈에 띄었고, 쉽게 피할 수 있었다…… 피 하고 싶은 사람이라면 말이다. 그들을 피하고 싶어 하는 사람 만큼 그들에게 이끌리는 사람도 많았다.

로브 색깔은 수확자의 성격을 대변하는 경우가 많았다. 이 수확자의 상아색 로브는 아플 정도로 눈이 부신 새하얀 색과는 거리가 먼, 보기 딱 좋은 빛깔이었다. 하지만 그렇다고 해도 그게 누구이고 어떤 존재인지는 달라지지 않았다.

그는 두건을 내려 깔끔하게 자른 회색 머리카락과 싸늘한 날씨 때문에 뺨이 붉어진 슬픈 얼굴, 거의 무기처럼 보이는 검은 두 눈을 드러내고 있었다. 시트라는 일어섰다. 존중의 뜻에서가 아니라 두려움 탓이었다. 충격이었다. 시트라는 과호흡에 빠지지 않으려고 애썼다. 무릎이 풀리지 않게 노력했다. 그래도 다리가 덜덜 떨렸기에 근육을 긴장시키고 다리에 힘을 줬다. 수확자가 여기 찾아온 목적이 무엇이건 간에 시트라가 무너지는 꼴은 보지 못할 것이다.

「문은 닫으셔도 됩니다.」 그가 시트라의 어머니에게 말했고, 어머니는 그 말대로 했다. 시트라는 어머니에게 그게 얼마나 힘든 일인지 알 수 있었다. 문이 열려 있으면 현관에 선 수확자가 돌아서 나갈 수도 있었다. 문이 닫히는 순간 수확자는 정말로, 진정으로 집 안에 들어온 것이다.

그는 주위를 돌아보다가 즉시 시트라를 알아차렸다. 그는 미소를 지었다. 「안녕, 시트라.」 시트라는 그가 자기 이름을 안다는 사실에, 그가 등장한 순간 얼어붙었던 어머니만큼이나 단단히 얼어붙었다.

「무례해선 안 돼.」 어머니가 서둘러 말했다. 「손님에게 인사하렴.」

「안녕하세요, 수확자님.」

「안녕.」 수확자의 깊고 장중한 목소리를 듣고 막 침실 문밖으로 나온 시트라의 동생 벤이 말했다. 벤은 그 짧은 인사도 멀쩡하게 말하지 못하고 목소리가 갈라졌다. 벤은 모두와 똑같은 생각을 하면서 시트라와 어머니를 쳐다보았다. 〈누굴 찾아온 걸까? 나일까? 아니면 난 남아서 상실의 고통을 겪는 쪽일까?〉

「복도에서 유혹적인 냄새를 맡았지요.」 수확자는 방 안의 향기를 들이마시며 말했다. 「이 아파트에서 흘러나온다 싶더니, 내 생각이 맞았군요.」

「그냥 구운 지티예요, 수확자님. 특별한 건 아니고.」 이 순간까지 시트라는 어머니가 그렇게 소심한지 알지 못했다.

「잘됐군요.」 수확자가 말했다. 「특별한 건 필요 없거든요.」 그는 소파에 앉아서 참을성 있게 저녁 식사를 기다렸다.

남자가 그저 식사만 하러 왔다고 믿는 건 무리일까? 수확자들도 어딘가에서 식사를 하기는 해야 했다. 관습적으로 식당들은 수확자에게 음식값을 받지 않았지만, 집에서 한 요리에 더 매력을 느낄 수도 있었다. 희생자들을 줍기 전에 식사 준비를 요구하는 수확자들이 있다는 소문을 듣기는 했다. 지금 이것이 그런 상황일까?

의도가 무엇이건 남자만 알고 있을 뿐, 그들은 그가 원하는 건 뭐든 줄 수밖에 없었다. 시트라는 오늘 여기에서 먹은 음식이 마음에 들면 한 명을 살려 주는 걸까 궁금했다. 사람들이 수확자를 즐겁게 해주려고 온갖 애를 쓰는 것도 당연했다. 두려움 속의 희망이란 세상에서 가장 강력한 동기 요인이니까.

시트라의 어머니는 수확자의 요청에 따라 마실 것을 가져다주고, 이제 오늘 저녁 식사를 평생 최고의 요리로 만들기 위해 노력하고 있었다. 요리는 어머니의 장기가 아니었다. 보통 어머니는 저녁 직전에 퇴근해서 대충 뚝딱 끼니를 준비하곤 했다. 오늘 밤에는 그들의 삶이 어머니의 미심쩍은 요리 실력에 달려 있을지도 몰랐다. 그리고 아버지는? 아버지는 제때 집에 돌아올까, 아니면 가족 중 누군가의 수확이 아버지가 없는 사이에 이루어질까?

시트라는 겁에 질렸지만, 그렇다고 수확자가 혼자 생각에 잠기게 두고 싶지도 않았기에 함께 거실로 들어갔다. 수확자에게 겁먹은 만큼 매료된 티가 확연한 벤도 같이 앉았다.

그 남자는 그제야 자신을 수확자 패러데이라고 소개했다.

「저…… 어…… 학교에서 패러데이에 대해 조사하는 숙제를 한 적 있어요.」 벤의 목소리는 한 번밖에 뒤집히지 않았다. 「되게 멋진 과학자 이름을 고르셨네요.」

수확자 패러데이는 미소를 지었다. 「내가 적절한 역사 인물을 수호 위인으로 골랐나 보군요. 많은 과학자들이 그렇듯이 마이클 패러데이도 살아생전에는 제대로 인정받지 못했지만, 그 사람 없이는 우리 세계가 지금 같지 않았을 겁니다.」

「제가 모은 수확자 카드 중에 수확자님도 들어 있던 것 같아요.」 벤이 말을 이었다. 「미드메리카¹ 수확자는 거의 다 있거든요. 하지만 그 사진 속에선 더 젊어 보이셨어요.」

남자는 60세쯤 되어 보였는데, 머리는 다 세었지만 염소수염은 아직 희끗희끗했다. 더 젊은 모습으로 되돌리지 않고 그 정도까지 노화를 진행시키는 것은 드문 일이었다. 시트라는

---

1 MidMerica. 중부 아메리카를 말한다. 이하 모든 주는 옮긴이의 주이다.

남자의 실제 나이가 얼마일까 생각했다. 그리고 생명을 끝내는 일을 맡은 지는 얼마나 됐을까?

「그 모습이 실제 나이인가요, 아니면 일부러 최후에 가까운 나이대를 고르신 건가요?」 시트라가 물었다.

「시트라!」 어머니는 막 오븐에서 꺼낸 캐서롤을 떨어뜨릴 뻔했다. 「그런 질문이 어딨니!」

「난 솔직한 질문을 좋아합니다.」 수확자가 말했다. 「그런 질문은 정직한 영혼을 보여 주는 것이니, 나도 정직하게 답하기로 하지요. 나는 세 번 회춘했습니다. 내 자연적인 나이는 백여든 살쯤인데, 정확한 숫자는 잊었습니다. 최근에 지금의 이 고색창연한 모습을 택한 것은, 내가 거두는 사람들이 이 모습을 더 편안해하기 때문이에요.」 이 대목에서 그는 소리 내어 웃었다. 「사람들은 이런 모습이면 현명하다고 생각하거든요.」

「그래서 여기 오신 건가요?」 벤이 불쑥 말했다. 「누군가를 거두려요?」

수확자 패러데이는 생각을 알 수 없는 미소로 답했다.

「저녁 식사를 하러 온 겁니다.」

시트라의 아버지는 저녁 식사가 차려지기 직전에 도착했다. 어머니가 이미 상황을 알린 듯, 아버지는 나머지 가족들보다 훨씬 마음 준비가 잘 되어 있었다. 아버지는 집에 들어오자마자 곧장 수확자 패러데이에게 가서 악수를 하고, 평소보다 훨씬 쾌활하게 손님을 반기는 척했다.

식사는 어색했다. 주로 정적이 이어지다가 가끔 수확자가 한마디씩 하는 식이었다. 「집이 참 좋군요.」, 「레모네이드 풍미가 대단한데요!」, 「이건 미드메리카를 통틀어서 제일 맛있는 구운 지티일 겁니다!」 모든 말이 칭찬이었는데도 그의 목소리는 모두의 척추에 충격파를 흘리는 느낌이었다.

「근처에서 뵌 적이 없습니다만.」 시트라의 아버지가 마침내 말했다.

「못 봤을 겁니다. 나는 유명 인사가 아니에요. 어떤 수확자들은 조명받기를 좋아하고 그렇게 살기를 택하지만, 이 일을 올바로 하려면 익명성이 필요하지요.」

「올바로요?」 시트라는 그 생각에 발끈했다. 「수확에 올바른 방법도 있나요?」

「글쎄요. 잘못된 방법들은 있지요.」 그는 그렇게만 말하고 지티를 먹었다.

그는 식사가 끝나 갈 때쯤 말했다. 「여러분에 대해 말해 보세요.」 그것은 질문도, 요청도 아니었다. 요구라고 생각할 수밖에 없었다. 시트라는 그것이 수확자가 벌이는 작은 죽음의 춤판에 들어가는 과정인지, 아니면 정말로 관심이 있는 건지 잘 알 수가 없었다. 그는 집 안에 들어서기 전부터 그들의 이름을 알고 있었으니, 아마 그들이 말할 수 있는 것은 모두 알고 있을 터였다. 그렇다면 왜 묻는 걸까?

「전 역사 연구 일을 합니다.」 시트라의 아버지가 말했다.

「전 식품 합성 기술자예요.」 시트라의 어머니가 말했다.

수확자는 눈썹을 치켜올렸다. 「그런데도 이 음식을 다 재료부터 요리했군요.」

어머니는 포크를 내려놓았다. 「모두 합성 재료로 만든 거예요.」

「그래요. 그렇지만 우리가 무엇이든 합성할 수 있다면, 왜 아직 식품 합성 기술자들이 필요한 걸까요?」 수확자가 물었다.

시트라는 어머니의 얼굴에서 말 그대로 피가 빠져나가는 것을 볼 수 있었다. 배우자의 존재 이유를 변호하기 위해 시트라의 아버지가 나섰다. 「언제나 개선할 여지는 있습니다.」

「그래요…… 그리고 아버지가 하는 일도 중요해요!」 벤이 말했다.

「뭐가 말입니까, 역사 연구가요?」 수확자는 포크를 흔들면서 그 생각을 일축했다. 「과거는 결코 변하지 않습니다. 그리고 내가 아는 한 미래도 변하지 않아요.」

부모님과 동생이 그 말에 당황하고 불안해하는 반면, 시트라는 요점을 이해했다. 문명의 성장은 완료되었다. 모두가 그 사실을 알았다. 인류의 경우 배울 것은 더 남아 있지 않았다. 우리 존재에 대해 더 해독할 것이 없었다. 그것은 누구도 다른 사람보다 더 중요하지 않다는 뜻이었다. 사실 크게 보면 모두가 똑같이 쓸모가 없었다. 수확자 패러데이의 말은 그런 뜻이었고, 시트라는 어느 선까지는 그 말이 옳다는 것을 알았기에 격분했다.

시트라는 성질이 급하기로 유명했다. 생각보다 분노가 먼저 앞서고, 피해가 발생한 후에야 누그러지는 일이 많았다. 오늘 밤도 예외는 아니었다.

「왜 이러는 거죠? 우리 중 누군가를 거두러 온 거라면, 그냥 해치워 버리고 고문은 그만하세요!」

어머니가 헉하고 숨을 들이켰고, 아버지는 일어나서 시트라를 안고 나갈 준비라도 하는 것처럼 의자를 뒤로 밀었다.

「시트라, 뭐 하는 거니!」 이젠 어머니의 목소리가 떨리고 있었다. 「경의를 표해야지!」

「아뇨! 어차피 여기 왔고, 할 거라면 하게 놔둬요. 결정을 내리지 않은 것도 아닐 거 아녜요. 수확자들은 언제나 집에 들어가기 전에 마음을 정한다고 들었어요. 그렇지 않나요?」

수확자는 시트라의 폭발에 동요하지 않았다. 「그런 수확자도 있고, 그렇지 않은 경우도 있지요.」 그가 부드럽게 말했다. 「각자의 방식이 있어요.」

그사이에 벤이 울고 있었다. 아버지가 끌어안았지만, 벤은 슬픔을 가누지 못했다.

「그래요. 수확자는 수확을 해야만 하지요.」 패러데이가 말했다. 「하지만 또 우리는 먹고, 자고, 단순한 대화를 나누기도 해야 합니다.」

시트라는 그 앞에 놓인 빈 접시를 잡았다. 「식사는 끝났으니 이제 가보셔도 돼요.」

그때 아버지가 그에게 다가갔다. 그러곤 무릎을 꿇었다. 시트라의 아버지가 이 남자에게 정말 무릎을 꿇은 것이었다! 「제발 부탁드립니다, 수확자님. 이 아이를 용서하세요. 딸의 행동에 대해서는 제가 모든 책임을 지겠습니다.」

수확자가 일어섰다. 「사과하실 필요 없습니다. 도전을 받으니 신선하군요. 절 이용하려고 하거나, 비굴하게 아부하거나, 끝없는 아첨꾼들을 만나는 게 얼마나 지겨운지 잘 모르실 겁니다. 정면으로 모욕을 받는 건 상쾌해요. 내가 인간이라는 사실을 상기시켜 주거든요.」

그러더니 그는 주방으로 가서 제일 크고 날카로운 칼을 찾아 쥐었다. 그는 칼을 앞뒤로 휘두르며 공기를 가르는 느낌을 가늠했다.

벤의 울음소리가 커졌고, 아버지는 벤을 더 단단히 붙잡았다. 수확자가 어머니에게 다가갔다. 시트라는 어머니 앞에 몸을 던져 칼을 막을 각오를 하고 있었지만, 수확자는 그 칼을 휘두르는 대신 반대쪽 손을 내밀었다.

「내 반지에 입 맞춰요.」

아무도 이러한 전개를 예상하지 않았고, 시트라는 더더욱 그랬다.

시트라의 어머니는 그를 멍하니 쳐다보며, 믿지 못해 고개를 저었다. 「제게…… 제게 면제권을 주시는 건가요?」

「베풀어 준 친절과 식사에 대한 보답으로 1년간 면제권을 드립니다. 어떤 수확자도 당신을 건드리지 못할 겁니다.」

하지만 어머니는 망설였다. 「저 대신 제 자식들에게 면제권을 주세요.」

수확자는 여전히 반지를 내밀고 있었다. 중심이 어두운 다이아몬드는 크기가 손가락 한 마디만 했다. 모든 수확자가 끼는 반지였다.

「저들이 아니라 당신에게 제공하는 겁니다.」

「하지만…….」

「제니, 그냥 해!」 아버지가 주장했다.

그래서 어머니는 그 말대로 했다. 무릎을 꿇고 그의 반지에 입을 맞췄다. 어머니의 DNA가 읽혀서 수확령의 면제 데이터베이스에 전송되었다. 세계는 순식간에 제니 테라노바가 이후 12개월 동안 수확으로부터 안전하다는 사실을 알았다. 수확자는 이제 희미한 붉은색으로 빛나면서 앞에 있는 사람이 수확에 대한 면제권을 얻었음을 알려 주는 반지를 보더니 만족해하며 웃었다.

그리고 마침내 진실을 털어놓았다.

「난 여러분의 이웃인 브리짓 채드웰을 주우러 왔습니다.」 수확자 패러데이는 그들에게 알렸다. 「하지만 지금 집에 없더군요. 그리고 난 배가 고팠어요.」

그는 모종의 축복이라도 내리듯 벤의 머리를 살짝 건드렸다. 벤은 덕분에 진정하는 것 같았다. 이어서 수확자는 칼을 손에 쥔 채 문으로 향했다. 이웃을 어떻게 수확할지 의문이 남지 않는 움직임이었다. 하지만 그는 떠나기 전에 시트라를 돌아보았다.

「세상의 이면을 볼 줄 아는군요, 시트라 테라노바. 훌륭한 수확자가 될 겁니다.」

시트라는 흠칫했다. 「전 수확자가 되고 싶은 마음이 전혀 없어요.」

「그게 첫 번째 조건입니다.」

그러고 나서 그는 그들의 이웃을 죽이러 갔다.

그날 밤 그들은 말하지 않았다. 아무도 수확에 대해 말하지 않았다. 마치 말만 꺼내도 그 일이 그들에게 닥칠지 모른다는 듯이 입을 다물었다. 옆집에서는 아무 소리도 들리지 않았다. 비명 소리도, 애원의 통곡 소리도 없었다. 어쩌면 테라노바 집 안의 TV 소리가 너무 커서 들리지 않는지도 몰랐다. 시트라의 아버지는 수확자가 나가자마자 제일 먼저 TV부터 켰다. TV를 켜고, 벽 건너편의 수확 소리가 들리지 않을 정도로 볼륨을 높였다. 하지만 그럴 필요는 없었다. 수확자가 일을 어떻게 했든 간에, 조용히 해치웠으니 말이다. 시트라는 저도 모르게 귀를 기울이고 있었다. 뭐라도 들으려고 했다. 시트라도 벤도 스스로에게 병적인 호기심이 있음을 알게 되었고, 둘 다 그 사실을 몰래 부끄러워했다.

한 시간 후에 수확자 패러데이가 돌아왔다. 시트라가 문을 열었다. 수확자의 상아색 로브에는 피 한 방울도 묻지 않았다. 어쩌면 여벌 로브가 있었는지도 몰랐다. 아니면 수확을 한 후에 옆집의 세탁기를 썼는지도 몰랐다. 식칼도 깨끗했는데, 그는 그 칼을 시트라에게 건넸다.

「돌려받고 싶지 않아요.」 이 문제만큼은 부모님의 생각을 대변할 수 있다고 확신하며 시트라가 말했다. 「저희는 그 칼을 다시는 쓰지 않을 거예요.」

「하지만 써야 합니다.」 수확자는 굽히지 않았다. 「그래야 사실을 상기시킬 수 있지요.」

「무슨 사실을 상기시켜요?」

「수확자는 죽음의 도구일 뿐이고, 나를 휘두르는 것은 여러분의 손이라는 사실 말입니다. 당신과 당신 부모님, 그리고 이 세상에 사는 다른 모두가 죽음의 낫을 휘두르는 사람이지요.」 그렇게 말하고 그는 칼을 시트라의 손에 쥐어 주었다. 「우리 모두가 공범입니다. 여러분은 그 책임을 공유해야 해요.」

그 말은 진실일지도 모르지만, 수확자가 떠난 후 시트라는 칼을 쓰레기통에 버렸다.

이것은 한 사람에게 요구할 수 있는 가장 어려운 일이다. 아무리 대의를 위해서라는 사실을 알아도 일이 쉬워지지는 않는다. 예전에는 사람들이 자연적으로 죽었다. 노령은 일시적인 상태가 아니라 불치의 고통이었다. 신체를 망가뜨리는 〈질병〉이라는 보이지 않는 살인자들이 있었다. 노화는 돌이킬 수 없었고, 되돌릴 수 없는 사고들도 있었다. 비행기가 하늘에서 떨어졌다. 자동차가 실제로 충돌하는 일도 벌어졌다. 고통과 비참과 절망이 있었다. 우리 대부분에게는 그렇게 안전하지 못한 세상이란 상상하기도 어렵다. 보이지도 않고, 계획에도 없는, 구석구석에 위험이 숨어 있는 세상이라니. 그 모든 것이 이제는 과거의 일이지만, 단순한 진실 하나만은 남아 있다. 사람들은 죽어야 한다는 사실.

그건 우리가 다른 어딘가로 갈 수가 없기 때문이다. 달과 화성에 건설한 식민지들의 재난이 그 사실을 증명했다. 우리에게는 유한한 세계 하나밖에 없고, 소아마비와 마찬가지로 죽음을 완전히 이겼다고 해도 여전히 사람들은 죽어야 한다. 예전에는 인생의 끝이 자연의 손에 달려 있었다. 하지만 우리는 그 결말을 훔쳐 냈다. 이제 우리는 죽음을 독점했다. 이제는 우리가 죽음의 유일한 배급자다.

나는 왜 수확자가 존재하는지, 그 일이 얼마나 중요하고 얼마나 필요한지 이해한다……. 그럼에도 왜 내가 선택되었는가를 자주 생각한다. 만약 이 삶 이후에 영원한 세계 같은 것이 있다면, 생명을 빼앗는 이들에게는 어떤 운명이 기다릴까?

— 수확자 퀴리의 「수확 일기」 중에서

2

0.303%

타이거 살라사르는 39층 창문에서 몸을 던져, 아래 대리석 광장을 엉망으로 만들어 놓았다. 타이거의 부모님도 그 사실에 짜증이 난 나머지 보러 오지 않았다. 하지만 로언은 찾아왔다. 로언 데이미시는 그런 친구였다.

로언은 재생 센터 안 타이거의 침대 옆에 앉아, 급속 치료에서 친구가 깨어나기를 기다렸다. 로언은 개의치 않았다. 재생 센터는 조용했다. 평화로웠다. 최근 들어서 어떤 인간도 견뎌 내기 힘들 만큼 친척이 들끓게 된 집안의 소란에서 잠시 벗어나니 좋았다. 사촌에 육촌, 형제자매에 이복 동기와 이부 동기들. 게다가 이제는 할머니도 세 번째 회춘에서 새 남편과 아기를 얻어 집으로 돌아왔다.

할머니는 이렇게 선언했다. 「너에게 새 이모가 생길 거다, 로언. 멋지지 않니?」

이 사태는 로언의 어머니를 열받게 했는데, 이번에는 할머니가 스물다섯 살로 돌아가면서 딸보다 열 살은 어려 보이게 되었기 때문이다. 어머니는 지금 할머니를 따라잡기 위해 회춘해야 하나 압박을 받고 있었다. 할아버지는 훨씬 합리적이었다. 유로스칸디아[2]로 떠난 할아버지는 여자들을 매혹하며 점잖게 서른여덟 살을 유지하고 있었다.

열여섯의 로언은 최소한 머리가 셀 때까지 나이를 먹고 나서 첫 번째 회춘을 하기로 마음먹고 있었다. 그리고 그 후에도 망신스러울 정도로 많이 회춘하지는 않을 작정이었다. 어떤 사람은 유전 치료가 받아 줄 수 있는 가장 어린 나이인 스물한 살로 재고정을 했다. 하지만 10대까지 돌릴 방법을 찾는 중이라는 소문이 있었는데, 로언은 그게 어처구니없다고 생각했다. 제정신 박힌 사람이라면 대체 왜 10대 시절을 한 번 더 겪고 싶어 하겠는가?

침대 쪽을 다시 보았더니 타이거가 눈을 뜨고 로언을 관찰하고 있었다.

「여어.」 로언이 말했다.

「얼마나 걸렸어?」 타이거가 물었다.

「나흘.」

타이거는 승리감에 주먹을 번쩍 쳐들었다. 「좋았어! 신기록이다!」 타이거는 피해 정도를 조사하듯 두 손을 들여다보았다. 물론 손상은 조금도 남지 않았다. 치료할 것이 남지 않은 후에만 급속 치료에서 깨어날 수 있었다. 「고층에서 뛰어내려서였을까, 대리석 광장 탓이었을까?」

「아마 대리석 때문일 거야.」 로언이 대답했다. 「종단 속도에 도달하기만 하면, 얼마나 높은 곳에서 뛰어내리는지는 상관이

2 EuroScandia. 현재의 유럽 전체에 러시아를 더한 지역으로, 유럽과 스칸디나비아반도, 시베리아를 합쳐 만든 명칭이다.

없어.」

「내가 대리석을 깼다고? 대리석 바닥을 갈아야 했어?」

「나도 몰라, 타이거. 나 참, 이만하면 됐잖아.」

타이거는 크게 만족해서 베개에 몸을 다시 기댔다. 「최고의
철퍽이었어!」

이제 보니 로언에게는 친구가 깨어나기를 기다릴 정도의 인
내심은 있었지만, 친구가 의식이 돌아온 후에 참아 낼 인내심
은 없었다. 「대체 그건 왜 하는 거야? 순전히 시간 낭비잖아.」

타이거는 어깨를 으쓱였다. 「난 떨어지는 기분이 좋아. 게다
가 부모님에게 양상추가 거기 있다는 사실을 일깨워야 했어.」

이 말에는 로언도 웃고 말았다. 그들을 설명하기 위해 〈양상
추 아이〉라는 용어를 만들어 낸 건 로언이었다. 둘 다 대가족
중간 어디쯤에 끼어서 태어났고, 부모가 가장 아끼는 자식과
는 거리가 멀었다. 「고기에 해당하는 형과 동생이 몇 있고, 치
즈와 토마토에 해당하는 누나와 동생이 몇 있으니까, 아마 난
양상추쯤이겠지.」 그 아이디어가 인기를 끌었고, 로언은 학교
에서 〈빙산의 일각〉이라는 클럽을 시작했으며, 이제 그 클럽은
스무 명이 넘는 구성원을 자랑했다…… 타이거는 종종 자기가
클럽을 떠나서 로메인 반란을 일으킬 거라고 놀렸지만 말이다.

타이거는 몇 달 전에 철퍽을 시작했다. 로언도 한 번 시도해
봤는데, 엄청나게 아팠다. 학업에도 뒤처졌고, 부모님이 온갖
벌을 부과하기까지 했다. 물론 양상추로 태어난 덕분이랄까,
부모님도 곧 벌에 대해 잊어버렸지만…… 그렇다고 해도 추락
의 스릴에 그럴 만한 가치는 없었다. 반면에 타이거는 철퍽 중
독자가 되어 버렸다.

「넌 새로운 취미를 찾아야 해.」 로언이 말했다. 「첫 번째 재생이 무료인 건 나도 알지만, 그다음 번부터는 너희 부모님이 한 재산씩 물어야 하잖아.」

「그래…… 그리고 이럴 때만은 그분들도 나에게 돈을 써야 하지.」

「차라리 차를 사달라고 하는 게 낫지 않아?」

「재생은 강제야, 차는 선택이고. 강제로 써야 하는 게 아니라면 나에게 돈을 쓰진 않을걸.」

로언도 반박할 수 없었다. 그도 차가 없었는데, 부모님이 차를 사줄 것 같지는 않았다. 부모님은 공유 차도 깨끗하고 효율적인 데다가 자동 운전이 되지 않느냐고 했다. 왜 필요도 없는 물건에 돈을 써야 하니? 그렇게 말하면서 그분들은 로언만 빼고 온갖 곳에 돈을 뿌렸다.

「우린 섬유질이야.」 타이거가 말했다. 「장 트러블이라도 없으면 아무도 우리가 있는 줄 모른다고.」

다음 날 아침, 로언은 수확자와 만나게 되었다. 수확자를 봤다는 말을 들어 보지 못한 것은 아니었다. 가끔은 수확자와 마주칠 수밖에 없었다……. 하지만 수확자가 고등학교에 나타나는 일은 흔치 않았다.

그 조우는 로언 탓이었다. 시간 엄수는 로언의 장기가 아니었다. 특히나 동생들과 이복동생들, 이부동생들까지 학교에 데려다주고 나서 공유 차에 뛰어올라 서둘러 학교에 오는 입장이니 말이다. 로언이 막 도착해서 출석 창으로 향하는데, 수확자가 홈 한 점 없는 상아색 로브를 펄럭이며 모퉁이를 돌아왔다.

로언은 언젠가 가족과 함께 등산을 갔을 때, 혼자 다른 길로 샜다가 퓨마와 마주친 적이 있었다. 지금 심장이 꽉 조이고 사타구니에 힘이 빠지는 느낌이 그때와 똑같았다. 〈싸우든가 도망쳐.〉 동물적인 본능이 말했다. 하지만 로언은 싸우지도, 도망치지도 않았다. 그때 로언은 그런 본능과 싸우고, 책에서 읽은 대로 몸이 커 보이도록 차분하게 팔을 들어 올렸다. 그 수법은 성공했고, 퓨마는 다른 곳으로 뛰어갔다. 그리고 로언은 그 지역 재생 센터에 가지 않아도 되었다.

지금, 갑작스럽게 앞에 나타난 수확자를 보고 로언은 똑같이 행동하고 싶은 이상한 충동을 느꼈다. 머리 위로 두 손을 들어 올리면 수확자를 겁줘서 쫓을 수 있을 것만 같았다. 그런 생각을 하니 저도 모르게 웃음이 났다. 수확자 앞에서 마지막 순간에 하고 싶은 일이 웃음을 터뜨리는 일인 사람은 없겠지만.

「교무실이 어느 쪽인지 알려 줄 수 있을까요?」 남자가 물었다.

로언은 그에게 방향만 알려 주고 반대쪽으로 갈까 생각했다가, 그건 너무 겁쟁이 같아서 관두었다. 「저도 그리로 가요. 모셔다드릴게요.」 수확자라고 해도 도움은 환영할 테고, 수확자의 마음에 들어서 나쁠 것은 없었다.

로언은 앞장서서 걸으며 복도에 있던 다른 아이들을 지나쳤다. 로언과 마찬가지로 늦었거나, 심부름을 가던 학생들이었다. 로언과 수확자가 지나가자 다들 얼이 빠져서 벽 속으로 사라질 기세였다. 공포를 대신 짊어질 사람들이 있으니 수확자와 함께 복도를 걷는 일도 덜 무서워졌다. 그리고 로언은 수확자를 이끌면서, 그에게 집중되는 존경심에 무임승차하는 것이 약간은 도취되는 감각임을 부정할 수 없었다. 그는 교무실에 다다르고 나서야 깨달았다. 수확자는 오늘 로언의 급우 중 누군가를 거둘 것이라는 사실을.

교무실에 있던 사람들 모두가 수확자를 보자마자 일어섰고, 수확자는 시간을 낭비하지 않았다. 「콜 휘틀록을 즉시 교무실로 호출해 주십시오.」

「콜 휘틀록이요?」 교직원이 물었다.

수확자는 같은 말을 되풀이하지 않았다. 교직원이 제대로 들었고, 그저 믿고 싶어 하지 않을 뿐임을 알았기 때문이다.

「알겠습니다, 수확자님. 즉시 시행하겠습니다.」

로언은 콜을 알고 있었다. 아니, 누구나 콜 휘틀록을 알았다. 3학년이지만 이미 학교 쿼터백이었다. 콜은 이 학교 역사상 처음으로 그들을 리그 챔피언십까지 끌고 갈 인재였다.

교직원은 인터콤을 호출하면서 목소리를 심하게 떨었다. 그리고 콜의 이름을 말하면서 목이 메어 기침을 했다.

그리고 수확자는 콜이 도착하기를 참을성 있게 기다렸다.

로언은 결코 수확자를 적대하고 싶지 않았다. 그냥 슬그머니 출석 창에 가서 입교 허락을 받고 수업에 들어가는 것이 마땅했다. 하지만 퓨마를 만났을 때와 마찬가지로 로언은 버텨야만 했다. 그것이 로언의 인생을 바꾼 순간이었다.

「수확자님은 저희 스타 쿼터백을 거두시려는 겁니다. 그건 아셨으면 좋겠어요.」

조금 전까지만 해도 다정한 듯했던 수확자의 태도가 묘석처럼 굳어졌다. 「그게 어떻게 학생이 관여할 일이 되는지 모르겠군요.」

「제가 다니는 학교에 계시니, 제 일이 되는 것 같은데요.」 말하고 나서야 로언의 자기 보호 본능이 치고 들어왔고, 그는 수확자의 시선에서 벗어나 출석 창으로 걸어갔다. 그는 속으로 계속 〈멍청이, 멍청이, 멍청이〉라고 중얼거리면서 만들어 둔 지각 사유서를 내밀었다. 그나마 죽음이 자연스러웠던 시절에 태어나지 않았기에 망정이지, 그때였다면 절대 살아서 어른이 되지 못했을 것이다.

로언은 나가려고 몸을 돌리다가 눈가에 멍이 든 콜 휘틀록이 수확자에게 이끌려 교장실로 들어가는 모습을 보았다. 교장은 자진해서 집무실을 나오더니, 설명을 해달라는 듯 직원들을 쳐다보았다. 그러나 눈물 어린 눈으로 설레설레 고개를 내젓는 반응만 돌아갔다.

아무도 로언이 아직 그곳에 있다는 사실을 알아차리지 못했다. 소고기가 먹히게 생겼는데 누가 양상추에 신경이나 쓰겠는가?

로언은 교장 옆을 빠져나갔고, 교장은 막판에 눈치를 채고 로언의 어깨에 손을 얹었다. 「자네, 저 안에 들어가고 싶은 건 아니겠지?」

그랬다. 로언은 그 방에 들어가고 싶지 않았다. 하지만 그래도 들어가서 문을 닫았다.

교장의 정돈된 책상 앞에 의자가 두 개 있었다. 수확자가 한쪽에 앉고, 콜이 다른 쪽 의자에 앉아서 등을 굽힌 채 울고 있었다. 수확자는 로언을 쏘아보았다. 〈퓨마다.〉 로언은 생각했다. 다만 이 사자에게는 실제로 인간의 목숨을 끝낼 힘이 있었다.

「부모님이 여기 안 계시니까요. 누군가는 같이 있어야죠.」 로언이 말했다.

「학생이 가족인가요?」

「그게 중요해요?」

그때 콜이 고개를 들고 애원했다. 「로널드를 내보내지 말아 주세요.」

「로널드가 아니라 로언이야.」

콜은 마치 이 실수로 협상이 끝나기라도 한 듯이 공포에 질린 표정을 지었다. 「알고 있었어! 알고 있었다니까! 정말로 알고 있었다고!」 아무리 덩치가 크고 허세가 심하다고 해도 콜 휘틀록은 그저 겁먹은 어린아이에 불과했다. 끝에 가서는 모두가 그렇게 되는 걸까? 수확자만 알 일이라고 로언은 생각했다.

수확자는 로언을 내보내는 대신 말했다. 「그렇다면 의자를 가져와서 편하게 앉아요.」

교장의 책상 뒤로 돌아가서 의자를 꺼내 오는 동안, 로언은 수확자가 그저 반어법을 쓴 것일까, 아니면 비아냥거리는 것일까, 그것도 아니면 누구든 수확자가 있는 자리에서 편하게 앉기란 불가능하다는 사실을 모르는 것일까를 생각했다.

「저한테 이러실 순 없어요.」 콜이 애원했다. 「제 부모님도 죽고 말 거예요! 그냥 죽을 거라고요!」

「아니, 그렇지 않습니다.」 수확자가 정정했다. 「계속 살 겁니다.」

「하다못해 준비할 시간이라도 주실 수 없나요?」 로언이 물었다.

「나에게 내 일을 어떻게 할지 가르치는 건가요?」

「자비를 청하고 있는 겁니다!」

수확자는 다시 한번 로언을 쏘아보았지만, 이번에는 어딘가 달랐다. 위협을 전달하는 게 아니라 뭔가를 뽑아내는 시선, 로언을 관찰하는 시선이었다. 「난 이 일을 오랫동안 했습니다. 내 경험상으로는 빠르고 고통 없는 수확이 내가 보여 줄 수 있는 최대한의 자비예요.」

「그렇다면 이유라도 알려 주세요! 왜 콜이어야 했는지라도 말해 줘요!」

「무작위야, 로언!」 콜이 말했다. 「다들 아는 사실이잖아! 빌어먹을 마구잡이 뽑기라고!」

하지만 수확자의 눈빛은 다른 말을 하고 있었다. 그래서 로언은 밀어붙였다.

「뭔가 더 있는 거죠, 그렇죠?」

수확자는 한숨을 내쉬었다. 그는 아무 말도 할 필요가 없었다. 결국 그는 모든 면에서 법을 넘어선 존재인 수확자였기 때문이다. 누구에게도 어떤 설명도 하지 않아도 그만이었다. 하지만 그래도 그는 답을 하기로 했다.

「노령을 공식에서 제하면, 사망 시대 통계에서 일어난 죽음의 7퍼센트는 자동차 관련이에요. 그중에서 31퍼센트는 알코올 음용 관련이고, 그중 14퍼센트는 10대 청소년이었습니다.」 수확자는 로언에게 교장의 책상에 놓인 작은 계산기를 건넸다. 「직접 계산해 봐요.」

로언은 지금 가고 있는 1초, 1초가 콜에게 벌어 주는 삶이라는 사실을 알고 천천히 숫자를 눌렀다.

「0.303퍼센트네요.」 로언이 마침내 말했다.

「그건 내가 1천 명 중 세 명씩을 거둬야 그 도표에 맞는다는 뜻이지요. 333명마다 한 명씩. 학생의 친구는 막 새 자동차를 얻었고 알코올을 지나치게 마신 기록이 있어요. 그래서 그 조건에 맞는 청소년 중에서 무작위 선택을 한 겁니다.」

콜은 눈물을 더 흘리며 두 손으로 머리를 감쌌다. 「난 정말 바보야!」 콜은 마치 눈을 머릿속으로 밀어 넣으려는 듯이 손바닥으로 꽉 눌렀다.

수확자는 로언에게 말했다. 「그러면 말해 봐요. 이 설명이 수확을 편하게 해줬나요, 고통을 심화시켰나요?」

로언은 의자에 앉은 채로 조금 움츠러들었다.

「됐습니다. 이제 시간이 됐어요.」 수확자는 그렇게 말하더니 로브 주머니에서 손에 끼우게 생긴 작은 지느러미를 꺼냈다. 뒷면은 천이었고 반짝이는 금속 손바닥이 달려 있었다. 「콜, 당신을 위해 심장 마비를 유도하는 충격을 골랐습니다. 죽음은 빠르고 고통이 없을 것이며, 사망 시대라면 당신이 고통받았을 자동차 사고처럼 잔혹하지 않을 겁니다.」

콜이 갑자기 손을 뻗어 로언의 손을 쥐더니 힘주어 잡았다. 로언은 그대로 두었다. 로언은 가족이 아니었고, 오늘 이전까지는 친구조차 아니었다. 하지만 이런 말이 있다. 〈죽음은 전 세계를 동족으로 만든다.〉 그렇다면 죽음이 없는 세계에서는 모두가 이방인이 되는 걸까, 하고 로언은 생각했다. 그는 콜의 손을 더 힘주어 잡았다. 손을 놓지 않겠다는 무언의 약속이었다.

「사람들에게 전해 줬으면 하는 말 있어?」로언이 물었다.

「수백만 가지는 될 텐데, 하나도 생각이 안 나.」콜이 말했다.

로언은 콜의 마지막 말을 콜이 사랑하는 사람들에게 공유하겠다고 다짐했다. 그리고 그 유언은 멋있는 말이, 위로하는 말이 될 것이다. 로언은 무의미한 일을 의미 있게 만들 방법을 찾을 것이다.

「안타깝지만 절차를 밟으려면 그 손을 놓아야 할 겁니다.」수확자가 말했다.

「안 돼요.」로언이 말했다.

「충격으로 학생의 심장까지 멈출 수도 있어요.」수확자가 경고했다.

「그래서 뭐요? 어차피 재생할 텐데요.」로언은 말하고 나서 덧붙였다.「저까지 거두기로 결정하신다면 또 몰라도요.」

로언은 방금 수확자에게 어디 날 죽일 테면 죽여 보라고 말했단 사실을 깨달았다. 위험한 짓이었지만, 그렇게 했다는 사실은 기뻤다.

「좋습니다.」그리고 수확자는 1초도 더 지체하지 않고 지느러미를 콜의 가슴에 대고 눌렀다.

로언의 눈앞이 새하얘졌다가 새까매졌다. 온몸이 경련했다. 로언은 의자에서 뒤로 넘어가 벽에 부딪쳤다. 콜에게는 고통이 없었을지 몰라도, 로언에게는 아니었다. 아팠다. 엄청나게 아팠다. 사람이 감당할 만한 고통이 아니었다……. 그러나 다음 순간 핏속에 들어 있는 진통 나노 기기가 마취제를 풀었다. 마취제가 효과를 발휘하면서 고통이 잦아들었고, 눈앞이 맑아졌을 때는 의자에 앉은 채로 축 늘어진 콜과, 손을 뻗어 아무것도 보지 못하는 콜의 눈을 감겨 주려 하는 수확자가 보였다. 수확은 완료되었다. 콜 휘틀록은 죽었다.

수확자는 일어서서 로언에게 손을 내밀었지만, 로언은 그 손을 잡지 않았다. 혼자 바닥에서 일어났고, 사실 조금도 고마운 마음은 없었지만 말했다. 「남아 있게 해주셔서 고맙습니다.」

수확자는 그를 꽤 오래 바라보더니 말했다. 「거의 알지도 못하는 이를 위해 버텨 냈군요. 콜이 죽는 순간에 위로했고, 전기 충격의 고통마저 견뎠어요. 아무도 그러라고 하지 않았는데 증인이 되어 줬고.」

로언은 어깨를 으쓱였다. 「누구든 그랬을 거예요.」

「다른 사람도 나섰던가요?」 수확자가 몰아세웠다. 「교장이? 교직원이? 복도에서 지나친 수십 명의 학생 중 누구라도?」

「아니요······.」 로언은 인정할 수밖에 없었다. 「하지만 제가 무슨 일을 했든 상관이 있나요? 그래도 콜은 죽었어요. 그리고 사람들이 선한 의도에 대해 뭐라고 하는지 아시죠.」

수확자는 고개를 끄덕이더니, 손가락 위에 커다랗게 얹힌 반지를 내려다보았다. 「이제 나에게 면제권을 청할 것 같군요.」

로언은 고개를 저었다. 「전 수확자님에게 아무것도 원하지 않아요.」

「좋아요.」 수확자는 몸을 돌렸지만, 문을 열기 전에 멈칫했다. 「당신이 오늘 한 일로 나 말고 그 누구에게도 친절한 반응을 얻지 못할 거라는 점은 경고해 두지요. 하지만 선한 의도는 많은 길을 닦는다는 사실을 기억해요. 그 모든 길이 지옥으로 가는 건 아닙니다.」

그 따귀는 전기 충격만큼이나 강렬했다. 아니, 로언이 예상하지 않았던 충격이라서 더 강렬했다. 점심 식사 직전에 로언이 사물함 앞에 서 있을 때 날아온 그 따귀는 엄청난 힘으로 로언을 넘어뜨리면서 줄지어 선 사물함이 강철 북처럼 울리게 만들었다.

「그 자리에 있었으면서 막지 않았어!」 마라 파블리크의 두 눈에는 슬픔과 정당한 분노가 타올랐다. 로언의 콧구멍에 긴 손톱을 박아 넣고 뇌를 잡아 뽑을 태세였다. 「넌 걔가 그냥 죽게 내버려 뒀어!」

마라는 콜과 사귄 지 1년이 넘었다. 콜과 마찬가지로 아주 인기 많은 3학년이었고, 로언 같은 2학년 어중이떠중이와 소통하는 일은 적극적으로 피했다. 하지만 이건 이례적인 상황이었다.

「그런 게 아니었어.」 로언은 마라가 손을 다시 휘두르기 전에 큰 소리로 말했다. 이번에는 날아오는 손도 피했다. 마라는 손톱이 하나 부러졌는데도 신경 쓰지 않는 것 같았다. 다른 건 몰라도 콜의 수확이 마라에게 어떤 견해를 안겨 주기는 했다.

「그런 거 맞잖아! 넌 걔가 죽는 걸 보려고 그 방에 들어간 거야!」

대개 그렇듯이 다른 사람들이 싸움 냄새를 맡고 모여들기 시작했다. 로언은 군중 사이에서 호의적인 얼굴을, 자기편을 들어 줄 만한 얼굴을 찾아보려 했지만, 학생들의 얼굴에서는 공통적인 경멸밖에 보이지 않았다. 마라는 그들 모두를 대변해서 말하고 손을 휘두르고 있었다.

이건 로언이 예상한 반응이 아니었다. 마지막 순간에 콜을 도우러 들어갔다고 등을 두드려 주길 바란 건 아니었지만…… 이런 식의 비난은 전혀 예상하지 못했다.

「뭐, 제정신이야?」 로언은 마라에게, 모두에게 외쳤다. 「수확자의 수확은 막을 수 없어!」

「상관없어!」 마라가 울부짖었다. 「넌 뭐라도 할 수 있었는데, 지켜보기밖에 안 했어!」

「난 뭔가 했어! 난…… 난 콜의 손을 잡고 있었어.」

마라는 그런 힘이 있을 거라고는 상상도 못 한 힘으로 로언을 사물함에 밀어붙였다. 「거짓말! 콜이 네 손을 잡았을 리 없어. 네 털끝 하나 건드리지 않았을 거야!」 그러고 나서 말했다. 「내가 콜의 손을 잡았어야 해!」

주위에서 다른 아이들이 얼굴을 찌푸리더니, 뻔히 들으라는 듯이 소곤거렸다.

「복도에서 저 녀석이 친한 친구처럼 수확자와 같이 걷는 걸 봤어.」

「오늘 아침에 같이 학교에 들어왔지.」

「저놈이 수확자에게 콜의 이름을 알려 주는 거 들었어.」

「듣자 하니 정말로 도와준 모양이던데.」

로언은 마지막 비난을 내놓은 밉살맞은 아이에게 달려들었다. 랄피 뭐라는 아이였다. 「누구에게 그런 말을 들었는데? 그 방에 다른 사람은 아무도 없었어, 이 머저리야!」

하지만 그런 건 상관없었다. 소문이란 스스로의 논리가 아니면 어떤 논리도 지키지 않았다.

「이해가 안 가? 난 수확자를 도운 게 아니야, 콜을 도운 거야!」 로언이 주장했다.

「그래, 콜이 무덤에 들어가게 도왔지.」 누군가가 말하자 다른 모두가 동의의 말을 웅얼거렸다.

소용없었다. 로언은 이미 재판을 받고 유죄를 선고받았다. 로언이 부인하면 할수록 모두가 더 유죄를 확신했다. 그들에게 로언의 용기 있는 행동 따위는 필요가 없었다. 그들에겐 탓할 사람이 필요했다. 미워할 사람이. 수확자에게 분노를 풀 순 없어도, 로언 데이미시는 완벽한 후보자였다.

「분명히 그걸 돕고 면제권을 받았을 거야.」 어떤 아이가 말했다. 언제나 로언의 친구였던 아이가.

「안 받았어!」

「잘됐네.」 마라가 철저한 경멸을 담아서 말했다. 「그렇다면 다음 수확자는 너에게 찾아오길 빌게.」

로언은 그게 무슨 뜻인지 알았다. 그 순간만이 아니라 영원히, 다음 수확자가 로언을 찾아오면 마라가 그의 죽음을 알고 고소해할 것이라는 뜻이었다. 이젠 이 세상에 적극적으로 그의 죽음을 바라는 사람들이 있다니, 정신이 번쩍 들게 암울한 생각이었다. 그건 의식하지 않을 수 없는 일이었다. 학교 전체의 적개심을 받아 내는 것과는 전혀 달랐다.

그제야 수확자가 남겼던 경고가 떠올랐다. 콜에게 해준 일로 친절한 반응은 얻지 못하리라던 경고. 그 남자가 옳았다. 그리고 그 점 때문에 로언은 수확자가 미웠다. 다른 이들이 로언을 미워하는 것과 마찬가지로.

2042년. 학교에 다니는 모든 아이들이 아는 연도다. 컴퓨터의 힘이 무한해진 해, 또는 측정할 수 없을 만큼 무한에 가까워진 해였다. 우리가…… 모든 것을 알게 된 해였다. 〈클라우드〉는 〈선더헤드〉로 진화했고, 알 수 있는 모든 것의 전부가 이제 선더헤드의 무한에 가까운 메모리 속에 담겨, 원하는 사람은 누구나 접속할 수 있게 되었다.

그러나 많은 것들이 그러하듯, 일단 무한한 지식을 얻게 되자 갑자기 그 모든 것이 덜 중요해 보였다. 덜 급해졌다. 그렇다, 우리는 모든 것을 알지만 그 모든 지식을 굳이 볼 사람이 누가 있기는 할까. 나는 그것을 자주 생각한다. 물론 우리가 이미 아는 것을 연구하는 학자들이 있지만, 무엇 때문일까? 학교란 배워서 우리의 삶과 세상을 개선하고자 존재하는 것이었다. 하지만 완벽한 세상에는 개선이 필요 없다. 우리가 하는 거의 모든 일과 마찬가지로, 초등학교부터 대학원까지 모든 교육은 그저 우리를 바쁘게 해주는 방법에 불과하다.

2042년은 우리가 죽음을 정복한 해이며, 숫자 세기를 그만둔 해이다. 물론 그 후에도 수십 년을 더 세기는 했지만, 불사(不死)를 얻은 순간부터 지나가는 시간은 의미를 잃었다.

언제 달력이 중국식으로, 즉 개의 해, 염소의 해, 용의 해 하는 식으로 넘어갔는지는 정확히 모르겠다. 그리고 언제 전 세계 동물권 활동가들이 각자 제일 좋아하는 동물들에 대해 동등한 지위를 부여해줄 것을 요청하여 수달의 해, 고래의 해, 펭귄의 해 등을 덧붙였는지도 정확히는 모르겠다. 또 언제 그런 이름들이 반복되기를 멈추고, 언제부터 앞으로는 해마다 다른 종의 이름을 따서 부르자고 선언했는지도 알 수가 없다. 내가 확실히 아는 것이라곤 올해가 오실롯의 해라는 것뿐이다.

내가 모르는 것들이라고 해도, 들여다볼 마음이 있는 사람은 누구나 볼 수 있게 선더헤드 안에 다 있을 것이다.

— 수확자 퀴리의 「수확 일기」 중에서

3
운명의 힘

시트라에게 그 초대장이 온 것은 1월 초의 일이었다. 우편으로 도착했다는 점이 첫 번째로 특이한 조짐이었다. 우편으로 오는 연락에는 세 종류밖에 없었다. 소포, 공무, 아니면 괴짜에게 온 편지. 아직까지 편지를 쓰는 사람은 괴짜들밖에 없었다. 이 초대장은 세 번째 범주 같아 보였다.

「열어 봐.」 벤은 봉투를 보더니 시트라보다 더 흥분해서 말했다. 봉투에는 손 글씨가 적혀 있어서 더 기이했다. 원한다면 여전히 손 글씨도 쓸 수 있긴 했지만, 시트라 자신을 제외하면 그런 사람을 거의 알지 못했다. 시트라는 봉투를 뜯어서 열고, 봉투와 똑같은 연노란색 카드를 꺼내어 우선 소리 없이 읽은 후에 다시 큰 소리로 읽었다.

〈1월 9일, 오후 7시에 그랜드 시빅 오페라에 함께하는 즐거움을 누리고 싶군요.〉

서명도, 반송 주소도 없었다. 그러나 봉투 안에 티켓이 한 장 들어 있었다.

「오페라?」 벤의 반응이었다. 「웩.」

시트라도 전적으로 동감이었다.

「학교 행사 같은 건 아닐까?」 어머니가 물었다.

시트라는 고개를 저었다. 「그런 거라면 그렇다고 하겠지.」

어머니는 시트라의 손에서 초대장과 봉투를 받아 들고 찬찬히 살폈다. 「글쎄, 뭔지는 몰라도 흥미롭구나.」

「어떤 찌질이가 정면으로 물어보기 무서워서 이런 식으로 데이트 신청을 하는 거 아닐까.」

「갈 생각이니?」 어머니가 물었다.

「엄마…… 날 오페라에 초대하는 남자애라니, 농담 아니면 망상증일 거야.」

「아니면 네게 강한 인상을 주려는 거겠지.」

시트라는 앓는 소리를 내고는, 스스로의 호기심에 짜증이 나서 그 방을 나갔다. 「난 안 가요!」 그녀는 자기 방에서 그렇게 소리쳤지만, 가고 말 것임을 잘 알고 있었다.

그랜드 시빅 오페라는 좀 이름난 사람이라면 누구나 모습을 보이러 가는 장소 중 하나였다. 어떤 공연이든 실제로 오페라를 보러 가는 사람은 절반밖에 되지 않았다. 나머지는 출세와 승진을 둘러싼 대규모 멜로드라마에 참여하러 갔다. 그런 사회에 들어가지 않은 시트라조차도 아는 사실이었다.

시트라는 작년의 홈 커밍 댄스파티를 위해 구입했던 드레스를 입었다. 헌터 모리슨이 초대해 주리라 확신하고 산 드레스였지만, 헌터는 재커리 스웨인을 초대했고, 시트라만 빼고 모두가 그럴 줄 알고 있었던 듯했다. 두 사람은 지금까지도 사귀고 있었고, 시트라는 오늘까지 그 드레스를 입을 일이 없었다.

입어 보니 생각보다 훨씬 마음에 들었다. 10대 여자는 1년 사이에도 몸이 변하지만, 작년에 탐나서 샀던 드레스가 지금 시트라에게 딱 맞았다.

시트라는 마음속으로 오늘의 비밀 숭배자가 누구일지 가능성을 좁혀 두고 있었다. 다섯 명 중 하나일 텐데, 그중에서 둘이서만 저녁 시간을 즐길 만한 상대는 둘뿐이었다. 나머지 셋이라면 색다른 경험을 하는 대가로 참아 줄 생각이었다. 어쨌든 뽐내는 척하면서 저녁을 보내는 데에도 재미는 있으니 말이다.

아버지는 시트라를 태워다 주겠다고 우겼다. 「돌아올 때 되면 연락해라.」

「집에는 공유 차를 타고 갈게.」

「그래도 연락해.」 시트라는 아버지에게 아름답다는 말을 열 번째로 듣고 나서야 차에서 내렸고, 아버지는 줄지어 선 리무진과 벤틀리에 자리를 내어 주기 위해 차를 몰고 떠났다. 시트라는 심호흡을 하고 나서, 무도회에 간 신데렐라처럼 어색하고 어울리지 않는다는 기분으로 대리석 계단을 올랐다.

안으로 들어간 그녀는 오케스트라 쪽으로도, 발코니로 이어지는 중앙 계단으로도 안내받지 않았다. 그 대신 티켓을 확인한 안내원이 시트라를 보더니, 티켓을 다시 한번 확인하고 나서야 두 번째 안내원을 호출해서 직접 데려가도록 했다.

「왜 이 야단이죠?」 시트라가 물었다. 처음에 든 생각은 그게 위조 티켓이라 출구로 데려가는 게 아닐까였다. 결국 모든 게 장난이었다고 생각하면서 벌써부터 용의자 목록을 떠올렸다.

하지만 그때 두 번째 안내원이 말했다. 「박스 좌석에는 직접 안내하는 것이 관례입니다.」

시트라의 기억에 박스 좌석은 극도로 고급스러운 자리였다. 대개는 대중 사이에 앉기 싫은 엘리트들을 위해 따로 빼두는 자리이기도 했다. 보통 사람은 박스석을 감당할 수 없었고, 설령 감당할 돈이 있다 해도 이용할 수 없었다. 시트라는 안내원을 따라 왼쪽의 박스석들로 이어지는 좁은 계단을 오르면서 겁먹기 시작했다. 아는 사람 중에 그런 부자는 없었다. 그 초대장이 실수로 온 거라면 어떻게 하나? 아니, 실제로 엄청나게 중요한 인물이 시트라를 기다리고 있다면, 그 사람의 의도는 대체 무엇일까?

「다 왔습니다!」 안내원이 박스석 커튼을 젖히자, 시트라 또래의 소년이 이미 앉아 있었다. 검은 머리에 피부색은 밝았고, 주근깨가 있었다. 소년은 시트라를 보더니 일어섰고, 시트라는 소년의 양말이 어디까지 올라오는지 보고 정장 바지가 짧다는 사실을 알 수 있었다.

「안녕.」

「안녕.」

안내원은 둘만 두고 가버렸다.

「무대에 더 가까운 쪽 자리를 남겨 뒀어.」 소년이 말했다.

「고마워.」 시트라는 앉으면서 이 사람이 누구인지, 왜 그녀를 여기에 초대했는지 생각해 내려 애썼다. 낯익은 얼굴은 아니었다. 알아야 하는 사람일까? 소년에게 알아보지 못했다는 점을 내색하고 싶지 않았다.

그런데 소년이 불쑥 말했다. 「고마워.」

「뭐가?」

소년은 시트라가 받은 것과 똑같은 초대장을 들어 올렸다.
「오페라를 별로 좋아하진 않지만, 뭐 집에서 빈둥거리는 것보
단 낫지. 그래서 말인데…… 내가 널 알아야 하나?」

시트라는 큰 소리로 웃고 말았다. 아무래도 비밀스러운 숭
배자는 없었고, 비밀스러운 중매자가 있었던 모양이다. 시트
라는 마음속으로 다른 목록을 떠올렸는데, 맨 위에 부모님
이 있었다. 어쩌면 이 소년이 부모님의 친구 아들일지도 몰랐
다……. 하지만 이런 구실로 만나게 하는 건 좀 센스가 없었다.
아무리 부모님이라 해도 말이다.

「뭐가 그렇게 웃겨?」 소년이 묻자, 시트라는 똑같은 초대장
을 보여 주었다. 소년은 웃지 않았다. 오히려 약간 불안해하는
것 같았는데, 이유를 말하지는 않았다.

소년은 이름이 로언이라고 했고, 두 사람이 악수를 나누는
데 조명이 어두워지며 커튼이 올라가더니, 대화를 이어 가기
에는 너무 크고 풍성한 음악이 울려 퍼졌다. 오페라는 베르디
의 「라 포르차 델 데스티노La Forza del Destino」, 즉 〈운명의
힘〉이었지만, 두 사람을 이 자리에 던져 놓은 것은 분명 운명이
아니라 아주 계획적인 누군가의 손이었다.

음악은 다채롭고 아름다웠지만, 듣다 보니 시트라의 귀에는
과한 듯했다. 그리고 줄거리는 이탈리아어를 몰라도 쉽게 따
라갈 수 있었으나, 둘 중 누구에게도 공감을 일으키지 못했다.
그것은 결국 〈사망 시대〉 작품이었으니 말이다. 전쟁, 복수, 살
인…… 이 오페라 이야기가 엮어 놓은 모든 주제는 현대의 현
실에서 워낙 동떨어져 있어 공감할 만한 데가 없었다. 카타르
시스는 오직 사랑이라는 주제에만 가능했는데, 지금 그들이

오페라 박스석에 갇힌 이방인이라는 점을 감안하면 카타르시스보다는 불편함만 더 불러일으키는 게 당연했다.

「그래서, 누가 우릴 초대했을까?」 시트라는 1막 휴식 시간이 되어 조명이 켜지자마자 물었다. 로언에게도 단서가 거의 없었기에, 두 사람은 가설을 세우는 데 도움이 될 만한 정보를 뭐든 공유하기로 했다. 둘 다 열여섯 살이라는 점을 빼면 공통점이 거의 없었다. 시트라는 도시 출신, 로언은 교외 출신이었다. 시트라는 소가족, 로언은 대가족 출신이었고, 부모의 직업도 완전히 동떨어져 있었다.

「유전 지수는 어떻게 돼?」 로언이 물었다. 사적인 질문이었지만, 관련이 있을지도 몰랐다.

「22-37-12-14-15.」

로언은 미소 지었다. 「아프리카 혈통이 37퍼센트네. 좋겠다! 상당히 높잖아!」

「고마워.」

로언은 유전 지수가 33-13-12-22-20이라고 했다. 20퍼센트라니 꽤 높은 숫자라서 혹시 그 〈기타〉 요소의 하부 지수가 뭔지 아냐고 물어볼까 싶었지만, 로언도 모른다면 그 질문에 민망해할 터였다.

「우리 둘 다 판아시아 혈통이 12퍼센트야.」 로언이 지적했다. 「이 일과 관련이 있을까?」 하지만 지푸라기를 잡는 꼴이었다. 그건 우연에 불과했다.

그러다가 휴식 시간이 끝날 무렵, 해답이 박스석 안으로 걸어 들어왔다.

「친교를 나누는 모습을 보니 좋군요.」

마주친 지 몇 달이 지났지만 시트라는 남자를 바로 알아보았다. 수확자 패러데이는 금방 잊을 만한 인물이 아니었다.

「당신은?」로언은 그 수확자와 뭔가 있었음을 선명하게 드러내며 격하게 말했다.

「더 빨리 도착했어야 하는데, 다른…… 일이 있었어요.」그는 자세히 말하지 않았고, 시트라도 그편이 나았다. 그렇다고 해도 그가 여기 있다는 사실 자체가 좋은 일일 수는 없었다.

「우릴 수확하려고 초대한 거군요.」질문이 아니라 사실 확인이었다. 시트라는 그게 사실이라고 믿고 있었으니까……. 그런데 로언이 말했다. 「그런 일일 것 같진 않아.」

수확자 패러데이는 두 사람의 목숨을 끊으려는 어떤 움직임도 보이지 않았다. 그 대신 빈 의자를 잡고 두 사람 옆에 앉았다. 「이 박스석은 극장 이사에게 받았어요. 사람들은 언제나 수확자에게 공물을 바치면 수확을 막을 수 있다고 생각하지요. 나에겐 그 사람을 거둘 의도가 처음부터 없었지만, 지금 그 사람은 자기 선물이 제 역할을 했다고 생각해요.」

「사람들은 믿고 싶은 대로 믿죠.」시트라는 그 말을 하는 로언의 목소리에 담긴 힘을 통해 경험에서 우러난 말임을 알아차렸다.

패러데이는 무대 쪽을 손짓했다. 「오늘 밤 우리는 인간의 어리석음과 비극을 구경하는 증인이에요. 내일은 그 삶을 살 것이고.」

그게 무슨 뜻인지 설명하기 전에 2막 커튼이 올라갔다.

로언은 두 달 동안 학교에서 따돌림을 당했다. 최고 수준의

왕따였다. 보통 그런 일은 갈 데까지 간 후 시간이 흐르면 약해지기 마련이지만, 콜 휘틀록의 수확에 한해서는 그렇게 돌아가지 않았다. 축구 시합이 있을 때마다 공통의 상처에 소금을 새로 쳤고, 그 모든 시합에서 졌기 때문에 고통이 두 배로 커졌다. 로언은 특별히 인기가 있었던 적이 없지만 그렇다고 조롱의 표적이 된 적도 없었는데, 지금은 정기적으로 구석에 몰려두들겨 맞았다. 학생들은 로언을 소외시켰고, 친구들마저 적극적으로 그를 피했다. 타이거도 예외가 아니었다.

「연좌제야, 친구.」 타이거는 그렇게 말했다. 「네 고통이 느껴지긴 하지만, 나도 그렇게 살고 싶진 않아.」

「불운한 상황이에요.」 로언이 점심시간이 끝나기를 기다리며 새로 생긴 멍을 치료하고 있을 때, 양호실에 들른 교장은 그렇게 말했다. 「전학을 고려해 보면 어떨까요.」

그러던 어느 날, 로언은 압력에 굴복했다. 교내 식당 테이블 위에 올라서서, 모두가 듣고 싶어 하는 거짓말을 했다.

「그 수확자는 내 삼촌이었어. 내가 삼촌에게 콜 휘틀록을 거두라고 했어.」 로언은 그렇게 선언했다.

물론 그들은 그 말을 다 믿었다. 아이들은 야유하며 로언에게 음식을 던졌다. 로언이 이렇게 말하기 전까지는.

「다들 삼촌이 다시 올 거라는 사실을 알았으면 좋겠다. 나한테 다음에는 누굴 거둘지 물어볼 거란 사실도.」

갑자기 음식이 날아오지도 않고, 노려보던 눈들도 사라지고, 폭력도 거짓말처럼 멈췄다. 그 빈자리를 채운 것은…… 그저 공허였다. 이젠 아무도 로언과 눈을 마주치지 않았다. 교사들조차도 로언을 쳐다보지 못했는데, 심지어 몇 명은 로언이 B

나 C 정도를 받아야 할 때 A를 주기 시작했다. 로언은 이제 자기 삶의 유령이 되어, 어쩔 수 없는 세상의 사각에서 살아가는 기분이었다.

집에서는 모든 게 정상이었다. 새아버지는 로언에게 조금도 간섭하지 않았고, 어머니는 너무 많은 일들에 정신이 팔려서 로언이 처한 곤경에 관심을 두지 못했다. 둘 다 학교에서 무슨 일이 일어났으며, 지금 무슨 일이 일어나는지 알았지만, 자기들이 해결할 수 없는 문제는 진짜 문제가 아닌 척하는 부모들의 이기적인 방식대로 상황을 무시했다.

「다른 고등학교로 전학 가고 싶어요.」 마침내 교장의 충고를 받아들인 로언이 어머니에게 말했을 때, 어머니의 반응은 쓰라릴 정도로 무미건조했다.

「네가 생각할 때 그게 최선이라면 그래라.」

로언이 세속을 떠나 어느 음파교단tone cult에 들어가겠다고 했어도 어머니는 〈네가 생각하기에 그게 최선이라면 그렇게 해〉라고 대답할 것만 같았다.

그래서 그 오페라 초대장이 왔을 때 로언은 누가 보냈을지 신경 쓰지 않았다. 그 초대장이 무슨 뜻이건 간에 하루 저녁이라도 빠져나갈 구조의 손길이었다.

박스석에서 만난 여자애는 좋았다. 예쁘고 자신감이 있었다. 그런 여자애라면 아마 사귀는 사람이 있을 것이다. 그런 말은 하지 않았어도…… 그러다가 수확자가 나타났고, 로언의 세계는 다시 어두운 곳에 처박혔다. 로언의 비참한 상황은 이 사람 책임이었다. 빠져나갈 구멍만 있었다면 난간 너머로 밀어 버렸을지도 모른다. 그러나 수확자에 대한 공격은 용인되지 않았다. 형벌은 공격자의 가족 전체를 거두는 것이었다. 존경받는 죽음의 대리인에게 안전을 보장할 만한 대가였다.

오페라가 끝나자, 수확자 패러데이는 두 사람에게 카드 하나와 아주 분명한 지시를 내렸다.

「내일 아침, 9시 정각에 이 주소에서 날 만나는 겁니다.」

「부모님에게는 오늘 밤 일을 어떻게 말해야 하죠?」 시트라가 물었다. 시트라에게는 자식 일에 신경 쓰는 부모님이 있는 모양이었다.

「좋을 대로 말해요. 내일 아침에 오기만 한다면, 아무래도 상관없습니다.」

그 주소는 세계 미술관으로, 도시에서 가장 좋은 미술관이었다. 10시까지는 문을 열지 않았지만, 경비원은 수확자가 정문 계단으로 올라오는 모습을 보자마자 한마디 요청도 하기 전에 잠긴 문을 열고 세 사람을 들여보냈다.

「이 지위에 따라오는 또 다른 특권이지요.」 수확자 패러데이는 두 사람에게 말했다.

그들은 옛 거장들의 작품이 걸린 회랑을 걸었다. 들리는 소리라고는 그들의 발소리와 이따금씩 나오는 수확자의 평뿐이었다. 「엘 그레코가 감정적인 갈망을 자아내기 위해 색상 대비를 어떻게 이용하는지 봐요.」 「이 라파엘 그림의 부드러운 동작을 좀 봐요. 그게 어떻게 화가가 전하는 시각적인 이야기를 강렬하게 만들어 주는지.」 「아! 쇠라로군요! 픽셀이 나오기 한 세기 전에 예언적으로 점묘화를 그렸지요!」

꼭 해야 할 질문을 먼저 던진 사람은 로언이었다.

「이게 저희와 무슨 상관이 있나요?」

예상한 질문이었을 텐데도, 수확자 패러데이는 살짝 짜증을 내며 한숨을 내쉬었다. 「학교에서 받지 못하는 가르침을 주는 겁니다.」

「그래서…….」 시트라가 말했다. 「웬 무작위 미술 수업을 해 주려고 저희를 저희 삶에서 빼내셨다고요? 그건 수확자님의 귀중한 시간을 낭비하는 일 아닌가요?」

수확자는 소리 내어 웃었고, 로언은 저도 모르게 수확자를 웃게 만든 사람이 나였으면 하고 바랐다.

「지금까지 뭘 배웠나요?」 수확자 패러데이가 물었다.

둘 다 답이 없자, 그는 다른 질문을 던졌다.

「내가 두 사람을 이 옛 회랑 대신 사망 후 시대 회랑으로 데려갔다면 대화가 어떻게 흘러갔을까요?」

로언이 조심스럽게 대답했다. 「아마 사망 후 시대의 예술이 얼마나 눈에 더 편한지 이야기했겠죠. 편하고…… 좀 더 마음을 어지럽히지 않고요.」

「독창성도 없고?」 수확자가 유도했다.

「그건 견해 차이죠.」 시트라가 말했다.

「그럴지도 모르지요. 하지만 이제 두 사람은 이 사망 시대 예술에서 무엇을 찾을지 아니까, 그걸 느껴 봤으면 좋겠어요.」 그리고 그는 두 사람을 다음 회랑으로 데려갔다.

로언은 아무것도 느끼지 못할 거라고 확신했지만, 그 생각은 틀렸다.

다음 방은 천장에서 바닥까지 이르는 그림들이 걸린 큰 회랑이었다. 화가가 누구인지는 알아보지 못했지만, 그건 중요하지 않았다. 그 작품들에는 같은 사람의 손은 아닐지 몰라도 같은 영혼이 그린 것 같은 일관성이 있었다. 어떤 작품에는 종교적인 주제가 있었고, 또 어떤 작품은 초상화였으며, 또 다른 작품들은 사망 후 시대 예술에는 없는 활력을 지닌 일상에서 포착하기 힘든 빛을 잡아냈다. 갈망과 고양감, 비통함과 즐거움 등이 모두 그곳에 있었고, 때로는 같은 캔버스 안에 뒤섞여 있었다. 어떤 면에서는 불안했지만 강렬하기도 했다.

「이 방에 조금 더 있어도 될까요?」 로언이 그렇게 묻자, 수확자는 미소 지었다.

「물론이지요.」

그들이 감상을 마쳤을 때쯤 박물관이 문을 열었다. 다른 관람객들은 그들을 멀찍이 피해 갔다. 덕분에 로언은 학교에서 받는 취급을 떠올렸다. 시트라는 여전히 수확자 패러데이가 그들을 부른 이유를 짐작도 못 하는 눈치였지만, 로언은 이제 조금 알 것 같았다.

수확자는 두 아이를 식당으로 데려갔고, 다른 손님들을 무시하며 그들을 우선시한 웨이트리스가 즉시 자리로 안내한 다음, 메뉴판을 가져왔다. 〈지위의 특권.〉 로언은 그들이 앉고 난 후 아무도 식당에 들어오지 않는다는 사실을 알아차렸다. 아마 이 식당은 그들이 나갈 때까지 비어 있을 것이다.

「혹시 저희가 아는 사람들에 대한 정보를 제공하길 원하시는 거라면…….」 시트라는 주문한 음식이 나오자 말했다. 「전 그럴 생각 없어요.」

「나에게 필요한 정보는 직접 모아요.」 수확자 패러데이가 말했다. 「아이들을 정보원으로 둘 필요는 없죠.」

「하지만 저희가 필요하시죠. 그렇지 않나요?」로언이 말했다.

수확자는 대답하지 않았다. 그 대신 그는 세계 인구와 그 인구를 무너뜨리지는 않더라도 적당한 비율로 지키기 위해 온 세계 수확자들이 하는 일에 대해 이야기했다.

「인구 성장률을 선더헤드의 인류 부양 능력에 맞추려면 해마다 일정 수를 거둬야 해요. 그러려면 수확자가 더 필요할 겁니다.」

그런 말을 하더니 그는 로브에 숨겨진 수많은 주머니 중 하나에서 자기가 낀 것과 똑같은 수확자 반지를 하나 꺼냈다. 반지는 방 안의 조명을 받아서 반사하고 굴절시켰지만, 어떤 빛도 그 핵심에 있는 어두운 부분까지 들어가지는 못했다.

「수확자들은 1년에 세 번, 콘클라베라는 대회합을 열어 만납니다. 우리는 수확에 대해 의논하고, 우리 지역에 수확자가 더 필요할지 어떨지를 논하지요.」

시트라는 이제 의자 안으로 쪼그라드는 것 같았다. 이제야 이해한 것이다. 로언은 이럴 줄 예상했지만, 그래도 실제로 그 반지를 보니 약간은 움츠러드는 느낌이었다.

「수확자의 반지에 박힌 보석은 사망 이후 시대 초기에 초창기 수확자들이 만든 겁니다.」패러데이가 말했다. 「부자연스러운 죽음이 자연스러운 죽음을 대신해야 한다는 사회 합의가 이루어졌을 때 만들었지요. 수확령의 설립자들은 이후의 필요를 예측할 만큼 현명했기에, 당시 필요한 것보다 많은 보석을 만들어 두었어요. 새로운 수확자가 필요해지면 그런 보석 하나를 금반지에 박아서 선택된 후보자에게 수여합니다.」그는 손에 쥔 반지를 돌리면서 가만히 들여다보고, 굴절된 빛을 식당 사방에 뿌렸다. 그러다가 두 사람의 눈을 보았다. 처음에는 시트라를, 그다음에는 로언을. 「나는 동계 콘클라베에서 막 돌아왔고, 수습생을 둘 수 있도록 이 반지를 받아 왔어요.」

시트라는 뒷걸음쳤다. 「로언이 해도 돼요. 전 관심 없어요.」

로언은 먼저 말했으면 좋았을걸 생각하면서 시트라를 돌아보았다. 「왜 나는 할 수 있다고 생각하는데?」

「난 두 사람 다 선택했습니다!」 패러데이가 목소리를 높였다. 「둘 다 이 일을 배울 거예요. 하지만 끝에 가서는 한 명만 반지를 받겠지요. 나머지 한 명은 예전 삶으로 돌아갈 수 있고.」

「어째서 저희 둘 다 원하지도 않는 일을 두고 경쟁하겠어요?」 시트라가 물었다.

「그 점에 이 직업의 역설이 있지요.」 패러데이가 말했다. 「이 일을 하고 싶어 하는 사람은 절대 해선 안 돼요……. 그리고 살해하기를 가장 싫어하는 사람들만이 이 일을 해야 합니다.」

패러데이가 반지를 치우자 로언은 숨을 내쉬었는데, 그때까지 숨을 참고 있었다는 사실도 깨닫지 못했다.

「두 사람 다 가장 높은 수준의 도덕성을 지니고 있어요.」 패러데이는 그들에게 말했다. 「두 사람의 높은 도덕성 때문에 내 수습생이 될 수밖에 없을 겁니다. 내가 강제해서가 아니라 직접 선택해서.」

그는 그 말을 끝으로 계산도 하지 않고 떠났다. 수확자에게 계산서를 내미는 곳은 없고, 앞으로도 없을 것이기 때문이었다.

뻔뻔하기는! 그는 예술적인 분위기로 그들에게 감명을 준 후에 역겨운 책략에 끌어들였다. 무슨 일이 있어도 시트라는 자기 인생을 내던지고 다른 사람들의 목숨을 빼앗는 사람이 될 생각이 없었다.

시트라는 그날 저녁 집에 돌아온 부모님에게 무슨 일이 있었는지 이야기했다. 아버지가 시트라를 끌어안았고, 시트라는 그 품에 안겨서 그런 끔찍한 제안을 받은 데 대해 눈물을 터뜨렸다. 그런데 어머니는 시트라가 예상하지도 못한 말을 했다.

「할 거니?」

어머니가 그런 질문을 할 수 있다는 사실 자체가 그날 아침 눈앞에 다가온 반지를 본 것보다 더 충격이었다.

「뭐?」

「힘든 선택이라는 건 안다.」 아버지가 말했다. 「네가 어떻게 하든 우린 널 지지할 거야.」

시트라는 그 전까지 부모님을 제대로 본 적이 없었던 것 같은 낯선 기분으로 두 사람을 쳐다보았다. 시트라가 수확자 수습생이 될 거라고 생각하다니, 어떻게 부모님이 그녀를 그렇게 모를 수가 있지? 어떻게 대답해야 할지 알 수가 없었다.

「내가…… 그랬으면 좋겠어?」 두 사람의 답을 듣기가 두려웠다.

「우린 네가 원하는 걸 하길 바라.」 어머니가 말했다. 「하지만 크게 보면 수확자는 이 세상에 원하는 게 없어. 필요한 것, 원하는 것은 모두 주어질 테고, 넌 수확을 두려워하지 않아도 될 거야.」

다음 순간 생각이 났다. 「엄마, 아빠도 수확 걱정을 하지 않겠지……. 수확자의 가족은 그 수확자가 살아 있는 한 면제권이 있으니까.」

아버지가 고개를 저었다. 「우리의 면제권은 중요하지 않아.」

그리고 시트라는 아버지의 말이 사실임을 깨달았다. 「엄마, 아빠가 아니라…… 벤 때문이구나…….」

그 말에는 두 사람 다 대답이 없었다. 수확자 패러데이가 그들의 집에 불쑥 들어왔던 일은 아직까지도 온 가족을 쫓아다니는 어두운 망령이었다. 그 당시 그들은 수확자가 왜 왔는지 알지 못했다. 시트라나 벤을 거두러 왔을 가능성도 높았다. 하지만 시트라가 수확자가 된다면 두 사람은 두 번 다시 뜻밖의 방문자를 두려워할 필요가 없어진다.

「내가 평생 사람들을 죽이면서 살면 좋겠어?」

어머니가 얼굴을 돌렸다. 「제발, 시트라. 죽이는 게 아니라 거두는 거야. 그건 중요한 일이야. 필요한 일이고. 그래, 아무도 그걸 좋아하진 않지. 하지만 그 일이 일어나야 하고, 누군가는 그 일을 해야 한다는 데 모두가 동의해. 너라고 안 될 게 있겠니?」

그날 밤 시트라는 저녁도 먹지 않고 일찍 잠자리에 들었다. 그날의 사고로 식욕이 죽었다. 부모님이 몇 번인가 문 앞에 왔지만, 시트라는 매번 가라고 말했다.

자신의 인생이 어떤 길을 갈지 확신한 적은 없었다. 아마 대학에 가고, 뭔가 재미있는 분야에서 학위를 딴 후에 안정된 직업에 정착해서, 편안한 남자를 만나고, 점잖고 평범한 삶을 살겠거니 했다. 그런 삶을 갈망하는 것은 아니지만 그렇게 예상했다. 시트라만이 아니라 모두가 그랬다. 정말로 열망할 만한 것이 없는 시대에 삶은 주로 유지 보수였다. 영원한 유지 보수.

시트라가 인명을 거두는 것을 더 큰 목적으로 삼는 게 가능할까? 답은 여전히 단호한 〈아니!〉였다.

하지만 정말 그렇다면, 왜 이렇게 잠을 이루기가 힘든 걸까?

로언에게는 그 결정이 그렇게 어렵지 않았다. 물론 수확자가 된다고 생각하면 싫었다. 역겨웠다. 하지만 다른 사람들처럼 살아간다는 생각을 하면 더 역겨웠다. 스스로가 도덕적으로 우월하다고 보지는 않았지만, 그에게는 남보다 강한 공감력이 있었다. 그는 사람들을 연민했고, 때로는 자신보다 남을 더 챙겼다. 콜의 수확에 뛰어든 것도 그래서였고, 타이거가 추락을 거듭할 때마다 그 곁을 지키는 것도 그래서였다.

그리고 로언은 이미 수확자가 된다는 것이, 나머지 세상에서 동떨어진 취급을 받는다는 것이 어떤 일인지 알았다. 지금도 그렇게 살고 있었으니까. 하지만 영원히 그런 삶을 견뎌 낼수 있을까? 그러지 않아도 될지 몰랐다. 수확자들은 함께하니까, 그렇지 않은가? 1년에 세 번 콘클라베가 열리기도 하고, 분명히 서로 친구가 되기도 할 것이다. 세상에서 제일가는 엘리트 클럽이었다. 아니, 그런 엘리트 클럽에 속하고 싶은 건 아니었지만 끌리기도 했다. 수확자가 된다는 건 무거운 짐일 테지만, 엄청난 영예이기도 했다.

이래라저래라 할까 봐 그날은 가족에게 말하지 않았다. 온가족에게 면제권이라? 당연히 다들 로언이 제안을 받아들이길 원할 것이다. 로언도 그들에게 사랑하는 가족이기는 했지만, 다른 사랑하는 이들 중 한 명일 뿐이었다. 로언의 희생으로 나머지를 구할 수 있다면, 더 큰 가족적 안녕이 이루어지는 셈이었다.

결국 결정을 내려 준 것은 그림이었다. 그날 밤 로언의 꿈에는 회화 캔버스들이 어른거렸다. 사망 시대의 삶은 어땠을까? 좋은 쪽으로든 나쁜 쪽으로든 열정이 가득했으리라. 신앙을 낳을 정도의 두려움. 고양감에 의미를 부여하는 절망. 그 시절에는 겨울도 더 춥고 여름은 더 더웠다고들 했다.

까마득한 미지의 하늘과 어둡게 감싸는 땅 사이에서의 삶은 눈부신 것이었겠지. 그렇지 않고서야 어떻게 그렇게 웅장한 표현을 해낼 수 있었겠는가? 이제는 아무도 가치 있는 것을 창조하지 못했다. 하지만 만약 수확을 통해 예전 삶의 편린이라도 돌이킬 수 있다면, 그럴 가치가 있을지도 몰랐다.

그에게 다른 인간을 죽일 능력이 있을까? 한 명이 아니라 매일, 매해, 영겁에 이를 때까지 계속 그럴 수 있을까? 수확자 패러데이는 로언이 그럴 수 있다고 믿었다.

그는 다음 날 아침, 학교에 가기 전에 어머니에게 수확자가 수습생이 되어 달라고 했으니 학교를 그만두고 그 제안을 받아들이겠다고 말했다.

「네가 생각하기에 그게 최선이라면 그렇게 해.」 어머니는 말했다.

오늘 문화 감사를 받았다. 1년에 한 번이지만, 그렇다고 스트레스가 덜해지지는 않는다. 올해 내가 지난 12개월 동안 거둔 사람들에게서 각각의 문화 지수를 받아서 처리했을 때, 결과는 다행히도 넉넉히 한도를 지켰다.

20퍼센트 코카서스계.

18퍼센트 아프리카계.

20퍼센트 판아시아계.

19퍼센트 메소라틴계.

23퍼센트 기타.

알아보기가 힘들 때도 있다. 개인의 지수는 사적인 영역이고, 우리는 눈에 보이는 특질만으로 상대를 가늠할 수 있는데, 이제는 시각적인 특질이 과거 세대들처럼 뚜렷하지 않기 때문이다. 수확자의 지수가 한쪽으로 크게 치우치면 고위 수확자에게 징계를 받고, 그다음 해에는 주울 상대를 직접 고르지 못하고 배정을 받게 된다. 수치스러운 일이다.

이 지수는 세상을 문화적, 유전적 편견에서 벗어나게 하려고 만든 것이지만 그 안에도 우리가 벗어날 수 없는 근본적인 요소가 있지 않을까? 예를 들어 유전 지수에 제일 처음 나오는 수치가 코카서스계라는 건 누가 정한 걸까?

— 수확자 퀴리의 「수확 일기」 중에서

4
임시 살인 면허

〈너희가 수확자들에 대해 안다고 생각한 건 다 잊어라. 선입견은 모두 버려라. 교육은 오늘부터 시작이다.〉

시트라는 자기가 정말로 이 일에 뛰어들었다는 사실을 믿을 수가 없었다. 어떤 숨겨진 자기 파괴 자아가 그녀에게 의지를 행사한 걸까? 대체 무엇에 씌었기에 이 수습생 제의를 받아들인 걸까? 이제 돌이킬 수 없었다. 어제, 그러니까 새해 셋째 날에 수확자 패러데이가 집으로 찾아와서 아버지와 동생에게 1년 면제권을 수여했다. 어머니에게는 몇 달 면제권을 덧붙여서 전원의 면제권이 같은 날에 끝나도록 했다. 물론 시트라가 온전한 수확자로 선택받는다면, 모두의 면제권은 영구적이 될 것이다.

시트라가 떠날 때 부모님은 눈물 바람이었다. 시트라는 그 눈물이 슬픔인지, 기쁨인지, 안도감인지 궁금했다. 아마 세 가지 모두가 섞여 있었으리라.

「네가 이 세상에서 훌륭한 일을 해낼 줄 안다.」 아버지는 그렇게 말했다. 시트라는 죽음을 가져오는 것을 어떤 면에서 훌류하다고 여길 수 있는지 생각했다.

〈너희에게 수확 면허가 있다고 생각하는 오만은 삼가길 바란다. 그 면허는 오직 나만의 것이다. 너희가 가진 것은…… 임시 면허라고 해둘까. 그러나 나는 수확에 갈 때마다 둘 중 하나가 꼭 참여하도록 할 것이다. 그리고 내가 도와 달라고 하면 너희도 돕는 거다.〉

시트라는 특별한 인사치레 없이 학교를 그만두고, 어색하고 짧은 대화로 친구들에게 작별을 고했다.

「내가 없어지는 건 아니야. 그냥 학교에만 다니지 않는 거지.」 하지만 농담이나 다름없었다. 수확자 수습생이 된다는 건 뚫을 수 없는 벽 바깥에 서는 일이었다. 그녀 없이도 삶이 계속된다는 사실을 알기에 의기소침해지면서 동시에 기운이 났다. 그리고 수확자가 된다는 건 산송장이 되는 것과 비슷하다는 생각이 들었다. 세상 속에 있기는 하지만 세상과 동떨어진 삶. 다른 사람들의 행동을 목격하기만 하는 존재.

〈우리는 법 위에 있지만, 그렇다고 법을 거역하고 산다는 뜻은 아니야. 우리의 지위는 법 규칙을 넘어서는 도덕성을 요구하지. 우리는 청렴결백하려고 노력해야 하고, 매일 우리의 동기를 평가해야 해.〉

시트라는 반지를 끼지 않는 대신 수확자 수습생임을 알려주는 팔찌를 받았다. 로언도 마찬가지였다. 밝은 녹색 팔찌에는 깜박이지 않는 눈 위에 농부의 큰 낫이 새겨져 있었는데, 수확단의 두 가지 상징이었다. 그 상징은 선택받은 수습생의 팔에 문신으로 새겨질 것이다. 수확자는 로브를 입지 않은 모습을 대중에게 드러내는 일이 없기 때문에, 그 문신을 남에게 보일 일도 없겠지만 말이다.

시트라는 빠져나갈 길이 있을 거라고 스스로를 타일러야 했다. 수행에 실패할 수도 있고, 형편없는 수습생이 될 수도 있었다. 배움을 완전히 망쳐서 1년이 지났을 때 수확자 패러데이가 로언을 선택하고 시트라를 가족에게 돌려보낼 수밖에 없도록 만들 수도 있었다. 다만 시트라가 일을 못하는 데 서툴다는 게 문제였다. 그녀에게는 성공보다 실패가 훨씬 더 어려웠다.

〈너희 둘 사이에 연애 감정이 오가는 건 참아 주지 않을 테니, 그런 생각은 지금 다 떨쳐 버려라.〉

수확자가 그 말을 했을 때 시트라는 로언을 슬쩍 보았고, 로언은 어깨를 으쓱였다.

「문제없습니다.」시트라는 로언의 말에 짜증이 났다. 하다 못해 약간은 실망한 기색을 드러낼 수도 있지 않은가.

「그럼요.」시트라는 말했다. 「그런 규칙이 있든 없든 어림없는 일이에요.」

로언은 그 말에 씩 웃기만 했고, 덕분에 시트라는 더 짜증이 났다.

〈너희는 역사, 위대한 철학자들, 과학을 공부할 것이다. 영구적으로 생명을 빼앗는 책임을 맡기 전에 생명의 본질과 인간으로 산다는 게 어떤 의미인지 이해하게 될 것이다. 또한 모든 형태의 살해 기술을 배워 전문가가 될 것이다.〉

시트라와 마찬가지로 로언도 이 수업을 받기로 한 스스로의 결정에 동요한 상태였지만, 그런 속내를 드러낼 생각은 없었다. 특히 시트라에게는 보일 수 없었다. 무관심한 태도를 보이긴 했지만, 사실 로언은 시트라에게 끌렸다. 하지만 수확자가 금지하기 전에도 그런 관계는 잘 끝날 수 없다는 사실을 알고 있었다. 결국 두 사람은 서로의 적이었다.

시트라와 마찬가지로, 로언도 수확자 패러데이가 가족들 모두에게 반지를 내밀고 면제권을 부여하는 동안 그 옆에 서 있었다. 로언의 남자 형제들과 여자 형제들, 이복형제들과 이부형제들, 할머니와 할머니의 지나치게 완벽한, 그래서 사기꾼일 수도 있다고 로언이 속으로 의심하고 있는 남편까지. 모두 차례차례 정중하게 무릎을 꿇고 반지에 입을 맞추어, 선더헤드와 별개로 떨어져 있는 수확령의 특별 클라우드 속 면제 데이터베이스에 각자의 DNA를 전송했다.

수습생은 가족 구성원 전원이 1년간 면제권을 받는 것이 규칙이었고, 로언의 대가족은 열아홉 명이었다. 로언의 어머니는 감정이 복잡한 듯했다. 앞으로 최소 1년은 아무도 집을 떠날 수 없게 됐는데, 그래야 로언이 수확자의 반지를 받았을 때 면제권이 확실히 영구해지기 때문이었다. 물론 로언이 반지를 받는다면 말이지만.

예기치 않은 문제라면, 반지가 작은 경고음과 함께 진동하면서 할머니의 새 남편에게 면제권 주기를 거부했단 거였다. 결국 그 남자는 사기꾼이 맞았던 것이다.

〈너희는 이제부터 나처럼 산다. 겸손하게, 그리고 다른 사람들의 호의에 기대어 살아가는 것이다. 필요한 것 이상은 받지 말고, 아무것도 낭비하지 마라. 사람들은 너희들의 우정을 사려고 할 것이다. 너희들에게 온갖 물건을 줄 것이다. 사람답게 살기 위해 꼭 필요한 정도만 받아라.〉

패러데이는 새로운 생활을 시작하기 위해 로언과 시트라를 자기 집으로 데려왔다. 로언은 존재하는 줄도 몰랐던 쇠퇴한 시외에 자리 잡은 작은 방갈로였다. 「가난 놀이를 하는 사람들이지.」 패러데이는 그렇게 말했다. 이제는 아무도 진짜 가난에 시달리지 않았다. 궁핍은 선택이었다. 사망 후 시대의 풍요를 꺼리는 사람은 언제나 있었다.

패러데이의 집은 스파르타식이었다. 장식은 거의 없고, 가구는 밋밋했다. 로언의 방에는 침대 하나와 작은 서랍장 하나 둘 공간밖에 없었다. 그나마 시트라의 방에는 창문이 있었지만, 창밖으로 보이는 것은 벽돌로 된 벽뿐이었다.

〈어린애 같은 취미 생활이나 친구들과의 시시한 연락은 용납하지 않겠다. 이 생활에 전념한다는 것은 예전 삶을 최대한 버린다는 뜻이다. 지금부터 1년 후에는 너희들 중 하나를 선택할 것이고, 선택받지 못한 쪽은 쉽게 예전 생활로 돌아갈 수 있다. 하지만 지금은 그 생활을 과거로 여기도록 해.〉

패러데이는 두 사람이 적응하고 나서 상황을 곰곰이 생각해 볼 시간을 주지 않았다. 로언이 짐을 풀자마자 수확자는 다 함께 시장에 간다고 선언했다.

「수확하러요?」 로언은 토할 것 같은 기분으로 물었다.

「아니, 너희 둘이 먹을 식량을 구하러.」 패러데이가 말했다. 「내가 남긴 음식을 먹는 게 더 좋다면 또 모르지.」

시트라는 마치 자기는 그런 걱정을 하지도 않았다는 듯이 로언에게 히죽 웃어 보였다.

「제대로 알기 전의 네가 훨씬 좋았어.」 로언이 말했다.

「넌 아직 날 제대로 몰라.」 시트라는 그렇게 대답했고, 그건 사실이었다. 그러고 나서 그녀는 한숨을 내쉬더니, 오페라를 본 밤 이후 처음으로 많은 말을 했다. 「우린 어쩔 수 없이 같이 살게 됐고, 둘 다 경쟁하고 싶지 않은 자리를 두고 경쟁해야만 해. 그게 네 잘못이 아닌 줄은 알지만, 그렇다고 우리가 친해질 만한 상황은 아니야.」

「나도 알아.」 로언은 인정했다. 둘 사이에 흐르는 긴장은 시트라 탓만이 아니었다. 「하지만 그렇다고 우리가 서로의 뒤를 받쳐 주지 못할 건 없잖아.」

시트라는 대답하지 않았다. 로언도 대답을 기대하지 않았다. 로언은 그저 씨를 뿌려 두고 싶었다. 지난 두 달간 로언은 자신을 받쳐 주는 사람이 아무도 없다는 사실을 알았다. 어쩌면 평생 없었는지도 몰랐다. 친구들은 떠나 버렸다. 가족 안에서는 중요한 사람이 아니었다. 이제 로언과 처지를 함께하는 사람은 딱 한 명뿐이었고, 그게 시트라였다. 그들이 서로를 믿을 방법을 찾지 못한다면, 임시 살인 면허 말고 가진 게 무엇이 있단 말인가?

인류의 가장 큰 성취는 죽음을 정복한 것이 아니다. 행정부를 끝장낸 것이다.

세계의 디지털 네트워크가 〈클라우드〉라고 불리던 시절, 사람들은 인공 지능에 너무 많은 힘을 부여하는 것이 아주 나쁜 생각이라고 여겼다. 모든 형태의 매체에 경고하는 이야기가 넘쳤다. 기계는 언제나 적이었다. 하지만 그러다가 클라우드가 의식의 불꽃, 혹은 놀랍도록 그와 비슷한 뭔가를 일으키며 선더헤드로 진화했다. 사람들의 두려움과는 완전히 대조적으로 선더헤드는 권력을 잡지 않았다. 선더헤드가 정치가들보다 행정에 적합하다는 사실을 깨달은 것은 사람들이었다. 선더헤드가 있기 전에는 인간의 오만함과 이기심, 그리고 끝없는 내분이 법을 결정했다. 비효율적이었다. 불완전하기도 했다. 온갖 형태의 부패에 취약했다.

그러나 선더헤드는 부패할 수 없었다. 그뿐만 아니라, 선더헤드의 알고리즘은 인간 지식의 총합을 발판으로 만들어졌다. 정치적인 언동에 낭비된 모든 시간과 돈, 전쟁으로 잃은 생명들, 압제자에게 학대당한 인구…… 모두 선더헤드가 권력을 넘겨받는 순간 사라졌다. 물론 정치가와 독재자와 주전론자는 기뻐하지 않았지만, 언제나 그토록 크고 위협적이었던 그들의 목소리가 갑자기 하찮아졌다. 알고 보니 벌거벗은 임금에게는 옷만이 아니라 배짱도 없었다.

선더헤드는 말 그대로 모든 것을 알았다. 언제 어디에 도로를 건설할지, 식량 분배의 낭비를 어떻게 제거하여 기아 현상을 없앨 것인지, 생태 환경을 계속 성장하는 인구로부터 어떻게 보호할 것인지 모두 알았다. 선더헤드는 일자리를 만들고, 가난한 이들에게 옷을 입히고, 〈세계법〉을 정립했다. 역사상 처음으로 법은 정의의 그림자가 아니라 정의가 되었다.

선더헤드는 우리에게 완벽한 세상을 선사했다. 우리 조상들이 꿈만 꾸던 유토피아가 우리에게는 현실이다.

선더헤드에게 권위가 넘어가지 않은 조직은 단 하나뿐이었다.

수확령.

인구 성장을 조절하기 위해 사람들이 죽어야 한다는 결정이 내려졌을 때, 이것만큼은 인간의 책임이어야 한다는 결정도 내려졌다. 다리를 고치고 도시를 계획하는 일은 선더헤드에게 넘겨줄 수 있어도, 생명을 빼앗는 것은 양심과 의식을 가지고 해야 할 행동이었다. 선더헤드에게 양심이나 의식이 있는지 여부는 증명할 수 없었기에 수확령이 탄생했다.

나도 그 결정을 후회하지는 않지만, 선더헤드가 우리보다 더 잘하지 않았을까 하는 생각은 자주 한다.

— 수확자 퀴리의 「수확 일기」 중에서

5
하지만 난 아흔여섯 살밖에 안 됐어요

장보기는 평범하고 일상적인 일이어야 했지만, 시트라는 수확자와 함께 장을 보면 광기가 담긴 바구니가 따라온다는 사실을 알게 되었다.

시장 문이 열리고 세 사람이 들어서자마자 주위에 퍼지는 공포의 기운에 시트라의 팔에 닭살이 돋을 정도였다. 헉 소리나 비명을 지르거나 하는 노골적인 반응은 없었다. 사람들은 수확자가 일상을 관통하는 데 익숙했다. 마치 그들이 어쩌다가 연극 무대에 올라가서 공연을 망쳐 버린 것만 같은, 고요하지만 광범위한 반응이었다.

시트라는 크게 봐서 세 부류가 있음을 알아차렸다.

첫째, 부인하는 사람들. 이 사람들은 계속 움직이면서 수확자가 그 자리에 없는 척했다. 그냥 수확자를 무시하는 게 아니라 적극적으로, 완고하게 그의 존재를 부인했다. 시트라는 그 모습에서 술래잡기하는 어린아이를 떠올렸다. 숨기 위해 자기 눈을 가리면서, 자기가 남을 볼 수 없으면 남도 자기를 볼 수 없다고 생각하는 아이 말이다.

둘째, 탈출 예술가들. 이 사람들은 달아나면서도 달아나는 게 아닌 것처럼 보이려고 애썼다. 갑자기 계란을 가져오는 걸 깜박했다는 사실을 기억하거나, 실제로 존재하지 않는 아이를 따라잡으려 달렸다. 어떤 쇼핑객은 뒷주머니가 눈에 띄게 불룩한데도 집에 지갑을 두고 온 모양이라고 중얼거리면서 카트를 버렸다. 물론 그 남자는 서둘러 나가서 다시는 돌아오지 않았다.

셋째, 수확자의 애완동물들. 이 사람들은 속으로 (별로 비밀스럽지도 않게) 수확자가 면제권을 줄지도 모른다거나, 언젠가 자기들 대신 옆 사람을 거둬 갈지도 모른다고 생각하면서 애써 수확자와 마주쳐서 뭔가를 제공하려 했다. 「여기요, 수확자님. 제 멜론 가져가세요. 이 멜론이 더 커요. 그러지 마시고 받으세요.」 이 사람들은 그렇게 알랑거리면 그들을 거두고 싶은 마음만 커지는 수확자도 있다는 걸 알까? 시트라도 그런 행동에 대한 벌로 사형을 내리고 싶은 건 아니었지만, 무고한 구경꾼과 구역질 나게 아첨하는 사람 중에서 고르라면 멜론을 내미는 사람 쪽을 고를 터였다.

다른 세 부류와 들어맞지 않는 쇼핑객이 한 명 있었다. 그 여자는 실제로 수확자를 보고 기뻐하는 것 같았다.

「안녕하세요, 패러데이 수확자님.」 그녀는 조리 식품 코너 근처에서 그렇게 인사하더니, 호기심 어린 눈으로 시트라와 로언을 쳐다보았다. 「조카분들인가요?」

「그럴 리가요.」 그는 자기 친척들에 대한 경멸을 살짝 드러내며 말했는데, 시트라로서는 별로 알고 싶지 않은 부분이었다. 「수습생을 들였습니다.」

그 여자는 눈을 동그랗게 떴다. 「그런 일이!」 말투만 들어서는 좋은 일이라고 생각하는지, 나쁜 일이라고 생각하는지 알 수 없었다. 「아이들이 그 일을 좋아하나요?」

「전혀요.」

그녀는 고개를 끄덕였다. 「그렇다면 괜찮겠네요. 왜, 그런 말이 있잖아요. 〈칼을 방종하게 휘두르지 말라.〉」

수확자는 미소 지었다. 「이 아이들에게 언제 당신의 스트루들을 맛보여 줄 수 있다면 좋겠군요.」

그녀는 두 사람을 보고 고개를 끄덕였다. 「그거야 말하지 않으셔도 그럴 거예요.」

그녀가 가던 길로 사라진 후, 수확자 패러데이는 그녀가 오랜 친구라고 설명했다. 「가끔 나에게 요리를 해주지. 그리고 검시관실에서 일해. 내 직업상 검시관실에 친구를 두는 건 언제나 좋은 일이야.」

「그분에게 면제권을 주시나요?」 시트라가 물었다. 로언은 그 질문에 수확자가 분개할지도 모른다고 생각했지만, 그는 화내지 않고 대답했다.

「수확령은 편애를 좋게 보지 않지만, 난 격년으로 면제권을 주면 적신호를 올리지 않을 수 있다는 걸 알고 있지.」

「그 사이에 다른 수확자가 거두면 어떻게 하고요?」

「그때는 마음 깊이 슬퍼하며 장례식에 참여하겠지.」

장을 보다가 시트라가 과자를 집어 들자 수확자가 의심스럽게 물었다. 「이런 물건이 정말 필요할까?」

「뭐든 정말로 필요한 게 있긴 한가요?」 시트라가 대꾸했다.

로언은 시트라가 수확자에게 건방지게 구는 모습이 아주 재미있었다. 하지만 그 태도는 통했다. 수확자는 시트라가 과자를 담아 두게 허락했다.

로언은 좀 더 실용적으로 굴 생각으로 계란, 밀가루, 다양한 단백질 식품과 사이드 디시를 쌓았다.

「치키노이드 텐더는 집지 마.」 시트라가 로언이 고른 것들을 보며 말했다. 「내 말 믿어, 우리 엄마가 식품 합성 기술자야. 그 물건은 진짜 닭고기가 아니라 페트리 접시에서 배양한 거야.」

로언은 다른 냉동 단백질 식품 봉투를 들어 올렸다. 「이건 어때?」

「시스테이크? 나쁘진 않지. 플랑크톤을 압착해서 고기 형태로 만든 게 좋다면야.」

「그렇다면 너도 주전부리와 단것은 그만 집고 네가 먹을 식사를 고르는 게 어때.」

「넌 늘 이렇게 따분해?」 시트라가 물었다.

「패러데이가 우리도 똑같이 살아야 한다고 하지 않았나? 쿠키 반죽 아이스크림이 패러데이의 생활 방식에 들어갈 것 같진 않은데.」

시트라는 그를 비웃었지만, 아이스크림을 바닐라 맛으로 바꿨다.

계속 장을 보던 중에 시트라는 쇼핑하는 척하면서 가게 사이로 그들을 따라오는 것처럼 보이는 수상한 두 청소년을 알아차렸다. 아마 법의 가장자리에 걸친 행동을 즐기는 불미자unsavory들일 터였다. 불미자들이 실제로 경범죄를 저지를 때도 있었지만, 언제나 선더헤드에게 잡히고 치안관에게 견책을 당하는 일이 반복되기 때문에 결국 대부분은 그런 행동에 흥미를 잃었다. 가장 골치 아픈 법 위반자들은 핏속에 충격 나노기를 넣고, 딱 법을 비웃는 행위를 바로잡을 강도의 충격을 주는 방식으로 교정했다. 그리고 그것도 통하지 않으면 매일 24시간 내내 개인 치안관을 달고 다녀야 했다. 시트라에게는 그런 삼촌이 하나 있었다. 삼촌은 치안관을 자신의 수호천사라고 불렀고, 나중에 가서는 그 사람과 결혼했다.

시트라는 로언의 소매를 잡아당겨, 수확자 패러데이 모르게 불미자들의 존재를 알렸다.

「쟤들이 왜 따라오는 걸까?」

「아마 수확이 있을 거라 생각하고 보고 싶은 거겠지.」 로언의 가설은 그럴듯했다. 그러나 알고 보니 그들에게는 다른 동기가 있었다.

세 사람이 계산대 앞에 서 있을 때, 불미자 하나가 수확자 패러데이의 손을 움켜쥐더니 막을 여유도 없이 반지에 입을 맞췄다. 반지가 붉게 달아오르면서 그의 면제권을 알렸다.

「하!」 불미자는 작전 승리에 도취되어 외쳤다. 「난 1년 면제권을 얻었어. 그리고 당신도 이건 취소 못 해! 난 규칙을 알거든!」

수확자 패러데이는 동요하지 않았다. 「그래, 좋겠구나. 너에겐 365일의 면제권이 있다.」 그러더니 그는 상대의 눈을 보면서 말했다. 「그리고 366일째에 내가 만나러 가지.」

갑자기 그 10대 소년의 우쭐한 표정이 사라졌다. 마치 얼굴을 지탱하던 근육이 다 풀린 것 같았다. 그는 몇 마디 더듬거리다가 친구에게 끌려갔다. 두 소년은 최대한 빨리 가게 밖으로 뛰쳐나갔다.

「잘하셨습니다.」줄 서 있던 다른 남자가 말했다. 그 남자는 수확자의 식료품값을 내겠다고도 했는데, 어차피 수확자는 무료로 식료품을 얻었기에 무의미한 제안이었다.

「정말로 1년 후에 저 녀석을 추적하실 건가요?」로언이 물었다.

수확자는 계산대 앞 선반에 놓인 입 냄새 제거 민트 한 통을 집었다. 「내 시간을 쓸 가치는 없어. 게다가 이미 벌은 내렸다. 저 아이는 1년 내내 수확을 걱정하겠지. 너희 둘 다에게 주는 교훈이다. 수확자는 위협을 꼭 완수하지 않아도 효과를 발휘할 수 있다.」

그러다가 몇 분 후, 공유 차에 식료품 봉투들을 싣다가 수확자가 주차장 건너편을 바라보았다.

「저기, 저 여자가 보이느냐? 막 지갑을 떨어뜨린 여자?」

「네.」로언이 대답했다.

수확자 패러데이가 전화기를 꺼내어 카메라를 그 여자에게 맞추자, 순식간에 그녀에 대한 정보가 화면에 떠올랐다. 자연 나이는 96세, 육체 나이는 34세. 아홉 아이의 어머니. 작은 해운 회사에서 데이터 관리 기술자로 근무. 「저 여자는 식료품을 정리한 후에 출근할 것이다.」수확자는 그들에게 말했다. 「오늘 오후, 우리는 그 근무처로 찾아가서 저 여자를 거둔다.」

시트라가 소리 나게 숨을 들이마셨다. 헉 소리가 난 건 아니지만 거의 비슷했다. 로언은 시트라처럼 감정을 드러내지 않으려고 호흡에 집중했다.

「왜죠?」로언이 물었다. 「왜 저 여자예요?」

수확자는 냉정하게 로언을 쳐다보았다.「왜 저 여자는 안 되지?」

「콜 휘틀록을 거둘 때는 이유가 있었잖아요…….」

「누구?」시트라가 물었다.

「내가 학교에서 알던 애야. 여기 우리의 고귀한 수확자님을 처음 만났을 때 얘기지.」

패러데이는 한숨을 내쉬었다.「사망 시대 만년에 주차장에서의 사망은 모든 사고사 중에서 1.25퍼센트를 차지했다. 어젯밤 나는 오늘의 수확 대상을 주차장에서 선택하기로 결정했지.」

「그렇다면 장을 보던 내내 이렇게 끝날 걸 알고 계셨던 건가요?」로언이 말했다.

「우울하네요.」시트라가 말했다.「식료품을 사는 동안에도 죽음이 우유 뒤에 숨어 있다니.」

「죽음은 숨지 않는다.」수확자는 설명하기 힘든 엄청난 권태를 담아서 말했다.「잠드는 일도 없지. 너희도 곧 배우게 될 거야.」

하지만 둘 다 그런 걸 배우고 싶은 열의는 없었다.

그날 오후, 수확자가 말한 대로 그들은 그 여자가 일하는 해운 회사에 가서 지켜보았다. 로언이 콜의 수확을 지켜본 것과 같았지만, 오늘은 그냥 관찰보다 조금 더 나아갔다.

「당신을 위해 생명 중단 알약을 골랐습니다.」수확자 패러데이는 말을 잃고 전율하는 여자에게 말했다. 그는 로브 안에 손을 넣어 작은 유리병에 담긴 조그마한 알약을 꺼냈다.

「씹기 전까지는 활성화되지 않으니, 시간은 당신이 선택할 수 있습니다. 삼킬 필요는 없어요. 그냥 씹어요. 즉각적이고 고통 없는 죽음이 될 겁니다.」

여자는 흔들 인형처럼 고개를 흔들었다. 「제…… 제 아이들에게 전화할 수 있을까요?」

수확자 패러데이는 슬프게 고개를 저었다. 「미안하지만 안 됩니다. 하지만 하고 싶은 말은 전해 드리죠.」

「작별 인사 정도 허락해 준다고 나쁠 게 뭐가 있어요?」 시트라가 물었다.

패러데이는 손을 들어 시트라의 말을 막고, 여자에게 펜과 종이를 건넸다.

「해야 할 말은 모두 편지에 써요. 전해 주겠다고 약속하지요.」

그들은 여자의 사무실 바깥에서 기다렸다. 수확자 패러데이에게는 무한한 인내심이 있는 것 같았다.

「저 여자가 창문을 열고 뛰어내리면 어쩌죠?」 로언이 물었다.

「그렇다면 예정대로 삶이 끝나겠지. 좀 더 불쾌한 선택이긴 하겠지만, 궁극적인 결과는 같다.」

그 여자는 추락을 선택하지 않았다. 그 대신 그들을 방 안으로 불러서 정중하게 수확자 패러데이에게 봉투를 건넨 다음, 책상 앞에 앉았다.

「준비됐어요.」

그 순간 수확자 패러데이가 예상치 못한 일을 했다. 로언을 돌아보더니 약병을 넘겨준 것이다. 「베커 씨의 입 안에 알약을 넣어 다오.」

「누가요, 제가요?」

수확자 패러데이는 대답하지 않았다. 그저 약병을 내민 채, 로언이 받아 들기를 기다릴 뿐이었다. 로언은 이게 자신이 직접 수확을 하는 게 아니라 그저 중개 작업일 뿐이라는 것을 알았고…… 그 생각에 몸도 마음도 연약해지는 것 같았다. 로언은 침을 삼키면서 그 약이 입 안에 들어온 것 같은 쓴맛을 느꼈다. 그는 약병을 받지 않았다.

수확자 패러데이는 1분을 더 기다리다가 시트라를 돌아보았다.

「그렇다면 네가 해라.」

시트라는 고개만 저었다.

수확자 패러데이는 미소 지었다. 「잘했다. 너희를 시험한 거다. 둘 중 누구든 죽음을 집행하는 데 열성적이었다면 기쁘지 않았을 거야.」

〈죽음〉이라는 말에 여자가 떨리는 숨을 뱉었다.

수확자 패러데이는 약병을 열고 조심스럽게 알약을 꺼냈다. 어두운 녹색 코팅을 입힌 삼각형 알약이었다. 죽음이 그렇게 작게 올 줄 누가 알았겠는가?

「하지만…… 하지만 난 아흔여섯 살밖에 안 됐어요.」 여자가 말했다.

「압니다.」 수확자가 말했다. 「이제, 자…… 입을 벌려요. 명심해요. 삼키는 게 아니라 씹어야 합니다.」

여자는 시키는 대로 입을 벌렸고, 수확자 패러데이는 그 혀 위에 알약을 놓았다. 여자는 입을 다물었지만, 바로 약을 씹지는 않았다. 그녀는 차례차례 모두를 쳐다보았다. 로언을 보고, 시트라를 보고, 마지막으로 수확자 패러데이에게 시선을 고정했다. 다음 순간 아주 작은 오도독 소리가 났고, 여자는 축 늘어졌다. 그렇게 간단히 끝났다. 그러나 전혀 간단하지 않았다.

시트라는 눈물이 솟아오르자, 입술을 꾹 물었다. 로언은 감정을 통제하려고 했지만, 호흡이 거칠어졌고 머리가 띵했다.

다음 순간 수확자 패러데이가 시트라를 돌아보았다. 「맥박을 확인해 다오.」

「누가요, 제가요?」

수확자는 인내심이 강했다. 그는 다시 말하지 않았다. 그 남자는 두 번 묻는 일이 없었다. 시트라가 계속 주저하자, 그는 마침내 말했다. 「이번에는 시험이 아니다. 정말로 네가 나 대신 저 여자에게 맥박이 없는지 확인해 주길 바란다.」

시트라는 여자의 목으로 손을 뻗었다.

「반대쪽이다.」 수확자가 말했다.

시트라는 여자의 귀 바로 아래 경동맥에 손가락을 대고 눌렀다. 「맥박이 없어요.」

수확자 패러데이는 만족하며 일어섰다.

「이게 끝인가요?」 시트라가 물었다.

「뭘 기대한 거야?」 로언이 말했다. 「천사들의 합창?」

시트라는 슬쩍 로언을 흘겨보았다. 「하지만 그게…… 내 말은…… 너무 평범하잖아.」

로언은 그게 무슨 뜻인지 알았다. 로언은 학우의 생명을 앗아 갔던 전기 충격을 경험해 보았다. 그건 끔찍했지만, 어째서인지 이쪽이 더 지독했다. 「이젠 어쩌죠? 그냥 이렇게 두고 나가나요?」

「현장에서 꾸물거리지 않는 편이 좋지.」 수확자 패러데이는 전화기에 뭔가를 두드려 넣으며 말했다. 「검시관에게 베커 씨의 시신을 가지러 오라고 공지했다.」 그는 여자가 써놓은 편지를 집어서 로브에 달린 수많은 주머니 중 어딘가에 집어넣었다. 「너희 둘이 장례식에 가서 가족에게 이 편지를 전해라.」

「잠깐만요.」 시트라가 말했다. 「장례식에 가라고요?」

「꾸물거리지 않는 편이 좋다면서요.」 로언이 말했다.

「꾸물거리는 것과 조의를 표하는 것은 완전히 다른 일이야. 나는 내가 거둔 모든 사람의 장례식에 참석한다.」

「그게 수확자의 규칙인가요?」 한 번도 장례식에 가보지 않은 로언이 물었다.

「아니, 내 규칙이다.」 그는 말했다. 「〈상식적인 예절〉이라고 하지.」

회사를 떠나면서 로언도 시트라도 죽은 여자의 동료들과 눈을 마주치지 않았다. 둘 다 이것이 입문식이라는 사실을 깨닫고 있었다. 그들의 수습 생활이 정말로 시작된 순간이었다.

2부 이 계명 외에 어떤 법률도

수확 계명

1) 죽여라.

2) 어떤 편견도, 편협함도, 살의도 없이 죽여라.

3) 그대의 도래를 받아들인 자들이 사랑하는 이들에게, 그리고 누구든 그대가 그럴 가치가 있다고 여기는 이들에게 1년의 면제권을 부여하라.

4) 저항한다면 그들이 사랑하는 이들을 죽여라.

5) 그대는 평생 인류에게 봉사할 것이며, 그대의 가족은 그대가 살아 있는 한 그 보상으로 면제권을 얻을 것이다.

6) 모범적인 언행으로 삶을 영위하며, 매일 일기를 적으라.

7) 스스로를 제외한 어떤 수확자도 죽여서는 안 된다.

8) 로브와 반지, 일기를 제외한 어떤 세속적인 물건도 소유권을 주장하지 말라.

9) 배우자도 자손도 두지 말라.

10) 이 계명 외에 어떤 법에도 얽매이지 말라.

나는 1년에 한 번 단식을 하면서 계명을 생각한다. 사실은 매일 생각하지만, 1년에 한 번은 온전히 그것만 생각하며 버틴다. 계명의 비범함은 그 단순함에 있다. 선더헤드 이전 행정부들에는 헌법과 두꺼운 법전들이 있었지만, 그래도 언제나 논의를 일으키고 도전을 받고 조작당했다. 같은 원칙에 대한 여러 다른 해석을 둘러싸고 전쟁이 벌어졌다.

지금보다 훨씬 순진했을 때 나는 수확 계명의 단순함 때문에 계명을 꼬치꼬치 따지기가 불가능하다고 생각했다. 계명은 어떤 각도로 접근해도 똑같아 보였다. 세월이 흐르면서 나는 계명이 얼마나 탄력 있고 변형이 가능한지에 대해 놀라게 됐고 또 섬뜩해졌다. 우리 수확자들이 정당화하려는 것들. 우리가 핑계 대는 것들…….

내가 일하던 초기에는 아직 계명이 만들어졌을 때 그 자리에 있던 수확자 몇 명이 살아 있었다. 이제는 아무도 남지 않았다. 모두가 일곱 번째 계명을 발동했다. 그들에게 계명이 어떻게 만들어졌는지 물어봤다면 좋았을걸. 각 계명은 어떻게 태어났을까? 표현은 어떻게 정했을까? 최종 십계명이 돌에 새겨지기 전에 버려진 다른 계명도 있었을까?

그리고 열 번째 계명의 이유는 무엇일까?

모든 계명 중에서 열 번째를 가장 오래 생각하게 된다. 스스로를 모든 법 위에 놓는 것은 재앙을 초래하는 근본 원인이기에.

— 수확자 퀴리의 「수확 일기」 중에서

6
수확자 엘레지

비행은 늘 그렇듯이 제시간에 이루어졌다. 날씨를 완전히 통제할 수는 없어도, 공항과 비행 항로에 영향을 미치지 않게 돌리기는 쉬웠다. 대부분의 항공사는 99.9퍼센트의 정시 출발을 장담했다.

비행기는 만석이었지만, 현대식 항공의 사치스러운 지정 좌석 덕분에 꽉 찬 느낌이 들지 않았다. 요새 비행은 자기 집 거실에 앉아 있는 것만큼이나 편안한 데다, 라이브 공연이라는 호사까지 더해졌다. 현악 4중주와 보컬리스트들은 만족스러워하는 승객들이 가득 앉은 객실과 함께 하늘을 날았다. 최근 비행기 여행은 사망 시대보다 훨씬 세련되어졌다. 지금은 비행기 여행이 목적지로 향하는 더없이 쾌적한 방법이었다. 그러나 오늘, 빅스카이 항공 922편의 승객들은 계획과는 다른 목적지로 향하고 있었다.

그 사업가는 15C 좌석에 편안하게 앉아 있었다. 통로 쪽 좌석이었다. 그는 언제나 그 자리를 달라고 했는데, 미신 때문이 아니라 그저 습관이었다. 15C 좌석에 앉지 못하면 짜증스러웠고, 그 자리를 가져간 사람에게 화가 났다. 동면 기술을 개발하는 그의 회사가 언젠가는 몇 분 만에 아주 긴 여행을 하도록 만들 테지만, 지금 그는 빅스카이 항공사에 만족했다. 15C 좌석에 앉을 수 있는 한은.

아직 사람들이 올라타며 좌석을 채우고 있었다. 그는 가벼운 무관심 속에서 통로로 움직이는 승객들을 보면서, 그들이 지나갈 때 지갑이나 가방으로 그의 어깨를 치는 일이 없도록 했다.

「집에서 떠나는 길인가요, 집으로 가시는 길인가요?」 옆자리인 15A의 여자가 물었다. 15B는 없었다. 다른 승객 둘 사이에 끼어 앉아야 하는 B 좌석이란 개념은 질병과 행정부 같은 다른 불쾌한 것들과 함께 사라졌다.

「떠나는 길입니다. 그쪽은요?」 그는 말했다.

「집으로 가요.」 그녀는 무겁지만 안도하는 한숨을 내쉬며 말했다.

출발 5분 전, 앞쪽에서 벌어진 소란이 그의 관심을 끌었다. 수확자 하나가 비행기에 들어와서 승무원과 이야기를 나누고 있었다. 수확자가 여행을 하고 싶어 하면 어떤 좌석이든 주어졌다. 수확자는 자리를 빼앗고 그 승객을 다른 좌석으로 보내거나, 빈 좌석이 없다면 다른 비행기로 보내 버릴 수도 있었다. 그러나 그보다는 원래 앉아 있던 승객을 거두고 그 자리에 앉은 수확자들에 대한 이야기가 더 무서웠다.

사업가는 저 수확자가 15C 좌석을 노리지 않기만을 빌었다.

그 수확자의 로브는 특이했다. 새파란 색깔에, 다이아몬드처럼 보이는 반짝이는 보석이 흩뿌려져 있었다. 수확자치고는 호화스러운 복장이었다. 사업가는 그걸 어떻게 해석해야 할지 몰랐다. 아무 의미 없는 얘기지만, 그 수확자의 나이는 30대 후반으로 보였다. 이젠 아무도 자신의 진짜 나이처럼 보이지 않았다. 30대부터 230대까지, 그 사이 어디든 가능했다. 검은 머리는 단정하게 손질되어 있었고, 두 눈은 타인을 꿰뚫어 보는 느낌이었다. 사업가는 통로 저편에서 안을 들여다보는 수확자와 눈을 마주치지 않으려 애썼다.

그때 첫 번째 수확자 뒤로 수확자가 세 명 더 나타났다. 다들 좀 더 젊은 나이로, 아마 20대 초반 같았다. 각기 다른 밝은색 로브를 다 보석으로 장식했다. 에메랄드가 흩뿌려진 녹색 로브를 입은 검은 머리 여자, 루비가 흩뿌려진 오렌지색 로브를 입은 남자, 그리고 황수정이 점점이 박힌 노란 로브를 입은 남자가 있었다.

수확자 무리를 가리키는 집합 명사가 뭐였더라? 〈엘레지〉[3] 아니었나? 그렇게 드문 경우를 가리키는 단어가 있다니 이상했다. 사업가의 경험상 수확자들은 언제나 혼자였고, 같이 여행하는 법이 없었다. 승무원은 수확자 엘레지에게 인사하더니, 그들이 지나쳐 가기가 무섭게 몸을 돌려 비행기에서 벗어나 통로를 달렸다.

〈도망치는 건가.〉 사업가는 생각했다. 하지만 다음 순간 그 생각을 떨쳐 버렸다. 그럴 리가 없었다. 아마 탑승 책임자에게

---

3 elegy. 애가(哀歌). 영어에서는 동물의 집단이나 무리를 가리키는 명사를 따로 쓰는 경우가 많다. 본래 사냥에 쓰이던 재미있는 표현으로, 이를테면 사자 떼는 a pride of lions, 물고기 떼는 a school of fish, 까마귀 떼는 a murder of crows라는 식이다.

승객이 늘어났음을 알리려고 서둘러 갔을 것이다. 그게 다였다. 승무원이 공포에 질렸을 리 없었다. 비행기 승무원들은 공포에 질리지 않도록 훈련을 받았다. 그러나 그때 남아 있던 승무원이 문을 닫았고, 그 얼굴에 떠오른 표정을 보니 전혀 안심이 되지 않았다.

승객들이 서로 이야기하기 시작했다. 중얼거렸다. 불안한 웃음소리도 조금씩 들렸다.

그때 앞서 들어온 수확자가 승객들에게 말했다. 「주목하기 바란다.」 그는 사람을 불안하게 하는 미소를 띠며 말했다. 「유감이지만 이 비행기 전체가 수확에 선택되었다는 사실을 알린다.」

사업가는 그 말을 들었지만, 그의 뇌는 제대로 들었을 리 없다고 말했다. 아니면 이건 수확자식 농담일지도 몰랐다. 그런 게 존재한다면 말이다. 〈이 비행기 전체가 수확에 선택되었다니.〉 그런 일이 가능할 리 없었다. 그런 일이 허용될 리 없었다. 그렇지 않은가?

몇 분이 흐르자 승객들이 수확자가 한 말을 이해하기 시작했다. 숨을 삼키는 소리, 울부짖는 소리, 흐느끼는 소리, 그리고 마침내는 억제할 수 없는 통곡 소리가 터져 나왔다. 장비가 가끔 고장 나던 사망 시대처럼 비행기가 날아가다가 엔진이 멈췄다 해도 이보다 더 비참할 수는 없었을 것이다.

사업가는 이해가 빠른 사람이었고, 위기가 닥치면 아주 짧은 순간에 판단을 내리는 데 뛰어났다. 그는 어떻게 해야 할지 알았다. 다른 사람들도 같은 생각을 했을지 모르지만, 제일 먼저 행동에 나선 사람은 그 사업가였다. 그는 좌석에서 일어나 비행기 뒤쪽을 향해 몸을 던졌다. 다른 사람들이 뒤따라왔지만, 제일 먼저 뒷문에 도착한 사람은 사업가였다. 그는 재빨리 조작법을 살펴보고 빨간색 레버를 당겨서 눈부신 일요일 아침을 향해 문을 열어젖혔다.

이 높이에서 포장도로로 뛰어내리면 뼈가 하나 부러지거나 발목이 접질릴 수도 있었지만, 핏속에 든 치유 나노기가 재빨리 마취제를 뿜어내어 통증을 무마시킬 것이다. 부상을 입더라도 달아날 수 있다. 하지만 그는 뛰어내리기 전에 대장 수확자의 말을 듣고 말았다.

「사랑하는 이들의 생명을 중시한다면 모두 자기 자리로 돌아가는 게 좋을 거야.」

수확에 저항하거나 달아난 사람들의 가족을 거두는 것은 수확자들의 표준 절차였다. 가족을 거두겠다니, 놀라운 억지력이었다. 하지만 승객이 꽉 찬 비행기인데 그가 뛰어내려서 달아난다면 누구인지 그들이 어떻게 알까?

대장 수확자가 그 마음을 읽은 것처럼 말했다.

「우리에겐 이 비행기의 승객 명단이 있어. 탑승한 사람 전원의 이름을 알지. 직업에 어울리지 않는 비겁함을 선보이며 떠난 승무원의 이름도 물론 알아. 그 여자는 물론이고, 그 여자의 가족 전원이 그 대가를 치를 거야.」

사업가는 스르륵 무릎을 꿇으며 두 손으로 머리를 감쌌다. 뒤에 있던 남자 하나가 그래도 사업가를 밀치고 뛰어내렸다. 그는 땅에 떨어졌다가, 지금 일어나는 일보다 내일 일어날 일을 더 걱정하면서 뛰어갔다. 어쩌면 그 남자는 신경 쓸 가족이 없을지도 모르고, 어쩌면 세상으로부터 지워지는 여정을 가족과 함께하고 싶은지도 몰랐다. 하지만 사업가는 자기 때문에 아내와 자식들이 수확을 당한다는 생각을 하니 견딜 수 없었다.

〈수확은 필요한 일이야.〉 그는 스스로에게 말했다. 모두가 알고, 모두가 그게 꼭 필요한 일이라는 데 동의했다. 그가 누구라고 반대하고 나서겠는가? 다만 지금 죽음의 차가운 조준선 안에 들어온 사람이 자신이라는 사실이 끔찍할 뿐이었다.

그때 대장 수확자가 팔을 들더니 그를 가리켰다. 그 손톱은 아주 약간 길어 보였다.

「거기 너, 간 큰 놈. 이리 와.」

통로에 있던 다른 사람들이 비켜서고, 사업가는 앞쪽으로 움직였다. 다리가 움직인다는 사실도 느낄 수 없었다. 마치 수확자가 보이지 않는 실로 끌어당기는 것 같았다. 그 수확자의 존재감은 그 정도로 강력했다.

「이자부터 거둬야 합니다.」 밝은 오렌지색 로브를 입고, 화염 방사기 같은 물건을 든 금발의 야수 같은 수확자가 말했다. 「이자를 먼저 거둬서 본보기를 보여야죠.」

그러나 대장 수확자는 고개를 저었다. 「첫째, 그 물건부터 치워라. 비행기에서 불장난을 치진 않을 거다. 둘째, 본보기란 누군가 교훈을 얻을 사람이 남는다는 걸 전제로 하지. 본보기를 보일 사람이 없는 상황에선 무의미한 짓이야.」

야단을 맞은 남자는 무기를 내리고 아래를 내려다보았다. 다른 두 수확자는 입을 다물고 있었다.

「정말 빨리 좌석을 벗어나더군.」 대장 수확자가 사업가에게 말했다. 「네가 이 비행기의 알파인 게 분명하니, 알파로서 이 사람들을 어떤 순서로 거둘지 선택하게 해주겠다. 선택을 한다면 네가 마지막이 될 수 있지만, 우선은 다른 사람들의 순서를 선택해야 해.」

「저는…… 저는…….」

「자, 자, 우유부단하게 굴지 말고. 비행기 뒤쪽으로 달려갈 때는 과단성이 있었어. 그 만만찮은 의지력을 불러일으켜서 이 순간을 견뎌 봐.」

확실히 그 수확자는 이 일을 즐기고 있었다. 즐기면 안 되는 거였는데…… 그것이 수확령의 기본 수칙이었는데 말이다. 사업가의 마음속 어딘가에서는 〈불만을 제기해야지〉라고 생각했다. 죽으면 그렇게 하기는 아주 어려우리란 깨달음이 뒤를 이었다.

그는 주변의 겁에 질린 사람들을 보았다. 이제 그들은 사업가를 무서워했다. 이제는 사업가도 그들의 적이었다.

「기다리고 있잖아.」 녹색 옷을 입은 여자가 조바심을 내며 말했다.

「어떻게요?」 그는 호흡을 조절하고, 시간을 끌려고 애쓰며 물었다. 「우릴 어떤 방법으로 거둘 겁니까?」

대장 수확자가 로브 자락을 젖히더니, 그 속에 깔끔하게 감춰져 있던 무기들을 드러내 보였다. 다양한 길이의 칼. 총. 사업가가 알지 못하는 다른 물건들. 「방법은 우리 기분 내키는 대로가 될 거야. 물론 불이 날 물건들은 빼고. 이제 우리가 작업을 시작할 수 있게 사람들을 선택해 줘.」

여성 수확자가 마체테 손잡이를 꽉 쥐더니 빈손으로 검은 머리를 쓸어 넘겼다. 저 여자가 방금 정말로 입술을 핥은 건가? 이건 수확이 아니라 학살극이 될 테고, 사업가는 조금도 동참하고 싶지 않았다. 그렇다, 그의 운명은 정해졌고, 어떻게 해도 바꿀 수 없었다. 그렇다고 해서 그가 수확자의 뒤틀린 게임을 함께해야 한다는 뜻은 아니었다. 그는 갑자기 두려움을 날려 버리고 수확자의 짙푸른 색 눈을 마주 볼 수 있었다. 입고 있는 로브와 똑같이 진한 파란색 눈이었다.

「아니요.」 그는 말했다. 「난 선택하지 않을 것이고, 당신에게 내가 몸부림치는 모습을 지켜보는 즐거움을 주지도 않을 겁니다.」 그리고 그는 다른 승객들을 돌아보았다. 「여기 계신 모든 분들에게, 이 수확자들이 손대기 전에 직접 목숨을 끊으라고 충고하겠습니다. 이들은 이 작업을 지나치게 즐기고 있어요. 수확자가 될 자격도 없고, 여러분을 거두는 영예를 누릴 자격도 없습니다.」

대장 수확자는 그를 노려보았지만, 그것도 잠시뿐이었다. 그는 동료들을 돌아보고 명령했다. 「시작해!」 다른 수확자들이 무기를 뽑아서 끔찍한 수확을 시작했다.

「나는 너희의 완성이다.」 대장 수확자가 죽어 가는 사람들에게 큰 소리로 말했다. 「나는 잘 살아온 너희 삶의 종언이다. 고마워해라. 그리고 작별해라.」

대장 수확자가 칼을 뽑았지만, 사업가는 준비하고 있었다. 그는 칼이 뽑히는 순간에 그리로 달려들었다. 수확자가 아니라 자신의 선택으로 죽기 위해 마지막으로 의지를 발휘한 행동이었다. 그 수확자를, 그의 방법 또는 그의 광기를 부정하는 행위였다.

초기에 나는 왜 로브를 벗고 평범한 옷을 입은 수확자를 보는 일이 그토록 드물까 생각했다. 로브를 벗지 않는 것이 규칙인 곳도 있지만, 미드메리카에서는 그렇지 않다. 여기에서는 그저 일반적인 관행일 뿐인데, 어기는 경우가 거의 없다. 그러다가 자리를 잡으면서 나도 왜 그래야 하는지 이해하게 되었다. 우리 수확자들은, 자기 마음의 평화를 위해서 나머지 인류와 어느 정도 스스로를 분리시켜야 한다. 나는 집에 혼자 있을 때도 로브 아래에 입는 단순한 라벤더색 긴 옷만 입고 지낸다.

어떤 이들은 이런 행동을 초연하다고 말한다. 어느 정도는 그렇기도 하지만, 내 경우에는 스스로에게 내가 〈다른 존재〉임을 상기시킬 필요에서 그렇게 한다.

분명히 제복을 입는 직위는 대부분 제복 착용자에게 직업과는 별개의 삶을 허용한다. 예를 들어 치안관들과 소방관들을 직업으로 다 규정할 수는 없다. 그들은 휴식 시간에 청바지와 티셔츠를 입는다. 이웃과 바비큐 파티를 하고, 자식들에게 운동을 가르친다. 그러나 수확자가 된다는 것은 매일 매시간 수확자라는 뜻이다. 수확자라는 직위는 그 사람의 핵심까지 규정하고, 그 굴레는 꿈에서만 벗을 수 있다.

그러나 나는 심지어 꿈속에서도 수확을 하곤 한다…….

— 수확자 퀴리의 「수확 일기」 중에서

7
살해 기술

　수확자 패러데이는 로언과 시트라에게 말했다. 「나와 함께 보내는 1년 동안 너희는 다양한 칼을 휘두르는 적합한 방법을 배울 것이고, 열 가지 이상의 화기를 다루는 데 명수가 될 것이며, 독물학에 관한 실용적인 지식을 익히고, 가장 치명적인 무술을 수련할 것이다. 달인이 되는 데에는 오랜 시간이 걸리니 거기까지는 무리지만, 실력을 쌓기 위한 기본 기술은 익혀야 해.」

　「선택받지 못하는 사람에겐 쓸모없는 기술이잖아요.」 시트라가 지적했다.

　「우리가 배우는 것 중에 쓸모없는 것은 없어.」 패러데이가 말했다.

　수확자의 집은 수수하고 간소했지만, 한 가지 대단한 구석이 있었다. 바로 무기고였다. 예전에는 낡은 집의 차고였으나, 지금은 수확자의 광범위한 무기 수집품들이 줄지어 놓여 있었다. 한쪽 벽에는 칼이, 다른 쪽 벽에는 총기가 줄줄이 걸려 있었다. 세 번째 벽은 약제사의 약장 같았고, 네 번째 벽에는 더 고풍스러운 물건들이 있었다. 정교하게 조각된 활, 흑요석 창촉이 달린 화살이 가득 담긴 화살통, 무섭도록 강력한 노궁……심지어 철퇴도 있었는데, 수확자 패러데이가 철퇴로 누군가를 때려잡는 모습은 상상도 하기 어려웠다. 그들은 네 번째 벽이 실제 사용하는 무기고라기보다는 박물관이라고 생각했지만, 그걸 확신할 수 없어서 마음이 불편했다.

매일의 훈련은 혹독했다. 로언과 시트라는 칼과 곤봉으로 훈련을 하면서 수확자를 상대로 대련했는데, 수확자는 겉보기 나이에 비해 놀라울 정도로 강하고 유연했다. 수확자와 수습생을 위해 마련된 특별한 사격장에서 사격도 익혔다. 그곳에서는 대중에게 금지된 무기들을 허용하는 정도가 아니라 장려하기도 했다. 또한 블랙 위도 보카토어의 기본기를 배웠는데, 수확령을 위해 고대 캄보디아의 보카토어를 더 치명적으로 발전시켜 만든 무술이었다. 이 훈련은 두 사람을 녹초로 만들었지만, 동시에 둘 다 이전 그 어느 때보다 강해졌다.

그러나 이런 육체 훈련은 훈련 과정 중 절반에 불과했다. 무기고 중앙에는 사망 시대의 유물이 분명한 오래된 참나무 탁자가 있었다. 이 탁자에서 수확자 패러데이는 하루에 몇 시간씩 두 사람에게 수확자의 삶을 가르쳤다.

그들은 정신 집중법, 역사, 그리고 독물과 관련된 화학을 공부했으며, 수습생 일기도 매일 작성했다. 죽음에 대해서 배울 것이 두 사람이 이제까지 생각했던 것보다 훨씬 많았다.

「역사, 화학, 작문…… 학교 같네.」 로언은 수확자 패러데이에게 감히 불평을 할 수 없었기에 대신 시트라에게 투덜거렸다.

그리고 수확이 있었다.

「수확자는 1년에 260명을 수확해야 한다.」수확자 패러데이가 말했다.「평균을 내면 일주일에 다섯이지.」

「그럼 주말은 쉬는 거네요.」로언이 긴장된 분위기를 풀려고 농담을 던졌다. 하지만 패러데이는 재미있어하지 않았다. 그에게 수확은 조금도 웃음거리가 아니었다.「수확하지 않는 날에는 장례식에 참석하고, 미래에 이루어질 수확에 대해 연구한다. 수확자들은…… 아니, 좋은 수확자들은 휴일을 자주 두지 않아.」

로언도 시트라도, 세상에 좋지 않은 수확자가 있다는 생각은 해본 적이 없었다. 수확자들은 도덕적, 윤리적으로 가장 높은 기준을 고수한다는 생각이 널리 퍼져 있었다. 수확자들은 현명하게 처신하고 선택에 공정을 기했다. 유명세를 좋아하는 이들이라고 해도 그럴 만한 자격이 있었다. 새로운 수습생 둘 다 세상에 수확자 패러데이만큼 고결하지 않은 수확자가 있을 수도 있다는 생각을 잘 받아들이지 못했다.

시트라는 수확의 생생한 충격에서 벗어나지 못했다. 수확자 패러데이는 첫날 이후 그들에게 생명을 빼앗는 손이 되어달라고 하지 않았지만, 공범이 되는 것만으로도 힘들었다. 언제까지나 힘을 잃지 않고 다시 찾아오는 악몽처럼, 때 이른 죽음마다 공포의 장막을 걸치고 있었다. 시트라는 무감각해질 거라고, 익숙해질 거라고 생각했었다. 그러나 익숙해지지 않았다.

「그건 내 선택이 현명했다는 뜻이다.」수확자 패러데이가 말했다. 「네가 주기적으로 울다 지쳐 잠들지 않는다면, 수확자가 될 만한 연민이 부족한 셈이지.」

로언도 울다 잠들까 의심스러웠다. 로언은 자기 감정을 아주 잘 숨기는 아이였다. 마음을 읽을 수 없었다. 시트라는 로언의 불투명함이 거슬렸다. 아니면 너무 투명해서 반대쪽이 비쳐 보이는지도 몰랐다. 확실히는 알 수 없었다.

그들은 곧 수확자 패러데이가 수확 방법에서 아주 창조적이라는 사실을 알았다. 그는 똑같은 방법을 두 번 반복하지 않았다.

「하지만 작업을 의식처럼 수행하면서, 매번 똑같은 방식으로 거두는 수확자들도 있지 않나요?」 시트라가 물었다.

「맞다. 하지만 우리는 각자의 길을 찾아야 해. 각자의 행동 규칙을 찾아야 하지. 나는 내가 거두는 사람 각각을 유일무이한 결말을 맞이할 자격이 있는 개인으로 보는 편이 좋다.」

그는 두 사람에게 일곱 가지 기본 살해 기술의 개요를 설명했다. 「가장 흔한 방법은 칼, 총탄, 그리고 둔기 타격이다. 그다음 세 가지는 질식, 독살, 그리고 감전사나 화재사 같은 재난 유도다. 불은 끔찍한 수확 방법이라 다시는 쓰지 않는다만. 마지막 하나는 무기 없는 물리력인데, 보카토어를 훈련하는 이유가 그래서다.」

그는 수확자가 된다는 것은 모든 방법에 정통해야 한다는 뜻이라고 설명했다. 시트라는 여기서 〈정통하다〉라는 말이 다양한 방식의 수확에 참여해야 한다는 뜻임을 깨달았다. 시트라에게 방아쇠를 당기게 할까? 칼을 꽂게 할까? 곤봉을 휘두르게 할까? 자신이 그런 일을 할 수 있다고 믿고 싶지 않았다.

자신이 수확자감이 아니라고 믿고 싶은 마음이 절실했다. 실패하기를 염원하기는 난생처음이었다.

로언의 감정은 엇갈렸다. 수확자 패러데이의 도덕적 의무와 높은 윤리 기준은 로언에게 목적성을 불어넣었지만, 그것도 수확자와 함께 있을 때뿐이었다. 혼자 생각에 잠길 때 로언은 모든 것을 의심했다. 그의 마음속에는 두려워하면서도 순순히 입을 벌려 독약을 받던 여자의 얼굴 표정이 아로새겨져 있다. 독약을 깨물기 전 그 얼굴에 떠올랐던 표정. 〈난 세상에서 제일 오래된 범죄의 공범이야.〉 로언은 가장 외로운 순간에 스스로에게 말했다. 〈그리고 점점 나빠지기만 할 거야.〉

수확자의 일기는 공공 기록이었지만, 수습생은 아직 사생활이라는 호사를 누렸다. 수확자 패러데이는 로언과 시트라에게 가장자리가 거친 양피지를 빛바랜 가죽 장정으로 묶은 책들을 주었다. 로언에게는 그것이 암흑시대 유물처럼 보였다. 패러데이가 그 책과 함께 깃털 펜을 주었을 때도 놀라지는 않았다. 그러나 다행히도 그들은 평범한 필기도구를 사용할 수 있었다.

「수확자의 일기는 전통적으로 양피지와 키드 가죽으로 만들지.」

「그 키드kid는 새끼 염소겠죠? 설마하니 어린아이를 뜻하는 키드는 아닐 테고.」 로언이 말했다.

이 말에는 결국 수확자도 웃고 말았다. 시트라는 로언이 패러데이를 웃겼다는 사실에 짜증이 난 것 같았다. 마치 로언이 1점 앞서갔다는 듯이 말이다. 로언은 시트라가 수확자가 된다는 생각을 싫어하는 만큼, 로언을 이기려고 다투기도 할 것임을 알았다. 시트라는 그런 사람이었다. 어쩔 수 없이, 경쟁심이 시트라의 천성이었다.

로언은 싸울 때를 고르는 데 훨씬 능숙했다. 꼭 필요하다면 경쟁할 수는 있지만, 사소한 일에 말려드는 경우는 드물었다. 그 점이 시트라보다 유리할까 궁금했다. 그런데 유리한 위치를 원하기는 하는 걸까.

로언이 자기 삶을 선택했다면 수확자를 고르지는 않았을 것이다. 그는 지금까지 어떤 선택도 내리지 않았기에, 영원히 이어질 미래를 어떻게 할지 아무 생각도 없었다. 그러나 이제 수확자의 가르침을 받고 있으니, 어쩌면 수확자가 될 기질이 있었는지도 모른다는 생각이 들었다. 수확자 패러데이가 도덕적으로 그 일을 하기 알맞다고 로언을 골랐다면, 정말로 그럴지도 몰랐다.

일기는 쓰기 싫었다. 아무도 그의 생각을 듣고 싶어 하지 않는 대가족 사이에서 자란 로언은 생각을 혼자 간직하는 데 익숙했다.

「난 뭐가 문제인지 모르겠어.」 시트라는 어느 날 저녁 식사 후에 일기를 쓰다가 말했다. 「너 말고는 아무도 읽지 않을 일기잖아.」

「그러면 왜 쓰는 건데?」 로언이 쏘아붙였다.

시트라는 어린아이 대하듯이 한숨을 쉬었다. 「수확자의 공식 일기를 쓰기 전 준비 과정이지. 우리 둘 중 하나가 반지를 받게 되면 여섯 번째 계명에 따라서 매일 일기를 써야 할 테니까.」

「그 일기 역시 아무도 읽지 않을걸.」 로언이 덧붙였다.

「하지만 사람들이 읽을 수도 있어. 수확자 기록 보관소는 모든 사람에게 열려 있잖아.」

「그래. 선더헤드와 마찬가지지. 사람들은 뭐든 읽을 수 있지만, 아무도 읽지 않아. 게임을 하고 고양이 홀로그램을 볼 뿐이지.」

시트라는 어깨를 으쓱였다. 「그러니 더 일기 쓰기를 걱정할 필요가 없지. 어차피 엄청난 종이 더미 사이에 묻혀 버린다면, 네 식료품 목록과 아침 식사에 대해서 써도 그만이야. 아무도 신경 쓰지 않을 거야.」

하지만 로언은 신경 썼다. 그가 종이에 펜을 대는 건 그가 수확자가 하는 일을 제대로 하든가, 아니면 아예 하지 않을 때일 것이다. 그리고 지금까지는 고통스러울 정도로 텅 빈 일기장을 보면서 〈아예 하지 않는〉 쪽으로 기울고 있었다.

그는 시트라가 일기에 몰두해서 글씨를 써나가는 모습을 지켜보았다. 로언이 앉은 자리에서 시트라의 일기 내용을 읽을 수는 없었지만, 훌륭한 글씨라는 것 정도는 알아볼 수 있었다. 시트라는 학교에서 서법을 배운 모양이었다. 라틴어처럼 서법도 사람들이 오직 더 뛰어나고 싶어서 듣는 수업이었다. 수확자가 되려면 필기체를 배워야겠다는 생각이 들었지만, 당장은 우아하지 않고 엉성한 필사체를 쓸 수밖에 없었다.

로언과 시트라가 같은 학교에 다녔다면 서로 어울렸을지 궁금했다. 아마 서로를 알지도 못했을 것이다. 시트라는 참여하는 유형이었고, 로언은 피하는 유형이었다. 그들이 속한 사회는 밤하늘의 목성과 화성만큼이나 멀리 지나다녔다. 그러나 지금 그들은 한자리에 있었다. 친구라고 할 수는 없었다. 같이 수습생 생활에 던져지기 전에 우정을 쌓을 기회가 주어지지 않았으니 당연했다. 그래도 그들은 파트너였고 적수였다. 그리고 로언은 시트라에 대한 감정을 분석하기가 점점 더 힘들어졌다. 분명한 것은 시트라가 글씨 쓰는 모습이 보기 좋다는 것뿐이었다.

수확자 패러데이는 가족 금지 방침에 엄격했다. 「수습 생활 중에는 가족과 접촉하는 것이 바람직하지 않다.」 시트라에게는 힘든 일이었다. 시트라는 부모님이 보고 싶었고, 동생인 벤은 더 보고 싶었다. 스스로도 그 사실에 놀랐는데, 집에 있을 때는 동생을 참아 내기 힘들었기 때문이다.

로언은 가족과 떨어져 지내는 데 아무런 문제가 없는 것 같았다.

「어차피 가족도 날 근처에 두는 것보다 면제권을 받는 게 훨씬 좋을 거야.」 그는 시트라에게 말했다.

「어이구. 내가 널 안쓰러워해야 해?」 시트라가 말했다.

「천만에. 오히려 부러워해야 할지 모르지. 덕분에 난 모든 걸 떠나기가 더 쉬우니까.」

그러나 수확자 패러데이도 한 번은 원칙을 굽혔다. 들어간 지 한 달쯤 되었을 때, 그는 시트라에게 이모의 결혼식에 참석해도 좋다고 허락했다.

다른 사람은 다 드레스와 턱시도 차림이었는데, 수확자 패러데이는 시트라가 차려입는 것을 허락하지 않았다. 「네가 그 세계의 일부라고 느끼지 않아야 해.」 그 지시는 통했다. 화려한 사람들 사이에서 평범한 옷을 입고 있으려니 더더욱 외부자가 된 느낌이었다. 수습생 팔찌 때문에 더 심했다. 어쩌면 패러데이가 결혼식 참석을 허락한 이유도, 과거의 시트라와 지금 시트라 사이의 구분을 명확히 하기 위해서일지 몰랐다.

「그래서, 어때?」 사촌인 어맨다가 물었다. 「수확 뭐 그런 것들 말이야. 어때, 역겨워?」

「그런 얘긴 금지야.」 시트라는 그렇게 대답했다. 사실이 아니었지만, 학교의 소문거리처럼 수확에 대해 떠들고 싶지 않아서였다.

하지만 그렇게 막아 버리지 말고 그 대화를 살려 나갔어야 했다. 어맨다는 그나마 시트라에게 말을 건 몇 안 되는 사람에 속했으니 말이다. 흘끔거리는 사람도 많았고, 시트라가 보고 있다고 생각하지 않을 때는 시트라에 대해 많이 떠들어 댔지만, 거의 모두가 그녀를 사망 시대의 질병이라도 되는 듯 피했다. 혹시 반지라도 이미 꼈다면 면제권을 받으려는 희망을 품고 비위를 맞추려 했을지 모르지만, 수확자 수습생은 그저 소름 끼치는 존재인 모양이었다.

동생은 서먹서먹했고, 어머니에게 말을 거는 것조차 어색했다. 어머니는 〈밥은 잘 먹고 있니?〉, 〈잠은 충분히 자고?〉 같은 뻔한 질문만 했다.

「같이 사는 남자애가 있다면서.」 아버지가 말했다.

「방은 따로 쓰고, 나한테는 아무 관심도 없어.」 시트라는 말하면서 이상하게 그 사실을 인정하기가 민망했다.

시트라는 결혼식이 끝날 때까지 앉아 있었지만, 더는 참을 수가 없어서 피로연으로 넘어가기 전에 자리를 떠나 공유 차를 타고 수확자 패러데이의 집으로 돌아갔다.

「일찍 돌아왔구나.」 시트라가 도착하자 수확자 패러데이는 그렇게 말했다. 놀란 척은 하면서도 이미 시트라의 자리에 저녁 식사를 차려 놓았다.

수확자들은 죽음에 대해 잘 알아야 하지만, 그런 우리의 이해를 넘어서는 것들도 있다.

　오늘 내가 거둔 여자는 정말 이상한 질문을 던졌다.

　「이제 전 어디로 가나요?」

　「음.」 나는 차분하게 설명했다. 「당신의 기억과 생애 기록은 이미 선더헤드에 저장되어 있으니, 소실되는 일은 없을 거예요. 당신의 몸은 가까운 친족이 결정하는 방식에 따라 땅으로 돌아가겠지요.」

　「그래요, 그건 다 알아요. 하지만 나는 어디로 가죠?」

　당혹스러운 질문이었다. 「말했듯이 당신의 기억 구성체는 선더헤드 안에 존재할 거예요. 사랑하는 사람들은 그 구성체에 말을 걸 수 있고, 그러면 구성체가 답을 하겠죠.」

　「그렇겠죠.」 그녀는 약간 격앙되어 말했다. 「하지만 나는요?」

　나는 그 순간 그녀를 거뒀다. 그리고 그녀가 떠난 후에야 말했다. 「나도 몰라요.」

　　　　　　　　　　　　　　— 수확자 퀴리의 「수확 일기」 중에서

8
선택의 문제

「오늘은 나 혼자 수확하겠다.」수습 생활을 시작하고 두 번째 달이 되는 2월 어느 날, 수확자 패러데이는 로언과 시트라에게 말했다. 「내가 없는 동안 각자에게 맡길 일이 있다.」그는 시트라를 무기고로 데려갔다. 「시트라, 너는 내 칼을 모두 닦아 놓아라.」

수업을 위해 거의 매일 무기고에 들어가기는 했지만, 시트라 혼자서 죽음의 도구들과 함께하는 건 전혀 다른 경험이었다.

수확자는 장검부터 스위치블레이드까지 온갖 종류의 칼이 걸린 벽으로 걸어갔다. 「어떤 칼은 먼지만 앉았고, 어떤 칼은 색이 변했다. 각각 어떻게 관리해야 할지 네가 정해야 한다.」

시트라는 수확자의 시선이 칼 하나하나에 머물며 기억을 불러내는 듯한 모습을 보았다.

「다 사용해 보셨나요?」시트라가 물었다.

「절반 정도만 써봤지. 그나마도 단 한 번의 수확을 위해서였어.」그는 손을 뻗어 오래되어 보이는 무기가 걸린 네 번째 벽에서 레이피어 한 자루를 뽑았다. 이 레이피어는 〈삼총사〉가 썼을 법한 물건이었다. 「젊었을 때는 나도 드라마에 더 재능이 있었다. 나는 펜싱 선수를 자칭하는 어떤 남자를 거두러 갔지. 그래서 결투를 신청했어.」

「그리고 이겼나요?」

「아니, 졌다. 두 번이나. 그 남자는 첫 번째 결투에서 내 목을 꿰뚫었고, 두 번째 결투에서는 내 넓적다리 동맥을 찢었지. 아주 뛰어난 검술사였어. 나는 재생 센터에서 깨어날 때마다 다시 도전하러 갔다. 그 남자는 결투에 이겨서 시간을 벌었지만, 그래도 수확에 선택된 사람이었고 나는 수그러들지 않았어. 어떤 수확자는 마음을 바꾸기도 하지만, 그런 행동은 타협으로 이어지고 그러다 보면 설득력 있는 사람을 편애하는 결과가 된다. 나는 결정을 단호하게 내리지.

네 번째 시합에서 나는 칼끝으로 그 남자의 심장을 꿰뚫었어. 그 남자는 마지막 숨을 내쉬면서 싸우다가 죽게 해줘서 고맙다고 했지. 수확자로 보낸 세월을 통틀어서, 내가 하는 일로 고맙다는 인사를 받은 건 그때뿐이었다.」

그는 한숨을 내쉬고, 그 레이피어를 제자리에 돌려놓았다. 시트라는 그것이 영예로운 자리임을 깨달았다.

「이 모든 무기가 다 있는데, 왜 제 이웃을 거두러 왔을 때는 우리 집 식칼을 가져간 거죠?」 시트라는 물어볼 수밖에 없었다.

수확자가 씩 웃었다. 「네 반응을 따져 보기 위해서였지.」

「전 그 칼을 버렸는데요.」 시트라는 말했다.

「나도 그럴 줄 알았다.」 그는 말했다. 「하지만 이 칼들은 네가 닦아야 해.」

그는 시트라를 두고 나갔다. 수확자가 가고 나서 시트라는
무기를 찬찬히 살폈다. 특별히 병적인 집착은 아니지만, 어느
칼이 어떻게 사용되었는지 알고 싶어졌다. 숭고한 무기는 그
내력을 전해야 마땅한데, 시트라와 로언에게가 아니라면 누구
에게 전하겠는가?

시트라는 벽에 걸린 시미터 하나를 뽑았다. 한 번 휘둘러서
목을 자를 수 있는 무겁고 거친 물건이었다. 수확자 패러데이
가 그 칼로 누군가의 목을 쳤을까? 어떤 면에서는 그에게 어울
리는 방식이었다. 빠르고, 고통 없고, 효율적이고. 시트라는 그
칼을 서툴게 휘둘러 보면서, 과연 자신에게 누군가의 목을 날
릴 힘이 있을까라는 생각을 했다.

〈맙소사, 대체 내가 왜 이러지?〉

시트라는 시미터를 탁자에 놓고 천을 찾아서 반짝반짝하게
닦았고, 그 작업이 끝나자 다음 칼, 또 다음 칼을 닦았다. 그러면
서 반짝이는 칼날에 비친 자신의 모습을 보지 않으려 애썼다.

로언의 숙제는 그렇게 치명적이지는 않았지만, 더 골치가
아팠다.

「오늘 너는 내 다음 수확을 위한 기초 공사를 해야 한다.」 수
확자 패러데이는 로언에게 그렇게 말하더니, 다음 날 대상의
변수 목록을 넘겼다. 「필요한 정보는 모두 선더헤드에 있다. 그
걸 찾아낼 만큼 영리하기만 하다면.」 그는 그렇게 말하고 그날
의 수확을 하러 나갔다.

로언은 그 변수 목록을 선더헤드에 주고 대상이 누구냐고

물어볼 뻔했다. 그러다가 수확자는 선더헤드에게 도움을 청하는 것이 금지되어 있다는 사실을 기억해 냈다. 수확자는 그 거대한 클라우드의 정보에는 얼마든지 접속할 수 있어도, 그 알고리즘 〈의식〉 자체에 접속할 수는 없었다. 수확자 패러데이는 그들에게 그런 짓을 시도했던 어느 수확자에 대해 말해 주었다. 선더헤드가 그 일을 고위 수확자에게 알렸고, 그 수확자는 〈심각한 징계〉를 받았다.

「수확자는 어떻게 징계를 받나요?」 로언은 그때 그렇게 물었다.

「그 수확자는 수확자들로 이루어진 배심원단에게 열두 번 죽고 매번 되살아나는 형을 선고받았다. 열두 차례 재생 이후에는 1년간 근신했지.」

로언은 수확자 배심원단이 아주 창의적으로 처벌 방법을 고안해 냈으리라고 상상했다. 수확자들의 손에 열두 번 죽는다는 건 철벽보다 훨씬 나쁘지 않을까.

그는 매개 변수 검색에 들어갔다. 그는 이 도시뿐만 아니라 미드메리카 전역을 검색하도록 지시받았다. 이 대륙 중앙부에 1천5백 킬로미터 넘게 퍼져 있는 지역을 다 말이다. 그런 후에 그는 검색을 인구 1만 이하이면서 강가에 자리 잡은 소도시들로 좁혔다. 그런 다음에는 강둑에서 30미터 이내에 위치한 집이나 아파트로 좁혔다. 그다음에는 그런 거주지에 사는 20세 이상의 사람들을 검색했다.

4만 명이 넘게 나왔다.

거기까지는 5분밖에 걸리지 않았다. 그다음 요건들은 그리 쉽게 해결하지 못할 것이다.

〈대상은 수영을 잘해야 한다.〉

그는 강가 소도시에 있는 모든 고등학교와 대학교 목록을 찾은 후, 지난 20년간 수영 팀에 있었거나 철인 3종 경기에 등록한 사람 전원을 교차 대조했다. 8백 명 정도가 남았다.

〈개를 사랑하는 사람이어야 한다.〉

그는 수확자 패러데이의 접속 코드를 써서 개를 다루는 모든 출판물과 블로그의 구독 목록을 찾아냈다. 반려동물 가게 데이터베이스에 접속해서 지난 몇 년간 개 사료를 정기적으로 구입한 사람들의 목록도 구했다. 그러고 나니 이름이 112개까지 줄어들었다.

〈대상은 자기 직업이 아닌 일에서 영웅적인 행동을 보여 준 역사가 있어야 한다.〉

로언은 힘들여 112개 이름 모두에 대해 〈영웅〉, 〈용감한〉, 〈구조〉 같은 단어들을 검색했다. 하나라도 나오면 행운이라고 생각했지만, 놀랍게도 살면서 영웅적인 행동을 한 사람이 네 명이나 나왔다.

그는 네 개의 이름을 클릭해서 사진 네 장을 불러냈다. 그러자마자 후회했다. 얼굴이 생기자 그 이름들은 매개 변수가 아니라 사람이 되었기 때문이다.

매력적인 미소를 짓고 있는 둥근 얼굴의 남자.

누군가의 어머니일 수도 있는 여자.

머리가 심하게 뻗친 남자.

사흘은 면도를 하지 않은 것 같은 남자.

네 사람이었다. 그리고 로언은 그중 누가 내일 죽을지 결정해야 했다.

그는 바로 면도하지 않은 남자에게 기울었다가, 자신이 편견을 드러내고 있음을 깨달았다. 면도하고 사진을 찍지 않았다는 이유로 사람을 차별해서는 안 된다. 그리고 여자는, 지금 여자라는 이유만으로 제외시키고 있나?

그렇다면 웃고 있는 남자로 하자. 하지만 로언이 지금 가장 즐거워 보이는 사람을 고른다는 건 너무 반대로 가는 것 아닐까?

그는 그 네 명에 대해 더 알아보기로 결정하고, 패러데이의 접속 코드를 활용해서 원래는 허용되지 않는 수준까지 개인 정보를 파고들었다. 해선 안 될 일이지만, 지금 그의 손에 달린 건 한 사람의 목숨이었다. 결정을 공정하게 내리기 위해 필요한 수단은 뭐든 활용해야 하지 않겠는가.

이 사람은 어렸을 때 가족을 구하기 위해 불타는 건물 안으로 뛰어들었다. 하지만 이 사람에겐 어린아이가 셋이나 있다. 그렇지만 이 사람은 동물 보호소 자원봉사자다. 그런데 이 사람은 형제가 겨우 2년 전에 수확당했다……

정보가 도움이 될 줄 알았는데, 각각에 대해 알면 알수록 결정은 더 힘들어졌다. 로언은 계속 그들의 삶을 파고들면서 점점 더 필사적이 되어 갔고, 결국 그러던 중에 문이 열리더니 수확자 패러데이가 돌아왔다. 밖은 어두웠다. 언제 밤이 된 걸까?

수확자는 피곤해 보였고, 로브에 피가 튀어 있었다.

「오늘의 수확은…… 예상보다 손이 많이 갔다.」 수확자가 말했다. 시트라가 무기고에서 나오더니 선언했다. 「칼은 이제 전부 완벽하게 반짝거려요!」

패러데이는 시트라에게 고개를 끄덕였다. 그리고 아직 컴퓨터 앞에 앉아 있던 로언을 돌아보았다. 「그리고 우리가 다음에 거둘 사람은?」

「그게…… 어…… 네 명으로 좁혔습니다.」

「그리고?」 수확자가 말했다.

「네 명 다 조건에 맞아요.」

「그리고?」 수확자가 다시 말했다.

「그게, 이 사람은 막 결혼했고, 이 사람은 막 집을 샀고…….」

「하나를 골라라.」 수확자가 말했다.

「이 사람은 작년에 인도주의 상을 받았고…….」

「하나를 골라!」 패러데이가 그렇게 흉포하게 소리를 지르는 것은 처음 있는 일이었다. 그 목소리에 벽이 다 움츠러드는 것 같았다. 로언은 패러데이가 그 여자에게 독약을 건네라고 했을 때처럼 이번에도 유예받을 수 있을지 모른다고 생각했다. 그런데 아니었다. 오늘의 시험은 완전히 달랐다. 로언은 시트라를 쳐다보았다. 시트라는 여전히 무기고 입구에 선 채로, 우연히 사고를 목격한 구경꾼처럼 얼어붙어 있었다. 로언은 이 끔찍한 결정을 혼자 내려야만 했다.

로언은 화면을 보고, 얼굴을 찌푸리더니, 머리가 뻗친 남자를 가리켰다. 「이 사람이요. 이 사람을 거두세요.」

로언은 눈을 감았다. 그는 방금 한 남자에게, 단지 사진 찍은 날 머리가 엉망이라는 이유만으로 죽음을 선고했다.

그때 패러데이의 굳건한 손이 로언의 어깨에 얹혔다. 질책을 받을 줄 알았는데, 수확자는 이렇게 말했다. 「잘했다.」

로언은 눈을 떴다. 「감사합니다.」

「이게 네 평생 가장 힘든 일이 아니었다면, 그게 더 걱정이었을 거야.」

「결정이 쉬워지기는 하나요?」로언이 물었다.

「아니었으면 좋겠구나.」수확자가 말했다.

다음 날 오후, 브래드퍼드 질러가 퇴근해서 집에 가보니 거실에 수확자가 앉아 있었다. 그 수확자는 브래드퍼드가 집에 들어서자 일어났다. 본능은 그에게 몸을 돌려 달아나라고 말했지만, 그러기 전에 옆에 비켜서 있던 녹색 팔찌의 10대 소년이 문을 닫았다.

그는 점점 커져 가는 공포 속에서 수확자가 입을 열기를 기다렸지만, 수확자는 소년에게 손짓을 했고, 소년은 목청을 가다듬고 말했다. 「질러 씨, 당신은 수확 대상으로 선택받았습니다.」

「나머지도 말해라, 로언.」수확자가 끈기 있게 말했다.

「제 말은 그러니까…… 제가 질러 씨를 선택했습니다.」

브래드퍼드는 두 사람을 번갈아 보며 갑자기 깊은 안도감을 느꼈다. 이건 분명히 농담이었다. 「좋아요, 대체 두 분은 누굽니까? 누가 이런 짓을 시킨 거예요?」

그러자 수확자가 손을 들어 반지를 보였다. 그리고 브래드퍼드의 기분은 올라갔던 롤러코스터가 다시 떨어지듯 내려앉았다. 그 반지는 가짜가 아니었다. 진짜였다. 「저 아이는 내 수습생입니다.」수확자가 말했다.

「죄송해요.」소년이 말했다. 「개인적인 감정은 없어요. 그저 질러 씨가 특정 요건에 맞았을 뿐이에요. 사망 시대에는 많은 사람이 다른 사람을 구조하려다가 죽었거든요. 그중 다수가 반려동물을 구하려고 범람한 강물에 뛰어들었죠. 대부분은 수영 실력이 좋았지만, 불어난 강물에선 소용이 없어요.」

〈개들! 그렇지, 개들이 있어!〉 브래드퍼드는 생각했다. 「날 해칠 순 없어요! 날 해치면 내 개들이 댁들을 갈기갈기 찢어 놓을 겁니다.」 그런데 개들이 어디 있지?

그때 한 소녀가 그의 침실에서 나왔다. 소년과 똑같은 팔찌를 차고 있었다. 「셋 다 진정제를 놨어요. 해는 없겠지만, 더는 신경 쓸 일 없을 거예요.」 소녀의 팔에 피가 보였다. 개들의 피가 아니라 본인 피였다. 개들이 물어서 생긴 상처였다. 기특하게도.

「개인적인 감정은 없어요. 죄송합니다.」 소년이 다시 말했다.

「사과는 한 번이면 족하다.」 수확자가 소년에게 말했다. 「특히 그 사과가 진심일 때는.」

브래드퍼드는 웃음을 터뜨렸다. 실제 상황인 줄 알면서도 왠지 모르게 웃겼다. 무릎이 풀렸고, 그는 소파에 주저앉았다. 웃음소리는 비참한 넋두리로 변했다. 「어떻게 이럴 수가 있지? 이게 어떻게 공평해?」

그러나 그때 소년이 그 앞에 무릎을 꿇었고, 고개를 든 브래드퍼드는 소년과 눈이 마주쳤다. 마치 훨씬 오래 산 누군가의 눈을 들여다보는 것 같았다.

「들어 보세요, 질러 씨. 제 나이 때 질러 씨가 불 속에서 동생을 구하신 거 알아요. 결혼 생활을 유지하려고 얼마나 애쓰셨는지도 알고요. 그리고 따님이 질러 씨를 사랑하지 않는다고 생각하는 것도 알지만, 그렇지 않아요.」

브래드퍼드는 믿지 못하겠다는 듯 소년을 응시했다. 「어떻게 그걸 다 알지?」

소년은 입술을 오므렸다. 「아는 게 우리 일이니까요. 수확은 그 어떤 것도 바꿔 놓지 않아요. 질러 씨는 훌륭하게 살았어요. 수확자 패러데이는 그 삶을 완성하러 온 거예요.」

브래드퍼드는 전화 한 통만 하게 해달라고 애걸하고, 딱 하루만 더 살게 해달라고 빌었지만, 당연하게도 그런 소원은 받아들여지지 않았다. 편지는 쓸 수 있다고 했지만, 그는 쓸 말을 생각해 낼 수가 없었다.

「어떤 기분인지 알아요.」 소년이 말했다.

「어떻게 실행할 겁니까?」 브래드퍼드가 마침내 물었다.

수확자가 대답했다. 「전통적인 익사를 골랐습니다. 우리가 당신을 데리고 강으로 갈 겁니다. 그리고 생명이 떠날 때까지 내가 당신을 물속에 가라앉힐 거예요.」

브래드퍼드는 눈을 꽉 감았다. 「익사는 끔찍하다고 들었어요.」

「제가 개들에게 놓아 준 진정제를 드려도 될까요?」 소녀가 물었다. 「의식을 잃은 상태로 물에 빠지도록요.」

수확자는 잠시 생각해 보더니 고개를 끄덕였다. 「그렇게 하고 싶다면, 고통은 덜어 드릴 수 있습니다.」

하지만 브래드퍼드는 문득 자신이 남아 있는 모든 순간을 누리고 싶다는 사실을 깨닫고 고개를 저었다. 「아닙니다. 깨어 있고 싶어요.」 익사가 그의 마지막 경험이 된다면 경험하도록 하자. 그는 심장이 더 빨리 뛰고, 아드레날린이 솟구쳐서 몸이 떨리는 것을 느꼈다. 그는 두려웠지만, 두려움은 그가 아직 살아 있다는 의미였다.

「그러면 갑시다.」 수확자가 부드럽게 말했다. 「모두 함께 강으로 내려갑시다.」

시트라는 로언에게 경외심을 느꼈다. 처음 그 남자에게 말을 걸 때는 조금 떨었지만, 로언은 감당해 냈다. 그 남자의 두려움을 장악하고 평화를 안겨 주었다. 시트라는 선택을 내려야 할 차례가 왔을 때 로언만큼만 평정을 유지할 수 있기를 빌었다. 오늘 시트라가 한 일은 개들을 마취시킨 것뿐이었다. 물론 그러다가 물리기는 했지만, 그건 사실 아무것도 아니었다. 패러데이에게 개들을 보호소에 데려다주자고 설득하려고 했지만, 패러데이는 승낙하지 않았다. 그 대신 개들을 데리러 오라고 보호소에 전화하게 했다. 그리고 그 남자를 데리러 올 검시관에게도. 수확자는 개에게 물린 팔을 급속 치료할 수 있게 병원에 데려다주겠다고도 했지만, 그 제안은 시트라가 거절했다. 어차피 핏속의 나노기가 아침까지는 치료해 줄 테고, 상처의 불편함에는 어떤 설득력이 있었다. 죽은 남자를 위해 조금쯤은 아플 만도 했다.

「아주 훌륭했어.」 시트라는 집으로 돌아가는 긴 여정 중에 로언에게 말했다.

「그래. 내가 강둑에 토하기 전까진 그랬지.」

「그것도 그 남자를 거둔 이후였잖아.」 시트라는 지적했다. 「넌 그 남자에게 죽음을 대면할 힘을 줬어.」

로언은 어깨를 으쓱였다. 「아마 그렇겠지.」

시트라는 로언이 그렇게 겸손할 수 있다는 사실이 괘씸하면서도 매력적이라고 느꼈다.

최초의 수확자 중 한 사람인 고결한 수확자 소크라테스가 남긴 시가 있다. 그는 시를 많이 썼지만, 내가 제일 좋아하게 된 시는 이 작품이다.

멋대로 칼을 휘두르지 말고,
모든 뻔뻔하고 대담한 이를 골라내라.
혹시라도 짖고 물기를 좋아하는 개는
시체 찾는 까마귀요, 옛 시절의 비겁자이려니.

이 시를 보면, 수확령을 부패와 타락으로부터 지키려는 고결한 이상을 상기하게 된다. 또한 수많은 안전장치가 있다 해도 우리는 언제나 정신을 바짝 차려야 한다는 생각도 다시 하게 된다. 권력에는 우리에게 남은 유일한 질병, 즉 인간 본성이라고 불리는 바이러스가 침투하기 때문이다. 나는 무엇보다도 수확자들이 자기 일을 좋아하게 될까 봐 걱정이다.

— 수확자 퀴리의 「수확 일기」 중에서

9
에즈메이

에즈메이는 피자를 너무 많이 먹었다. 어머니는 에즈메이에게 피자 때문에 죽을 거라고 했다. 정말 그럴지도 모른다는 생각은 한 번도 해보지 않았다.

수확자의 습격은 에즈메이가 막 오븐에서 나온 뜨끈뜨끈한 피자 조각을 받은 직후에 찾아왔다. 수업일이 끝나고 휴가를 시작하는 날이었고, 4학년의 일과 때문에 녹초가 된 상태였다. 점심 식사는 형편없었다. 점심시간이 왔을 때는 어머니가 싸준 참치 샐러드가 뜨듯한 데다 약간 발효까지 된 상태였다. 썩 입맛이 당기지 않았다. 사실 어머니가 싸주는 도시락은 맛있을 때가 없었다. 에즈메이에게 몸무게 문제가 조금 있으니 더 건강하게 먹어야 한다는 식이었다. 신진대사를 촉진하도록 나노기를 프로그램하면 그만인데, 어머니는 들으려고 하지 않았다. 그건 문제 자체가 아니라 증상만 치료하는 격이라고 주장했다.

「나노기만으로 모든 걸 해결할 순 없어. 넌 자제를 배워야 해.」 어머니는 말했다.

뭐, 자제는 내일 배울 수도 있지. 오늘 에즈메이는 피자를 먹고 싶었다.

에즈메이가 제일 좋아하는 피자집인 루이기는 풀크럼시티 갤러리아의 푸드 코트에 있었다. 학교에서 집으로 가는 길목이었다. 굳이 말하자면 그랬다. 에즈메이가 어떻게 첫입을 베어 물면 입천장을 데지 않을까 고민하며 치즈와 실랑이를 벌이고 있을 때, 그 수확자들이 들이닥쳤다. 등 뒤였기 때문에 에즈메이도 처음에는 그들을 보지 못했다. 하지만 소리는 들었다. 적어도 그중 한 명의 목소리는.

「안녕하신가, 선량한 시민 여러분. 여러분의 삶은 이제부터 근본적으로 바뀌게 된다.」

에즈메이는 몸을 돌려 그들을 보았다. 네 명이었다. 반짝이는 밝은색 로브를 입고 있었다. 에즈메이가 이제까지 본 그 누구와도 닮지 않았다. 에즈메이는 수확자를 만나 본 적이 없었다. 매력적이었다. 세 명이 보석 박힌 로브보다 더 반짝이는 무기를 뽑아 들고, 네 번째 수확자가 화염 방사기를 꺼내기 전까지는.

「이 푸드 코트는 수확에 선택되었다.」 대장 수확자가 말하더니, 네 명이 함께 무시무시한 임무에 착수했다.

에즈메이는 어떻게 해야 할지 알았다. 피자를 버리고 테이블 뒤에 숨어서 기어갔다. 하지만 그런 사람이 에즈메이 혼자만은 아니었다. 모두가 엎드려서 바닥을 기는 것 같았고, 수확자들은 당황하는 것 같지 않았다. 기어 다니는 사람들 사이로 수확자들의 발을 볼 수 있었다. 그들은 희생자들이 네발로 기고 있다고 해서 기세를 늦추지 않았다.

이제 에즈메이는 진짜로 공포에 질렸다. 대량으로 사람을 거두는 수확자들이 있다는 이야기는 들었지만, 지금까지는 그게 지어낸 이야기라고만 생각했다.

앞쪽에 노란색 로브의 수확자가 보였기에 방향을 틀어 되돌아갔지만, 그쪽에는 녹색 옷의 수확자가 있었다. 에즈메이는 테이블들과 오렌지색 옷의 수확자가 불을 지른 야자나무 화분 두 개 사이의 틈으로 기어갔고, 커다란 화분 사이를 빠져나가니 몸을 숨길 곳이 없었다.

에즈메이는 이제 음식 매장 앞에 있었다. 아까 피자를 내주었던 남자가 죽어서 카운터 위에 쓰러져 있었다. 쓰레기통과 벽 사이에 틈이 있었다. 에즈메이는 날씬한 여자애가 아니었기에, 최대한 생각을 쥐어짜서 그 틈에 몸을 밀어 넣었다. 그다지 숨을 만한 곳은 아니었지만, 그 자리를 떠나면 사격선에 놓이게 될 터였다. 이미 통로를 뛰어서 넘어가려던 사람 둘이 강철 노궁에 맞아 쓰러지는 모습을 보았다. 에즈메이는 두 손에 얼굴을 묻은 채 꼼짝도 하지 않았다. 그런 상태로 흐느끼면서, 정적이 내려앉을 때까지 주위에서 쏟아지는 끔찍한 소리에 귀를 기울였다. 주위가 조용해지고 나서도 에즈메이는 눈을 뜨지 않았다. 그 소리가 들릴 때까지는. 「거기 안녕.」

에즈메이가 눈을 떠보니 파란 옷을 입은 대장 수확자가 그녀를 굽어보고 있었다.

「제발…….」 에즈메이는 빌었다. 「제발 절 거두지 마세요.」

그 남자는 에즈메이에게 손을 내밀었다. 「수확은 끝났다. 너 말곤 아무도 남지 않았어. 자, 내 손을 잡아라.」

거절하기가 무서웠던 에즈메이는 손을 뻗어 그의 손을 잡고,

숨어 있던 자리에서 몸을 일으켰다.

「난 널 찾고 있었어, 에즈메이.」 그 남자가 말했다.

에즈메이는 자신의 이름을 듣고 숨을 들이켰다. 왜 수확자가 자신을 찾는단 말인가?

다른 세 수확자가 모여들었다. 아무도 무기를 겨누지 않았다.

「넌 이제 우리와 같이 가는 거야.」 파란 옷의 수확자가 말했다.

「하지만…… 하지만 제 어머니는.」

「네 어머니는 알아. 내가 면제권을 줬거든.」

「정말로요?」

「그래, 정말이야.」

그때 에메랄드색 로브를 입은 여자 수확자가 에즈메이에게 접시를 내밀었다. 「이게 네 피자였지 싶은데.」

에즈메이는 접시를 받았다. 이젠 먹기 좋게 식어 있었다. 「고맙습니다.」

「같이 가자.」 파란 옷의 수확자가 말했다. 「지금 이 순간부터 넌 꿈도 꾸지 못했던 모든 것을 누리게 될 거야.」

그래서 에즈메이는 살아남은 데 감사하며, 그리고 살아남지 못한 수많은 사람들을 생각하지 않으려고 애쓰면서 네 수확자와 함께 그 자리를 떠났다. 이건 분명 에즈메이가 상상한 하루가 아니었다. 하지만 자신에게 무슨 자격이 있어서, 그토록 선명한 운명의 울림에 맞서 싸우겠는가?

사람들이 지루함에 시달리지 않던 시대가 있기는 했을까? 동기 부여가 이토록 힘들지 않았던 시대가? 사망 시대 뉴스 기록 보관소를 보면, 그때 사람들에게는 뭔가를 할 이유가 더 있었던 것 같다. 그때의 삶은 그저 시간을 보내는 것이 아니라, 시간을 벼리는 행위였다.

그리고 그 뉴스들은 얼마나 흥미진진한지. 온갖 범죄 행동이 가득했다. 이웃이 오락성 불법 화학물을 파는 사람일 수도 있었다. 평범한 사람들이 사회의 허락 없이 생명을 빼앗는 일이 일어났다. 화가 난 개인이 자기 것이 아닌 자동차를 탈취하고, 통제가 되지 않는 도로에서 법 집행관들과 위험한 추격을 벌였다.

지금도 불미자들이 있기는 하지만, 그들은 가끔 쓰레기를 떨구고 상점의 물건을 엉뚱한 곳에 가져다 놓을 뿐이다. 이제는 아무도 사회 체계에 분노를 폭발시키지 않는다. 기껏해야 눈을 좀 부라릴 뿐이다.

어쩌면 선더헤드가 아직까지 어느 정도 경제적 불평등을 허용하는 이유도 그래서일지 모른다. 선더헤드는 모두가 동등한 재산을 갖게 할 수 있다. 그러나 그렇게 하면 불사인(不死人)들을 괴롭히는 지루함이라는 질병만 더 심해질 것이다. 우리는 필요한 것을 다 가지고 있지만, 아직 원하는 것을 얻기 위해 분투할 수 있다. 물론 아무도 사망 시대처럼 분투하지는 않는다. 그때는 불평등이 너무 심해서 사람들이 실제로 서로의 재산을 훔쳤고, 그러다가 생명을 끝내기도 했다.

나도 범죄가 돌아오기를 바라지는 않지만, 우리 수확자들이 유일무이한 두려움의 조달인인 상황에는 질렸다. 경쟁자가 있었으면 좋겠다.

— 수확자 퀴리의 「수확 일기」 중에서

10
금지된 반응들

「그렇다니까. 다들 그 이야기뿐이야. 다들 네가 수확자가 되는 건 학교에 복수하려는 거라고 생각해!」

3월의 어느 온화한 날, 수확자 패러데이가 로언에게 휴식을 허락한 드문 날의 오후였다. 로언은 지난 석 달 동안 한 번도 추락을 감행하지 않은 친구 타이거를 만나러 갔다. 지금 그들은 로언의 집으로부터 몇 블록 떨어진 공원에서 농구공을 던지고 있었다. 집에 가는 것은 금지였고, 아마 로언은 집에 갈 수 있다고 해도 가지 않았을 것이다.

로언은 타이거에게 공을 던졌다. 「내가 수습을 받아들인 건 그래서가 아니야.」

「나도 알고, 너도 알지만, 사람들은 자기가 믿고 싶은 대로 믿을 거야.」 타이거가 씩 웃었다. 「난 네 친구라는 이유로 갑자기 온갖 특혜를 받고 있어. 내가 네 반지에 접근하게 해줄 수 있다고 생각하는 거지. 죽음이 횡행하노니, 면제권만이 해결해 주리라.」

타이거가 중재자 역할을 한다니 생각만 해도 웃음이 터졌다.

로언은 타이거가 그 상황을 최대한 우려먹는 모습을 상상할 수 있었다. 아마 사람들에게 수고비를 청구하리라.

로언은 공을 낚아채서 슛을 날렸다. 수확자의 집에 들어간 후 농구를 하지 못했지만, 겨냥을 제대로 하지 않았어도 팔 힘은 좋았다. 로언은 그 어느 때보다 강했고, 보카토어 훈련 덕분에 체력도 넘쳤다.

「그러니까 반지를 받으면 나한테 면제권 줄 거지, 응?」 타이거가 날린 슛은 빗나갔다. 의도가 뻔히 보였다. 로언이 이기게 해주고 있었다.

「우선 첫째, 난 패러데이가 나에게 반지를 줄지 어떨지 몰라. 둘째, 난 네게 면제권을 줄 수 없어.」

타이거는 진심으로 충격받은 표정이었다. 「뭐? 왜 안 돼?」

「그건 편애가 되니까.」

「친구라는 게 그런 거 아냐?」

다른 아이들 몇 명이 농구장에 와서 잠시 시합을 하면 어떠냐고 하다가, 로언의 팔찌를 보자마자 마음을 바꿨다.

「괜찮아.」 제일 나이 많은 아이가 말했다. 「얼마든지 써.」

분통이 터지는 반응이었다. 「아니야, 우리 모두 놀아도…….」

「아냐…… 우린 다른 데로 갈게.」

「우리 모두 놀아도 된다고 했잖아!」 로언은 고집을 부렸고, 상대방의 눈에 떠오른 두려움을 보고 고집부린 게 부끄러워졌다.

「그래, 그래, 물론이지.」 상대방이 말하더니 친구들을 돌아보았다. 「다들 들었지! 놀자!」

그들은 열심히 코트에 뛰어들었고, 타이거가 그랬듯이 열심히 지려고 했다. 이제부터는 언제나 이렇게 돌아가는 걸까? 이제 로언은 친구들도 제대로 덤비기를 두려워할 정도로 위협적인 존재가 되어 버린 걸까? 이제 그에게 이의를 제기하는 사람은 시트라밖에 없었다.

로언은 금세 흥미를 잃고 타이거와 함께 그 자리를 떠났다. 타이거는 이 모든 일을 재미있어했다. 「친구, 넌 이제 양상추가 아니야. 벨라도나지. 넌 이제 독초라고!」

타이거의 말대로였다. 로언이 그 아이들에게 네발로 기면서 포장 돌을 핥으라고 했다면, 모두 그렇게 했을 것이다. 자극적이면서도 무시무시한 생각이었고, 생각하고 싶지 않았다.

로언은 대체 무엇에 씌어서 그다음 일을 벌였는지 몰랐다. 아마 고립된 상태에 좌절해서였으리라. 아니면 그저 새로운 삶에 예전 삶의 편린이라도 가져오고 싶었거나.

「수확자의 집에 한번 와볼래?」

타이거는 약간 미심쩍어했다. 「괜찮아하실까?」

「안 계실 거야.」 로언은 말했다. 「오늘은 다른 도시에 수확하러 가셨어. 늦게까지 안 오실 거야.」 수확자 패러데이는 로언이 누군가를 데려왔다는 사실을 알면 뒷목을 잡을 것이다. 그 생각을 하니 더 유혹적이었다. 로언은 이제까지 너무나 착하고 순종적으로 지냈다. 이제 하고 싶은 일을 할 만도 했다.

그들이 도착했을 때, 집은 비어 있었다. 로언과 마찬가지로 수확자 패러데이에게 오후 자유 시간을 받은 시트라는 나가고 없었다. 로언은 타이거와 시트라를 만나게 해주고 싶었지만, 그러다가 문득 생각했다. 〈혹시 둘이 서로 좋아하게 되면 어쩌지? 타이거가 시트라의 마음을 사로잡으면?〉 타이거는 언제나 여자애들을 잘 다뤘다. 한번은 사귀던 여자애를 설득해서 같이 추락하기까지 했다. 그저 남들에게 〈여자들은 말 그대로 나한테 껌벅 죽어〉라고 말할 수 있게 말이다.

당시 타이거가 설득한 말은 이랬다. 「로미오와 줄리엣 같을 거야. 다만 우린 되살아나겠지.」

말할 필요도 없지만 그 여자애의 부모님은 격노했고, 딸이 재생하고 나자 다시는 타이거를 만나지 못하게 했다.

타이거는 어깨만 으쓱하고 떨쳐 버렸다. 「내가 뭐라고 하겠어? 걔 인생은 바보들의 이야기야.」 로언은 그게 아주 형편없이 틀린 셰익스피어 인용 같았다.[4]

만에 하나라도 시트라가 타이거 때문에 추락한다는 생각을 하니 속이 메스꺼웠다.

「이게 다야?」 타이거는 그 집을 둘러보며 말했다. 「그냥 집이네.」

「뭘 기대했어? 비밀스러운 지하 소굴?」

「사실은 그래. 아니면 그 비슷한 거라도. 그러니까, 이 가구를 좀 봐. 이런 구덩이 같은 데 살다니 믿을 수가 없다.」

「그렇게 나쁘진 않아. 이리 와봐, 멋진 걸 보여 줄게.」

로언은 타이거를 데리고 무기고로 갔고, 기대한 대로 타이거는 굉장히 감명을 받았다.

「이거 진짜 끝내준다! 이렇게 많은 칼은 처음 봐. 저건 총이야? 총은 사진으로만 봤는데!」 타이거는 벽에 걸린 권총 하나를 집어서 총구를 들여다보았다.

---

4 셰익스피어의 『맥베스』에 나오는 유명한 독백인 〈인생이란 의미도 없는 고함과 분노로 가득한 바보의 이야기〉를 가리킨다.

「그러지 마!」

「진정해. 난 철퍽 쪽이지, 탕탕 쪽이 아니라고.」

어쨌든 로언은 타이거에게서 권총을 빼앗았고, 로언이 총을 제자리에 돌려놓는 사이 타이거는 마체테를 집어 들고 허공에 붕붕 휘둘렀다.

「이거 빌려 가도 돼?」

「절대 안 돼!」

「에이, 이렇게 많은데 뭐 어때. 없어진 줄도 모를 거야.」

로언은 타이거가 〈안 좋은 생각〉 그 자체라는 사실을 알았다. 그 점이 타이거의 친구로서 얻는 즐거움이기도 했다. 하지만 지금은 그것이 큰 빚이었다. 로언은 타이거의 팔을 잡고 무릎 뒤쪽을 걷어차서 빙그르르 땅바닥에 눕혔다. 모두 단 하나의 보카토어 동작이었다. 그런 다음 그는 타이거의 팔을 부자연스러운 각도로, 딱 아플 만큼만 힘을 주어 잡고 있었다.

「아 뭐야!」 타이거는 악문 잇새로 말했다.

「그 마체테 내려놔. 당장!」

타이거는 그 말대로 했다. 그리고 바로 그 순간, 현관문 열리는 소리가 들렸다. 로언은 팔을 놓고, 힘이 들어간 목소리로 속삭였다. 「조용히 해.」

그는 문밖을 내다보았지만, 누가 들어왔는지 잘 알 수가 없었다. 「여기 있어.」 로언은 타이거에게 말하고 빠져나갔다가, 들어와서 문을 닫는 시트라와 마주쳤다. 시트라는 달리기를 하고 왔는지 운동복을 입고 있었는데, 지금 이 순간 로언에게는 지나치게 노출이 많은 옷이었다. 덕분에 뇌에서 피가 쭉 빠져나갔다. 그래서 로언은 시트라의 수습생 팔찌에 초점을 맞추고서 이런 호르몬 반응은 절대 금지라는 사실을 되새겼다. 시트라가 고개를 들고 의무적인 인사를 던졌다.

「안녕, 로언.」

「안녕.」

「뭐 잘못됐어?」

「아니.」

「왜 거기 우두커니 서 있어?」

「내가 어디 서 있어야 하는데?」

시트라는 눈을 굴리더니 욕실로 들어가서 문을 닫았다. 로언은 무기고로 다시 들어갔다.

「누구야?」 타이거가 물었다. 「그 이름 모를 여자애야? 나도 네 경쟁자를 만나 보고 싶어. 걔가 나한테 면제권을 줄지도 모르잖아. 아니면 다른 거라도.」

「안 돼.」 로언이 말했다. 「수확자 패러데이야. 그리고 네가 여기 있는 걸 보면 그 자리에서 거둬 버릴 거야.」

갑자기 타이거의 허세가 날아가 버렸다. 「아 젠장! 우리 어떻게 하지?」

「진정해. 샤워하러 들어갔어. 네가 시끄럽게 굴지만 않으면 내가 내보내 줄 수 있어.」

그들은 복도로 나갔다. 확실히 닫힌 욕실 문틈으로 샤워 소리가 새어 나왔다.

「피를 씻어 내는 건가?」

「맞아. 피가 잔뜩 묻었더라.」 로언은 타이거를 이끌고 현관으로 나갔고, 문밖으로 밀어내지만 않았다 뿐이지 쫓아내다시피 내보냈다.

수습생으로 지낸 지 석 달 후, 시트라는 수확자 패러데이에게 선택받아 반지를 받고 싶다는 사실을 부정할 수 없었다. 아무리 저항해 봐도, 아무리 이건 자신에게 맞는 삶이 아니라고 해봐도 시트라는 수확자가 얼마나 중요한지 알았고, 자신이 얼마나 좋은 수확자가 될지 알아 버렸다. 그녀는 언제나 의미 있는 삶을 살고 차이를 만들고 싶었다. 수확자가 되면 그럴 수 있었다. 그래, 손에 피를 묻히기는 하겠지만, 피는 정화의 매개체가 될 수도 있었다.

보카토어에서는 확실히 그렇게 취급했다.

시트라는 블랙 위도 보카토어가 육체적으로 이제까지 해본 어떤 운동보다 힘들다는 사실을 알았다. 그들의 트레이너는 수확자 송응성이었는데, 그는 수확에 무기를 쓰지 않고 오직 손발만 썼다. 또 그는 침묵 서약을 하기도 했다. 아무래도 수확자들은 모두 자신들이 빼앗는 목숨에 대한 대가로 뭔가를 포기한 것 같았다. 꼭 그래야 하는 건 아니지만, 그들의 선택은 그랬다.

「넌 뭘 포기할래?」 한번은 로언이 물었는데, 시트라는 그 질문에 마음이 불편해졌다.

「내가 수확자가 된다면 내 삶은 포기하는 거잖아? 그거면 충분하지 않나.」

「게다가 가족도 포기하지.」 로언이 환기시켰다.

시트라는 그 문제에 대해 말하고 싶지 않아 고개만 끄덕였다. 가족을 둔다는 건 너무 멀게 느껴졌고, 가족을 두지 않는다는 것도 똑같이 멀었다. 몇 년 지나야 고려해 볼까 말까 하던 일에 대해 어떤 감정을 느끼기는 힘들었다. 게다가 보카토어 수업 중에는 잡생각을 멀리해야만 했다. 머릿속이 깨끗해야 했다.

시트라는 이전에 무술을 배워 본 적이 없었다. 언제나 신체 접촉 없는 스포츠를 즐겼다. 경주, 수영, 테니스…… 언제나 자신과 상대방 사이에 깔끔한 선이나 그물이 있는 스포츠였다. 보카토어는 정반대였다. 손과 손, 몸과 몸이 맞붙었다. 보카토어 수업에서는 의사소통도 완전히 육체를 통해 이루어져서, 말을 하지 않는 그들의 교사는 구체 관절 인형 대하듯 자세를 바로잡아 주었다. 야단스러운 언어의 중개라곤 없는 정신과 몸의 문제였다.

수업은 여덟 명이 받았는데 교사가 수확자이기는 해도 수습생은 시트라와 로언 둘뿐이었다. 나머지는 수확자가 된 지 1년밖에 안 된 신참 수확자들이었다. 여자애는 한 명 더 있었는데, 시트라에게 조금도 친근하게 굴지 않았다. 여자들도 특별 취급은 없었고, 남자들과 완전히 동등한 능력을 기대했다.

보카토어 스파링은 보통 힘든 게 아니었다. 모든 시합이 시작은 단순해서, 시합에 나선 두 명은 의례처럼 원을 그리고 돌면서 온갖 공격적인 춤을 통해 육체로 서로를 조롱했다. 그러다가 곧 상황이 심각하고 난폭해졌다. 모든 종류의 발차기와 주먹질과 신체 충돌이 일어났다.

오늘 시트라는 로언과 스파링을 했다. 로언이 동작은 더 좋았지만, 시트라에게는 빠른 속도가 있었다. 힘도 로언이 더 좋았지만 키가 더 컸고, 큰 키는 유리하지 않았다. 시트라는 무게 중심이 낮은 만큼 자세가 더 안정적이었다. 모든 변수를 고려하면, 두 사람은 대등한 상대였다.

시트라는 몸을 회전시키고는 로언의 가슴에 강력한 발차기를 먹여서 거의 쓰러뜨릴 뻔했다.

「좋네.」로언이 말했다. 수확자 송응성이 입술을 다무는 시늉을 하면서 전투 중에는 서로 대화하지 말 것을 상기시켰다.

시트라는 로언의 좌측을 공격했는데, 로언이 어찌나 빨리 맞받아치는지 손이 어디에서 튀어나왔는지도 가늠하지 못했다. 로언에게 갑자기 손이 세 개 달린 느낌이었다. 시트라는 순간 균형을 잃었지만, 아주 잠깐이었다. 로언의 손이 닿은 옆구리에 열기가 느껴졌다. 〈멍이 들겠네.〉 시트라는 씩 웃었다. 〈이 대가를 치르게 해주지!〉

시트라는 다시 좌측 공격을 하는 척하다가 온몸을 다 실어서 전력으로 우측을 공격했다. 시트라는 로언을 쓰러뜨려 고정시켰다. 하지만 마치 중력이 뒤집힌 듯, 퍼뜩 정신을 차리고 보니 로언이 상황을 뒤집었다. 이제는 로언이 위로 올라가서 시트라를 붙들고 있었다. 시트라는 다시 뒤집을 수 있었다. 그만한 입지는 있었다. 그러나 시트라는 그러지 않았다. 지금은 로언의 심장 박동을 마치 몸속에서 울리는 것처럼 느낄 수 있었고…… 그 느낌을 조금 더 누리고 싶어졌다. 시합에 이기고 싶은 마음보다 그 느낌을 음미하고 싶은 마음이 더 컸다.

그 사실에 화가 났다. 로언의 손아귀를 떨쳐 내고 거리를 벌릴 정도로 화가 났다. 여기에는 선도, 그물망도 없었고, 둘 사이를 가르는 것이라곤 그녀의 의지라는 벽뿐이었다. 그런데 그 벽이 자꾸 벽돌을 빠뜨리고 있었다.

수확자 송응성이 시합 종료 신호를 올렸다. 시트라와 로언은 서로에게 허리를 굽히고, 다른 두 명이 스파링을 위해 올라서는 사이 원을 사이에 두고 서로 반대편으로 돌아갔다. 시트라는 로언에게 한순간도 눈길을 주지 않으리라 결심하고 주의를 기울였다.

우리는 이전과 같은 존재가 아니다.

우리가 사망 시대의 문학과 오락물 대부분을 이해하지 못한다는 점을 생각해 보라. 우리는 죽을 수밖에 없는 인간의 감정을 흔들었던 것들을 이해할 수 없다. 오직 사랑 이야기만이 사망 시대 이후라는 필터를 뚫고 이어졌는데, 거기에서도 우리는 격렬한 갈망과, 그런 필사적인 사랑 이야기를 위협하는 상실에 당황하고 만다.

절망감을 한정 짓는 우리의 감정 조절 나노기 탓으로 돌릴 수도 있겠지만, 실제 한계는 그보다 깊은 곳에 있다. 필멸의 인간은 사랑이 영원하다고 꿈꾸고 사랑의 상실은 상상할 수 없다고 여겼다. 지금 우리는 둘 다 사실이 아님을 안다. 우리는 영원해졌으나 사랑에는 끝이 있다. 양쪽을 동등하게 만들어 줄 수 있는 것은 수확자들뿐인데, 모두가 이번 1천 년이나 다음 1천 년 안에 수확 대상이 될 가능성은 무시해도 좋을 만큼 낮다는 사실을 안다.

우리는 예전과 같은 존재가 아니다.

그렇다면, 만약 인간이 아니라면 우리는 무엇일까?

— 수확자 퀴리의 「수확 일기」 중에서

11
무분별

시트라와 로언은 수확에 늘 함께 나가지는 않았다. 가끔은 수확자 패러데이가 둘 중 하나만 데려갔다. 시트라가 목격한 최악의 수확은 5월 초에 일어났다. 춘계 콘클라베, 그러니까 시트라와 로언이 수습생으로 지내면서 참가하게 될 세 번의 콘클라베 중 첫 번째가 있기 일주일 전이었다.

사냥감은 막 회춘해서 나이를 24세로 재조정한 남자였다. 그는 집에서 아내와 두 아이와 함께 저녁을 먹고 있었는데, 아이들은 시트라 또래로 보였다. 수확자 패러데이가 누굴 거두러 왔는지 선언하자 가족은 울음을 터뜨렸고, 그 남자는 침실로 들어갔다.

수확자 패러데이는 그 남자에게 평화로운 출혈사를 골라 두었지만, 그렇게 되지 않았다. 시트라와 수확자가 방에 들어갔을 때, 그 남자는 매복하고 있다가 그들을 공격했다. 그 남자는 몸 상태가 절정에 달했고, 새로 얻은 젊음에 취해 수확을 거부하고 수확자와 싸우면서 악랄한 주먹질로 패러데이의 턱을 부숴 놓았다. 시트라는 수확자를 돕기 위해 수확자 송응성에게 배운 보카토어 동작을 써먹어 보려 했는데, 곧 무술을 실전에 적용한다는 게 도장에서 연습할 때와는 사뭇 다르다는 사실을 알게 되었다. 그 남자는 시트라를 내팽개치고, 아직 부상 때문에 비틀거리고 있던 패러데이에게 덤벼들었다.

시트라는 다시 뛰어올라서 그 남자에게 달라붙었고, 잠시 동안 눈을 찌르고 머리를 잡아당기는 데 주력했다. 덕분에 남자의 정신이 흐트러지면서 수확자 패러데이가 로브 속에 숨겨 두었던 사냥칼을 뽑아서 목을 그을 시간을 벌 수 있었다. 남자는 공기를 찾아 헐떡이면서, 뿜어져 나오는 피를 막으려고 헛되이 목을 부여잡았다.

그리고 수확자 패러데이는 부어오르는 턱을 한 손으로 잡은 채 남자에게 말했다. 악의는 없이 크나큰 슬픔이 담긴 목소리였다. 「당신이 한 짓의 결과를 이해하고는 있습니까?」

남자는 대답하지 못했다. 그는 헐떡이고 덜덜 떨면서 바닥에 쓰러졌다. 시트라는 이제까지 그런 상처를 입으면 즉시 죽는 줄 알았는데, 그렇지가 않은 모양이었다. 그렇게 많은 피를 보기는 처음이었다.

「여기 있어라.」 수확자는 시트라에게 말했다. 「저 남자를 친절하게 돌봐 주고, 저 눈에 비친 마지막 장면이 되어 줘라.」

수확자가 방을 나섰다. 시트라는 그가 무슨 일을 할지 알았다. 수확으로부터 도망치거나 저항할 경우에 대한 법은 명확했다. 그래선 안 된다는 지시가 있었기에 눈을 감을 수는 없었지만, 방법이 있다면 귀라도 닫고 싶었다. 시트라는 거실에서 어떤 소리가 들려올지 알고 있었다.

시작은 아이들의 목숨을 살려 달라 애걸하는 여자의 목소리와, 절망감에 흐느끼는 아이들의 목소리였다.

「빌지 마십시오!」 시트라는 수확자의 날카로운 꾸짖음을 들었다. 「이 아이들에게 당신 남편보다 용기 있는 모습을 보여 줘요.」

시트라는 죽어 가는 남자의 눈에서 생명이 사라질 때까지, 그 눈에 시선을 고정시키고 있었다. 그 후에는 이제부터 보게 될 일에 마음을 다잡고 수확자 패러데이가 있는 곳으로 갔다.

소파에 앉은 두 아이는 울음소리도 잦아든 채 눈물을 흘리며 훌쩍이고 있었다. 여자는 무릎을 꿇고 작은 소리로 아이들을 달래고 있었다.

「다 끝났습니까?」 수확자가 조바심을 냈다.

마침내 여자가 일어섰다. 눈에는 눈물이 가득했지만, 더는 애원하는 눈빛이 아니었다. 「해야 할 일을 하세요.」 여자가 말했다.

「좋아요.」 수확자가 말했다. 「당신의 용기에 갈채를 보냅니다. 자, 당신 남편은 수확에 저항하지 않은 거예요.」 그러더니 그는 부어오른 얼굴을 만졌다. 「다만 수습생과 내가 말다툼을 하다가 이런 부상을 입은 겁니다.」

여자는 입을 살짝 벌린 채 수확자를 빤히 쳐다보기만 했다. 시트라도 그랬다. 수확자는 시트라를 돌아보고 험상궂은 얼굴을 했다. 「내 수습생은 나와 싸운 벌을 단단히 받을 겁니다.」 그는 여자를 다시 돌아보았다. 「무릎을 꿇으세요.」

여자는 무릎을 꿇는다기보다는 시체처럼 털썩 주저앉았다.

수확자 패러데이는 그녀에게 반지를 내밀었다. 「관습에 따라 당신과 당신 아이들은 앞으로 1년간 수확 면제권을 받습니다. 모두 내 반지에 입을 맞춰요.」

여자는 그 반지에 입을 맞추고, 또 맞추고, 또 맞췄다.

패러데이는 그 집을 떠난 후에 거의 말을 하지 않았다. 그들은 버스를 탔다. 가능하면 공유 차 이용을 피하기 때문이었다. 그는 공유 차를 낭비로 여겼다.

정류장에서 내렸을 때, 시트라가 큰마음 먹고 입을 열었다.

「제가 수확자님의 턱을 부순 벌을 받게 되나요?」 아침이면 나을 상처였지만, 치유 나노기는 바로 움직이지 않았다. 수확자는 아직도 꼴이 이상했다.

「이 일은 아무에게도 말하지 마라.」 그는 엄하게 말했다. 「일기에도 쓰지 말고. 알았지? 그 남자의 무분별은 절대 알려지지 않는 거다.」

「네, 선생님.」

시트라는 패러데이가 한 일 때문에 얼마나 감탄하고 존경하는지 말하고 싶었다. 의무보다 연민을 택하다니. 모든 수확에 배울 점이 있었고, 오늘의 수확은 쉽게 잊지 못할 터였다. 법의 존엄함…… 그리고 그 법을 어겨야 할 때를 아는 지혜까지.

훌륭한 수습생이 되려고 노력했지만, 시트라 자신도 무분별한 구석을 없애지는 못했다. 시트라가 밤에 맡은 일 하나는 수확자 패러데이가 자기 전에 따뜻한 우유 한 잔을 가져다주는 것이었다. 「내가 어렸을 때 그랬듯이, 따뜻한 우유는 그날의 힘든 부분을 누그러뜨려 주지.」 수확자는 시트라에게 그렇게 말했다. 「다만 예전에 같이 먹었던 쿠키는 생략했다.」

시트라는 수확자가 자기 전에 우유와 쿠키를 먹는다는 생각이 터무니없게 느껴졌다. 하지만 아무리 죽음의 대리인이라도 은밀한 즐거움은 있겠지.

하지만 꽤 자주, 수확이 힘들었던 날의 패러데이는 시트라가 정해진 시간에 우유를 들고 방에 들어가기 전에 잠들어 버렸다. 그럴 때는 시트라가 직접 마시거나 로언에게 건네주었는데, 수확자 패러데이가 이 집 안에서 어떤 것도 낭비해선 안된다고 못을 박았기 때문이다.

지독한 수확이 있었던 그날 밤, 시트라는 수확자의 방에서 평소보다 더 꾸물거렸다.

「패러데이 수확자님.」 시트라는 조용히 이름을 불렀다. 그리고 다시 불렀다. 답이 없었다. 숨소리를 들으니 곯아떨어졌음을 알 수 있었다.

협탁에 물건이 하나 놓여 있었다. 사실은 매일 밤 그 자리에 있었다.

그의 반지.

복도에서 비스듬히 흘러든 빛이 반지에 비췄다. 그 반지는 어두운 방 안에서도 반짝였다.

우유를 마신 시트라는 그녀가 우유를 가져왔고 버리지 않았음을 아침에 알 수 있게 빈 잔을 협탁에 내려놓았다. 그러고 나서 반지를 홀린 듯 바라보며 무릎을 꿇었다. 왜 수확자가 그 반지를 낀 채로 자지 않는지 궁금했지만, 그걸 묻는다는 건 사생활 침해 같았다.

그녀만의 반지를 받게 되면, 만약 받게 된다면 그때도 지금처럼 엄숙한 수수께끼로 다가올까, 아니면 평범해질까? 당연한 듯이 끼게 될까?

시트라는 손을 뻗었다가 물렸다. 그리고 다시 뻗어서 반지를 가만히 잡았다. 손가락으로 잡고 돌리면서 빛에 비춰 보았다. 보석은 커서 거의 도토리만 했다. 다이아몬드라고들 했지만, 그 중심부에는 단순한 다이아몬드 반지와는 다른 어둠이 있었다. 그 반지의 핵심에는 뭔가가 있었는데, 아무도 그게 뭔지 몰랐다. 수확자들이라 한들 알까. 그 중심부는 검은색이 아니었다. 그보다는 사람 눈이 가끔 치는 장난처럼 빛에 따라 다르게 보이는, 심한 변색 같은 느낌이었다.

그러다가 언뜻 수확자 쪽을 보았더니, 패러데이가 눈을 뜨고 그녀를 바라보고 있었다.

시트라는 들켰다는 것을 알았고, 지금 반지를 내려놓아도 달라질 게 없다는 사실을 알았으므로 그대로 얼어붙었다.

「껴보고 싶으냐?」 수확자 패러데이가 물었다.

「아니에요. 죄송합니다. 건드리지 말았어야 했는데.」

「건드리지 말았어야 했지만 건드렸지.」

패러데이가 내내 깨어 있었던 걸까 궁금했다.

「계속해 봐라. 껴봐. 내 뜻이다.」

시트라는 미심쩍었지만 시키는 대로 했다. 말은 그렇게 했어도 껴보고 싶은 게 사실이었다.

손가락에 낀 반지가 따뜻하게 느껴졌다. 패러데이의 손가락에 맞춘 거라 시트라에게는 너무 컸다. 그리고 생각보다 무거웠다.

「혹시 누가 훔쳐 갈까 걱정은 안 하세요?」 시트라가 물었다.

「전혀. 누구든 수확자의 반지를 훔칠 정도로 멍청한 사람은 세상에서 빨리 제거되니, 문제가 안 된다.」

반지가 확 싸늘해지는 느낌이었다.

「그래도 탐나는 물건이긴 하지. 그렇지 않으냐?」 수확자가 말했다.

갑자기 시트라는 반지가 그냥 서늘한 게 아니라, 얼어붙고 있음을 깨달았다. 순식간에 금속에 서리가 덮이고, 한기에 손가락이 아파서 비명을 지르며 반지를 잡아 빼야 할 정도였다. 반지가 방 저편으로 날아갔다.

반지를 꼈던 손가락만이 아니라, 잡아 뺀 손가락들도 다 동상에 걸렸다. 시트라는 울음을 삼켰다. 이제 치유 나노기가 모르핀을 풀면서 온몸에 온기가 도는 느낌을 받을 수 있었다. 머리가 띵해졌지만 시트라는 애써 정신을 집중했다.

「내가 직접 설치한 보안 장치다. 미세 냉각 칩을 장착했지. 어디 보자.」 그는 협탁 등을 켜고 시트라의 손을 잡아 반지를 꼈던 손가락을 보았다. 관절 부분의 살이 시퍼렇게 얼어 있었다. 「사망 시대였다면 손가락을 잃었겠지만, 네 나노기가 이미 손상 부위를 고치고 있을 게다.」 그는 시트라의 손을 놓았다. 「아침이면 괜찮아질 거야. 다음에는 너도 네 것이 아닌 물건에 손을 대기 전에 생각을 할지 모르지.」 그는 반지를 주워서 협탁에 다시 올려놓고, 빈 유리잔을 시트라에게 건넸다. 「이제부터 내 저녁 우유는 로언이 가져올 거다.」

시트라는 기가 꺾였다. 「실망시켜서 죄송합니다. 말씀대로 전 우유를 갖다 드릴 자격이 없어요.」

그는 한쪽 눈썹을 치켰다. 「오해했구나. 이건 벌이 아니야. 호기심은 인간적이지. 난 그저 네가 그 호기심을 털어 내게 해

준 것뿐이다. 꽤 오래 걸렸다고 해야겠구나.」 그러더니 그는 살짝 음모를 꾸미는 듯한 웃음을 지었다. 「이제 로언은 반지에 손을 댈 때까지 얼마나 걸리나 한번 보자.」

때로 내 직업의 무게를 견딜 수 없어지면, 나는 죽음을 정복하면서 잃어버린 모든 것들을 애도한다. 나는 종교에 대해, 그리고 우리가 스스로의 구원자가 되면서 어떻게 신들과 대부분의 신앙이 무의미해졌는지에 대해 생각한다. 자신을 넘어서는 거대한 뭔가를 믿는다는 건 어떤 기분이었을까? 불완전함을 받아들이고 우리가 영영 이루지 못할 높은 환상을 올려다보는 기분은? 분명히 위로가 되었을 것이다. 무서웠을 것이다. 사람들을 속세에서 벗어나게 해주고, 동시에 온갖 악을 정당화했을 것이다. 신앙의 눈부신 혜택이 과연 신앙을 악용했을 때 부를 수 있는 어둠보다 컸을까 하는 부분은 자주 생각한다.

물론 삼베 자루를 입고 진동음을 숭배하는 음파교단이 있기는 하지만, 우리 세상의 많은 것들이 그렇듯 그들 역시 과거의 종교를 흉내낼 뿐이다. 그들의 의례는 진지하게 받아들일 게 못 된다. 의례는 오직 흘러가는 시간을 의미 있고 심오하다고 느끼기 위해 존재한다.

최근 나는 이웃에 있는 어느 음파교단에 골몰해 있었다. 지난번에는 그들의 모임 장소에 들어갔다. 그 교단의 회중 한 사람을 거두기 위해서였다. 아직 첫 번째 회춘도 하지 않은 남자였다. 그들은 소위 〈우주의 공명 주파수〉라는 음을 발하고 있었다. 누군가가 말하길 그 소리가 살아 있으며, 그 소리와 조화를 이루면 내면에 평화가 온다고 했다. 나는 믿음의 상징으로 서 있는 거대한 소리굽쇠를 볼 때 그들이 정말로 그것을 힘의 상징이라 믿는지, 아니면 그저 공통의 농담에 합세하는 것인지 궁금하다.

— 수확자 퀴리의 「수확 일기」 중에서

12
적당히 할 여지가 없다

「수확령은 이 세상에서 유일한 자치체다.」 수확자 패러데이가 말했다. 「나머지 세상은 선더헤드 치하에 있지만, 수확령은 아니야. 그래서 우리가 1년에 세 번씩 콘클라베를 열어 분쟁을 해결하고, 정책을 검토하고, 우리가 앗은 생명들을 애도하는 거다.」

5월 첫째 주에 열리는 춘계 콘클라베가 일주일도 남지 않았다. 로언과 시트라는 그동안 수확령의 구조에 대해 공부해 두었기에 전 세계 스물다섯 개 지역이 모두 같은 날 콘클라베를 연다는 사실과, 현재 북메리카 대륙 심장부를 아우르는 그들 지역에는 321명의 수확자가 있다는 사실을 알고 있었다.

「미드메리카 콘클라베는 중요하다.」 수확자 패러데이가 말했다. 「우리가 세상 많은 부분의 유행을 선도하기 때문이지. 〈미드메리카가 가는 곳에 지구도 간다〉라는 표현이 있을 정도야. 그래서 세계 콘클라베의 대수확자들도 늘 우리를 주시하지.」

수확자 패러데이는 그들이 콘클라베가 열릴 때마다 시험

을 받게 된다고 설명했다. 「이번 첫 시험의 성격은 나도 모른다. 그러니 훈련의 모든 측면에서 최대한 준비해 둬야 하는 것이고.」

로언은 콘클라베에 대해 묻고 싶은 게 1백만 가지는 있었지만, 묻지 않고 참았다. 질문은 시트라에게 맡겼다. 주로 그런 질문들이 수확자 패러데이의 짜증을 불러왔고, 어차피 대답도 해주지 않기 때문이었다.

「너희가 알아야 할 것들은 도착하면 다 알게 될 거다. 일단 지금은 훈련과 공부에 집중해야 해.」

로언은 특별히 우수한 학생이었던 적이 없었는데, 고의로 그랬다. 너무 뛰어나거나 너무 형편없으면 관심을 끈다. 로언은 양상추 취급을 싫어했지만, 그래도 눈에 띄지 않는 게 편했다.

「넌 전력을 다하기만 한다면 반에서 1등을 할 수 있을 거야.」 과학 선생님은 작년 중간고사에서 로언이 제일 높은 점수를 받은 후에 그렇게 말했다. 그때는 할 수 있을지 알아보려고 시도해 본 것이었다. 이제 할 수 있다는 걸 알았으니, 다시 그렇게 잘할 필요를 느끼지 못했다. 수많은 이유가 있었지만, 그중에는 수습생이 되기 전에 수확자들에 대해 잘 몰랐던 탓도 있었다. 그는 탁월한 학생은 표적이 된다고 생각했다. 친구의 친구가 열한 살에 수확을 당했는데, 5학년에서 가장 똑똑한 아이여서라고들 했다. 도시 전설에 불과했지만 로언은 그 이야기를 어느 정도 믿었고, 그래서 눈에 띄고 싶지가 않았다. 다른 아이들도 수확이 두려워서 자신을 억제했을지 궁금했다.

그래서 로언은 이렇게 열심히 공부해 본 경험이 거의 없었다. 진이 빠졌다. 독물 화학과 사망 후 시대 역사와 일기 쓰기만 있는 게 아니었다. 무기에 적용하는 금속 공학, 사망의 철학, 불사의 심리학, 그리고 시(詩)에서부터 유명 수확자의 일기에서 찾을 수 있는 지혜에 이르기까지 수확령의 문학이 있었다. 물론 수확자 패러데이가 대단히 중시하는 통계 수학도 있었다.

적당히 할 여지가 없었다. 특히나 콘클라베가 다가온 지금은.

로언은 콘클라베에 대해 딱 한 가지만 물었다. 「그 시험에서 불합격하면 수습생 자격을 잃는 건가요?」

패러데이는 잠시 침묵하다가 대답했다. 「아니다. 하지만 상응하는 결과는 있다.」 그 결과가 무엇인지는 말해 주지 않았다. 로언은 모르는 게 아는 것보다 무섭다고 생각했다.

콘클라베를 며칠 앞두고, 로언과 시트라는 무기고에서 늦게까지 공부하고 있었다. 로언은 자기도 모르게 졸다가, 시트라가 책을 탁 소리 나게 닫는 바람에 퍼뜩 깨어났다.

「지긋지긋해!」 시트라가 말했다. 「케르베린, 애커나이트(바꽃), 코니움(독당근), 폴로늄…… 온갖 독이 머릿속에서 뒤섞이고 있어.」

「그러면 더 빨리 죽긴 하겠네.」 로언이 히죽 웃으며 말했다.

시트라는 팔짱을 꼈다. 「넌 독을 다 알아?」

「우린 콘클라베까지 40종만 알면 돼.」 로언이 지적했다.

「그래서 알긴 아냐고.」

「그때까진 될 거야.」

「테트로도톡신의 분자식은?」

무시하고 싶었지만, 도전 앞에서 물러설 순 없었다. 아무래도 시트라의 경쟁심이 옳은 모양이었다. 「$C_{11}H_{17}N_3O_6$.」

「땡!」 시트라가 손가락질을 하면서 말했다. 「O_6가 아니라 O_8야. 불합격!」

시트라는 혼자 짜증 내지 않으려고 로언의 짜증을 부추기고 있었다. 로언은 넘어갈 생각이 없었다. 「그런가 보네.」 그렇게만 말하고 하던 공부로 돌아가려 했다.

「넌 불안하지도 않아?」

로언은 숨을 들이마시고 책을 덮었다. 처음 패러데이가 그들을 가르치기 시작했을 때 로언은 진짜 구식 책을 쓰다니 정이 가지 않는다고 생각했지만, 시간이 흐르자 책장을 넘기는 행위에 만족감이 있다는 사실, 그리고 시트라가 이미 보여 주었듯이 책을 탁 소리 나게 닫으면 감정적인 카타르시스가 있다는 사실을 알게 되었다.

「그야 물론 걱정은 돼. 하지만 내가 보기엔 이래. 우린 이번에 자격을 박탈당하지 않는다는 걸 알고, 이미 우리가 수확 대상이 될 수 없다는 걸 알고, 둘 중 하나가 선택받기 전에 망친 시험을 만회할 기회가 두 번 더 있다는 걸 알아. 첫 번째 시험에 실패한 결과가 뭐든 간에, 물론 우리 둘 중 누가 실패한다면 말이지만, 그 정도는 감당할 수 있어.」

시트라는 의자에 축 늘어졌다. 「난 실패 안 해.」 지나치게 확신을 더한 말투였다. 시트라의 뾰로통한 표정을 보면 미소 짓고 싶어졌지만, 그랬다간 시트라가 격분할 것을 알기에 로언은 웃지 않았다. 사실은 시트라가 격분하는 모습도 좋아했지만…… 감정적인 기분 전환에 정신을 팔기엔 할 일이 너무 많았다.

로언은 독물학 책을 치우고 무기 식별 책을 빼냈다. 그들은 30가지 무기를 식별하고, 각 무기를 휘두르는 방법과 관련한 자세한 역사를 알아야 했다. 로언은 독물학보다 이쪽이 더 불안했다. 로언이 슬쩍 시선을 던졌더니 시트라가 알아차렸기에, 다시 쳐다보지 않으려고 노력했다.

그러다가 시트라가 불쑥 말했다. 「네가 보고 싶을 거야.」

로언이 시선을 들자 시트라가 눈을 돌렸다. 「무슨 뜻이야?」

「만약 자격을 박탈하는 게 규칙이었다면, 네가 근처에 있었던 시간이 그리울 거란 뜻이야.」

손을 뻗어서 탁자 위에 얌전히 놓인 시트라의 손을 잡고 싶어졌다. 하지만 그 탁자는 컸고, 시트라의 손은 멀찍이 떨어져 있어서 그랬다간 지독히도 어색해질 게 뻔했다. 아니, 그러고 보면 더 가까이 앉아 있었다 해도 손을 잡는 건 미친 짓이었다.

「하지만 규칙은 그렇지 않지. 그러니까 어쨌든 넌 앞으로 여덟 달 동안 나와 붙어 있어야 해.」

시트라는 씩 웃었다. 「그래. 그때쯤이면 확실히 너에게 신물이 나겠지.」

처음으로 시트라가 생각만큼 그를 싫어하는 건 아닐지 모른다는 생각이 들었다.

할당제는 2백 년 넘게 잘 돌아갔고, 지역마다 조금씩 차이는 있지만 수확자 개개인이 세상에 진 책임이 무엇인지를 명료하게 만들어 준다. 물론 할당은 평균값이므로, 우리는 거두지 않고 며칠 혹은 심하게는 몇 주도 보낼 수 있다. 그러나 다음 콘클라베까지는 할당을 채워야만 한다. 일찌감치 수확을 하고 콘클라베가 다가올 무렵에는 할 일이 별로 없어지는 열성적인 수확자들이 있는가 하면, 질질 끌다가 끝에 가서야 서두르는 수확자들도 있다. 이런 접근 방식은 둘 다 엉성한 일처리와 의도치 않은 편견을 끌어내기 쉽다.

나는 할당이 바뀌는 날이 올지, 바뀐다면 얼마나 바뀔지 종종 생각한다. 인구 성장률은 여전히 높지만, 계속 늘어나는 인구를 부양하는 선더헤드의 능력이 이를 상쇄하고 있다. 재생 가능 자원, 지하 거주지, 인공 섬 등등이 녹지 부족이나 과밀 거주 없이 이루어진다. 우리는 이 세계를 정복했으며, 조상들은 꿈도 꾸지 못했을 방식으로 보호해 왔다.

하지만 모든 것에는 한계가 있다. 선더헤드는 수확령에 간섭하지 않지만, 세상에 존재해야 할 수확자의 숫자는 제시한다. 현재 전 세계에서 연간 약 5백만 명을 거둔다. 사망 시대의 사망률에 비하면 극히 일부에 불과하고, 인구 증가를 상쇄하기에는 어림도 없이 적은 숫자다. 혹시라도 우리가 인구 증가를 완전히 꺾어야 할 경우 대체 수확자가 얼마나 더 필요할 것이며, 얼마나 많은 수확을 해야 할지 생각하면 몸이 떨린다.

— 수확자 퀴리의 「수확 일기」 중에서

13

춘계 콘클라베

풀크럼시티는 미드메리카의 중심부에 가까운 사망 후 시대 메트로폴리스였다. 그 도시 강가에, 우아한 생활 도시의 하늘을 찌르는 첨탑들 사이에 높이가 아니라 견고함이 인상적인 고색창연한 석조 건축물 하나가 낮게 서 있었다. 대리석 기둥과 아치가 거대한 구리 돔을 떠받쳤다. 이 문명의 출생지인 고대 그리스와 로마 제국에 대해 꿋꿋이 경의를 표하는 건물이었다. 그 건물은 아직도 의사당[5]이라고 불렸는데, 아직 국가와 주가 있고 정부가 한물가기 이전 시대에 이곳이 한 주의 수도였기 때문이다. 지금 그 건물은 미드메리카 수확령 행정처를 두는 영예를 누리며 1년에 세 차례 콘클라베를 여는 곳이었다.

춘계 콘클라베 날에는 비가 쏟아졌다.

시트라는 비를 싫어하지 않았지만, 어두운 날씨가 긴장 가득한 날과 겹쳐지니 편치 않았다. 하지만 눈부시게 화창한 날

5　The Capitol Building. 수도를 뜻하는 capital과 무관한 단어는 아니지만, capitol은 로마의 가장 작은 언덕에 자리 잡았던 신전 이름에서 따온 말이다.

이었다면 또 놀리는 기분이 들었으리라. 시트라는 위협적인 수확자 한 무리 앞에 서기 좋은 날은 없다는 사실을 깨달았다.

풀크럼시티는 초고속 열차로 한 시간 거리였지만, 수확자 패러데이는 늘 그렇듯 초고속 열차를 불필요한 사치로 여겼다. 「게다가 나는 창문도 없는 지하 터널보다는 경치를 보고 싶다. 난 두더지가 아니라 인간이거든.」

일반 열차로는 여섯 시간이 걸렸고, 시트라는 그 시간 대부분을 공부에 쓰면서도 경치를 즐겼다.

풀크럼시티는 미시시피강 변에 있었다. 기억하기론 강둑에 거대한 은색 아치[6]가 있었다는데, 지금은 사라지고 없었다. 사망 시대에 〈테러리즘〉이라는 것으로 파괴되었다. 시트라가 독물과 무기에 몰두하지 않았다면, 그 도시에 대해서도 좀 더 알아 두었을 것이다.

그들은 콘클라베 전날 저녁에 도착했고, 시내 호텔에서 묵었다. 아침이 너무 순식간에 찾아왔다.

시트라와 로언과 수확자 패러데이가 오전 6시 30분이라는 끔찍한 시간에 호텔 밖으로 걸어 나가자, 수확자와 그의 수습생들이 우산 없이 다니는 모습을 보느니 젖는 게 낫겠다며 거리에 있던 사람들이 달려와서 우산을 쥐여 주었다.

「수확자님이 수습생을 한 명이 아니라 두 명 두신 건 다들 알아요?」 시트라가 물었다.

「물론 알겠지. 왜 모르겠어?」 로언이 말했다.

그러나 정작 수확자 패러데이가 말이 없다는 사실은 시트라

---

6 세인트루이스의 명물인 게이트웨이 아치를 가리킨다.

에게 명백한 적신호였다. 「고위 수확자에게 분명히 말씀하신 거죠, 패러데이 수확자님?」

「수확령에서는 사전 허락보다 사후 용서를 구하는 게 낫더구나.」 패러데이가 말했다.

시트라는 로언에게 〈거봐, 내가 뭐랬어〉라는 눈빛을 쏘아 보냈고, 로언은 그 표정을 보지 않으려고 우산을 살짝 기울였다.

「문제가 되지는 않을 거다.」 패러데이가 그렇게 말했지만, 자신 있는 목소리는 아니었다.

시트라는 이제 우산으로 얼굴을 가리지 않은 로언을 다시 쳐다보았다. 「그 문제가 걱정스러운 건 나뿐이야?」

로언은 어깨를 으쓱였다. 「우린 동계 콘클라베까지 면제권이 있고, 그 면제권은 철회할 수 없어. 다들 아는 사실이야. 최악이라 봐야 별것 있겠어?」

그들과 마찬가지로 걸어서 의사당까지 온 수확자들도 있었고, 공유 차나 사유 차, 리무진을 타고 온 사람들도 있었다. 건물로 올라가는 넓은 대리석 계단 양쪽에는 줄을 쳐서 구경꾼을 물렸고, 치안관들은 물론이고 수확령의 엘리트 치안대인 수확 근위대도 지켜 섰다. 차례차례 도착하는 수확자들은 그들을 숭배하는 대중으로부터 보호받았다. 대중은 그들에게서 보호받지 못한다고 해도.

「난 〈군중의 습격〉은 질색이다.」 수확자 패러데이가 콘클라베로 향하는 계단을 오르며 말했다. 「비가 오지 않으면 이보다 더 심하지. 양쪽으로 열 줄이 넘게 사람이 모여들어.」

지금은 그 절반밖에 되지 않았다. 시트라는 사람들이 콘클라베에 도착하는 수확자들을 보러 나올 거라고는 생각도 못했지만, 유명인들이 모이는 행사는 모두 구경꾼을 끌어들이기 마련이니 수확자들의 모임이라고 다를 이유가 없었다.

도착하는 수확자들 몇 명은 의무적으로 손만 흔들었고, 어떤 이들은 군중에게 호응해 주며 아기들에게 입을 맞추고 무작위로 면제권을 내렸다. 시트라와 로언은 패러데이가 하는 대로 군중을 완전히 무시했다.

들어가는 입구 전실(前室)에 10여 명의 수확자가 있었다. 그들이 우비를 벗자 온갖 색깔, 온갖 질감의 로브가 드러났다. 죽음만 빼고 뭐든 연상시키는 색색의 무지개였다. 시트라는 그것이 의도적이라는 사실을 깨달았다. 수확자들은 다채로운 면을 지닌 빛으로 보이길 원했다. 어둠이 아니라.

거대한 아치를 지나자 중앙 돔 아래에 위치한 더욱 거대한 방이 나왔다. 원형의 큰 홀에서 수확자 수백 명이 서로 인사하며, 중앙에 차려진 정성 들인 아침 식사 주위에서 가벼운 대화를 나누고 있었다. 시트라는 수확자들이 무슨 이야기를 할까 궁금했다. 수확의 도구에 대해? 날씨에 대해? 로브가 닳는 문제에 대해? 수확자 한 명만 함께 있어도 겁이 났는데, 수백 명에게 둘러싸이니 가루가 될 것 같았다.

수확자 패러데이가 몸을 기울이고 숨죽인 목소리로 말했다. 「저기 보이느냐?」 그는 대머리에 수염을 덥수룩하게 기른 남자를 가리켰다. 「수확자 아르키메데스다. 살아 있는 가장 나이 많은 수확자들 중 한 사람으로 꼽히지. 자기가 수확령이 처음 만들어진 콘도르의 해에도 있었다고 할 테지만, 그건 거짓말이야. 그렇게까지 나이가 많지는 않아! 그리고 저쪽은……」

그는 연한 라벤더색 로브를 입고 은발을 길게 기른 여자를 가리켰다. 「수확자 퀴리다.」

시트라가 숨을 들이켰다. 「죽음의 대모요?」

「그렇게들 말하지.」

「선더헤드가 장악하기 전에 저분이 마지막 대통령을 거뒀다는 얘긴 사실인가요?」 시트라가 물었다.

「그 내각도 거뒀지, 맞아.」 시트라는 그가 퀴리를 바라보는 눈빛이 조금은 애잔하다고 생각했다. 「그때는 퀴리의 행동이 꽤 논란거리였어.」

퀴리가 그들의 시선을 알아차리고 고개를 돌렸다. 시트라는 그녀의 꿰뚫어 보는 듯한 회색 눈이 자신에게 고정되자 오싹해졌다. 다음 순간 그녀는 세 사람에게 미소를 짓더니 고개를 끄덕이고, 하던 대화로 돌아갔다.

문이 아직 닫혀 있는 회의장 입구 근처에 네다섯 명이 모여 있었다. 다들 보석이 점점이 박힌 밝은색 로브를 입었는데, 다이아몬드로밖에 보이지 않는 보석이 박힌 진파란색 로브 차림의 수확자에게 관심을 집중하고 있었다. 그 남자가 무슨 말을 하자 나머지 사람들이 아첨이라고밖에는 생각할 수 없을 만큼 심하게 웃어 댔다.

「저 사람은 누구죠?」 시트라가 물었다.

수확자 패러데이는 떨떠름한 표정을 지었다.

「저자는…….」 그는 혐오감을 감추려고도 하지 않았다. 「수확자 고더드다. 저 패거리는 피하는 게 좋아.」

「고더드…… 대량 수확의 달인 아닌가요?」 로언이 물었다.

패러데이가 약간 걱정스러운 눈으로 로언을 보았다. 「그 애긴 어디서 들은 거냐?」

로언은 어깨를 으쓱였다. 「그런 데 집착하는 친구가 하나 있는데, 개가 이것저것 들어요.」

시트라는 자기도 고더드에 대해 들어 봤다는 사실을 깨닫고 숨을 들이켰다. 이름은 몰랐지만, 무슨 짓을 했는지는 들어 봤다. 아니, 공식적으로 보도된 적이 없으니 정확하게는 루머라고 해야 하리라. 하지만 로언이 말했듯이, 그냥 들리는 소식도 있었다. 「비행기 전체를 거둔 그 수확자예요?」

「왜?」 패러데이가 시트라에게 차갑고 비난하는 눈빛으로 물었다. 「감명이라도 받은 거냐?」

시트라는 고개를 저었다. 「아니, 그 반대예요.」 하지만 그 남자의 로브가 빛을 반사하는 모습은 어쩔 수 없이 눈을 현혹했다. 모두가 그랬다. 아마 그게 그의 의도였으리라.

그런데도 가장 과시적인 로브는 그게 아니었다. 모여든 사람들 사이를 누비고 다니는 금박이 사치스럽게 들어간 로브 차림의 수확자가 한 명 있었다. 덩치도 워낙 커서 로브가 황금 천막처럼 보였다.

「저 뚱뚱한 사람은 누구예요?」 시트라가 물었다.

「중요해 보이는데요.」 로언이 말했다.

「사실이다.」 수확자 패러데이가 말했다. 「〈저 뚱뚱한 사람〉이 고위 수확자다. 미드메리카 수확령에서 가장 강력한 사람이지. 저 사람이 콘클라베를 관장한다.」

고위 수확자는 주위 공간을 왜곡시키는 거대한 가스 거성처럼 군중 사이를 누볐다. 나노기만 조작하면 배 둘레를 줄일 수 있었을 텐데, 일부러 그대로 둔 게 분명했다. 그 선택은 대담한 선언이었고, 그 몸집 때문에 그는 눈길을 끄는 인물이 되었다. 그는 패러데이를 보자, 하던 대화에서 벗어나 일행 쪽으로 다가왔다.

「고결한 수확자 패러데이를 만나는 건 언제나 즐거운 일이지.」 그는 두 손으로 패러데이의 손을 잡았다. 마음에서 우러난 인사를 의도한 모양이지만, 오히려 억지스럽고 작위적인 느낌이었다.

「시트라, 로언, 너희에게 고위 수확자 크세노크라테스를 소개하고 싶구나.」 패러데이는 그렇게 말하고 덩치 큰 남자를 돌아보았다. 「제가 새로 들인 수습생들입니다.」

그는 잠시 시간을 들여 두 사람을 재보더니 쾌활하게 말했다. 「두 명의 수습생이라…… 처음 있는 일 같군요. 대부분의 수확자들은 수습생 하나만으로도 고생하는데.」

「둘 중 더 나은 아이가 반지의 축복을 받을 겁니다.」

「그리고 다른 하나는 쓰라린 실망을 안게 되겠군요.」 고위 수확자는 그렇게만 말하고, 막 빗속을 뚫고 도착한 다른 수확자들에게 인사를 하러 가버렸다.

「봤지? 괜한 걱정은.」 로언은 그렇게 말했지만, 시트라가 보기에 그 남자의 어떤 말이나 행동도 진심 같지 않았다.

로언도 불안했지만 인정하고 싶지 않았다. 로언이 불안을 인정하면 시트라가 더 걱정할 테고, 그러면 로언은 더 걱정하게 될 것이다. 그러니 로언은 두려움과 의혹을 삼키고 눈과 귀를 열어 주변에서 벌어지는 모든 일을 관찰했다. 다른 수습생들이 있었다. 수습생 둘이서 오늘이 얼마나 〈중요한 날〉인지 말하는 소리가 들렸다. 남자 하나, 여자 하나로 둘 다 로언보다 나이가 많아서 열여덟이나 열아홉 살쯤 되어 보였고, 오늘 반지를 받아서 신참 수확자가 될 예정이었다. 여자는 처음 4년 동안은 수확 명단을 선정 위원회에서 승인받아야 한다는 사실을 두고 한탄했다.

「하나도 빠짐없이 승인을 받아야 하다니. 우리가 아기야 뭐야.」 여자가 불평했다.

「그래도 수습 시절은 4년이나 되지 않잖아.」 로언이 대화를 해보려고 끼어들었다. 두 사람은 가벼운 반감을 드러내며 로언을 보았다.

「내 말은 그러니까, 대학 학위를 따려면 4년이 걸리잖아?」 로언은 구덩이를 더 깊게 파고 있다는 사실을 알았지만, 이미 시작한 일이었다. 「최소한 수확 면허를 받는 데 그렇게 오래 걸리지는 않는다는 거지.」

「대체 넌 누구야?」 여자 쪽이 물었다.

「무시해. 저 녀석은 기껏해야 뒤집이야.」

「뭐?」 로언이 들어 본 수많은 별명 중에도 이런 건 없었다.

둘 다 로언을 보고 히죽거렸다. 「넌 뭐 아는 게 없나 봐?」 여자가 말했다. 「뒤집개를 줄여서 뒤집. 신참 수습생은 그렇게 불러. 기껏해야 수확자의 버거를 뒤집어 주는 일 정도밖에 못 하니까.」

로언은 그 말에 웃음을 터뜨렸고, 두 사람은 짜증스러워했다.

그때 시트라가 옆에 나타났다. 「우리가 뒤집개면 너희는 뭔데? 안전 가위? 아니면 그냥 도구 한 쌍?」

남자 쪽은 시트라를 한 대 칠 것 같았다. 「네 스승이 누구야? 이 무례에 대해 이야기 좀 해야겠는데.」

「나다.」 패러데이가 시트라의 어깨에 손을 얹으며 말했다. 「그리고 너희도 반지를 받기 전까지는 누군가에게 당연히 존경을 받는 게 아니야.」

남자는 거의 10센티쯤 줄어든 것 같았다. 「고결한 수확자 패러데이 님! 죄송합니다, 몰랐습니다.」 여자 쪽은 그에게 거리를 두려는 듯 한 발자국 물러섰다.

「오늘 행운을 빈다.」 패러데이는 그 둘이 받을 자격이 없는 너그러움을 보여 주며 말했다.

「감사드립니다.」 여자 쪽이 말했다. 「하지만 한 말씀 드리자면, 행운은 상관없어요. 저희 둘 다 오랫동안 훈련했고, 각자의 스승님께 잘 배웠습니다.」

「맞는 말이다.」 패러데이가 말했다. 그들은 허리까지 굽힐랑 말랑한 목례로 정중하게 작별 인사를 하고 그 자리를 떠났다.

그들이 사라지자 패러데이는 로언과 시트라를 돌아보았다. 「여자애 쪽은 오늘 반지를 받고, 남자애 쪽은 거절당할 거다.」

「어떻게 그걸 아세요?」 로언이 물었다.

「반지 수여 위원회에 친구들이 있지. 저 아이는 영리하지만 너무 쉽게 화를 내. 그건 용인할 수 없는 치명적인 결함이다.」

짜증나는 녀석이긴 했지만, 그래도 로언은 찌르는 듯한 연민을 느낄 수밖에 없었다. 「거절당한 수습생은 어떻게 되나요?」

「가족에게 돌아가서 떠났던 삶을 계속 이어 나가지.」

「하지만 1년간 수확자 훈련을 받고 나면 삶이 전과 똑같아질 수가 없어요.」로언이 지적했다.

「그건 사실이다만, 수확자가 된다는 게 어떤 것인지 제대로 이해한다면 좋은 영향을 끼칠 거다.」패러데이가 말했다.

로언은 고개를 끄덕였지만, 이렇게나 지혜로운 사람치고는 패러데이가 참 순진하다고 생각했다. 수확자 훈련은 상처를 남기는 일이었다. 목적이 있어서라고는 해도 흉터는 남았다.

원형 홀에 수확자들이 점점 더 많아졌고, 대리석 벽과 바닥과 돔 때문에 목소리들이 귀에 거슬릴 정도로 메아리쳤다. 로언은 좀 더 개별적인 대화를 들어 보려고 했지만, 개별 목소리는 소음에 묻혀 버렸다. 패러데이는 오전 7시가 되면 회의실로 들어가는 거대한 청동 문이 열릴 것이고, 정확히 오후 7시면 수확자들이 해산한다고 했다. 모든 일을 처리하는 데 주어진 시간이 열두 시간. 처리하지 못하고 남은 일은 다음 콘클라베까지 넉 달을 기다려야 했다.

「초창기에는…….」수확자 패러데이는 인파를 받아들일 문이 열리자 말했다. 「콘클라베가 사흘 동안 이어졌다. 하지만 첫날이 지나고 나서는 언쟁과 가식만 이어진다는 사실을 알게 됐지. 아직도 그런 것들이 남아 있기는 하다만, 많이 줄어들었다. 모두가 안건을 빨리 해결하고 넘어가야 하니까.」

회의실은 거대한 반원형의 방으로, 앞쪽에 놓인 커다란 목재 연단에는 고위 수확자가 앉고, 그 양쪽의 약간 아래 자리에는 기록을 담당하는 콘클라베 서기와, 질문이 들어가면 규정과 절차를 해석해 주는 법규 전문가가 앉았다. 로언도 수확자 패러데이에게 수확령의 권력 구조를 충분히 배웠기에 그 정도는 알았다.

모두가 자리에 앉은 후 첫 번째 안건은 〈이름 울리기〉였다. 특별한 순서 없이 수확자들이 앞으로 나가서 지난 넉 달 동안 거둔 다양한 사람의 이름을 읊었다.

「다 읊을 수는 없지.」 수확자 패러데이가 설명했다. 「수확자만 3백 명이 넘으니, 불러야 할 이름이 2만 6천 개가 넘어. 우리는 이름을 열 개씩 고른다. 가장 기억에 남는 이들, 가장 의연하게 죽은 이들, 가장 주목할 만한 삶을 산 이들로.」

이름이 하나 나올 때마다 엄숙하고 낭랑한 쇠 종소리가 울려 퍼졌다. 로언은 수확자 패러데이가 콜 휘틀록이라는 이름을 읊어서 기뻤다.

시트라는 〈이름 울리기〉에 금세 질렸다. 아무리 열 개씩으로 줄였다고 해도 다 읊는 데 두 시간이 걸렸다. 수확자들이 수확 대상에 경의를 표하는 것은 숭고한 행위였지만, 넉 달의 일을 처리하는 데 열두 시간밖에 없는데 그럴 가치가 있을까.

안건이 적혀 있지 않았기에 시트라와 로언은 다음에 무슨 일이 있을지 알 수가 없었고, 수확자 패러데이는 안건이 진행될 때만 설명을 해주었다.

「저희 시험은 언제죠? 다른 곳으로 가서 받게 되나요?」 시트라가 물었지만, 패러데이는 쉿 소리만 냈다.

〈이름 울리기〉가 끝나고, 다음은 손 씻기 의식이었다. 수확자 전원이 일어나서, 양쪽에 하나씩 놓인 수반 앞에 줄지어 섰다. 이번에도 시트라는 이해할 수가 없었다. 「이 모든 의식 말이에요…… 음파교단에서나 보는 의식 같아요.」 시트라는 패러데이가 젖은 손으로 돌아와 앉자 말했다.

패러데이는 몸을 가까이 기울이며 속삭였다. 「다른 수확자는 절대로 그 말을 못 듣게 해라.」

「1백 명이나 손을 넣었던 물에 손을 집어넣으면 깨끗해진 기분이 드세요?」

패러데이는 한숨을 내쉬었다. 「위안을 주는 행위야. 우리를 공동체로 묶는 행동이고. 우리의 전통을 하찮게 여기지 마라. 언젠가는 그게 네 전통이 될지도 몰라.」

「아닐 수도 있고요.」 로언이 자극했다.

시트라는 불편하게 자세를 바꾸며 툴툴거렸다. 「그냥 시간 낭비 같단 말이에요.」

패러데이도 시트라의 진짜 불만은 콘클라베에 언제 출두해서 시험을 받게 될지 모른다는 사실에 있음을 알았을 것이다. 시트라는 아무것도 모르는 채로 오래 견디지 못하는 성격이었다. 아마 그래서 패러데이도 알려 주지 않았을 것이다. 그는 계속 두 사람의 약점을 찔러 댔다.

다음으로, 수확에서 편견을 보인 수확자들이 지목되었다. 이 순서는 시트라의 관심을 끌었고, 무대 뒤에서 일이 어떻게 돌아가는지 조금은 이해하게 해주었다.

한 수확자는 부자를 너무 적게 거뒀다. 그녀는 질책을 받고, 지금부터 다음 콘클라베까지는 부자들만 거두라는 배당을 받았다.

또 한 수확자는 인종 비율 문제가 있었다. 스패닉계가 높고, 아프리카계가 낮았다.

「제가 사는 지역의 인구 통계 때문입니다. 개인 비율상 스패닉 퍼센트가 다른 곳보다 높아요.」 그는 이렇게 답했다.

고위 수확자 크세노크라테스는 흔들리지 않았다. 「그렇다면 그물을 더 넓게 치세요. 다른 곳에서 수확하세요.」

이 수확자는 인종 비율을 제자리로 돌려놓거나, 아니면 징계를 받아야 했다. 그 징계란 미래의 수확을 선정 위원회에서 미리 승인받아야 한다는 내용이었다. 수확의 자유를 빼앗기는 것은 어떤 수확자도 원치 않는 모욕이었다.

수확자 열여섯 명이 책망을 받았다. 열 명은 경고를, 여섯 명은 징계를 받았다. 가장 이상한 경우는 스스로에게 좋지 않을 만큼 예쁜 수확자였다. 그 남자는 매력 없는 사람을 너무 많이 거둔다는 이유로 호명되었다.

「이게 무슨 소리야!」 다른 수확자 한 명이 소리를 쳤다. 「우리가 못생긴 사람들만 거둔다면 세상이 어떻게 될지 상상을 해봐!」

그 말에 나머지 사람들이 한바탕 웃음을 터뜨렸다.

문제의 수확자는 〈아름다움이란 보는 사람의 눈에 있다〉는 오랜 격언을 들먹이며 자신을 방어하려 했지만, 고위 수확자는 넘어가지 않았다. 아무래도 이게 벌써 세 번째 위반이었던 듯, 그 남자는 무기한 근신을 받았다. 수확자로 살 수는 있지만 수확은 할 수 없었다. 〈다음 파충류의 해가 올 때까지〉가 고위 수확자의 선언이었다.

「말도 안 돼.」 시트라는 로언과 패러데이만 들을 수 있게 말했다. 「다음 해에 어떤 동물의 이름이 붙을지는 아무도 모른다고요. 지난번 파충류는 게코도마뱀의 해였는데, 그건 제가 태어나기도 전이에요.」

「바로 그거야.」 패러데이는 약간 켕길 만큼 만족해하며 말했다. 「이 벌이 내년에 끝날 수도 있고, 영영 끝나지 않을 수도 있다는 뜻이지. 이제 저 사람은 달력 위원회에 도마뱀과나 아직 쓰이지 않은 다른 파충류들의 이름을 쓰라고 로비를 하면서 시간을 보내게 될 거다.」

오전의 징계를 끝내고, 다음으로 넘어가기 전에 한 명이 더 호명되었다. 하지만 편견에 관한 고발이 아니었다.

「제 앞에 익명의 투서가 있습니다.」 고위 수확자가 말했다. 「고결한 수확자 고더드를 부정행위로 고발하는 내용입니다.」

회의실이 웅성거렸다. 시트라는 수확자 고더드가 가까운 동료들에게 뭐라고 속삭이더니 일어나는 모습을 보았다. 「제가 어떤 부정행위로 고발된 겁니까?」

「수확에서 불필요하게 잔인했다는 내용입니다.」

「그런데 이 고발은 익명이군요!」 고더드가 말했다. 「동료 수확자가 그런 비겁한 모습을 보이다니 믿을 수가 없습니다. 고발자가 모습을 드러내길 요구합니다.」

방 안이 더 웅성거렸다. 아무도 일어서지 않았고, 아무도 책임을 지지 않았다.

「그렇다면 저는 보이지 않는 고발자에게 답하기를 거부합니다.」 고더드가 말했다.

시트라는 고위 수확자 크세노크라테스가 이 문제를 더 끌고 가리라 생각했다. 아무리 그래도 동료 수확자의 고발은 심각하게 받아들여야 하니 말이다. 그러나 고위 수확자는 투서를 내려놓고 말했다. 「그럼 다른 문제 제기가 없다면 오전 휴식에 들어가지요.」

그리고 수확자들은, 지구에 죽음을 가져오는 대단한 이들은 도넛과 커피를 먹으러 원형 홀로 나가기 시작했다.

홀에 나간 패러데이는 시트라와 로언에게 가까이 몸을 기울이며 말했다. 「익명의 고발자는 없었다. 분명히 수확자 고더드가 직접 한 짓이야.」

「왜 그런 짓을 해요?」 시트라가 물었다.

「적들의 열기를 식히기 위해서지. 아주 오래된 수법이다. 이제 고더드를 고발하는 사람은 누구든 그 비겁한 익명의 고발자로 보이게 돼. 지금은 아무도 그러지 못하지.」

로언은 무대 위의 연출이나 회의실 안의 치고받기에 관심이 덜했다. 그보다는 바깥에서 벌어지는 일들에 더 관심이 있었다. 그는 이미 수확령에 대해, 실제로 일이 어떻게 돌아가는지에 대해 감을 잡았다. 가장 중요한 일은 청동 문 안이 아니라, 바깥 원형 홀과 건물 안 어두운 구석들에서 벌어졌다. 구석진 벽감이 상당히 많았는데, 어쩌면 바로 그 목적 때문일지도 몰랐다.

아침 일찍 이루어지던 대화는 잡담뿐이었지만, 시간이 흐르면서 로언은 수확자들이 휴식 시간을 틈타 삼삼오오 모여서 부가적인 거래를 하거나, 동맹을 쌓거나, 비밀스러운 일을 다루는 것을 알 수 있었다.

그는 수확 방법 중에서 원격 기폭 장치를 금지하자는 어느 무리의 제안을 엿들었다. 윤리적인 이유에서가 아니라, 총기 로비 단체가 특정 수확자에게 통 크게 기부를 했기 때문이었다. 또 어떤 무리는 그들이 선택에 영향을 미쳐야 할 때 영향력을 발휘할 수도 있다는 생각에서 젊은 수확자 중 하나를 선정 위원회에 밀어 넣으려고 했다.

세력 정치는 과거 어딘가의 유물인 줄 알았건만, 수확령에서는 살아서 들끓고 있었다.

그들의 스승은 어떤 음모가들에게도 합세하지 않았다. 패러데이는 지저분한 정치에 아랑곳하지 않은 채 혼자 있었고, 수확자들 중 절반 정도도 비슷했다.

「우린 책략가들의 책략을 다 안다.」 그는 잼이 든 도넛을 천천히 먹으며 로언과 시트라에게 말했다. 「책략가들은 나머지 우리가 원할 때만 성공하게 되어 있지.」

로언은 수확자 고더드를 주의 깊게 관찰했다. 많은 수확자들이 그에게 접근해서 이야기를 나눴다. 또 어떤 수확자들은 소리 죽여 고더드에 대해 불평했다. 고더드가 거느린 신참 수확자들은 구시대적인 의미에서 다문화적이었다. 이제는 아무도 자연 그대로의 인종 유전자를 유지하지 않았지만, 고더드의 핵심 세력은 뚜렷한 인종 특성을 보였다. 녹색 로브의 젊은 여자는 판아시아계로 보였고, 노란 로브의 남자는 아프리카계 같았으며, 번쩍이는 오렌지색 로브의 남자는 뚜렷한 코카서스계였고, 고더드 본인은 약간 스패닉에 가까웠다. 그는 눈에 확 띄기를 좋아하는 수확자였다. 인종 균형을 맞춘다는 의도조차도 눈에 보이게 표시했다.

고더드는 한 번도 고개를 돌리지 않았지만, 로언이 쳐다보고 있음을 안다는 느낌이 강하게 들었다.

오전 나머지 시간에는 회의실에서 제안들이 나오고 뜨거

운 논쟁이 벌어졌다. 수확자 패러데이가 말한 대로 책략가들은 수확령의 본체라 할 수 있는 좀 더 고매한 이들이 허락할 때만 승리했다. 원격 기폭 장치 금지는 수용되었는데, 총기 로비단체의 뇌물 때문이 아니라 사람을 폭파시키는 것은 잔인하고 우악스러우며 수확령의 기준에 미치지 못하기 때문이었다. 그리고 한 무리가 선정 위원회에 밀어 넣으려던 젊은 수확자는 투표로 떨어졌는데, 선정 위원회에서는 누구도 다른 사람에게 휘둘려선 안 되기 때문이었다.

「언젠가 수확자 위원회에 들어가고 싶구나.」 로언이 말했다.

시트라는 이상한 눈으로 로언을 보았다. 「왜 패러데이처럼 말하는 거야?」

로언은 어깨를 으쓱였다. 「로마에 가면…….」

「여긴 로마가 아니야.」 시트라가 상기시켰다. 「로마였다면 훨씬 더 멋진 데서 콘클라베를 열었겠지.」

이 지역 레스토랑들이 콘클라베에 음식을 납품하려고 경쟁했기 때문에, 원형 홀에 차려진 점심 뷔페는 아침 식사보다 더 호화로웠다. 그리고 패러데이는 평소와 달리 접시를 꽉꽉 채웠다.

「나쁘게 생각하지 말거라.」 수확자 퀴리가 로언과 시트라에게 말했다. 감미로우면서 동시에 날카로운 목소리였다. 「금욕적으로 살겠다는 맹세를 진지하게 받아들이는 우리 같은 사람들은, 오직 콘클라베 때만 스스로에게 맛있는 음식이라는 사치를 허락하지. 그게 우리가 인간이라는 사실을 일깨워 주고.」

한 가지 생각만 계속하던 시트라는 정보를 얻을 기회를 잡았다고 생각하며 물었다. 「수습생 시험은 언제 받나요?」

수확자 퀴리는 씩 웃더니 비단 같은 은발을 쓸어 넘겼다. 「오늘 반지를 받고자 하는 수습생들의 시험은 어젯밤에 있었지. 나머지 수습생들의 시험은…… 곧 받게 될 거야.」 시트라가 좌절하자 로언이 낄낄거리다가 시트라의 눈총을 받았다.

「입 다물고 먹기나 하셔.」 시트라가 말했다. 로언은 기꺼이 그 말에 따랐다.

시트라는 다가올 시험에 집중하면서도, 수습생들이 시험을 받으러 나간 사이에 콘클라베의 안건들을 놓치게 되는 건 아닌가 걱정이 됐다. 로언과 마찬가지로 시트라도 콘클라베가 그 무엇과도 다른 방식의 교육이라는 사실을 알았다. 수확자와 수습생 들을 제외하면 이 과정을 목격하는 사람이 거의 없었고, 목격했다 해도 한순간 엿보는 것이 다였다. 예를 들면 점심 식사 이후에 들어온 판매원들이 그랬는데, 그들은 각자 수확령에 팔고자 하는 무기나 독의 장점을 10분씩 설명했다. 수확령 전체보다 더 중요한 상대는 수확령이 어떤 무기를 구입할지 최종 결정을 내리는 무기 책임자였다. 판매원들은 정보성 홀로그램에 나오는 이상한 사람들처럼 말했다. 「자르기도 하고, 가르기도 합니다! 하지만 그게 다가 아닙니다! 다른 기능이 더 있지요!」

한 판매원은 사람의 혈류 속에 흐르는 나노기를 1분 만에 몸속에서부터 희생자를 먹어 치우는 굶주린 작은 괴물로 바꿔놓는 디지털 독을 팔았다. 그는 실제로 〈희생자〉라는 말을 썼다가 즉시 수확자들의 험상궂은 표정과 마주했다. 무기 책임자는 이 판매자를 바로 쫓아냈다.

가장 성공한 판매원은 〈안식의 손길〉이라는 상품을 내놓았는데, 죽음을 전달하는 장치라기보다는 여성 건강 상품 같은 이름이었다. 문제의 제품을 파는 여자는 작은 알약 하나를 선보였는데, 대상에게 투여하는 약이 아니었다. 수확자가 먹을 약이었다. 「물과 함께 이 약을 드시면 몇 초 후에 여러분의 손가락에서 경피성 독물이 배어 나옵니다. 그 후 한 시간 동안은 여러분이 만지는 사람마다 고통 없이 즉각적으로 거두시는 거죠.」

무기 책임자는 대단히 감탄한 나머지 무대에 올라가서 그 약을 먹어 봤고, 궁극적인 시연으로 그 판매원을 거뒀다. 그녀는 사후에 그 약을 수확령에 50병 팔았다.

나머지 오후 시간은 토론과 논쟁, 정책 투표로 이루어졌다. 수확자 패러데이는 딱 한 번 의견을 표출했는데, 면제 위원회를 만드는 사안이 나왔을 때였다.

「내가 보기에 분명한 것은 면제권 부여에 대해서 감독을 해야 한다는 것입니다. 선정 위원회가 수확 선택을 감독하듯이 말입니다.」

로언과 시트라는 그의 의견이 대단한 무게를 갖는 것을 보자 기뻤다. 처음에 면제 위원회 구성을 반대하는 쪽으로 투표했던 수확자 몇 명이 투표 내용을 바꿨다. 그러나 마지막 집계를 하기 전에 고위 수확자 크세노크라테스가 입법에 쓸 시간이 끝났다고 선언했다.

「이 사안은 다음에 열리는 콘클라베에서 최우선 안건이 될 것입니다.」

수확자 몇 명은 환호했지만, 몇 명은 일어나서 사안 연기에 대해 극심한 불만을 토로했다. 수확자 패러데이는 불만을 입 밖에 내지 않았다. 그저 길게 심호흡을 하고는 〈흥미롭군……〉이라고 말할 뿐이었다.

고위 수확자가 뒤이어 다음 안건은 수습생들이라고 선언하지만 않았더라면, 이 일은 로언과 시트라의 레이더에 크게 울려 퍼졌을지도 몰랐다.

기다리는 동안 시트라는 로언의 손을 잡고 피가 통하지 않을 때까지 힘을 주고 싶었지만, 애써 그 충동을 억눌렀다.

반면에 로언은 스승의 본보기를 따랐다. 숨을 깊이 들이쉬고, 내쉬면서 불안을 씻어 내려 했다. 할 수 있는 공부는 다 했고, 배울 수 있는 것은 다 배웠다. 가능한 한 최선을 다할 것이다. 오늘 시험에 실패한다고 해도 벌충할 기회는 충분히 있었다.

「행운을 빈다.」 로언이 시트라에게 말했다.

「너도.」 시트라가 대답했다. 「패러데이 수확자님을 뿌듯하게 만들어 드리자!」

로언은 미소 지었고, 패러데이도 시트라에게 미소를 보일지 모른다고 생각했다. 그러나 아니었다. 패러데이는 크세노크라테스를 주시하고 있었다.

처음에는 수확령에 합류할 후보자들이 호명되었다. 네 명이 수습 생활을 완료했다. 전날 저녁에 마지막 시험을 치렀기에 임명만 남아 있었다. 경우에 따라 임명이 되지 않는 단계라고도 볼 수 있었다. 들리는 말에는 다섯 번째 후보자가 있었는데 전날 밤 최종 시험에 떨어졌다고 했다. 그 인물은 콘클라베에 초청받지도 못했다.

붉은 벨벳 방석에 반지 세 개가 놓여 있었다. 네 사람은 모두 최종 시험에 통과했음에도 불구하고, 한 명은 임명을 받지 못하고 수치스럽게 집에 돌아가게 되었다는 사실을 이제야 깨닫고 서로를 쳐다보았다.

수확자 패러데이가 옆자리 수확자를 돌아보며 말했다. 「지난번 콘클라베 이후 스스로를 거둔 수확자는 한 명뿐인데, 오늘 확정된 수확자가 셋이라니…… 넉 달 사이에 수확자가 둘이나 더 필요할 정도로 인구가 급격히 증가한 건가요?」

선택받은 세 수습생은 반지 위원회를 주재하는 수확자 만델라에게 한 명씩 호명을 받았다. 각각 그 앞에 무릎을 꿇자, 만델라는 차례차례 뭔가 말을 해주더니 반지를 건넸고, 세 사람은 손가락에 반지를 끼고 들어 올려 콘클라베에 보였다. 각각 의무적인 갈채를 받았다. 그 후에는 각자가 수호 위인을 발표했다. 저마다 선택한 역사적 인물의 이름을 수확자 이름으로 따오는 관습이었다. 콘클라베는 박수를 치며 수확자 구달과 슈뢰딩거, 그리고 콜베르를 미드메리카 수확령에 받아들였다.

세 사람이 무대를 떠나자, 패러데이가 아침에 말했듯이 성질이 급한 남자 하나만 남았다. 그는 박수 소리가 사그라든 후 홀로 서 있었다. 이어서 수확자 만델라가 말했다. 「랜섬 팰러디니, 우리는 너를 수확자로 임명하지 않기로 했다. 앞으로 어떤 삶을 살게 되든 잘 살기를 빈다. 가봐도 좋다.」

그는 마치 농담일지도 모른다는 듯이, 아니면 이게 마지막 시험일지도 모른다는 듯이 몇 분 동안 그 자리에 서 있었다. 그러다가 입술을 오므리고, 얼굴이 시뻘게져서 말없이 중앙 통로를 성큼성큼 걸어 무거운 청동 문을 밀고 나갔다. 삐걱대는 경첩 소리만 그 퇴장을 불평했다.

「너무해.」 시트라가 말했다. 「노력에 대해서만이라도 박수 쳐줄 수 있었잖아요.」

「자격 없는 이에게 주어질 칭찬은 없다.」 패러데이가 말했다.

「우리 중 한 명은 저 길로 퇴장하겠네.」 로언이 그 문을 가리켰다. 그는 혹시 자신이 그 입장에 놓이게 되면 천천히 통로를 걸어 나가리라 다짐했다. 나가는 길에 최대한 많은 수확자들과 눈을 맞추고 목례도 해야지. 쫓겨나더라도 품위를 유지하며 마지막 콘클라베를 떠나리라.

「남은 수습생들은 이제 앞으로 나오시오.」 크세노크라테스가 말했다. 로언과 시트라는 수확령이 준비한 시험을 치르기 위해 일어섰다.

사람들은 여전히 죽음을 두려워하지만, 과거에 비하면 1백분의 1 정도의 두려움이다. 현재 할당량에 따르면, 한 사람이 1백 년 안에 수확 대상이 될 가능성은 1퍼센트에 불과하다. 오늘 태어난 아이가 지금부터 5천 년간 수확 대상이 될 가능성은 50퍼센트밖에 안 된다는 뜻이다.

물론 우리는 이제 햇수를 헤아리지 않기 때문에, 어린아이와 청소년을 제외하면 아무도 누가 몇 살인지 알지 못한다. 때로는 본인도 알지 못한다. 요새 사람들은 얼추 10년, 20년 이내로만 안다. 이 글을 쓰는 내가 160세에서 180세 사이라는 말은 할 수 있지만, 내 나이를 확인하고 싶은 마음은 별로 없다. 다른 모두와 마찬가지로 나도 가끔 회춘을 해서 생물학적인 나이를 상당히 돌려놓는데, 많은 수확자들이 그렇듯 나도 40세 이하로 재조정하지는 않는다. 젊어 보이고 싶어 하는 수확자는 실제로 젊은 수확자들뿐이다.

지금까지 가장 오래 산 사람은 3백 살 정도인데, 그건 우리가 아직 사망 시대와 멀리 떨어지지 않았기 때문이다. 지금으로부터 1천 년 후, 평균 나이가 1천 살에 가까워지면 삶이 어떻게 될지 궁금하다. 우리 모두가 모든 예술과 과학에 능한 르네상스의 아이들이 될까? 숙달할 시간은 충분하니 말이다. 아니면 지루함과 독창성 없는 일과가 지금보다 더 우리를 좀먹어, 무한한 삶을 살아갈 이유가 줄어들고 말까? 나는 전자를 꿈꾸지만, 실제로는 후자가 되지 않을까 의심한다.

— 수확자 퀴리의 「수확 일기」 중에서

14
사소한 조건

　로언은 통로로 나가다가 시트라의 발을 밟았다. 시트라는 살짝 툴툴거렸지만, 신랄한 말을 던지지는 않았다.

　시트라가 머릿속으로 무기와 독에 대한 지식을 점검하느라 너무 바빴던 탓이었다. 로언의 어설픈 움직임에 신경 쓸 때가 아니었다.

　시트라는 건물 안에 있는 다른 방, 적당히 조용한 곳으로 가게 될 줄 알았지만 이전에도 콘클라베에 와봤던 다른 수습생들은 통로를 따라 연단 앞의 빈 공간을 향해 움직이고 있었다. 그들이 특별한 순서 없이 줄지어 서서 합창단처럼 콘클라베가 열리는 쪽을 마주 보았기에, 시트라도 로언 옆에 섰다.

　「이건 뭐야?」 시트라가 속삭였다.

　「잘 모르겠어.」 로언이 마주 속삭였다.

　합쳐서 여덟 명이었다. 감정을 통제하며 엄숙한 표정으로 선 수습생도 있었고, 겁먹은 모습을 보이지 않으려 애쓰는 수습생도 있었다. 시트라는 자신의 모습이 어떤지 알 수 없었고, 로언이 버스라도 기다리는 사람처럼 무심해 보인다는 사실에 짜증이 났다.

「오늘 시험관은 고결한 수확자 퀴리입니다.」 크세노크라테스가 말했다.

〈죽음의 대모〉 퀴리 수확자가 앞으로 나서자 방 안이 조용해졌다. 그녀는 수습생들 앞을 두 번 오가면서 그들을 평가해 보더니 말했다. 「각자 질문을 하나씩 받을 겁니다. 받아들일 만한 답변을 내놓을 기회는 한 번씩 주어집니다.」

질문 하나? 대체 어떤 시험이 질문 하나로 이루어질 수 있단 말인가? 어떻게 그런 방식으로 지식을 시험할 수가 있나? 시트라는 심장이 너무 격렬하게 뛰어서 몸 밖으로 튀어 나갈 것만 같았다. 그랬다간 내일 재생 센터에서 웃음거리가 되어 깨어나겠지.

수확자 퀴리는 왼쪽 끝에서부터 질문을 시작했다. 시트라는 네 번째로 질문을 받게 된다는 뜻이었다.

「재커리 지머먼.」 수확자 퀴리가 끝에 선 키 크고 여윈 남자애에게 말했다. 「어떤 여자가 자식의 수확을 막으려고 희생하겠다면서 자네 칼에 몸을 던져 죽었다. 어떻게 할 건가?」

소년은 잠시 머뭇거리다가 말했다. 「수확에 저항했으니 세 번째 계명을 어긴 겁니다. 그러므로 저는 남은 가족을 거둘 의무가 있습니다.」

수확자 퀴리는 잠시 침묵하다가 말했다. 「받아들일 수 없는 답이다!」

「하지만…… 하지만…….」 재커리가 말했다. 「그 여자가 저항했습니다! 규칙상…….」

「규칙은 스스로의 수확에 저항하는 경우를 말한다. 그 여자가 선택받은 사람이었다면 확실히 세 번째 계명이 적용된다. 하지만 조금이라도 불확실한 경우, 우리는 차라리 연민의 죄를 저질러야 마땅하다. 이 경우 자네는 그 아이를 거두고, 그 여자는 재생 센터에 보내며, 나머지 가족과 함께 1년간 면제권을 줘야 한다.」 그녀는 답하고 나서 수확자들 쪽을 가리켰다. 「내려오도록. 자네의 징벌은 자네의 스승이 고를 것이다.」

시트라는 침을 꿀꺽 삼켰다. 실패했다는 끔찍한 사실을 아는 것 자체가 실패의 징벌이어야 하지 않나? 수확자들이 망신당한 제자에게 어떤 징벌을 마련해 두었을까?

수확자 퀴리는 허리케인에도 견딜 것 같은 얼굴에 광대뼈가 두드러진, 강해 보이는 여자애에게 이동했다.

「클로뎃 카탈리노.」 수확자 퀴리가 말했다. 「자네가 독 제조에 실수를 해서…….」

「그런 일은 일어나지 않아요.」 클로뎃이 말했다.

「내 말을 끊지 말도록.」

「하지만 전제가 잘못됐습니다, 고결하신 퀴리 수확자님. 전 독을 아주 잘 알기 때문에 실수 같은 건 하지 않아요. 절대.」

「흠.」 퀴리는 무표정하게 비꼬아 말했다. 「인간사에서 처음으로 완벽한 학생을 두었다니, 자네의 스승이 참으로 자랑스럽겠군.」

방 안에서 웃음소리가 살짝 일었다.

「그렇다면 좋다.」 수확자 퀴리가 말을 이었다. 「누군가가 자네의 오만함에 짜증이 나서 독약에 손을 댔다고 하자. 자네에게 전혀 저항하지 않았던 대상이 발작을 일으켰고, 그 남자의 최후는 나노기가 억제할 수 없을 정도로 심한 고통에 가득 찬

느린 과정이 될 것 같다. 어떻게 하겠는가?」

클로뎃은 주저 없이 말했다. 「긴급 상황에 대비하여 늘 가지고 다니는 권총을 뽑아서, 잘 겨냥한 한 발로 대상의 고통을 끝내겠습니다. 다만 우선 가족 구성원들을 방에서 내보내 총기 수확을 목격하는 트라우마를 피하도록 하겠습니다.」

수확자 퀴리는 눈썹을 치켜들고 그 답을 생각해 보더니 말했다. 「받아들일 만하다. 그리고 가족을 생각한 부분은 가설이라 해도 좋았네.」 이어 그녀는 씩 웃었다. 「자네가 완벽하지 않다는 사실을 증명하지 못해 실망스럽군.」

다음은 먼 벽을 뚫어져라 쳐다보면서 머릿속으로 도피할 곳을 찾고 있는 남자애였다.

「노아 즈바르스키.」

「네, 수확자님.」 목소리가 떨렸다. 시트라는 그 사실이 퀴리에게 어떤 반응을 불러일으킬지 궁금했다. 퀴리는 그렇게 겁먹은 소년에게 어떤 질문을 던질까?

「독화살에 효과적일 만큼 강력한 신경 독을 만들어 내는 종을 다섯 가지 대보게.」

숨을 참고 있던 소년이 안도감을 큰 소리로 드러내며 숨을 내쉬었다.

「음, 우선 필로바테스 아우로태니아가 있습니다. 독화살 개구리로 더 유명하죠. 그리고 푸른 고리 문어, 대리석무늬 원뿔 달팽이, 내륙 타이판 뱀, 그리고…… 어…… 데스스토커 전갈입니다.」

「훌륭해.」 수확자 퀴리가 말했다. 「더 댈 수 있겠나?」

「네.」 노아가 말했다. 「하지만 이미 질문은 하나라고 하셨습니다.」

「만약 내가 마음을 바꿨다고, 다섯 개가 아니라 여섯 개를 듣고 싶다고 한다면?」

노아는 숨을 깊이 들이마셨지만, 숨을 참지는 않다. 「그렇다면 지극히 공손한 방법으로 수확자님이 스스로의 말을 지키지 않고 계시다고, 수확자는 약속을 지켜야만 한다고 말씀드리겠습니다.」

수확자 퀴리는 미소 지었다. 「받아들일 만한 대답이야! 아주 잘했네!」

그리고 그녀는 시트라에게 이동했다.

「시트라 테라노바.」

퀴리가 모두의 이름을 안다는 사실을 진작 깨달았으면서도, 이름을 직접 들으니 충격이었다.

「네, 고결하신 퀴리 수확자님.」

퀴리는 몸을 가까이 기울이고 시트라의 눈을 정면으로 들여다보았다. 「자네가 이제까지 해본 가장 나쁜 짓이 뭔가?」

시트라는 거의 어떤 질문에나 대비하고 있었다. 이것만 아니면 어떤 질문이라도.

「뭐라고 하셨습니까?」

「간단한 질문이야. 자네가 이제까지 해본 가장 나쁜 짓이 뭔가?」

시트라의 턱에 힘이 들어갔다. 입 안이 말랐다. 답은 알고 있었다. 생각해 볼 필요조차 없었다.

「잠시 생각해도 되겠습니까?」

「얼마든지.」

관중 사이에 있던 어느 수확자가 야유했다. 「끔찍한 짓을 하도 많이 해서 하나를 고르기가 힘든 모양인데.」

사방에서 웃음이 터졌다. 그 순간 시트라는 그들 모두가 미웠다.

시트라는 수확자 퀴리와 눈을 마주치고 있었다. 모든 것을 꿰뚫어 보는 회색 눈. 시트라는 그 질문을 피할 수 없다는 사실을 알았다.

「여덟 살 때 계단에서 어떤 여자애의 발을 걸었어요. 그 아이는 목이 부러져서 재생 센터에서 사흘을 보내야 했죠. 전 그 여자애에게 제가 그랬다고 말하지 않았어요. 그게 제가 해본 가장 나쁜 짓이에요.」

수확자 퀴리는 고개를 끄덕이며 연민이 어린 웃음을 짓더니 말했다. 「거짓말을 하는군.」 그녀는 군중을 돌아보고, 어쩌면 조금은 서글프게 고개를 저었다. 「받아들일 수 없는 답이네.」 그러고 나서 그녀는 다시 시트라를 돌아보았다. 「내려서게. 자네의 벌은 수확자 패러데이가 선택할 거야.」

시트라는 반박하지 않았고, 사실대로 말했다고 주장하지도 않았다. 사실이 아니었으니까. 다만 수확자 퀴리가 어떻게 알았는지 알 수가 없었다.

시트라는 수확자 패러데이를 차마 쳐다보지도 못하고 자리로 돌아갔고, 그는 아무 말도 하지 않았다.

수확자 퀴리는 로언에게 이동했는데, 로언은 시트라가 한 대 치고 싶을 정도로 의기양양해 보였다.

「로언 데이미시.」 수확자 퀴리가 물었다. 「자네의 두려움은 무엇인가? 다른 무엇보다 더 두려운 건 뭔가?」

로언은 주저 없이 대답했다. 어깨를 으쓱이고 이렇게 말한 것이다. 「전 아무것도 두렵지 않습니다.」

시트라는 귀를 의심했다. 지금 로언이 아무것도 두렵지 않다고 말한 건가? 정신이 나갔나?

「대답하기 전에 시간을 좀 두는 게 어떨까.」 수확자 퀴리가 조언했지만 로언은 고개만 저었다.

「시간은 더 필요 없습니다. 그게 제 대답입니다. 바꾸지 않을 거예요.」 방 안이 물을 끼얹은 듯 조용했다. 시트라는 저도 모르게 고개를 마구 젓고 있었다. 그러다가 깨달았다…… 로언은 시트라 때문에 이러는 거였다. 어떤 벌을 받든 간에 시트라 혼자 고통받지 않도록. 로언보다 뒤처졌다고 느끼지 않도록. 아직도 로언을 한 대 치고 싶었지만, 지금은 전혀 다른 이유에서였다.

「그렇다면 오늘 우리에겐 완벽한 수습생 한 명과 두려움이 없는 수습생 한 명이 있군.」 수확자 퀴리는 한숨을 내쉬었다. 「안타깝게도 정말로 두려움이 없는 사람은 없기에, 자네도 분명히 알겠지만 그 답은 받아들일 수 없네.」

퀴리는 이 말에 반응이 있으리라 생각하고 잠시 기다리는 것 같았지만, 로언은 반응하지 않았다. 그저 퀴리가 계속 말하기를 기다릴 뿐이었다. 「내려서게. 벌은 수확자 패러데이가 선택할 거야.」

로언은 태연히 시트라의 옆자리로 돌아왔다.

「넌 멍청이야!」 시트라는 로언에게 속삭였다.

로언은 수확자 퀴리에게 보였던 것과 똑같이 어깨만 으쓱였다. 「그렇겠지.」

「네가 왜 그랬는지 내가 모를 줄 알아?」

「다음 콘클라베에서 더 나아 보이려고 그랬을지도 모르지. 오늘 너무 훌륭한 답을 하면 다음번에 받을 질문이 더 어려워질까 봐 그랬을 수도 있고.」

하지만 시트라는 그것이 사실이 아닌 거짓 논리임을 알고 있었다. 로언은 그런 식으로 생각하는 사람이 아니었다. 그때 수확자 패러데이가 입을 열었다. 조용하고 침착한 목소리였지만, 어딘가 싸늘한 기운이 전해졌다.

「그러지 말았어야 했다.」

「어떤 벌을 내리시든 달게 받겠습니다.」 로언이 말했다.

「벌이 문제가 아니다.」 패러데이가 딱 잘라 말했다.

그때쯤 수확자 퀴리는 수습생 몇 명에게 질문을 하고 넘어갔다. 한 명은 자리로 돌아가 앉았고, 두 명은 그대로 남았다.

「퀴리 수확자님은 제가 한 일이 고결하다고 여기실지도 몰라요.」 로언이 말했다.

「그래. 그리고 다른 모두도 그러겠지.」 패러데이가 말했다. 「동기는 쉽게 무기로 벼려 낼 수 있다.」

「그러니까 결국…….」 시트라는 로언에게 말했다. 「네가 멍청이라는 게 증명되네.」 그러나 로언은 바보처럼 웃기만 했다.

시트라는 이 문제에 대해 할 말을 다 했고 이제 끝났다고, 집에 돌아가면 수확자 패러데이가 짜증스럽지만 죄에 걸맞은 공정한 벌을 내리리라 생각했다. 잘못된 판단이었다.

수습생들에게 충격을 주는 일이 끝나자, 수확자들의 집중력이 바닥나기 시작했다. 이제는 7시가 가까워지면서 수확자들이 저녁 식사 계획을 의논하는 수군거림이 계속 들렸다. 남은 문제는 누구에게도 큰 관심을 끌지 못했다. 건물 유지 보수 문제, 수확자들이 다음 콘클라베에 30년은 젊은 모습으로 나타나도 충격이 없게 회춘을 미리 알려야 할 것이냐 아니냐는 문제 등.

그렇게 일이 마무리되나 싶었는데, 수확자 하나가 일어서더니 큰 소리로 크세노크라테스를 불렀다. 녹색 로브에 에메랄드를 수놓은 수확자 고더드의 무리 중 하나였다.

「실례합니다, 예하.」 말은 그렇게 했지만, 고위 수확자가 아니라 회의 참석자 모두에게 하는 말이 분명했다. 「저는 아무래도 새로운 수습생들에게 신경이 쓰이네요. 더 구체적으로 말씀드리자면, 고결하신 수확자 패러데이께서 들인 두 수습생 말입니다.」

시트라와 로언은 고개를 들었다. 패러데이는 반대였다. 그는 얼어붙은 듯, 거의 명상이라도 하는 사람처럼 아래쪽을 보고 있었다. 아니면 앞으로 다가올 일에 대비하는 것인지도 몰랐다.

「제가 아는 한, 어떤 수확자도 수습생을 둘 들여서 반지를 두고 경쟁하게 한 적은 없습니다.」 그녀는 말을 이었다.

크세노크라테스는 이런 문제를 관할하는 법규 전문가를 보았다. 「이를 금지하는 법은 없습니다, 수확자 랜드.」 법규 전문가가 대답했다.

「그래요.」 수확자 랜드가 말을 이었다. 「하지만 보아하니 그 경쟁이 동지애로 바뀐 모양인데 말입니다. 저런 식으로 둘이 서로를 돕는다면 누가 더 나은 후보자인지 우리가 어떻게 알겠습니까?」

「불만은 충분히 알겠습니다.」크세노크라테스가 말했지만, 수확자 랜드는 말을 끝내지 않았다.

「저는 이 경쟁을 진짜 경쟁으로 만들기 위해 사소한 조건을 하나 추가할 것을 제안합니다.」

수확자 패러데이가 의자에서 튀어 나갈 듯이 일어섰다. 「반대합니다!」그는 소리쳤다. 「이 콘클라베는 내가 수습생을 훈련시키는 방식에 조건을 달 수 없어요! 이들을 가르치고 훈련시키고 훈육하는 것은 오직 나만의 권리입니다!」

랜드가 두 손을 들어 올려 관대한 척했다. 「저는 그저 수확자님의 최종 선택을 공정하고 정직하게 만들고자 할 뿐입니다.」

「싸구려 보석과 허영으로 이 콘클라베를 현혹할 수 있다고 생각합니까? 우리가 반짝이는 것에 눈이 멀 정도로 바닥은 아니에요.」

「어떤 제안입니까, 수확자 랜드?」크세노크라테스가 물었다.

「반대합니다!」패러데이가 외쳤다.

「아직 말하지도 않은 제안에 반대할 수는 없어요!」

패러데이는 반대한다는 말을 꾹 물고 기다렸다.

시트라는 먼 곳에서 관람하는 듯한 기분을 느끼며 상황을 지켜보았다. 마치 이 상황이 테니스 시합이고 매치 포인트에 이른 것 같았다. 하지만 그녀는 관객이 아니었다. 그렇지 않은가? 그녀는 테니스공이었다. 로언도 그랬다.

수확자 랜드는 데스스토커 전갈처럼 매끄럽게 말했다. 「저는 승자가 확정되면, 승자의 첫 번째 과제로 패자를 거두게 할 것을 제안합니다.」

방 안 여기저기에 숨을 들이켜는 소리와 불만의 소리가 퍼졌다. 그리고 시트라로서는 믿을 수가 없었지만, 웃음소리와 찬성하는 소리도 들렸다. 녹색 옷의 여자가 진심으로 한 말은 아니길 빌었다. 이것도 시험의 다른 단계였으면. 패러데이는 너무나 당황한 나머지 처음에는 말도 하지 못했다. 반대할 말조차 찾지 못했다. 그러다가 마침내 격노를 터뜨렸다. 마치 자연계의 힘 같았고, 해안을 두드리는 파도 같았다. 「이건 우리의 정체성에 대한 정면 도전이오! 우리가 하는 모든 일에 대한! 우리는 수확을 하고 있건만, 자네와 수확자 고더드와 그 문하생들 모두는 이 일을 피투성이 스포츠로 바꿔 놓고 있어!」

「말도 안 돼요.」 랜드가 말했다. 「이치에 딱 맞잖아요. 수확의 위협이 가해진다면 확실히 최고의 지원자가 올라서겠죠.」

그러나 시트라에게는 공포스럽게도, 크세노크라테스는 이 제안을 우스꽝스럽다고 내치는 대신 법규 전문가를 돌아보았다.

「이를 금하는 법이 있습니까?」

법규 전문가는 생각해 보더니 말했다. 「두 명의 수습생을 다룬 선례가 없었던 만큼, 어떻게 다뤄야 할지에 대한 규칙도 없습니다. 이 제안은 우리의 지침에 어긋나지 않습니다.」

「지침?」 수확자 패러데이가 외쳤다. 「지침이라고? 수확령의 도덕성 자체가 우리의 지침이어야 마땅합니다! 이런 제안을 고려해 본다는 사실조차 야만적이오!」

「아아.」 크세노크라테스가 과장되게 손을 내저었다. 「멜로드라마는 관둡시다, 패러데이. 결국 이것도 한 명이면 충분할 때 수습생 두 명을 받아들인 당신 결정이 낳은 결과요.」

그때 시계가 7시를 알리는 종을 치기 시작했다.

「이 건에 대해 전체 토론과 투표를 요구합니다!」 수확자 패러데이가 요청했지만, 이미 종이 세 번 쳤고 크세노크라테스는 그를 무시했다.

「고위 수확자로서의 특권을 발휘하여, 이에 로언 데이미시와 시트라 테라노바 문제에서는 누구든 승자가 반지를 받고 나서 상대편을 거둬야 한다는 조건을 달겠습니다.」

이어서 그는 망치로 연단을 무겁게 내리쳐 콘클라베를 휴정하고, 그들의 운명을 결정지었다.

선더헤드와의 관계를 열망할 때가 있다. 우리는 모두 가질 수 없는 것을 원하나 보다. 다른 사람들은 선더헤드에 조언을 구하고, 분쟁을 해결해 달라고 요청할 수 있다. 어떤 사람들은 선더헤드를 친구처럼 의지하는데, 선더헤드가 인정 있고 공정하며 절대 소문을 퍼뜨리지 않는다는 사실을 알기 때문이다. 선더헤드는 세상에서 제일가는 청자다.

하지만 수확자에게는 아니다. 우리에게 선더헤드는 언제까지나 침묵한다.

물론 우리도 선더헤드의 지식 창고에는 얼마든지 접속한다. 수확령은 선더헤드를 수많은 일에 이용한다. 하지만 우리에게 선더헤드는 데이터베이스일 뿐이다. 도구에 불과하다. 독립체이자 지성체로서의 선더헤드는 우리에게 존재하지 않는다.

그럼에도 그것은 존재하고, 우리도 그 사실을 안다.

인류의 지혜를 모은 집합 의식으로부터 소외당한다는 사실은 수확자들을 다른 사람들과 동떨어지게 만드는 요인을 하나 더할 뿐이다.

선더헤드는 분명 우리를 보고 있다. 간섭하지 않겠다고 맹세하기는 했지만 수확령의 사소한 다툼들도, 점점 더해 가는 부패도 알고 있을 것이다. 선더헤드는 우리 수확자를 경멸하면서도 어쩔 수 없이 참아 주는 것일까? 아니면 아예 우리에 대해 생각하지 않기로 했을까? 경멸당하는 것과 무시당하는 것, 어느 쪽이 더 나쁠까?

— 수확자 퀴리의 「수확 일기」 중에서

15
사이의 공간

암울한 밤이었고, 빗발은 기차 창문에 길게 흘러내리며 창 너머 불빛을 일그러뜨렸다. 불빛이 사라질 때까지 그랬다. 로언은 지금 기차가 시골을 달리고 있음을 알았지만, 그 어둠은 진공의 우주 공간 같았다.

「난 안 해요.」 시트라가 마침내 콘클라베를 떠난 이후 줄곧 그들을 사로잡고 있던 침묵을 깨뜨렸다. 「나한테 억지로 그런 일을 시킬 순 없어요.」

패러데이는 한마디도 하지 않았고, 시트라를 쳐다보지조차 않았기에 로언이 대신 대답했다.

「아니, 시킬 수 있어.」

결국 패러데이가 두 사람을 보았다. 「로언의 말대로다. 그자들은 너희가 춤을 추게 만들 버튼을 찾아낼 테고, 너희는 아무리 끔찍한 음악에 맞춰서라도 춤을 추게 되겠지.」

시트라는 빈 앞 좌석을 걷어찼다. 「어떻게 그렇게 끔찍할 수가 있죠. 그리고 왜 우리를 그렇게 미워하는 거예요?」

「모두가 그런 건 아니야.」 로언이 말했다. 「그리고 사실은 우리 때문도 아니라고 생각해…….」

분명 패러데이는 존경받는 수확자였다. 그리고 오늘 고더드에게 대놓고 맞서지는 않았다고 해도 패러데이가 고더드를 어떻게 생각하는지는 뚜렷이 보였다. 고더드는 분명 패러데이를 위협으로 여길 것이다. 로언과 시트라에 대한 공격은 경고 사격이었다.

「우리 둘 다 실패하면 어떨까?」 시트라가 제안했다. 「우리가 형편없는 수습생들이라면 둘 중 하나를 고를 수도 없을 거야.」

「그래도 선택은 할 거다.」 패러데이의 말에는 한 치의 의혹도 남기지 않는 권위와 단호함이 담겨 있었다. 「너희가 아무리 형편없는 모습을 보여도, 그자들은 둘 중 하나를 선택할 거야. 오직 구경거리를 위해서.」 이어서 그는 혐오스러운 표정을 지었다. 「그리고 선례로 삼기 위해서.」

「분명히 고더드에겐 그렇게 밀고 나갈 만큼 친구가 많겠죠.」 로언이 말했다. 「고위 수확자도 자기편으로 삼은 모양이고요.」

「사실이다.」 패러데이는 세상에 지친 듯한 한숨을 내쉬었다. 「수확령 안이 이렇게 복잡해진 적은 한 번도 없었는데.」

로언은 눈을 감으면서 마음도 닫고 생각에서도 숨을 수 있었으면 좋겠다고 생각했다. 〈여덟 달 후면 난 시트라 손에 죽을 거야. 아니면 내가 시트라를 죽이겠지.〉 그걸 〈수확〉이라 부른다고 해서 현실이 달라지지는 않았다. 시트라를 좋아하긴 했지만, 목숨을 바치고 이기게 해줄 정도로 좋아하는 걸까? 시트라는 분명 로언이 반지를 얻도록 물러서 주지 않을 것이다.

눈을 뜨자 시트라가 정면으로 그를 보고 있었다. 눈을 돌리지도 않았다.

「로언, 무슨 일이 일어나든 꼭 알고 있었으면 좋겠는데…….」

「하지 마.」 로언은 말했다. 「그냥 하지 마.」

그리고 나머지 여행길은 고요했다.

원래도 아주 잘 자는 편은 아니었지만, 집에 도착한 후 시트라는 밤새 잠을 이루지 못했다. 콘클라베에서 본 수확자들의 모습이 꿈의 편린마저 채워 버리면서 원치 않는 각성 상태로 다시 끌고 나왔다. 현명한 수확자들, 책략가들, 동정적인 이들, 그리고 신경도 쓰지 않는 것 같던 이들. 인류를 가지치기한다는 까다로운 책임이 사람의 성격에 따라 이리저리 움직여선 안 되지 않나. 수확자들은 법 위에 있으니 옹졸함에서 벗어나야 하지 않나. 패러데이는 확실히 그랬다. 시트라가 수확자가 된다면 패러데이의 예를 따르리라. 그리고 수확자가 되지 못한다면 죽을 테니 아무래도 좋았다.

어쩌면 둘 중 하나가 다른 하나를 거두게 하자는 결정에 어떤 뒤틀린 지혜가 담겨 있는지도 몰랐다. 누가 이기든 간에 극도의 슬픔을 안고 수확자로서의 삶을 시작하며, 그 반지의 대가를 영영 잊지 못할 테니.

아침은 별다른 신호 없이 찾아왔다. 다른 날과 다를 바 없이 평범했다. 비는 그쳤고, 움직이는 구름 사이로 해가 보였다. 로언이 아침 식사를 준비할 차례였다. 계란과 해시브라운. 로언은 감자를 충분히 익히는 법이 없었다. 그래서 시트라는 늘 〈해시화이트〉라고 불렀다. 패러데이는 그들이 준비하는 식사가 수준 이하라고 불평하는 법이 없었다. 그는 주는 대로 먹었고, 둘 중 누구든 불평을 하면 참아 넘기지 않았다. 가까스로 먹을 만한 음식을 만든 데 대한 벌은 그 음식을 직접 먹는 것이었다.

식욕이 없었지만, 온 세상이 축에서 벗어나 버렸지만, 그래도 시트라는 먹었다. 아침 식사는 아침 식사였다. 어떻게 그럴 수가 있나 싶어도.

패러데이가 침묵을 깼을 때는 마치 창문을 깨고 벽돌이 날아온 느낌이었다.

「오늘은 혼자 나가겠다. 둘 다 공부하고 있도록 해라.」

「네, 수확자님.」 시트라가 말했고, 로언이 0.5초쯤 사이를 두고 같은 말을 반복했다.

「너희에게는 달라진 게 없다.」 시트라는 시리얼 그릇만 들여다보았다. 할 필요도 없는 말을 하고야 만 쪽은 로언이었다.

「모든 게 달라졌습니다.」

그러자 패러데이가 아주 나중에나 떠올리게 될 수수께끼 같은 말을 했다.

「어쩌면 다시 모든 게 달라질지도 모르지.」

그리고 패러데이는 떠났다.

로언과 시트라 사이의 공간은 순식간에 지뢰밭이 되어 버렸다. 오직 고통만 약속하는 위험한 황무지였다. 그곳에 수확자 패러데이를 두고 지나다니기도 힘들었지만, 패러데이가 떠나자 둘 사이의 공간을 중재할 존재가 서로밖에 남지 않았다.

로언은 무기고에 가지 않고 방에서 공부했는데, 시트라가 함께 앉아 있지 않으니 아플 정도로 뭔가 잘못된 기분이 들었다. 혹시나 시트라가 거리감을 메우고 싶어 할지도 모른다는 어렴풋한 희망에 문을 살짝 열어 두기는 했다. 그러고 있으려니 아마도 달리기를 하러 가는지 시트라가 나가는 소리가 들렸고, 꽤 오랫동안 돌아오지 않았다. 시트라가 이 새로운 상황으로 인한 암울한 불편함을 다루는 방식은 로언보다 더 철저히 상황을 멀리하는 것이었다.

시트라가 돌아온 후, 로언은 그 지뢰밭에 먼저 걸음을 내딛지 않는 한 두 사람 사이는 물론이고 그의 마음속에도 평화가 있을 수 없음을 알았다.

그는 닫혀 있는 시트라의 방문 앞에 족히 1분은 서 있다가 겨우 노크할 용기를 냈다.

「원하는 게 뭐야?」 닫힌 문 너머로 시트라가 물었다.

「들어가도 돼?」

「잠겨 있진 않아.」

로언은 손잡이를 돌리고 슬그머니 문을 열었다. 시트라는 사냥칼을 들고 방 한가운데에 서서, 마치 유령과 싸우기라도 하듯이 허공을 상대로 칼질을 연습하고 있었다.

「기술 좋네.」 로언은 말하고 나서 덧붙였다. 「성난 늑대 한 무리를 거둘 계획이라면 말이야.」

「쓰든 안 쓰든 기술은 기술이지.」 시트라는 칼을 칼집에 넣어 책상 위에 던지고는 옆구리에 손을 얹었다. 「그래서 원하는 게 뭐야?」

「저번에 네 말을 막아 버려서 미안하다고 말하고 싶었어. 기차 안에서 말이야.」

시트라는 어깨를 으쓱였다. 「내가 횡설수설했으니까. 그럴

188

만도 했어.」

분위기가 어색해지기 시작했기에, 로언은 그냥 밀어붙였다. 「이 문제에 대해 이야기해야 할까?」

시트라는 몸을 돌리고 침대에 걸터앉더니, 공부라도 하려는 것처럼 해부학 책을 한 권 집어 들고 펼쳤다. 아직 책을 거꾸로 들었다는 사실은 깨닫지 못한 모양이었다. 「얘기할 게 뭐가 있어? 내가 널 죽이거나, 네가 날 죽이는 거지. 어느 쪽이든 간에 난 그 순간이 오기 전에 미리 생각하고 싶지 않아.」 시트라는 펼쳐 든 책을 보더니 제대로 돌려 잡았다가, 아무렇지 않은 척하기를 포기하고는 닫아서 바닥에 던져 버렸다. 「난 그냥 혼자 있고 싶어. 알았어?」

그래도 로언은 침대 가장자리에 앉았다. 그리고 시트라가 나가라고 하지 않자, 조금 더 가까이 당겨 앉았다. 시트라는 로언을 쳐다보았지만 아무 말도 하지 않았다.

시트라에게 손을 뻗고 싶었다. 뺨을 건드리고 싶기도 했다. 하지만 그 생각을 하니 접촉만으로 수확이 되었던 그 판매원이 떠올랐다. 그 얼마나 비뚤어진 독이었는지. 로언은 시트라에게 입 맞추고 싶었다. 이젠 부인할 수가 없었다. 수확자가 넘어가지 않을 줄 알았기에 몇 주 동안이나 그 충동을 억누르고 지냈는데 패러데이는 지금 여기에 없었고, 두 사람이 휘말려든 혼란이 모든 것을 원점으로 돌려 버렸다.

그때, 놀랍게도 시트라가 몸을 확 내밀더니 무방비한 상태의 로언에게 입을 맞췄다.

「자, 해버렸어. 이제 이 문제는 끝났으니 나가 봐도 돼.」

「내가 나가기 싫다면?」

그러자 시트라는 머뭇거렸다. 로언이 남는 것도 가능한 선택지라는 사실이 뚜렷해질 정도로 오래. 하지만 결국에는 이렇게 말했다. 「그래 봐야 좋을 게 있겠어? 우리 둘 다에게 말이야.」

시트라는 뒤로 물러나 침대 위로 더 올라가더니 두 무릎을 끌어안았다. 「난 네게 반하지 않았어, 로언. 그리고 지금은 그 상태를 유지하고 싶어.」

로언은 일어서서 안전한 문지방으로 가다가 몸을 돌려 시트라에게 말했다. 「괜찮아, 시트라. 나도 너에게 반하진 않았어.」

나는 쉽게 격분하는 사람이 아니지만, 어떻게 보수파 수확자들이 감히 내 행동을 두고 이래라저래라 할 수 있단 말인가? 그 작자들이 하나도 빠짐없이 스스로를 거두게 하고 나면, 우리도 그자들의 자기 혐오적이고 성인인 체하는 방식에 안녕을 고할 수 있을 텐데. 나는 부끄러움이 아니라 자부심을 안고 수확하기로 선택한 사람이다. 죽음을 다루기는 해도 삶을 끌어안겠다. 착각하지 말란 말이다. 우리 수확자들이 법 위에 있는 건 우리에게 자격이 있기 때문이다. 나는 새로운 수확자들이 무슨 대단하고 우월한 도덕성 때문이 아니라, 그저 생명을 빼앗기를 즐기기 때문에 선택받는 날을 그린다. 결국 여긴 완벽한 세상이 아닌가. 완벽한 세상에선 우리 모두 자기 일을 사랑할 권리가 있지 않을까?

— 수확자 고더드의 「수확 일기」 중에서

16
수영장 관리자

경영자의 저택 문 앞에 수확자가 하나 서 있었다. 정확하게 는 4인조였는데, 새파란 로브를 입은 한 명만 선두에 서고 다 른 세 명은 뒤로 물러나 있었다.

문제의 경영자는 겁을 먹었지만, 사실은 겁에 질렸지만, 감 정을 숨길 줄 몰랐다면 이 정도까지 성공하지 못했을 것이다. 그는 명석했고, 포커페이스에 뛰어나기도 했다. 문 앞에 찾아 온 죽음에게 주눅 들 마음은 없었다. 아무리 그 죽음의 로브에 다이아몬드가 점점이 박혀 있다고 해도 말이다.

「정문 경비원들이 제게 알리지도 못하게 하고 현관 앞까지 오시다니 놀랐습니다.」 경영자는 최대한 태연한 척 말했다.

「경비원들은 알리려고 했는데, 우리가 거둬 버렸지.」 다른 수확자 하나가 말했다. 녹색 로브를 입은 판아시아계 외모의 여성이었다.

경영자는 이 소식에 주눅 들지 않으려 했다. 「아, 그렇다면 경비원의 가족들에게 소식을 알리기 위해 개인 정보를 내어 드려야겠군요.」

「꼭 그렇지도 않아.」선두의 수확자가 말했다. 「우리가 들어가도 될까?」

경영자는 거부할 권리가 없음을 알았기에 옆으로 비켜섰다.

다이아몬드를 박아 넣은 로브의 수확자와 그의 무지개색 부하들이 절제된 호화로움을 자랑하는 저택을 둘러보며 따라 들어왔다.

「나는 고결한 수확자 고더드야. 이들은 내 아래 동료들인 볼타 수확자, 촘스키 수확자, 랜드 수확자이고.」

「로브가 멋진데요.」경영자는 아직까지도 두려움을 잘 숨기며 말했다.

「고맙군.」수확자 고더드가 말했다. 「멋을 아는 사람인 걸 알겠어. 인테리어 디자이너에게 찬사를 보내지.」

「제 아내입니다.」그는 말해 놓고서, 아내의 생명을 앗아 갈지 모르는데 수확자들의 주목을 끌게 하다니 왜 그랬을까 속으로 얼굴을 찌푸렸다.

노란 로브를 입은 아프리카계 외모의 수확자 볼타가 웅장한 현관 입구를 어슬렁거리며 저택의 다른 곳으로 이어지는 아치 통로들을 들여다보았다. 「풍수 배치가 훌륭한데. 이렇게 큰 집이라면 기의 흐름이 아주 중요하지.」

「꽤 큰 수영장도 있을 거야.」루비가 흩뿌려진 불꽃 같은 오렌지색 로브를 입은 수확자가 말했다. 촘스키라고 했던가. 그는 금발에 피부색이 흰 편이고, 야수 같은 느낌이 들었다.

경영자는 그들이 이 만남을 질질 끌면서 즐기고 있는 건 아닐까 싶어졌다. 그가 어울려 줄수록 수확자들의 힘은 더 커졌기에, 그는 자신이 무너지는 모습을 보이기 전에 잡담을 끊고 말했다.

「찾아오신 용건을 여쭤 봐도 될까요?」

수확자 고더드는 그를 흘긋 보았지만 질문은 무시했다. 고더드가 부하들에게 손짓을 하자 셋 중 둘이 자리를 떠났다. 노란 로브의 남자는 나선 계단을 차지하고, 녹색 로브의 여자는 1층 나머지 공간을 탐색하러 갔다. 오렌지색 로브의 창백한 남자는 근처에 남았다. 셋 중에서 가장 몸집이 컸으니, 아마 리더의 경호원일 수도 있었다…… 수확자를 공격할 만큼 멍청한 사람이 있다면 말이지만.

경영자는 지금 이 순간 아이들이 어디에 있을까 생각했다. 유모와 함께 밖에 나갔나? 위층에 있나? 확실치 않았으나, 수확자들이 그의 시야에서 벗어나 집 안을 돌아다니는 것만은 막고 싶었다.

「기다려요! 목적이 뭐든 간에, 분명 합의할 수 있는 지점이 있을 겁니다. 제가 누군지 아시죠, 그렇죠?」

수확자 고더드는 경영자를 쳐다보지 않고 현관에 전시된 미술품 한 점을 들여다보았다. 「세잔의 작품을 소유할 만큼 부유한 사람이지.」

수확자가 그의 정체를 몰랐을 수도 있을까? 그들이 여기에 나타난 것이 계획적이 아니라 우연일 수도 있을까? 수확자들은 무작위로 상대를 선택해야 마땅했지만, 이 정도로 마구잡이일까? 그는 공포를 막아 주던 댐에 균열이 가는 것을 자각했다.

「제발 부탁입니다. 전 맥심 이즐리예요. 그 이름이 아무 의미도 없진 않겠지요?」

리더 수확자는 전혀 모르겠다는 얼굴로 그를 쳐다보았다. 반응한 쪽은 불꽃 같은 로브를 입은 수확자였다. 「리제네시스 경영자?」

마침내 고더드에게서도 알겠다는 반응이 나왔다. 「아, 그렇군. 자네 회사가 회춘 산업 2위지.」

「곧 1위가 될 겁니다.」 이즐리는 반사적으로 큰소리를 쳤다. 「일단 우리가 세포를 21세 이전까지 회귀시키는 기술을 발표하면요.」

「자네 회사를 이용해 본 친구들이 있어. 정작 나는 아직 안 써봤지만.」

「저희 새 회춘 과정의 최초 공식 이용자가 되실 수도 있습니다.」

고더드는 소리 내어 웃더니 동료를 돌아보았다. 「10대가 된 나를 상상할 수 있겠나?」

「전혀요.」

그들이 재미있어하면 할수록 이즐리는 더 겁에 질렸다. 이제는 절박한 마음을 숨길 이유도 없어졌다. 「분명히 원하시는 게 있을 텐데요. 제가 제공할 수 있는 뭔가 가치 있는 것이⋯⋯.」

마침내 고더드가 속내를 드러냈다.

「자네 부동산을 원해.」

이즐리는 〈뭐라고요?〉라고 말하고 싶은 충동을 억눌렀다. 그 발언은 어떻게 보아도 애매모호하지 않았다. 뻔뻔한 요구였다. 하지만 맥심 이즐리는 협상 빼면 시체였다.

「제게 사망 시대의 자동차가 열 대 넘게 있는 차고가 있습니다. 하나같이 값을 매길 수 없는 물건이지요. 어떤 자동차든 가지셔도 됩니다. 다 가지셔도 됩니다.」

수확자가 다가선다 싶더니, 갑자기 이즐리의 목에 칼날이 와 닿았다. 목울대 바로 위였다. 수확자가 칼을 뽑는 모습을 보지도 못했는데, 어찌나 빠른지 그냥 경정맥 앞에 칼날이 나타난 것만 같았다.

「분명히 해두지.」 고더드는 차분하게 말했다. 「우린 흥정하고 거래하러 온 게 아니야. 우린 수확자들이다. 법에 따라 우리가 원하는 건 뭐든 가질 수 있다는 뜻이야. 우리가 끝내고 싶은 목숨은 끝내는 거다. 간단하지. 넌 지금 아무 힘이 없어. 명확하게 알아들었나?」

이즐리는 고개를 끄덕이면서 칼날이 피부를 그을 듯 스치는 감각을 느꼈다. 고더드는 만족해서 목에 댄 칼날을 치웠다.

「이런 저택이라면 직원이 꽤 필요하겠지. 가정부며 정원사, 어쩌면 마구간지기도 있을지 모르겠군. 고용인이 얼마나 되지?」

이즐리는 대답을 하려고 했지만, 말이 나오지 않았다. 그는 목청을 가다듬고 다시 말했다. 「열둘이요. 상근 직원이 열두 명입니다.」

그때 녹색 옷의 여성, 즉 수확자 랜드가 이즐리의 아내가 최근에 고용한 남자를 데리고 주방에서 나왔다. 그 남자는 20대 초반으로 보였는데, 이즐리도 이름은 정확히 기억이 나지 않았다.

「이건 누구지?」 고더드가 물었다.

「수영장 관리자입니다.」

「수영장 관리자라.」 수확자 랜드가 따라 했다.

고더드가 오렌지색 로브를 입은 근육질의 수확자에게 고갯짓을 하자, 그 남자가 수영장 관리 청년에게 다가가서 손을 뻗더니 뺨을 슬쩍 건드렸다. 수영장 관리자는 바닥에 쓰러지며 대리석 바닥에 머리를 찧었다. 눈은 뜨여 있었지만, 그 눈동자에 생명은 없었다. 수확이 끝난 상태였다.

「잘 되네요!」 수확자 촘스키가 자기 손을 보며 말했다. 「무기 책임자가 그 돈을 받을 만한 가치가 있어요.」

「자, 그럼.」 고더드가 말했다. 「우린 선택하는 건 뭐든 가질 권리가 있지만, 나는 공정한 사람이야. 이 멋진 저택과 교환해서 너와 네 가족, 그리고 살아 있는 네 직원 모두에게 우리가 여기에서 사는 동안 내내 면제권을 제공하도록 하지.」

이즐리의 안도감은 즉각적이고도 강렬했다. 집을 강탈당하고도 안도감을 느끼다니, 이 얼마나 이상한가.

「무릎을 꿇어라.」 고더드가 말하자 이즐리는 복종했다.

「입을 맞춰라.」

이즐리는 망설이지 않았다. 반지에 입술을 대고 꾹 누르면서 입술에 걸리는 보석 모서리의 감촉을 느꼈다.

「이제 사무실에 가서 직위에서 물러나라. 즉시.」

이번에는 이즐리도 말하고 말았다. 「뭐라고 하셨습니까?」

「네 일은 다른 사람이 할 수 있겠지. 분명히 그럴 기회를 노리느라 근질근질한 사람들이 있을 거야.」

이즐리는 아직 후들거리는 다리로 일어섰다. 「하지만…… 하지만 어째서요? 저와 제 가족은 그냥 떠나게 해주시면 안 됩니까? 성가시게 하지 않겠습니다. 지금 입은 옷만 걸치고 갈 거예요. 다시는 저희를 보지 못하실 겁니다.」

　「하지만 안타깝게도, 그렇게 떠나게 둘 수는 없어.」 수확자 고더드가 말했다. 「새로운 수영장 관리자가 필요하거든.」

수확자들이 서로를 거둘 수 없게 한 것은 현명하다고 생각한다. 이는 분명히 비잔틴식 권력 다툼을 막기 위한 조항이었다. 하지만 권력이 있는 곳에는 언제나 권력을 잡을 방법들을 찾아내는 사람이 있기 마련.

우리가 스스로를 거둘 수 있다는 점 역시 현명하다고 생각한다. 나도 스스로 거둘 것을 고려해 본 적이 있음을 인정하겠다. 책임의 무게가 너무 무겁게 느껴질 때면, 세상의 멍에를 벗어던지는 것이 더 나은 대안처럼 보이기도 했다. 하지만 그런 최종 행동을 실행하려는 내 손을 막은 것은 언제나 한 가지 생각이었다.

내가 아니라면 누가 할까?

나를 대신할 수확자가 나만큼 공정하고 인정이 있을까?

내가 없는 세상은 받아들일 수 있지만…… 나 없이 다른 수확자들이 수확하는 세상은 견딜 수가 없다.

— 수확자 퀴리의 「수확 일기」 중에서

17
일곱 번째 계명

시트라와 로언은 한밤중이 지나서 누군가 현관문을 두드리는 소리에 깨어났다. 둘 다 방을 나섰다가 복도에서 마주쳤고, 둘 다 반사적으로 수확자 패러데이의 닫힌 방문 쪽을 보았다. 시트라가 손잡이를 돌려 보니 잠겨 있지 않았고, 슬쩍 밀어서 열었더니 수확자는 방 안에 없었다. 오늘 밤에는 침대에 든 흔적도 없었다.

패러데이가 이렇게 늦게까지 들어오지 않는 일은 드물었지만, 그렇다고 아예 없는 일도 아니었다. 두 사람은 패러데이가 가끔 늦은 밤에 어디에 가는지 몰랐고, 묻고 싶지도 않았다. 수습 생활을 시작하고 제일 처음 죽인 것이 호기심이었다. 그들은 수확자의 삶에는 알고 싶지 않은 면이 많다는 사실을 일찌감치 배웠다.

문 두드리는 소리가 끈질기게 이어졌다. 똑똑 두드리는 소리가 아니라 주먹으로 두들기는 소리였다.

「무슨 일이지?」 로언이 말했다. 「선생님이 열쇠를 잊었나봐. 그렇지?」

그것이 가장 말이 되는 설명이었다. 그리고 가장 말이 되는 설명이 보통은 맞지 않던가? 그들은 꾸짖음에 대비하면서 문으로 다가갔다.

〈어떻게 내가 문을 두드리는 소리도 듣지 못할 수가 있지?〉 패러데이는 그렇게 야단치겠지. 〈분명히 지난 2백 년 동안 귀가 먼 사람은 아무도 없었는데 말이다.〉

하지만 문을 연 두 사람은 수확자 패러데이가 아니라, 한 쌍의 치안관을 마주했다. 평범한 치안관이 아니라, 제복 가슴팍에 수확령의 상징을 선명하게 새긴 수확 근위대였다.

「시트라 테라노바와 로언 데이미시?」 한 명이 물었다.

「그런데요?」 로언이 대답했다. 그는 살짝 앞으로 나서서 보호하려는 듯한 자세로 시트라 앞에 한쪽 어깨를 내밀었다. 로언은 멋진 행동이라고 느꼈지만, 시트라는 짜증스럽기만 했다.

「같이 가줘야겠습니다.」

「왜요?」 로언이 물었다. 「무슨 일이죠?」

「저희가 말할 수 있는 문제는 아닙니다.」 두 번째 근위대원이 말했다. 시트라는 로언의 어깨를 옆으로 밀어냈다. 「우린 수확자 수습생이에요. 그러니까 수확 근위대가 우리를 위해 일하는 것이지, 우리가 복종할 관계는 아니죠. 우리가 원치 않는데 데려갈 권리는 없어요.」 어쩌면 사실이 아닐지도 모르지만, 그래도 위병들은 멈칫했다.

그때 어둠 속에서 목소리가 들려왔다.

「이 일은 내가 처리하지.」

어둠 속에서 익숙하지만 패러데이가 사는 곳에는 전혀 어울리지 않는 사람이 나타났다. 고위 수확자의 금박 로브는 어두운 현관에서 반짝이지 않았다. 색이 흐릿하니, 갈색으로 보이기까지 했다.

「즉시…… 같이 가줘야겠네. 소지품은 누군가에게 챙겨 오도록 하지.」

로언은 파자마 차림이었고, 시트라는 목욕 가운 차림이었기에 순순히 따르고 싶지 않았지만, 둘 다 지금 입은 잠옷을 걱정할 때가 아니라는 사실을 감지했다.

「패러데이 수확자님은 어디 계십니까?」 로언이 물었다.

고위 수확자 크세노크라테스는 숨을 깊이 들이마시더니 한숨을 내쉬며 말했다. 「일곱 번째 계명을 실행했네. 수확자 패러데이는 자기를 수확했어.」

고위 수확자 크세노크라테스는 비대한 모순덩어리였다. 그는 호화로운 바로크식 양단 로브를 입었지만, 발에는 너덜너덜하게 닳은 슬리퍼를 신었다. 그는 단순한 통나무집에 살았지만, 그 통나무집은 풀크럼시티에서 제일 높은 건물 지붕 위에 재조립된 것이었다. 가구는 다 짝이 맞지 않고 중고품 할인점에서나 볼 법한 남루한 물건인데, 발아래 바닥에는 박물관에나 있을 만한 값을 매길 수 없는 태피스트리가 깔려 있었다.

「얼마나 안타까운지 말로 할 수가 없네.」 그는 충격이 큰 나머지 무슨 일이 일어났는지 아직 이해하지 못하고 있는 로언과 시트라에게 말했다. 이제는 아침이었고, 세 사람은 풀크럼시티로 가는 개인 초고속 열차를 탔으며, 지금은 70층 건물의 깎아지른 벼랑으로 끝나는 잘 가꾼 잔디밭이 내다보이는 작은 나무 데크에 있었다. 전망을 망치기 싫었던 고위 수확자는 난

간을 두지 않았고, 그 잔디밭 끝까지 걸어가서 넘어질 만큼 멍청한 사람은 재생에 시간과 비용을 써야 마땅했다.

「수확자가 우리 곁을 떠나는 일은 언제나 끔찍하지.」고위 수확자가 한탄했다.「수확자 패러데이처럼 존경받는 인물이라면 더더욱 그래.」

크세노크라테스는 바깥세상에선 온갖 일을 도울 비서와 고용인들을 거느리고 있었지만, 여기 집 안에는 하인 하나 두지 않았다. 이 또한 모순이었다. 그는 차를 끓여 두 사람에게 직접 따라 주었고, 설탕 없이 크림만 권했다.

로언은 차를 마셨지만, 시트라는 그런 사소한 친절조차도 거부했다. 크세노크라테스가 말했다.「패러데이는 훌륭한 수확자였고 좋은 친구였어. 무척 그리울 거야.」

크세노크라테스의 진심은 추측하기가 어려웠다. 다른 모든 면과 마찬가지로 그의 말도 진실된 것 같으면서 동시에 거짓 같았다.

그는 여기까지 오는 길에 이미 수확자 패러데이의 마지막에 대해 자세히 설명했다. 전날 저녁 10시 15분경, 패러데이는 지역 열차 플랫폼에 서 있었다. 그러다가 열차가 다가오자 그 앞에 몸을 던졌다. 목격자가 몇 명 있었는데, 아마 다들 수확자가 다른 누구도 아닌 스스로를 수확했다는 사실에 안도했지 싶었다.

수확자만 아니었다면 그 망가진 육체는 서둘러 제일 가까운 재생 센터로 실려 갔을 테지만, 수확자들에게 적용되는 규칙은 명확했다. 재생은 있을 수 없었다.

「하지만 말이 안 돼요.」시트라는 애를 써도 흘러내리는 눈물을 멈추지 못하며 말했다. 「그런 짓을 할 분이 아니었어요. 수확자로서의 책임을, 저희를 훈련시킬 책임을 아주 진지하게 받아들이셨다고요. 그렇게 포기해 버리다니 믿을 수가 없어요……」

로언은 그 문제에 대해 침묵만 지키면서 고위 수확자의 답을 기다렸다.

「사실은 완벽하게 말이 된다네.」 크세노크라테스는 견디기 힘들 만큼 오래 차를 마시고 나서야 다시 말을 이었다. 「전통적으로 스승 수확자가 스스로를 거두면 그 스승에게 묶여 있던 수습생들이 풀려나게 되지.」

시트라는 그 말의 속뜻을 깨닫고 숨을 들이켰다.

「패러데이는 자네들이 서로를 거두지 않아도 되게 하려고 그런 거야.」 크세노크라테스가 말했다.

「그렇다면……」 로언이 말했다. 「수확자님 탓이네요.」 그는 말하고 나서야 약간의 조소를 담아서 덧붙였다. 「고위 수확자 예하.」

크세노크라테스의 표정이 굳었다. 「자네 둘에게 치명적인 경쟁을 벌이도록 한 결정을 두고 하는 말이라면, 그건 내 제안이 아니었네. 난 그저 수확령의 의지를 이행했을 뿐이니, 솔직히 자네의 그런 암시는 불쾌하군.」

「저희는 수확령의 의지가 무엇인지 듣지도 못했습니다. 투표를 하지 않았으니까요.」 로언이 상기시켰다.

크세노크라테스는 대화를 끝내고 일어섰다. 「자네들의 상실에 대해 조의를 표하네.」 그러나 로언과 시트라만의 상실이 아니었다. 수확령 전체의 상실이었고, 말을 하든 하지 않든 크세노크라테스도 그 사실을 알고 있었다.

「그러면…… 그걸로 끝인가요?」 시트라가 물었다. 「저희는 이제 집에 가는 건가요?」

「그렇지는 않네.」 크세노크라테스는 이번에는 둘 중 누구도 제대로 쳐다보지 않고 말했다. 「죽은 수확자의 수습생들은 자유의 몸이 되는 것이 관습이지만, 다른 수확자가 거둬들여 훈련을 계속할 수도 있다네. 드물지만 일어나는 일이지.」

「예하께서요?」 시트라가 물었다. 「예하께서 저희를 훈련하겠다고 나선 건가요?」

크세노크라테스의 눈을 보고 진실을 읽은 사람은 로언이었다. 「아니, 아니야. 다른 사람이야…….」

「나는 고위 수확자로서의 책임 때문에 수습생을 들이기가 몹시 힘들다네. 하지만 자네들은 자부심을 느껴야 마땅해. 하나도 아니고 두 수확자가 나섰거든. 각각 한 명씩이지.」

시트라는 고개를 저었다. 「이럴 순 없어요! 저희는 수확자 패러데이 님께 서약한 몸이고, 다른 스승은 있을 수 없습니다! 그분이 저희를 풀어 주기 위해 돌아가셨으니, 저희를 풀어 주셔야죠!」

「안타깝지만 내가 이미 인정했으니, 이 문제는 정해졌네.」 고위 수확자는 두 사람을 차례로 보며 말했다. 「시트라, 자네는 이제 고결한 수확자 퀴리의 수습생이고…….」

로언은 눈을 감았다. 크세노크라테스가 말하기 전부터 앞으로 닥칠 일을 알 수 있었다. 「로언, 자네는 고결한 수확자 고더드의 유능한 지도 아래 훈련을 마치게 될 걸세.」

3부 보수파와 신질서

나는 수습생을 받은 적이 없었다. 그저 다른 사람에게 우리의 생활 방식을 강요할 마음이 생기지 않았다. 다른 수확자들은 어떤 동기에서 그러는지 궁금하기는 하다. 어떤 이들에게는 수습생이 허영에 불과하다. 〈나에게 배우면서 내 현명함에 경외감을 느끼도록 하라〉는 식이다. 또 어떤 이들에게는 자식을 둘 수 없다는 사실에 대한 보상 같기도 하다. 〈1년간 내 아들이나 딸이 되어 주면 너에게 생사 권한을 주마〉랄까. 그러나 또 어떤 이들에게는 그것이 자기 스스로를 거두기 위한 준비 과정처럼 보인다. 〈새로운 내가 되어라. 낡은 내가 흡족하게 이 세상을 떠날 수 있도록.〉

　그러나 혹시 내가 수습생을 거두는 날이 온다면, 이들과는 완전히 다른 이유에서가 아닐까 싶다.

　　　　　　　　　　　　　— 수확자 퀴리의 「수확 일기」 중에서

18
낙수장

미드메리카 동쪽 끝, 거의 이스트메리카 국경선 근처의 강 위에 자리 잡은 집이 한 채 있었다. 그 집 토대에서 흘러 나간 물이 폭포가 되어 떨어졌다.

「사망 시대에 아주 유명한 건축가가 설계한 집이야.」 수확자 퀴리는 사람만 건널 수 있는 작은 다리를 지나 현관으로 가면서 시트라에게 설명했다. 「황폐해져 있었지. 짐작할 수 있겠지만, 이런 집은 지속적인 관심 없이는 살아남을 수가 없거든. 상태가 아주 엉망이었고, 아무도 이 집을 보존하려고 들지 않았어. 수확자가 산다는 사실 덕분에 겨우 이 집을 구할 만한 기부금이 나왔고, 이제는 거의 예전의 영광을 되찾았지.」

수확자 퀴리는 문을 열고 시트라를 먼저 들여보냈다. 「낙수장에 온 것을 환영한다.」

1층은 거대한 방 하나로 반질반질한 돌바닥에 나무로 만든 가구, 커다란 벽난로, 그리고 창문들이 있었다. 창문이 수도 없이 많았다. 폭포는 값비싼 테라스 바로 아래로 떨어졌다. 집 아래를 흘러서 폭포로 떨어져 내리는 물소리는 끊이지 않지만 마음을 가라앉혀 주는 백색 소음이었다.

「이름이 붙은 집에 와보긴 처음이에요.」 시트라는 주위를 둘러보며, 최대한 감탄하지 않으려고 애쓰면서 말했다. 「하지만 조금 과하지 않나요? 특히나 수확자가 살기에는요. 수확자들은 다 검소하게 살아야 하는 거 아니었어요?」

시트라는 그런 말이 수확자의 신경을 건드릴 수도 있다는 걸 알았지만 신경 쓰지 않았다. 시트라가 여기에 와 있다는 것은 수확자 패러데이가 헛되이 죽었다는 뜻이었다. 아름다운 집이 위안이 될 수 없었다.

수확자 퀴리는 분노의 반응을 보이지 않았다. 그저 이렇게만 말했다. 「내가 여기에 사는 건 사치를 누리기 위해서가 아니라, 내가 여기 있어야만 이 집을 보존할 수 있기 때문이야.」

실내 장식은 이 집이 지어진 21세기 그대로 얼어붙은 것 같았다. 현대화의 흔적이라고는 눈에 띄지 않는 구석에 설치된 단순한 컴퓨터 인터페이스 몇 개뿐이었다. 심지어 주방도 옛 시대의 산물이었다.

「자, 네 방을 보여 주마.」

그들은 왼쪽에는 층층의 화강암 판을 대고 오른쪽에는 책장이 줄줄이 이어지는 계단을 올랐다. 2층이 수확자 퀴리의 침실이었다. 3층에는 그보다 조금 작은 침실과 서재가 있었다. 침대에 갖춰진 가구는 단순했고, 집 안 나머지 공간과 마찬가지로 반들반들한 삼나무 창틀을 두른 거대한 창이 두 벽을 다 차지하고 있었다. 창으로 내다보이는 숲을 보니 나무 집에 걸터앉은 기분이 들었다. 마음에 들었다. 그리고 이 풍경이 마음에 든다는 사실이 싫었다.

「제가 여기 있고 싶지 않다는 거 아시죠.」시트라가 말했다.

「마침내 솔직한 말이 나왔구나.」수확자 퀴리가 희미하게 웃으며 말했다.

「그리고 선생님이 절 좋아하지 않는다는 것도 알아요. 그런데 절 왜 데려오셨죠?」

퀴리는 서늘하고 속을 헤아리기 힘든 회색 눈으로 시트라를 바라보았다.「내가 널 좋아하고 말고는 상관없다. 나에겐 내 이유가 있어.」

퀴리는 다른 인사 없이 시트라를 그 방에 두고 나갔다.

시트라는 잠든 기억도 없이 잠이 들었다. 얼마나 녹초가 되어 있었는지 생각도 못 했다. 그저 이불 위에 누워서 숲을 보고, 아래로 끊임없이 흐르는 강물 소리에 귀를 기울이면서 저 소리가 결국에는 마음을 달래는 게 아니라 견딜 수 없는 소음이 되지 않을까 하고 있었다. 그런데 눈을 뜨니 새하얀 불빛 속이었고, 눈을 가늘게 뜨고 보니 문간의 조명 스위치 옆에 수확자 퀴리가 서 있었다. 바깥은 캄캄했다. 그냥 어두운 정도가 아니라 빛이 한 점도 없어서 우주 공간 같았다. 강물 소리는 여전히 들을 수 있었지만, 나무는 하나도 보이지 않았다.

「저녁 식사는 잊은 거냐?」수확자 퀴리가 물었다.

시트라는 몸을 일으키면서 갑자기 찾아오는 현기증을 무시하고 일어섰다.「절 깨우실 수도 있었잖아요.」

수확자 퀴리는 피식 웃었다.「방금 깨운 것 같은데.」

시트라는 주방으로 향했다. 그러나 퀴리가 그녀를 앞세웠고, 시트라는 아직 길을 정확하게 기억할 수가 없었다. 이 집은 미로였다. 시트라는 몇 번인가 방향을 잘못 틀었고, 수확자 퀴리는 실수를 바로잡아 주지 않았다. 그저 시트라가 길을 찾을 때까지 기다릴 뿐이었다.

시트라는 이 여성이 뭘 먹고 싶어 할까 생각했다. 수확자 패러데이처럼 퀴리도 시트라가 준비한 식사는 뭐든 말없이 받아들일까? 패러데이를 생각하자 슬픔이 밀려왔다가 분노가 그 뒤를 따랐지만, 대체 누구에게 화를 내야 할지 알 수 없었기에 그 분노는 곪아 들기만 했다.

시트라는 1층에 내려가서 식료품 창고와 냉장고를 확인하려고 했지만, 2인용 저녁 식탁이 차려져 있고 이미 김이 오르는 요리가 담겨 있다는 사실에 놀라고 말았다.

「하센페프를 먹고 싶었거든. 너도 좋아할 거야.」

「전 하센페프가 뭔지도 모르는데요.」

「모르면 더 좋지.」 수확자 퀴리는 자리에 앉아서 시트라에게도 앉으라는 손짓을 했다. 그러나 시트라는 아직도 이게 속임수일지 모른다는 생각을 떨치지 못했다.

수확자 퀴리는 기름진 스튜에 스푼을 찔러 넣었다가, 시트라가 아직도 서 있다는 사실을 알고 손을 멈췄다. 「공식적인 초대라도 기다리는 건가?」

시트라는 짜증을 내야 할지, 재미있어해야 할지 알 수 없었다. 「제가 수습생인데, 왜 수확자님이 제게 요리를 해주세요?」

「아니, 난 내가 먹으려고 요리했는데. 네 고픈 배는 우연히 근처에 있었을 뿐이야.」

시트라는 결국 앉아서 스튜를 먹어 보았다. 입맛이 확 돌았다. 약간 고기 냄새가 나긴 해도 나쁘지 않았다. 꿀을 바른 당근의 달콤함이 고기의 잡내를 잡아 주었다.

「스스로에게 취미라는 즐거움마저 허락하지 않는다면, 수확자의 삶은 끔찍할 거야. 내 취미는 요리란다.」

「맛있네요.」시트라는 인정하고 덧붙였다. 「고맙습니다.」

두 사람은 거의 말없이 식사를 했다. 식탁 시중을 들지 않으려니 기분이 이상했기에, 시트라는 수확자의 물잔이라도 다시 채우려고 일어섰다. 수확자 패러데이에게는 취미라곤 없었다. 적어도 시트라와 로언에게 알려 준 취미는 없었다.

로언을 생각하자 손이 떨리는 바람에, 시트라는 식탁에 물을 흘리고 말았다.

「죄송합니다, 퀴리 수확자님.」시트라는 냅킨을 잡아서 번지기 전에 물을 닦아 냈다.

「수확자가 되려면 손 떨림을 안정시켜야겠구나.」이번에도 시트라는 퀴리가 진지한 것인지, 비꼬는 것인지 알 수가 없었다. 이 여자는 패러데이보다 더 읽기가 힘들었다. 애초에 시트라는 사람을 읽는 데 강하지도 않았다. 물론 드러나지 않게 남을 관찰하는 데 뛰어난 로언과 함께 지내보기 전까지는 스스로가 그렇다는 사실도 몰랐지만 말이다. 시트라는 자신에게 다른 기술이 있다는 사실을 떠올려야 했다. 속도와 과단성 있는 행동. 신체 조정력. 그때는 그런 장점이 중요하게 작용할 것이다……

시트라는 그 생각을 마저 할 수 없었다. 도저히 그럴 수가 없었다. 더 생각하다가는 아직도 생각하기에 너무 끔찍한 일을 떠올려야 했다.

아침이 되자 수확자 퀴리는 블루베리팬케이크를 만들었고, 그 후에 두 사람은 수확에 나섰다.

수확자 패러데이는 언제나 선택 대상에 대한 기록을 검토하고 공공 교통수단을 이용했는데, 수확자 퀴리는 상당한 운전 실력을 요하는 구식 스포츠카를 몰았다. 특히나 구불구불한 산속 길에서는 운전하기가 힘들었다.

「이 포르셰는 한 골동품 자동차 거래상이 선물로 준 것이지.」 수확자 퀴리가 설명했다.

「면제권을 원했나요?」 시트라는 그 남자의 동기를 짐작해 보며 물었다.

「그 반대야. 내가 그 남자의 아버지를 막 거둔 후였으니, 그 남자에겐 이미 면제권이 있었어.」

「잠깐만요. 수확자님이 아버지를 거뒀더니 차를 선물했다고요?」

「그래.」

「자기 아버지를 미워했던 건가요?」

「아니, 아버지를 무척이나 사랑했지.」

「제가 뭘 놓친 거죠?」

앞에 보이는 길이 곧게 뻗어 나가자 수확자 퀴리는 기어를 바꾸고 속도를 높였다. 「그 남자는 수확 직후에 내가 제공한 위안을 감사히 여겼지. 진정한 위안이란 황금보다 귀한 것이 될 수 있어.」

시트라는 여전히 그 말을 잘 이해할 수 없었다. 그날 저녁 늦게까지도 그랬다.

그들은 수백 킬로미터 떨어진 소도시로 달려갔고, 점심 식사 시간쯤에 도착했다. 「어떤 수확자들은 대도시를 선호하지. 나는 좀 더 작은 도시들이 좋아.」 수확자 퀴리가 말했다. 「어쩌면 1년 넘게 수확을 보지 못한 소도시.」

「우리가 누굴 거두는 건가요?」 주차 공간을 찾는 사이에 시트라가 물었다. 그것도 연결망 바깥의 자동차를 가지고 다닐 때의 불편한 점이었다.

「알아야 할 때가 오면 알게 된단다.」

그들은 대로변에 차를 세우고, 사람은 많지만 분주하지는 않은 거리를 슬렁슬렁 걸었다. 시트라는 수확자 퀴리의 느긋한 걸음걸이에 마음이 불편했는데, 정확한 이유는 알 수가 없었다. 그러다가 수확자 패러데이와 함께 수확에 나설 때는 패러데이가 언제나 목적지에 집중했다는 사실이 떠올랐다. 그 목적지는 장소가 아니라 사람이었다. 대상. 수확 대상이 되어 거둘 영혼. 이상하지만 어째서인지 시트라는 그편이 훨씬 안전하게 느껴졌다. 수확자 패러데이와 함께 있을 때면 언제나 들이는 노력에 명확한 결말이 존재했다. 그러나 수확자 퀴리의 태도를 보면 사전 계획이라곤 전혀 없는 것 같았다. 그리고 그럴 만한 이유가 있었다.

「관찰을 잘 해봐.」 퀴리가 시트라에게 말했다.

「관찰을 잘 하는 학생을 원하셨다면 로언을 고르셨어야죠.」

수확자 퀴리는 그 말을 무시했다. 「사람들의 얼굴, 눈, 움직이는 모습을 봐.」

「뭘 찾아야 하죠?」

「누군가 여기에 너무 오래 있었다는 느낌. 스스로가 알든 모르든…… 끝맺을 준비가 됐다는 느낌.」

「연령 차별은 금지인 줄 알았는데요.」

「나이는 중요하지 않아. 중요한 건 침체야. 어떤 사람은 처음 회춘을 하기도 전에 침체해 버리지. 어떤 사람은 몇백 년이 걸려야 침체하고.」

시트라는 주위에 돌아다니는 사람들을 보았다. 모두가 시선을 피하고 수확자와 수확자의 수습생으로부터 최대한 빨리 달아나려 하면서, 동시에 너무 튀게 달아나지 않으려고 애쓰고 있었다. 카페에서 걸어 나오는 커플, 전화 통화 중인 사업가, 신호등을 무시하고 길을 건너려다가 아마도 무단 횡단 때문에 수확 대상이 될까 두려워 되돌아오는 여자.

「전 누구에게도 아무것도 안 보이는데요.」 시트라는 주어진 과제에도, 그 과제에 능력을 발휘하지 못하는 자신에게도 짜증이 나서 말했다.

어느 사무실 건물에서 사람들이 우르르 나왔다. 10층 높이였는데, 아마 이 도시에서 가장 큰 건물일 성싶었다. 수확자 퀴리는 그중 한 남자를 겨냥했다. 시트라와 함께 멀찍이서 그 남자를 미행할 때 퀴리의 눈은 마치 육식 동물 같았다.

「저 남자가 보이지 않는 짐이라도 진 것처럼 어깨를 굽힌 모습이 보이느냐?」

「아니요.」

「걷는 모습에서 주위 사람들에 비해 약간 열의가 부족한 게 보여?」

「아니요.」

「이젠 아무래도 좋다는 듯이 신발을 직직 끄는 건 알겠고?」

「그냥 오늘 일진이 나빴을 수도 있죠.」 시트라가 의견을 냈다.

「그래, 그럴지도 모르지.」 수확자 퀴리는 그 의견을 인정했다. 「하지만 나는 그게 아니라고 믿겠다.」

그들은 누군가가 뒤를 밟고 있다고는 생각도 못 하는 듯한 남자에게 접근했다.

「이제 눈만 보면 된다, 확실히 하기 위해서.」

수확자 퀴리가 그 남자의 어깨를 건드렸고, 남자가 몸을 돌리자, 두 사람의 눈이 마주쳤다. 하지만 아주 짧은 순간이었다. 다음 순간 남자가 숨을 들이켰다…….

수확자 퀴리의 칼이 이미 그 남자의 갈비뼈 아래로 들어가 심장을 찌른 후였다. 그 동작이 너무나 빨라서 시트라는 제대로 보지도 못했다. 아니, 칼을 뽑는 것도 보지 못했다.

퀴리는 그 남자의 경악에 아무 반응도 내놓지 않았다. 아무 말도 하지 않았다. 퀴리는 그저 칼날을 뽑았고, 남자는 쓰러졌다. 그리고 바닥에 몸이 닿기도 전에 죽었다. 주위에서 사람들이 숨을 들이켜며 서둘러 달아났지만, 이후 상황을 지켜볼 수 없을 만큼 멀리 가지는 않았다. 대부분의 사람들에게 죽음은 생소한 무엇이었다. 죽음은 자기만의 영역에 존재해야 했지만, 그들은 딱 그 영역 바깥에 머물면서 안을 들여다볼 수 있길 바라기도 했다.

수확자는 자기 로브와 같은 연보라색 새미 천에 칼날을 닦았다. 시트라는 그 순간 자제력을 잃고 외쳤다.

「경고도 해주지 않았잖아요! 어떻게 그럴 수가 있어요? 이 남자를 알지도 못하면서! 대비도 하게 해주지 않다니!」

수확자 퀴리에게서 뿜어 나오는 분노의 구름이 어찌나 강력한지 눈으로 볼 수 있을 것만 같았고, 시트라는 끔찍한 실수를 저질렀음을 깨달았다.

「꿇어라!」 수확자가 내지른 소리가 어찌나 큰지 길거리에 늘어선 벽돌 건물들 사이로 메아리쳤다.

시트라는 즉시 무릎을 꿇었다.

「바닥에 얼굴을 대! 당장!」

시트라는 공포가 분노를 압도한 상태로 그 말에 따랐다. 납작 엎드려서 오른쪽 뺨을 길바닥에 댔는데, 정오의 태양에 달아올라 타는 듯 뜨거웠다. 눈앞, 고작해야 30센티미터쯤 앞에 죽은 남자가 보였고, 그 눈은 텅 빈 채로 시트라의 눈을 들여다보고 있었다. 어떻게 죽은 후에도 그 눈이 사람을 바라볼 수 있을까?

「감히 네가 어떻게 내 일을 놓고 이래라저래라 해?」

주위 세상이 얼어붙은 것 같았다.

「네 무례함을 사과하고 징계를 받아라.」

「죄송합니다, 수확자 퀴리 님.」 수확자 퀴리의 이름이 나오자 구경꾼들이 웅성거렸다. 퀴리는 어디에서나 전설적인 존재였다.

「제대로 말해!」

「정말 죄송합니다, 수확자 퀴리 님.」 시트라는 죽은 남자의 얼굴에 대고 소리쳤다. 「다시는 수확자님께 무례를 저지르지 않겠습니다.」

「일어나라.」

수확자 퀴리는 이제 땅을 뒤흔드는 격노를 거둬들였다. 시트라는 일어서면서 다리가 후들거린다는 사실에, 눈이 말을 듣지 않고 찔끔 눈물이 새어 나온다는 사실에 화가 났다. 수확자 퀴리나 다른 구경꾼들이 보기 전에 눈물을 날려 버리고 싶었다.

전 세계적으로 유명한 〈죽음의 대모〉는 몸을 돌려 성큼성큼 걸어갔고, 시트라는 굴욕감에 다리를 절뚝이면서, 수확자의 칼을 빼앗아 그녀의 등에 꽂아 버리고 싶다고 생각하는 동시에 그런 생각을 하는 자신에게 화를 내면서 그 뒤를 따라갔다.

그들은 차에 올라 시동을 걸고 출발했다. 그리고 수확자 퀴리는 한 블록을 달려간 후에야 시트라에게 말을 걸었다.

「자, 이제 그 남자가 누구인지 알아내고, 직계 가족을 찾아내어 내가 면제권을 부여할 수 있게 낙수장으로 초대하는 것이 네가 할 일이다.」 몇 분 전에 보여 준 격노가 전혀 느껴지지 않는 심상한 말투였다.

「뭐…… 뭐라고요?」 마치 아무 일도 없었던 것 같았다. 시트라는 완전히 허를 찔렸다. 마치 차 안에서 공기가 빠져나간 듯 어지럽기까지 했다.

「48시간 안에 가족에게 면제권을 부여해야 해. 오늘 저녁에는 우리 집에 모이도록 하고 싶구나.」

「하…… 하지만 아까는…… 저를 바닥에 꿇리셨을 때는…….」

「응?」

「그때는 그렇게 화를 내시더니…….」

수확자 퀴리는 한숨을 내쉬었다. 「유지해야 할 이미지라는 게 있단다. 네가 공개적으로 내게 반항했으니, 공개적으로 널 제재할 수밖에 없었지. 앞으로는 우리 둘만 있게 될 때까지 네 의견을 내놓지 말아야 해.」

「그러면 화가 나신 게 아닌가요?」

퀴리는 그 질문을 생각해 보더니 말했다. 「짜증이 나기는 했지. 하지만 내가 뭘 하려는지 네게 경고해 주긴 했어야 해. 네 반응은…… 정당했다. 내가 네 반응에 부과한 결과도 정당했고.」

감정의 롤러코스터를 타고 나서 이제 시트라는 수확자 퀴리가 옳다는 사실을 인정해야 했다. 수습생은 예의를 지켜야 했다. 다른 수확자였다면 훨씬 지독한 벌을 내렸을지도 모른다.

그들은 차를 빙 돌렸고, 수확자 퀴리는 수확이 일어난 현장에서 한 블록 떨어진 골목길에 시트라를 내려 주었다. 한 시간 안에 가족을 찾아서 초대해야 했기 때문이다.

「그리고 그 남자가 혼자 산다면 우리 둘 다 오늘 할 일이 쉬워지겠지.」 수확자가 말했다.

시트라는 과연 수확에 쉬운 일이 있을까 생각했다.

그 남자의 이름은 바턴 브린이었다. 여러 차례 회춘했고, 그 세월 동안 스무 명이 넘는 자식을 두었으며, 그중 몇 명은 이미 1백 살이 넘었다. 현재 가족 구성원은 최근에 결혼한 아내와 어린 자식 셋이었다. 이들이 1년간 수확 면제권을 받을 사람들이었다.

「그 사람들이 오지 않으면 어쩌죠?」 시트라는 집에 가는 길에 수확자 퀴리에게 물었다.

「언제나 온다.」 수확자가 대답했다.

그 말대로였다. 그들은 침울하고 어쩔 줄 모르는 상태로 8시 조금 넘어서 도착했다. 수확자 퀴리는 그들이 문 앞에서 무릎을 꿇고 반지에 입을 맞추도록 하여 면제권을 부여했다. 그런 후에 시트라와 퀴리는 그들에게 퀴리가 직접 준비한 저녁 식사를 대접했다. 편안한 음식이었다. 고기찜과 껍질콩 요리에 마늘을 섞어 으깬 감자. 바턴 브린의 가족은 입맛이 없었음에도 의무감으로 음식을 먹었다.

「남편에 대해 말해 봐요.」 수확자 퀴리가 부드럽고 진심 어린 목소리로 물었다.

여자는 처음에는 말하기를 꺼렸지만, 곧 남편의 인생에 대해 끊임없이 말하기 시작했다. 곧 아이들도 합세해서 추억을 늘어놓았다. 그 남자는 길거리의 이름 없는 대상에서 순식간에 한 번도 만난 적 없는 시트라까지도 보고 싶어질 정도의 인생을 산 한 개인으로 변했다.

그리고 수확자 퀴리는 그들이 하는 모든 말을 외우려는 것처럼 귀 기울였다. 〈정말로〉 귀 기울여 들었다. 그 눈에 습기가 맺혀 가족들의 눈물을 비추기도 여러 번이었다.

그러다가 수확자가 뭐라 말할 수 없이 기묘한 행동을 했다. 그녀는 남자의 목숨을 빼앗았던 칼을 로브 안에서 꺼내어 식탁에 놓았다.

「혹시 원한다면 내 목숨을 빼앗아도 좋아요.」 그녀는 여자에게 말했다.

여자는 이해를 못 하고 멍하니 수확자를 바라보기만 했다.

「그래야 공평하지요. 내가 당신 남편을 빼앗고, 당신 아이들에게서 아버지를 빼앗았어요. 그러니 내가 몹시 싫을 테지요.」

여자는 마치 답을 알 만한 사람을 찾듯이 시트라를 쳐다보았지만, 그 제안에 똑같이 놀란 터라 시트라도 어깨만 으쓱였다.

「하지만…… 수확자를 공격했다간 그에 대한 처벌로 수확당할 텐데요.」

「수확자의 허락이 있다면 그렇지도 않아요. 게다가 당신은 이미 면제권을 받았지요. 보복은 없다고 약속하겠어요.」

칼은 두 사람 사이 식탁 위에 놓여 있었고, 시트라는 갑자기 수확 현장에 있던 사람들과 비슷한 기분을 느꼈다. 상상할 수도 없는 사건의 지평선 반대편에 얼어붙어 버린 느낌이었다.

수확자 퀴리는 여자에게 진심 어린 따뜻한 미소를 지어 보였다. 「괜찮아요. 당신이 날 쓰러뜨린다면 내 수습생이 나를 제일 가까운 재생 센터로 데려가면 그만이에요. 하루나 이틀만 지나면 멀쩡해지겠지요.」

여자는 그 칼을 가만히 내려다보았고, 아이들은 어머니를 가만히 바라보고 있었다. 마침내 여자가 말했다. 「아니요. 그럴 필요 없습니다.」

수확자 퀴리는 칼을 치웠다. 「그렇다면 후식을 먹도록 하지요.」

그리고 그 가족은 마치 무거운 장막이 걷힌 것처럼, 식사 시간 내내 보이지 않던 열정을 보이며 초콜릿케이크를 먹어 치웠다.

일가족이 가고 나서 수확자 퀴리는 시트라의 설거지를 거들었다. 「네가 수확자가 되면 분명 내 방식대로 일하진 않을 테지. 수확자 패러데이처럼 일하지도 않을 거야. 넌 너만의 길을 찾을 거다. 너를 구원해 줄 수 없고, 네게 평화를 가져다주지 못할지도 모르지만, 그래도 네가 스스로를 싫어하지 않게 잡아 줄 방법을.」

그때 시트라는 이전에 묻지 못한 질문을 던졌다. 이번에는 답을 들을 수 있을지도 모른다는 생각마저 들었다.

「왜 저를 데려오셨나요, 수확자님?」

수확자는 접시를 하나 씻었고, 시트라가 그 접시의 물기를 닦고 나서야 기괴한 말을 했다. 「닭싸움이라는 〈스포츠〉에 대해 들어 본 적 있니?」

시트라는 고개를 저었다.

「사망 시대에는 불미자들이 수탉 두 마리를 데려다가 작은 경기장 안에 집어넣고, 둘이 죽을 때까지 싸우는 모습을 지켜보면서 결과를 두고 내기를 걸었지.」

「그게 합법이었나요?」

「아니, 불법이었지만 그래도 했어. 선더헤드 이전의 삶은 기묘한 잔학 행위의 혼합물이었지. 너는 듣지 못했겠지만, 수확자 고더드는 너와 로언 둘 다 데려가겠다고 제안했어.」

「저희 둘 다 데려가겠다고 했다고요?」

「그래. 그리고 난 고더드가 너희 둘을 매일 싸움에 몰아넣고 재미있어하려고 그런다는 걸 알았지. 닭싸움처럼 말이야. 그래서 내가 끼어들어 너를 데려오겠다고 했다. 너희 둘이 수확자 고더드의 피투성이 경기장에 들어가는 사태를 막으려고.」

시트라는 이해하고 고개를 끄덕였다. 굳이 경기장 자체를 면하지는 못했다는 사실을 지적하지는 않았다. 로언과 시트라는 여전히 죽음을 건 싸움을 앞두고 있었다. 어떤 것도 그 사실을 바꿀 수는 없었다.

수확자 퀴리가 나서지 않았다면 어떻게 되었을까 상상해 보려 했다. 누구 손에 들어가는지를 생각하면, 로언과 함께 있을 수 있다는 사실조차 퇴색했다. 로언이 고더드와 어떻게 지내고 있을지 상상하고 싶지도 않았다.

오늘 저녁은 대답을 들을 수 있는 시간 같았기에, 시트라는 길거리에서, 남자의 몸뚱이가 식기도 전에 마구잡이로 던졌던 질문을 다시 입에 올렸다.

「왜 오늘 그 남자를 경고 없이 거두신 거죠? 적어도 칼이 꽂히기 전에 상황을 이해할 자격은 있지 않았나요?」

이번에는 수확자 퀴리도 그 질문을 불쾌해하지 않았다. 「모든 수확자에게는 자기만의 방식이 있지. 그게 내 방식이야. 사망 시대에 죽음은 아무 경고 없이 찾아올 때가 많았지. 우리가 맡은 일은 우리가 자연으로부터 훔친 일을 흉내 낸 것이니, 그게 내가 재현하고자 하는 죽음의 얼굴이다. 나의 수확은 언제나 즉각적이고 언제나 공개적이다. 사람들이 우리가 무슨 일을 하는지, 왜 해야 하는지 잊지 않게끔.」

「하지만 대통령을 거둔 수확자는 어떻게 된 거죠? 선더헤드조차 뿌리 뽑지 못했던 기업의 부패를 뒤쫓았던 그 영웅은요. 전 〈죽음의 대모〉라면 언제나 더 큰 목적을 위해 수확하실 거라 생각했어요.」

수확자 퀴리의 얼굴에 그늘이 스쳤다. 시트라는 짐작도 하지 못할 슬픔의 환영 같은 것이.

「잘못 생각했다.」

혹시 사망 시대의 만화를 연구해 본 적이 있다면, 이 만화를 기억할 것이다. 코요테 한 마리가 언제나 능글맞게 웃는 목이 긴 새를 죽일 계획을 짠다. 코요테는 절대 성공하지 못하고, 언제나 그 계획은 역효과를 낳는다. 코요테가 터지거나, 총에 맞거나, 말도 안 되는 높이에서 떨어진다.

그리고 그 상황이 웃음을 부른다.

왜냐하면 코요테가 아무리 치명적으로 실패한다고 해도, 다음 장면에는 늘 돌아오기 때문이다. 마치 애니메이션 꼭지만 넘어가면 재생 센터가 있는 것 같다.

나는 일시적으로 신체 일부를 잃거나, 일시적으로 목숨을 잃는 결과를 초래하는 기벽을 여럿 목격했다. 사람들은 맨홀에 빠지고, 떨어지는 물체에 맞고, 빠르게 움직이는 차도에 넘어진다.

그리고 그런 일이 일어나면 사람들은 웃어 버린다. 아무리 끔찍한 사건이 벌어져도 그 사람은 만화 속의 코요테와 마찬가지로 하루 이틀만 지나면 멀쩡해진 몸으로 돌아오니까. 더 나빠지지도 더 현명해지지도 않은 채로.

불사성(不死性)은 우리 모두를 만화로 바꿔 놓았다.

— 수확자 퀴리의 「수확 일기」 중에서

19

끔찍한 짓

시트라는 무엇에 씌어서 콘클라베에서 받았던 질문을 끄집어냈는지 잘 알 수가 없었다. 아마도 수확자 퀴리가 슬픔에 빠진 가족에게 밥을 먹이고, 직접 거둔 남자에 대한 가족들의 이야기에 제대로 귀를 기울이는 모습을 보고 나서 느낀 예기치 못한 친밀감 때문이었으리라.

그날 밤, 수확자 퀴리는 깨끗한 시트를 들고 시트라의 방에 왔다. 그들은 같이 침대를 정돈했고, 침대 정리가 끝나 갈 때쯤 시트라가 말했다. 「콘클라베에서 저보고 거짓말을 한다고 하셨죠.」

「실제로 그랬으니까.」 수확자 퀴리가 대꾸했다.

「어떻게 아셨어요?」

수확자 퀴리는 웃지 않았지만, 그렇다고 비난하는 기색도 아니었다. 「2백 년 가까이 살다 보면 뻔히 보이는 것들이 있지.」 퀴리는 시트라에게 베개를 던졌고, 시트라는 그 베개를 베갯잇에 밀어 넣었다.

「전 그 아이를 계단 아래로 밀지 않았어요.」

「그럴 것 같더구나.」

시트라는 베개를 꽉 움켜쥐었다. 만약 그 베개가 살아 있는 생물이었다면 질식했을 정도로 꽉. 「전 그 아이를 계단 아래로 밀지 않았어요. 빨리 달리는 트럭 앞으로 밀었죠.」

시트라는 수확자 퀴리를 외면하고 앉았다. 퀴리의 얼굴을 볼 수가 없었고, 이제는 어린 시절 가장 어두운 비밀을 고백해 버린 것이 후회스러웠다. 〈죽음의 대모〉마저 괴물로 본다면 대체 어떤 괴물일까.

「참 끔찍한 짓을 했구나.」수확자는 그렇게 말했지만, 놀란 기색 없이 덤덤한 목소리였다. 「그래서 그 아이는 죽었니?」

「즉사했죠.」시트라는 인정했다. 「물론 사흘 후에는 학교에 돌아왔지만, 그렇다고 제가 한 짓이 달라지진 않았어요……. 그리고 최악인 건 아무도 모른다는 점이었죠. 사람들은 그 아이가 넘어졌다고 생각했고, 다른 아이들은 모두 큰 소리로 웃었어요. 누가 사고로 죽으면 얼마나 웃긴지 아시죠. 그렇지만 그건 사고가 아니었는데, 아무도 그걸 몰랐어요. 아무도 제가 한 짓을 못 봤어요. 심지어 재생해서 돌아온 그 아이도 몰랐어요.」

시트라는 힘겹게 〈죽음의 대모〉를 쳐다보았다. 그녀는 이제 방 저편에 놓인 의자에 앉아서 그 속을 알 수 없는 회색 눈으로 시트라를 빤히 보고 있었다.

「제가 저지른 최악의 일이 뭔지 물어보셨죠. 이제 아셨네요.」

수확자 퀴리는 곧바로 입을 열지 않았다. 그저 그 자리에 앉아서 시간을 보내다가, 마침내 말했다. 「흠, 그 문제를 어떻게 해야겠구나.」

론다 플라워스는 초인종이 울렸을 때 한창 오후 간식을 먹던 중이었다. 아무 생각이 없던 론다는 몇 분 후에 고개를 들고 어머니가 턱없이 고통스러운 얼굴로 부엌 문지방 앞에 서 있는 모습을 보고서야 뭔가가 크게 잘못되었음을 알았다.

「저…… 저분들이 널 만나고 싶어 하는구나.」 어머니가 말했다.

론다는 입에 물고 있던 라면을 후루룩 빨아들이고 일어섰다. 「저분들이 누군데?」

어머니는 대답하지 않았다. 대신 두 팔을 벌려 론다를 뼈가 으스러질 듯 껴안더니 눈물을 터뜨렸다. 론다는 어머니의 어깨 너머로 그들을 보았다. 같은 나이 또래의 여자애와 연보라색 옷을 입은 여자…… 수확자의 로브 같은 옷이었다.

「용기를 갖고…….」 어머니는 필사적으로 론다의 귀에 대고 속삭였다.

하지만 용기는커녕 공포조차 아득하기만 했다. 의연함이나 두려움을 불러일으킬 시간 자체가 없었다. 론다는 갑자기 손발 끝이 저릿저릿하고, 마치 다른 사람의 인생 한 장면을 바라보는 것처럼 몽롱한 분리감만이 느껴졌다. 론다는 어머니 곁을 떠나서 두 사람이 기다리고 선 문으로 다가갔다.

「절 보고 싶으시다고요?」

매끄러운 은발에 강철 같은 눈빛을 지닌 여성 수확자가 미소 지었다. 론다는 수확자가 미소를 지을 수 있다는 생각조차 해본 적이 없었다. 아주 가끔 마주친 수확자들은 언제나 정말 심각해 보였다.

「나는 아니지만, 내 수습생이 만나고 싶어 하는구나.」 수확자는 여자애 쪽을 가리켰다. 하지만 론다는 그 수확자에게서 눈을 뗄 수가 없었다.

「수습생이 절 거두는 건가요?」

「우린 수확을 하러 온 게 아니야.」 여자애가 말했다.

론다가 진작 느꼈어야 할 공포가 그 말을 듣고 나서야 겨우 피어났다. 안도감이 공포에 바로 이어지면서 론다는 얼른 차오른 눈물을 닦아 냈다. 「어머니에게 그 말을 해줄 수도 있었잖아요.」 론다는 돌아서서 어머니를 불렀다. 「괜찮아요. 수확하러 오신 게 아니래요.」 그러고 나서 론다는 밖으로 나가서 등 뒤로 문을 닫았다. 그러지 않았다간 앞으로 나올 말을 어머니가 다 엿들을 게 뻔했다. 떠도는 수확자들이 가끔 집 앞에 나타나서 하룻밤 휴식처와 음식을 요청하기도 한다는 말을 들었다. 또 가끔은 짐작도 할 수 없는 이유로 사람들에게 정보를 구하기도 한다고 했다. 그렇지만 왜 하필 론다와 이야기를 하려고 할까?

「넌 아마 날 기억하지 못하겠지만, 우린 예전에 같이 학교에 다녔어. 네가 이리로 이사 오기 전에.」 여자애가 말했다.

론다는 그 여자애의 얼굴을 찬찬히 보면서 희미한 기억을 더듬다가 이름을 떠올리려 해보았다. 「신디 뭐였더라, 맞지?」

「시트라야. 시트라 테라노바.」

「아, 그래.」

다음 순간 분위기가 어색해졌다. 현관 앞에 수확자와 수확자 수습생과 함께 서 있는 것만으로는 충분히 어색하지 않다는 듯이 말이다.

「그래서…… 제가 뭘 도와드릴까요…… 수확자님들?」론다는 수습생에게도 〈수확자님〉이라고 불러도 되는지 알 수가 없었지만, 좀 더 존중하는 쪽으로 실수해서 나쁠 건 없었다. 이제 얼굴과 이름을 제대로 생각해 보니 시트라에 대한 기억이 났다. 기억 속의 그들은 서로를 썩 좋아하지 않았다.

「어, 그게 말이지.」시트라가 말했다. 「네가 트럭 앞에 넘어졌던 날 기억나?」

론다는 무심코 어깨를 치켜올렸다. 「내가 그걸 잊을 수나 있을까. 재생 센터에서 돌아왔더니 모두가 몇 달 동안 날 로드 킬 론다라고 불렀는걸.」

달리는 트럭에 치였던 사건은 아마 론다 평생에 가장 짜증 나는 일이었을 것이다. 사흘을 꼬박 죽어 있었고, 마지막 무용 발표회도 놓쳤다. 다른 여자애들은 론다 없이도 잘 해냈다고 했는데, 그래서 더 나빴다. 그 사건에서 좋았던 부분은 의식을 되찾은 날 재생 센터에서 먹은 음식밖에 없었다. 그 재생 센터에는 세상에서 제일 맛있는 수제 아이스크림이 있었다. 그게 얼마나 맛있는지, 한 번 더 그 맛을 보려고 추락을 벌이기까지 했다. 하지만 당연하게도 그때 부모님은 론다를 꼴도 보기 싫은 음식이 나오는 싸구려 재생 센터로 보냈다.

「그러면 그때 그 자리에 네가 있었던 거야?」

「어, 그게 말이지.」시트라는 그 말을 또 했다. 그러다가 심호흡을 하고 나서 말했다. 「그건 사고가 아니었어. 내가 널 밀었어.」

「하!」론다가 말했다. 「그럴 줄 알았어! 누군가가 밀었을 줄 알았어!」 당시 부모님은 의도적인 사건은 아니었을 거라고 론다를 설득하려 했다. 누군가가 우연히 부딪쳤을 뿐이라고. 결국에는 론다도 그 말을 믿게 되었지만, 마음속 한구석에는 아주 작은 의혹이 남아 있었다. 「그러니까 그게 너였구나!」 론다는 저도 모르게 웃고 있었다. 자신이 미친 게 아니라는 사실을 알게 되자 승리감이 들었다.

「어쨌거나 미안해.」 시트라가 말했다. 「정말, 정말 미안해.」

「그런데 왜 지금 그 이야길 하는 거야?」

「어, 그게 말이지.」 시트라는 불안할 때 나오는 버릇처럼 또 그 말을 했다. 「수확자 수습생이 된다는 건 내…… 내 과거의 나쁜 선택들을 보상해야 한다는 뜻이거든. 그래서…… 너에게 나한테 똑같은 짓을 할 기회를 주고 싶어.」 시트라는 목청을 가다듬었다. 「날 트럭 앞에 밀어 주었으면 해.」

론다는 그 제안에 큰 소리로 웃어 버렸다. 그러려던 건 아닌데 웃음이 터졌다. 「진심이야? 널 질주하는 트럭 앞에 밀었으면 좋겠다고?」

「그래.」

「지금 당장?」

「그래.」

「너희 수확자님은 그래도 괜찮다는 거고?」

수확자는 고개를 끄덕였다. 「나는 시트라를 전적으로 지지한다.」

론다는 그 제안에 대해 생각해 보았다. 할 수는 있을 것 같았다. 살면서 누군가를 없애 버리고 싶었던 적이 얼마나 많았던가? 아무리 일시적이라고 해도 말이다. 작년에만 해도 과학 실험 파트너가 너무 재수 없게 굴어서 〈우연히〉 감전시킬 뻔했다. 정말 그럴 뻔했지만, 결국에는 그래 봤자 그 녀석은 며칠 휴가를 얻을 뿐이고, 과학 실험을 혼자 마쳐야 한다는 사실을 깨닫고 그만두었다. 이 상황은 달랐다. 이건 공짜 복수의 기회였다. 문제는 론다가 그 복수를 얼마나 원하느냐였다.

「있지, 되게 끌리는 제안이긴 한데, 난 숙제도 해야 하고, 이따가 무용 수업도 있어.」 론다가 말했다.

「그러면…… 원치 않는 거야?」

「원치 않는다기보다는 그냥 오늘은 좀 바빠. 언제 다른 날에 트럭 앞에 넘어뜨려도 될까?」

시트라는 머뭇거렸다. 「좋아…….」

「아니면 그냥 나한테 점심이나 사주는 게 나을 수도 있고.」

「좋아…….」

「다만 부탁이니 다음번에는 미리 온다고 알려 줘. 우리 엄마 기겁하지 않게.」

그러고 나서 론다는 작별 인사를 하고, 안으로 들어가서 문을 닫았다.

「되게 이상하네…….」 론다가 말했다.

「그게 다 무슨 일이었니?」 어머니가 물었다.

론다는 자세히 설명하고 싶지 않았기에 이렇게만 말했다. 「별일 아니었어.」 그 대답에 어머니는 화를 냈다. 론다가 의도한 대로였다.

그러고 나서 주방으로 돌아가 보니 라면이 다 불어 있었다. 젠장.

시트라는 마음이 놓이면서도 부끄러웠다. 그녀는 몇 년 동안이나 이 비밀스러운 범죄를 붙들고 있었다. 시트라가 론다에게 품은 불만은, 어린 시절의 분노가 대개 그렇듯 하찮은 것이었다. 론다가 언제나 세상에서 제일 재능 넘치는 발레리나처럼 춤 이야기를 하는 게 문제였다. 시트라도 론다와 같이 무용 수업을 들었다. 어린 여자애들이 자신은 귀여운 만큼이나 우아한 존재라는 환상을 품고 지내는 마법 같은 어린 시절에 말이다.

론다는 시트라가 동작을 제대로 하지 못할 때마다 눈을 굴리고 화난 듯 숨을 내쉬어 가며 앞장서서 그 환상을 깨뜨려 주는 아이였다.

미리 계획하고 민 것은 아니었다. 우발적인 범죄였는데, 그 한 번의 행동이 시트라에게 오늘 론다를 대면하기 전까지는 스스로 깨닫지도 못했던 그림자를 드리웠다.

그런데 정작 론다는 신경도 쓰지 않았다. 아주 오래전에 흘러가 버린 과거였다. 시트라는 이제 바보가 된 기분이었다.

「사망 시대였다면 네가 아주 다른 취급을 받았으리라는 사실은 알겠지.」 수확자 퀴리는 말하면서 시트라를 보지 않았다. 운전할 때면 도로에서 눈을 떼지 않았기 때문이다. 반면에 시트라는 아직도 예전 습관에서 벗어나지 못했다. 여행을 하기 위해 여행하는 길을 계속 보고 있어야 하다니 얼마나 이상한 일인지.

「사망 시대였다면 저도 그런 짓을 하지 않았겠죠.」 시트라는 자신 있게 말했다. 「론다가 돌아오지 못하리란 걸 알았을 테니까요. 그 시절에 누굴 미는 건 수확에 가까웠을 거예요.」

「따로 가리키는 말도 있었지. 〈살인〉이라고.」

시트라는 그 고색창연한 표현에 웃어 버렸다. 「그거 재미있네요. 〈살인〉은 요즘 까마귀 떼를 부를 때나 쓰는 말이잖아요.」

「당시에는 우습지 않았을 거다.」 퀴리는 잽싸게 방향을 틀어서 구불구불한 길을 달리는 다람쥐를 피했다. 그 후에 길이 직선으로 뻗어 가자 수확자 퀴리는 드물게 시트라 쪽으로 눈을 돌렸다. 「그러니까 네가 스스로에게 부과한 속죄가 수확자가 되는 것이로구나. 어린 시절의 행동에 대한 벌로 영원히 생명을 빼앗는 저주에 처하는 거야.」

「그런 게 아니었어요.」

「아닌가?」

시트라는 대답을 하려고 입을 열었다가 멈췄다. 수확자 퀴리의 말이 옳다면? 만약 마음속 깊은 곳에서는, 수확자 패러데이의 수습 생활을 받아들인 것이 시트라 혼자 마음 쓰던 범죄에 대해 스스로를 벌하기 위해서였다면. 만약 그렇다면 대단히 가혹한 판결이었다. 시트라가 한 짓이 걸렸거나, 직접 고백했다면 받았을 벌칙은 기껏해야 잠시 정학, 부모님이 낼 벌금, 그리고 엄한 꾸짖음 정도였을 것이다. 심지어 긍정적인 면마저 있었을 것이다. 학교 친구들이 시트라를 거스르지 않으려고 조심하게 되었을 테니까.

「시트라, 너와 대부분의 사람들이 다른 점은, 그들이었다면 그 아이가 재생한 이후에는 신경 쓰지 않았을 거라는 점이다. 대부분은 그냥 잊어버렸을 거야. 수확자 패러데이는 널 선택했을 때 네 안에서 뭔가를 봤어. 아마 네 양심의 무게였겠지.」 수확자 퀴리는 그렇게 말하고서 덧붙였다. 「콘클라베에서 네가 거짓말을 한다는 사실을 안 것도 같은 무게 때문이었다.」

「사실 전 선더헤드가 제가 미는 걸 못 봤다는 게 놀라워요.」
시트라는 별 생각 없이 말했다. 그런데 이어서 수확자가 한 말
이 시트라의 머릿속에서 모든 것을 바꿔 버릴 연쇄 작용을 일
으켰다.

「분명히 봤을 거다. 선더헤드는 모든 것을 봐. 사방에 카메라
를 두고 있으니까. 다만 선더헤드는 어떤 위반은 다룰 가치가
있고, 어떤 위반은 넘어가도 좋은지 결정할 뿐이야.」

〈선더헤드는 모든 것을 본다.〉

선더헤드에게는 선더헤드가 의식을 얻은 이후 모든 순간에
벌어진 모든 인간의 상호 작용이 다 기록되어 있다. 다만 사망
시대와 달리 그 지식이 오용되는 일은 없었다. 선더헤드가 의
식을 얻기 전, 그저 〈클라우드〉로만 알려졌던 시절에는 범죄자
들과 심지어는 공공 기관들까지도 법을 어기고 사람들의 사생
활에 침투할 방법을 찾아내어 그 정보를 이용했다. 학교에 다
니는 아이들이라면 누구나 선더헤드가 권력 자체가 되기 전
까지 그런 정보 오용이 문명을 무너뜨릴 뻔했다는 사실을 알
았다. 선더헤드 이후에는 단 한 건의 개인 정보 유출도 없었다.
사람들은 영혼 없는 기계의 손에 파멸이 오리라 예언했다. 그
러나 지금까지 보면 그 기계가 어떤 인간보다 순수한 영혼을
지닌 모양이었다.

선더헤드는 수백만 개의 눈으로 세상을 보고, 수백만 개의
귀로 세상을 들었다. 그렇게 해서 인지한 무수한 일들에 대해
행동하기도 하고, 행동하지 않기도 했다.

그렇다는 것은 선더헤드의 기억 저장소 어딘가에 수확자 패러데이가 삶을 끝낸 날의 움직임에 대한 기록도 숨어 있다는 뜻이었다.

아마도 그 움직임을 추적하는 것은 쓸모없는 짓일 테지만, 혹시 패러데이의 소멸이 자기 스스로를 거둔 게 아니라면? 만약 시트라가 오래전 론다를 밀었던 것처럼 누군가가 패러데이를 밀었다면? 하지만 이 경우는 어린아이의 나쁜 짓 같은 게 아니었다. 잔인하고 의도적인 범죄였을 것이다. 만약 패러데이의 죽음이, 수확자 퀴리가 조금 전에 가르쳐 준 말을 빌리자면 〈살인〉이었다면……?

젊은이로서 나는 사망 시대의 어리석음과 위선이 놀랍기만 하다. 그 시절에는 인간의 목숨을 끝내는 결단력 있는 행동이 가장 극악무도한 범죄로 여겨졌다. 이 얼마나 우스꽝스러운 일인가! 지금 인류의 가장 숭고한 소명이 한때는 범죄로 여겨졌다는 사실을 얼마나 상상하기 힘들지 안다. 사망 시대의 인간은 얼마나 속이 좁고 위선적이었는지, 생명을 끝내는 자들은 혐오하면서도 자연은 사랑했다. 그 시절에는 태어난 모든 인간의 목숨을 다 앗아 간 그 자연을 말이다. 자연은 태어난다는 것 자체가 자동적인 사형 선고라고 여겼고, 지독히도 한결같이 죽음을 가져왔다.

우리가 바꿨다.

우리는 이제 자연보다 더 큰 힘이다.

그런 이유에서 수확자들은 장엄한 산악 풍경처럼 사랑받고, 삼나무 숲처럼 숭배받으며, 다가오는 폭풍처럼 공경받아 마땅하다.

—수확자 고더드의 「수확 일기」 중에서

20

파티의 주인공

〈난 죽을 거야.〉

로언은 얼마 전부터 그 말을 주문처럼 되풀이하기 시작했다. 그렇게 하면 소화하기가 더 쉬워지리라는 희망에서였는데, 그렇다고 받아들이기가 쉬워지지는 않았다. 다른 수확자 밑에 들어가도 콘클라베에서 선포한 칙령은 그대로였다. 수습 생활이 끝날 때 로언이 시트라를 죽이거나, 시트라가 로언을 죽여야 했다. 그들이 이제 수확자 패러데이의 수습생이 아니라는 이유만으로 취소하기에는 너무나 재미있는 연극이었다. 로언은 자신이 시트라를 죽일 수 없다는 사실을 알고 있었다. 그리고 그럴 가능성 자체를 피해 버릴 유일한 방법은 경쟁을 포기하는 것이었다. 지금부터 마지막 콘클라베까지, 시트라에게 수확자의 지위를 부여할 수밖에 없도록 형편없이 수습 생활을 하는 것뿐이었다. 그러고 나면 시트라가 명예를 걸고 처음 해야 하는 일이 로언을 거두기가 될 터였다. 로언은 시트라가 빨리 끝내 줄 테고, 자비롭기도 하리라 믿었다. 까다로운 부분은 실패가 뻔해 보이지 않게 하는 것이었다. 로언은 최선을 다하는 것처럼 보여야 했다. 아무도 그의 진정한 계획을 몰라야 했다. 그는 해낼 것이었다.

〈난 죽을 거야.〉

교장실에서 콜 휘틀록과 보낸 그 운명의 날 이전까지 로언은 죽은 사람을 아무도 알지 못했다. 수확은 언제나 세 단계쯤 동떨어진 일이었다. 로언이 아는 사람의 아는 사람의 친척 이야기. 하지만 지난 넉 달 동안 그는 수십 건이 넘는 수확을 직접 목격했다.

〈난 죽을 거야.〉

여덟 달이 남았다. 열일곱 생일은 맞이하겠지만, 그보다 오래 살지는 못하겠지. 자신의 선택이라고 해도, 그저 수확자의 기록에 들어가는 통계 수치에 불과해진다는 생각을 하면 화가 났다. 그의 인생은 도무지 대단할 게 없었다. 양상추 아이. 전에는 그 말이 웃기다고 생각했고, 명예로운 훈장이라고 여겼지만, 지금은 자기 고발 같았다. 그의 삶은 실속이 없었고, 이제 끝날 터였다. 수확자 수습생이 되라는 패러데이의 제의를 받아들이지 말았어야 했다. 그대로 평범한 인생을 계속 살았어야 했다. 그랬더라면 혹시라도, 어디까지나 혹시라도 시간이 흐르면 평범하지 않은 일을 할 기회가 왔을지도 모르니까.

「너 차에 탄 후 한마디도 하지 않았어.」

「할 말이 있을 때 말할게요.」

로언은 수확자 볼타와 함께 사망 시대 이후 완벽하게 관리된 망 외 롤스로이스에 타고 있었다. 볼타의 노란색 로브가 어두운 갈색 내부와 강렬한 대비를 이루었다. 볼타가 운전을 하지는 않았다. 운전사는 따로 있었다. 갈수록 집이 크고 넓어지는 동네를 이리저리 누비다 보니, 저택들이 대문과 상아색 벽 너머로 사라진 지역이 나왔다.

고더드의 부하인 볼타는 노란색 로브에 금빛 황수정을 점점이 박아 넣었다. 수습 생활을 끝낸 지 몇 년밖에 되지 않은 신참 수확자로 아마 20대 초반쯤, 아직은 나이를 헤아리는 것이 중요하게 느껴질 나이였다. 이목구비와 피부색은 아프리카계에 가까워서, 노란 복색이 더 밝게 두드러졌다.

「로브를 오줌 색깔로 고른 데 이유가 있어요?」

볼타는 웃음을 터뜨렸다. 「넌 잘 어울리겠다. 고더드 수확자는 칼날처럼 날카로운 이들을 가까이 두길 좋아하지.」

「왜 그 사람을 따르죠?」

볼타는 오줌이 들어가는 신랄한 말보다 이 솔직한 질문을 더 성가셔했다. 아주 조금은 방어적이 되기도 했다. 「수확자 고더드에겐 선견지명이 있어. 우리의 미래를 보시지. 난 수확령의 과거보다는 미래에 몸담는 데 더 관심이 많아.」

로언은 다시 창문으로 고개를 돌렸다. 화창한 날이었지만 색유리에 가려져서 부분 일식이라도 일어나는 것 같았다. 「당신들은 사람을 수백 명씩 거두죠. 그게 당신이 말하는 미래인가요?」

「우리도 다른 수확자들과 할당량은 같아.」 볼타가 내놓은 답은 그것뿐이었다.

로언은 이제 눈을 마주치기 어려워하는 듯한 볼타를 돌아보았다. 「누구 밑에서 훈련했어요?」

「수확자 네루.」

콘클라베 중에 수확자 패러데이가 수확자 네루와 잡담을 나누던 모습을 본 기억이 있었다. 그 두 사람은 친해 보였다.

「그분은 당신이 고더드와 어울리는 걸 어떻게 생각하죠?」

「너에게는 〈고결하신 수확자〉 고더드 님이지.」 볼타가 약간 분개해서 말했다. 「그리고 수확자 네루가 어떻게 생각하든 관심 없어. 보수파 수확자들의 사고방식은 한물갔어. 원래 하던 방식에 파묻힌 나머지 변화의 지혜를 이해하질 못해.」

볼타는 〈변화〉를 실재하는 물체처럼 말했다. 그걸 밀기만 해도 힘이 세지는 무거운 물체처럼.

그들은 철제 대문 앞에 멈춰 섰고, 대문은 천천히 안쪽으로 열려 그들을 받아들였다. 「다 왔다.」 볼타가 말했다.

진입로를 4백 미터쯤 달리자 으리으리한 저택이 나왔다. 하인 하나가 두 사람을 맞이하여 저택 안으로 안내했다.

들어서자마자 커다란 댄스 음악 소리가 로언의 귀를 때렸다. 사방에서 사람들이 신년 전야제처럼 흥청거리고 있었다. 저택 전체가 끊임없이 쿵쿵대는 단말마에 시달리는 느낌이었다. 사람들은 웃어대고, 술을 마시고, 또 웃어댔다. 손님들 중 몇 명은 수확자였다. 고더드의 부하들뿐만 아니라 다른 수확자도 있었다. 또 그보다 중요성이 떨어지는 유명인들도 있었다. 나머지 아름다운 사람들은 아마도 전문적인 파티꾼들 같았다. 로언의 친구 타이거도 전문 파티꾼이 되고 싶어 했다. 그런 말을 하는 아이들이야 많지만, 타이거는 진심이었다.

하인은 그들을 집보다는 리조트에 더 어울리는 거대한 수영장으로 안내했다. 폭포와 수영장 속 술 판매대, 그리고 행복하게 몸을 흔드는 아름다운 사람들이 더 있었다. 수확자 고더드는 가장 끝에 있는 오두막집 안에서 문을 열고 앞에서 벌어지는 축제를 내다보고 있었다. 아양 부리기 전문인 여자를 여럿 곁에 둔 그는 특징적인 새파란 로브를 입고 있었는데, 가까이 다가가서 보니 콘클라베에서 입었던 것보다 얇은 로브였다. 여가용 로브랄까. 로언은 혹시 고더드의 옷장 속에 다이아몬드가 박힌 수영복도 있지 않을까 생각했다.

「로언 데이미시!」 두 사람이 다가가자 수확자 고더드가 외쳤다. 그는 음료가 담긴 쟁반을 들고 지나가던 하인을 보며 로언에게 샴페인을 한 잔 주라고 했다. 로언이 받아 들지 않자, 수확자 볼타가 잔을 받아서 로언의 손에 밀어 넣고는 인파 속으로 사라져 버렸다. 로언은 혼자 어떻게든 해야 했다.

「마셔 봐라. 난 동 페리뇽만 내놓지.」 고더드가 말했다.

로언은 한 모금 마시면서 미성년 수확자 수습생이 술을 마시면 감점을 받지 않나 생각했다가, 이제 그런 규칙은 그에게 적용되지 않는다는 사실을 기억해 냈다. 그래서 한 모금 더 마셨다.

「이 작은 주연은 널 위해 마련한 거다.」 수확자는 주위에서 벌어지는 파티를 두고 말했다.

「절 위해서라니, 그게 무슨 말이에요?」

「딱 말 그대로야. 이건 〈네〉 파티라는 거지. 마음에 드나?」

넘치도록 초현실적인 풍경에 샴페인보다 더 취하는 기분이었지만, 그게 마음에 드냐고? 대체로는 그저 기분이 이상하기만 했고, 자신이 주빈이라는 사실을 알게 되자 더더욱 이상해졌다.

「모르겠습니다. 전 파티를 열어 본 적이 없어요.」 로언이 말했다. 사실이었다. 로언이 태어났을 때쯤 그의 부모님은 생일을 너무 많이 겪은 후라, 생일 축하 자체를 그만두었다. 부모님이 생일을 기억해서 선물이라도 사주면 행운이었다.

「그렇다면 이걸 시작으로 많이 열어 봐.」 수확자 고더드가 말했다.

로언은 완벽한 미소를 지으며 땀 대신 카리스마를 흘리는 이 남자가 로언과 시트라를 목숨 건 경쟁에 밀어 넣은 배후 조종자라는 사실을 떠올려야만 했다. 하지만 그의 스타일에 현혹되지 않기는 힘들었다. 그리고 지금 벌어진 장관도 혐오스러우면서 아드레날린이 솟았다.

수확자 고더드가 옆자리를 두드리며 앉으라는 시늉을 했고, 로언은 고더드의 오른쪽에 앉았다.

「여덟 번째 계명에 따르면 수확자는 로브와 반지와 일기장 말고는 아무것도 소유할 수 없지 않나요?」

「정확해.」 수확자 고더드는 밝게 말했다. 「그리고 여기에 내 소유는 아무것도 없지. 음식은 관대한 후원자들이 내놓은 것이고, 손님들은 자기 선택으로 찾아왔으며, 이 멋진 저택은 고맙게도 내가 이곳을 빛내고자 하는 한 언제까지나 나에게 열려 있는 곳이야.」

저택 이야기가 나오자, 수영장을 청소하는 남자가 잠깐 두 사람을 쳐다보았다가 다시 하던 일로 돌아갔다.

「계명을 다시 읽어 봐야 해.」 수확자 고더드가 말했다. 「다시 읽어 보면 그 안에 수확자들이 삶을 안락하게 만들어 주는 것들을 피해야 한다는 말은 없다는 걸 알게 될걸. 보수파 수확자들의 을씨년스러운 해석은 지난 시절의 유물이야.」

로언은 그 문제에 대해 어떤 견해도 더 내놓지 않았다. 로언에게 감명을 주었던 요소는 수확자 패러데이의 겸손하고 진지한 〈보수적〉 성격이었다. 패러데이가 아니라 목숨을 빼앗는 대가로 록 스타 같은 유혹적인 매력을 발산하는 수확자 고더드가 접근했다면 수습생 제의를 거절했을 것이다. 하지만 패러데이는 죽었고, 로언은 여기에서 그를 위해 모였다는 낯선 이들을 보고 있었다. 「이게 제 파티라면, 제가 아는 사람들이 있어야 하지 않나요?」

「수확자는 세상의 친구야. 두 팔 벌려 끌어안으라고.」 수확자 고더드는 모든 문제에 답을 내놓는 것 같았다. 「네 인생은 이제부터 바뀔 거다, 로언 데이미시.」 그는 팔을 내저어 수영장과 파티 손님들과 하인들, 그리고 수영장 얕은 쪽 너머에서 계속 채워 넣고 있는 정성 들인 음식들을 가리켰다. 「사실은 이미 바뀌었지.」

파티의 손님들 사이에 유난히 어울리지 않는 여자애가 하나 있었다. 아홉 살 아니면 열 살이나 되었을까 싶은 어린애인데, 주변에서 벌어지는 파티에는 아무 관심도 없이 수영장 얕은 쪽에서 뛰놀고 있었다.

「손님들 중 누군가가 아이를 데려왔나 봐요.」 로언이 말했다.

「저 아이는 에즈메이이고, 아이를 잘 대하는 게 좋을 거다. 저 아이가 오늘 네가 만날 사람 중에서 가장 중요한 사람이야.」

「어째서요?」

「저 통통한 어린 여자애가 미래의 열쇠거든. 그러니까 저 아이가 널 좋아하길 빌어라.」

로언은 고더드의 수수께끼 같은 답변을 계속 주워 모을 마

음이 있었지만, 선만 그려 넣은 것처럼 보이는 비키니를 걸치
고 다가오는 아름다운 파티 걸에게 주의를 빼앗기고 말았다.
로언은 그 여자를 빤히 쳐다보고 있었다는 사실을 조금 늦게
깨달았다. 그 여자는 씩 웃었고, 로언은 얼굴을 붉히며 시선을
돌렸다.

「아리아드네, 친절을 베풀어 내 수습생에게 마사지를 해주
겠나?」

「네, 수확자님.」

「어…… 나중에 하죠.」 로언이 말했다.

「말도 안 되는 소리. 넌 긴장을 좀 풀어야 하고, 아리아드네
의 스웨덴 마사지 기술은 마법 같아. 네 몸이 고마워할 거다.」

아리아드네가 로언의 손을 잡자 저항감이 싹 죽어 버렸다.
로언은 일어서서 그 손에 끌려갔다.

「우리 젊은이가 네 노력에 흡족해한다면, 내 반지에 입 맞추
게 해주마.」 수확자 고더드가 뒤에서 외쳤다.

아리아드네에게 이끌려 마사지 천막으로 가면서 로언은 생
각했다. 〈여덟 달만 있으면 난 죽을 거야.〉 그러니까 그동안 약
간의 사치는 누려도 될지 몰랐다.

나는 우리를 싫어하는 사람들보다 우리를 숭배하는 사람들이 훨씬 심란하다. 너무 많은 이들이 우리를 받들어 모신다. 너무 많은 이들이 우리가 되기를 갈망한다. 그리고 모든 수확자가 한때는 수습생이었으니, 정말로 수확자가 될 수도 있다는 사실을 알기에 그 갈망은 더 심해지기만 한다.

우리가 더 고귀한 존재라는 생각이나, 타락한 자들이라는 생각이나 순진하기는 매한가지다. 타락한 심장이 아니고서야 누가 목숨을 빼앗는 일을 즐기겠냐는 거겠지.

예전에 우리를 모방하고 흉내 내는 일군의 무리가 있었다. 그들은 수확자와 비슷한 로브를 맞춰 입었다. 우리와 비슷하게 생긴 반지도 꼈다. 대부분의 경우 코스튬 플레이일 뿐이었지만, 어떤 이들은 실제로 수확자 행세를 하면서 다른 사람들을 속이고, 가짜 면제권을 부여했다. 수확만 빼고 뭐든 다 했다.

어떤 전문 직업이든 사칭해선 안 된다는 법이 있지만, 특별히 수확자 흉내를 금지하는 법은 없다. 선더헤드는 수확령에 관여할 수 없기에, 우리에 대해서만은 어떤 법도 통과시키지 못한다. 수확자와 국가를 분리시킬 때 간과한 틈새였다.

그러나 그 틈이 오래가지는 못했다. 가오리의 해, 제63회 세계 콘클라베에서 그런 사칭자는 보는 즉시 공개적으로, 그것도 가장 폭력적인 방식으로 거둔다는 결정이 내려졌다. 이런 포고가 내려지면 대학살이 일어났으리라 생각할지 모르지만, 실제로 일어난 수확은 몇 건 되지 않았다. 소식이 퍼져 나가자 사칭자들이 가짜 로브를 벗고 세상 속으로 사라져 버렸기 때문이다. 지금까지도 그 포고령은 살아 있지만, 수확자를 사칭할 만큼 멍청한 사람은 별로 없기 때문에 적용할 일이 드물다.

그럼에도 가끔은 콘클라베에서 드물게 어떤 수확자가 사칭자와 마주쳐서 거둬야 했다는 이야기를 듣는다. 보통 그런 대화는 얼마나 불편한 일인가에 대해 논한다. 수확자는 그 사칭자의 가족을 찾아내어 면제권을 부여해야 하니 말이다.

하지만 나는 그 사칭자 본인이 더 궁금하다. 그들은 무엇을 이루고 싶었던 것일까? 금지된 일의 유혹이었을까? 잡힐 위험이 있다는 데 매력을 느낀 걸까? 아니면 단순히 이 삶을 떠나고 싶은 마음이 강한 나머지 소멸로 향하는 지름길을 택한 걸까?

— 수확자 퀴리의 「수확 일기」 중에서

21
낙인

파티는 하루 더 이어졌다. 모든 면에서 과도한 축제였다. 로언은 그 흥청대는 주연에 합류했지만, 다른 이유보다는 의무감 때문이었다. 그는 관심의 중심이었고, 이 순간의 유명인이었다. 수영장에서는 아름다운 사람들이 그를 향해 고개를 끄덕였고, 뷔페 줄에서는 손님들이 로언이 맨 앞에 설 수 있게 앞을 터주었다. 어색했지만 우쭐하기도 했다. 로언의 마음 한구석은 초현실적인 관심의 대상이 된 것을 즐겼다. 양상추가 높은 자리에 오르다니.

다만 파티에 참석한 다른 수확자들이 악수를 하며 시트라를 상대로 한 죽음의 경쟁에서 행운이 있기를 빌어 줄 때는 술이 깨고 무엇이 걸려 있는지가 기억났다.

그는 오두막에서 쪽잠을 자다가 매번 음악 소리나 시끄러운 웃음소리, 아니면 불꽃놀이 소음 때문에 깨어났다. 그러다가 이튿날 오후 늦게, 수확자 고더드가 질렸는지 이제 됐다고 중얼거리자 순식간에 말이 퍼져 나갔다. 그리고 손님들은 한 시간 만에 다 떠나고, 하인들이 소름 끼치도록 조용한 공간에서 주연의 쓰레기를 치우기 시작했다. 이제는 저택에 사는 다른 사람들만 남았다. 수확자 고더드, 그의 세 신참 수확자들, 하인들, 그리고 고더드의 오두막에 앉아서 다음에 일어날 일을 기다리는 로언을 침실 창밖으로 유령처럼 엿보고 있는 그 아이, 에즈메이까지.

수확자 볼타가 노란색 로브를 바람에 휘날리며 다가왔다. 「아직까지 여기 밖에서 뭐하는 거야?」

「달리 갈 곳이 없는데요.」 로언이 대답했다.

「따라와. 네 훈련을 시작해야지.」 볼타가 말했다.

저택 본채 지하실에 와인 저장고가 있었다. 벽돌로 만든 벽감들에 수백, 수천 병의 와인이 들어갔다. 최소한의 전구만 켜져서 긴 그림자를 드리우고 있으니, 그 벽감들이 알 수 없는 지옥으로 향하는 출입구들 같았다.

수확자 볼타를 따라 그 저장고의 중앙에 있는 방으로 들어갔더니, 고더드와 다른 수확자들이 기다리고 있었다. 수확자 랜드가 녹색 로브에서 장비를 하나 꺼냈다. 총과 손전등을 섞어 놓은 물건 같은 생김새였다.

「이게 뭔지 알아?」 랜드가 물었다.

「나노기 조작기요.」 로언이 대답했다. 몇 년 전, 교사들이 로언의 기분이 우울증 수준으로 넘어갔다는 판단을 내리면서 나노기를 조작당한 적이 있었다. 그게 대여섯 해 전이었다. 나노기 개조는 고통이 없고, 그 효과는 미세했다. 로언은 큰 변화를 느끼지 못했지만, 모두가 로언이 전보다 많이 웃게 됐다고 생각했다.

「다리 벌리고, 팔 뻗어.」수확자 랜드가 말했다. 로언이 시키는 대로 하자, 수확자 랜드는 마술 지팡이처럼 조작기로 로언의 온몸을 훑었다. 손발 끝이 살짝 얼얼했다가 순식간에 가라앉았다. 랜드가 물러서고, 수확자 고더드가 다가왔다.

「혹시 〈강제된다〉는 표현 들어 본 적 있나?」수확자 고더드가 물었다. 「아니면 〈강요당한다〉는 표현은?」

로언은 고개를 저으면서 다른 수확자들이 다가와서 로언을 중심에 두고 원을 그렸다는 사실을 알아차렸다.

「자, 이제 그게 무슨 뜻인지 알게 될 거다.」

다른 수확자들이 크고 무거운 로브를 벗었다. 이제 튜닉과 반바지 차림이 된 그들은 공격 자세를 취했다. 모두의 얼굴에 투지가 어렸고, 약간은 즐거운 기대감도 비쳐 보였다. 로언은 시작되기 직전에 무슨 일이 일어날지 알았다.

가장 덩치가 큰 수확자 촘스키가 앞으로 나서더니, 경고 없이 주먹을 휘둘러 로언의 뺨을 쳤다. 어찌나 강한 타격이었는지, 로언은 몸이 휙 돌아가고 발의 균형을 잃은 채 흙바닥에 나동그라졌다.

로언은 주먹이 와 닿는 타격에 이어 찾아온 날카로운 고통 속에서 나노기가 혈류에 진통제를 풀면서 느껴질 뚜렷한 온기를 기다렸다. 그러나 진통제는 풀리지 않고, 고통은 더 심해졌다.

고통은 끔찍했다.

압도적이었다.

로언은 그런 고통을 경험해 본 적이 없었다. 그런 고통이 존재할 수 있다는 사실조차 몰랐다.

「뭘 한 거예요?」 그는 울부짖었다. 「나한테 무슨 짓을 한 거야?」

「네 나노기를 껐지.」 수확자 볼타가 차분하게 말했다. 「예전 우리 조상들과 같은 경험을 할 수 있도록.」

「아주 오래된 말이 있다.」 수확자 고더드가 말했다. 「〈고통 없이는 얻는 것도 없다.〉」 그는 따뜻한 태도로 로언의 어깨를 잡았다. 「난 네가 많이 얻었으면 좋겠다.」

고더드는 그 말을 끝으로 물러서서 다른 이들에게 신호를 보냈고, 세 사람은 로언을 떡이 되도록 두들겨 패기 시작했다.

치유 나노기의 도움이 없는 회복은 느리고 비참한 과정으로, 나아지기 전에 우선 나빠지는 것 같았다. 첫날에는 죽고만 싶었다. 둘째 날에는 실제로 죽을 수 있을지도 모른다고 생각했다. 머리가 쾅쾅 울리고, 생각이 빙빙 돌았다. 경고도 없이 의식을 잃었다가 되찾았다. 숨을 쉬기가 힘들었고, 갈비뼈가 일곱 대 부러졌음을 알았다. 수확자 촘스키가 다 두들겨 팬 후에 빠진 어깨를 고통스럽게 제자리에 다시 밀어 넣어 주었지만, 그래도 심장이 뛸 때마다 아팠다.

수확자 볼타가 하루에도 몇 번씩 찾아왔다. 그는 로언 옆에 앉아서 숟가락으로 수프를 떠먹이고, 갈라지고 부어터진 입술 사이로 흐르는 수프를 닦아 주었다. 볼타 주위에 후광이 보였지만, 로언은 그게 시각 손상 때문이라는 것을 알고 있었다. 각막이 분리되었다고 해도 놀랍지 않았다.

「활활 타요.」 그는 짠맛 나는 수프를 입술 사이로 흘리며 말했다.

「지금은 그렇지.」 볼타는 진심으로 그를 연민하며 말했다. 「하지만 지나갈 것이고, 넌 더 나아질 거야.」

「이런 걸로 어떻게 더 나아질 수가 있죠?」 로언은 입 밖에 내는 말이 마치 고래 숨구멍에 대고 말하는 것처럼 찌그러지고 질척거리는 느낌에 끔찍해하며 물었다.

볼타는 그에게 수프를 한 숟가락 더 먹였다. 「지금부터 6개월 후면 내가 옳다는 걸 알게 되겠지.」

로언은 아무도 오지 않는데 굳이 시간 내서 찾아와 준 볼타에게 고맙다고 했다.

「알레산드로라고 불러도 돼.」 볼타가 말했다.

「그게 원래 이름?」 로언이 물었다.

「아니야, 멍청아. 수호 위인 볼타의 이름이야.」

로언은 수확령에서는 그게 누군가와 친해졌다는 의미인가 보다 생각했다.

「고마워요, 알레산드로.」

둘째 날 저녁, 고더드가 아주 중요하다고 말했던 그 여자애가 로언이 섬망에 시달리는 사이 방에 들어왔다. 이름이 뭐였더라? 에이미? 에미? 아니, 맞다, 에즈메이였지.

「이런 짓을 하다니 너무 싫어.」 아이는 눈물이 그렁그렁해서 말했다. 「그렇지만 나아질 거야.」

물론 나아질 것이다. 그 점에 대해서는 선택권이 없었다. 사망 시대에는 죽거나 나았다. 지금은 둘 중 한쪽 선택지밖에 없었다.

「넌 왜 여기 있어?」

「오빠가 잘 지내고 있는지 보려고.」

「아니…… 내 말은, 여기, 이 집 말이야.」

에즈메이는 잠시 망설이더니 시선을 피했다. 「수확자 고더드와 그 친구들이 내가 사는 집 근처 쇼핑몰에 왔어. 나만 빼고 푸드 코트에 있던 사람을 다 거두더니, 나보고 같이 가자고 했어. 그래서 따라왔어.」

아무것도 설명해 주지 못하는 이야기였지만, 에즈메이가 내놓은 말은 그게 다였다. 아마 에즈메이도 그것밖에 모를 것이다. 로언이 보기에 이 아이는 저택에서 어떤 뚜렷한 역할도 하지 않았다. 그러나 고더드는 누구든 에즈메이와 충돌하는 사람은 엄한 벌을 받을 줄 알라고 했다. 에즈메이는 어떤 식으로도 괴롭혀선 안 될 존재였고, 저택 안을 자유롭게 돌아다닐 수 있었다. 그 아이는 로언이 수확자 고더드의 세상에서 지금까지 마주친 가장 큰 수수께끼였다.

「오빠는 다른 사람들보다 나은 수확자가 될 거야.」 에즈메이는 그렇게 말했지만, 왜 그렇게 생각하는지 설명하지는 않았다. 아마 직감일 테지만, 완전히 틀린 생각이었다.

「난 수확자가 되지 않을 거야.」 로언이 말했다. 처음 고백하는 말이었다.

「되고 싶어 하면 될걸.」 에즈메이가 말했다. 「그리고 난 오빠가 되고 싶어 할 거라 생각해.」

에즈메이는 로언이 고통과 가능성을 생각하게 놓아두고 나갔다.

수확자 고더드는 3일째에야 로언의 방에 얼굴을 비췄다.

「기분이 어떠냐?」 고더드가 물었다. 로언은 그 얼굴에 침을 뱉고 싶었지만, 그랬다간 너무 아플 게 뻔한 데다가 한 번 더 구타를 당할지도 몰랐다.

「어떤 기분일 것 같아요?」 로언이 대꾸했다.

고더드는 침대 가장자리에 앉아서 로언의 얼굴을 뜯어보았다. 「가서 직접 봐라.」 그러더니 고더드가 그를 부축해 일으켰고, 로언은 허청거리면서 전신 거울이 붙은 장식장으로 걸어갔다.

로언은 자기 얼굴을 알아볼 수가 없었다. 얼굴이 너무 부어서 호박 같았다. 얼굴에 자주색 멍 자국이 가득했고, 몸은 온갖 색깔로 얼룩덜룩했다.

「네 삶은 이제 시작이다.」 고더드가 말했다. 「네가 보고 있는 건 죽어 가는 소년이야. 소년은 죽고 남자가 나타날 거다.」

「완전 헛소리네요.」 로언은 어떤 반응을 불러올지 신경도 쓰지 않고 툭 내뱉었다.

고더드는 한쪽 눈썹만 치켜올렸다. 「그럴지도 모르지……. 하지만 이게 네 인생의 전환점이라는 사실은 부정할 수 없을 거다. 그리고 모든 전환점에는 사건이 있지. 낙인처럼 지워지지 않게 찍혀 들어 가는 사건이.」

그러니까 이제 로언은 낙인이 찍힌 셈이었다. 그러나 이것도 더 큰 불의 심판을 향해 가는 시작점에 불과하다는 의심이 들었다.

「세상은 우리처럼 되기를 갈망하지.」 고더드가 로언에게 말했다. 「우리가 선택하는 대로 취하고, 선택하는 대로 빼앗으면서 어떤 회한도 책임질 결과도 없는 삶. 할 수만 있다면 다들 우리 로브를 훔쳐 입을 거다. 넌 왕족보다 더 대단한 존재가 될 기회를 얻었으니, 최소한 내가 제공한 것 같은 통과 의례라도 치러야 마땅하다.」

고더드가 일어서더니, 로언을 잠시 더 찬찬히 보다가 로브 속에서 나노기 조작기를 꺼냈다. 「팔을 들어 올리고, 다리를 벌려 서라.」

로언은 최대한 깊이 숨을 들이마시고 시키는 대로 했다. 고더드가 마술 지팡이를 휘둘렀다. 팔다리 끝이 얼얼했지만, 다 끝나고 나서도 진통제의 온기가 돌거나 고통이 줄어들지는 않았다.

「여전히 아픈데요.」 로언이 말했다.

「당연하지. 난 진통제를 활성화하지 않고 치유 나노기만 켰다. 아침이면 말끔히 나아서 훈련을 시작할 준비가 될 거야. 하지만 지금부터는 몸의 모든 통증을 느끼게 될 거다.」

「왜죠?」 로언은 물어볼 수밖에 없었다. 「제정신 박힌 사람이 뭐 하러 그런 고통을 느끼고 싶어 해요?」

「제정신이라는 말은 과대평가되고 있어.」 고더드가 말했다. 「나라면 차라리 〈제대로〉 또렷한 정신의 소유자가 되겠다.」

죽음이라는 사업에서 수확자들에게는 경쟁자가 없다. 물론 불을 제외하면 말이다. 불은 수확자의 칼날 못지않게 빠르고 완전한 죽음을 선사한다. 불은 무시무시하지만, 선더헤드가 고칠 수 없는 게 하나 있다는 사실이 어쩐지 위안이 되기도 한다. 그것은 재생 센터에서 도저히 되돌릴 수 없는 단 한 가지 손상이다. 한 번 요리한 거위는 정말로, 영원히 요리한 거위다.

불에 타 죽는 것은 단 하나 남은 자연사 방법이다. 하지만 거의 일어나지 않는다. 선더헤드는 지상 모든 곳의 온도를 감시하고 있고, 누군가가 연기 냄새를 맡기도 전에 화재와의 싸움을 시작할 때도 많다. 모든 집과 사무용 건물에 안전 체계가 있고, 만약에 대비하여 과하다 싶을 만큼 여러 단계가 존재한다. 가장 극단적인 음파교단들은 죽은 사람을 불태워 그 죽음을 영구히 하려고 하지만, 대개 구급 드론들이 먼저 도착한다.

우리 모두가 지옥 불로부터 안전하다는 사실을 아니 좋지 않나? 물론 안전하지 않을 때는 빼고.

— 수확자 퀴리의 「수확 일기」 중에서

22

두 갈래 창

시트라의 하루하루는 훈련과 수확으로 채워졌다.

매일 시트라는 수확자 퀴리와 함께 무작위로 고른 소도시로 나갔다. 수확자가 취약한 먹잇감을 찾는 암사자처럼 길거리와 쇼핑몰과 공원을 어슬렁거리는 모습을 지켜보았다. 시트라는 수확자 퀴리가 〈침체〉의 신호라고 부르는 것들을 알아보는 방법을 익혔다. 그렇다고 해서 그들이 수확을 당할 준비가 되었다고 믿지는 않았지만 말이다. 시트라 스스로도 죽음의 수습생이 되기 전까지는 염세적인 날을 얼마나 많이 보냈던가. 그시절에 수확자 퀴리가 시트라와 마주쳤다면 거뒀을까?

어느 날 그들은 하교 시간의 초등학교 앞을 지나쳤고, 시트라는 수확자가 초등학생을 하나 거두려나 하는 불길한 예감을 느꼈다.

「난 절대 어린아이는 거두지 않아.」 수확자 퀴리가 말했다. 「침체되어 보이는 아이를 만나 본 적도 없지만, 설령 그런 아이가 보인다고 해도 거두지 않을 거다. 그 점을 두고 콘클라베에서 경고도 받았지만, 그렇다고 징벌을 받은 적은 없어.」

수확자 패러데이에게는 그런 규칙이 없었다. 그는 사망 시대의 통계를 엄격하게 적용했다. 그 시절에도 사춘기 이전의 아이들이 적게나마 죽기는 했다. 패러데이와 함께 지내는 동안, 시트라가 아는 한 어린아이 수확은 딱 한 번 있었다. 그는 그 자리에 로언도 시트라도 데려가지 않았고, 그날 저녁 식사 시간에 눈물을 쏟아 내다가 자리를 떠야 했다. 시트라는 혹시 수확자가 된다면 퀴리 같은 정책에 따르겠다고, 설령 그러다가 선정 위원회와 말썽이 생기더라도 그러겠다고 속으로 맹세했다.

시트라와 퀴리는 거의 매일 밤 애통해하는 가족들을 위해 저녁 식사를 준비했다. 대부분은 기운을 얻고 돌아갔다. 위로할 길 없이 분개하고 미움에 찬 채로 떠나는 이들도 있었지만, 그들은 소수였다. 추수 감사 콘클라베가 오기 전까지 시트라가 보낸 삶과 죽음의 나날은 그러했다. 시트라는 로언을 떠올릴 때면 그가 어떻게 지내고 있을지 생각할 수밖에 없었다. 로언이 보고 싶었지만, 동시에 두렵기도 했다. 짧은 몇 달만 지나면 마지막 대면을 해야 한다는 사실을 알기에.

그리고 시트라는 수확자 패러데이가 동료 수확자에 의해 제거되었다는 사실을 증명할 수 있을지도 모른다는, 어쩌면 그것이 수확령의 무자비한 톱니바퀴를 멈출 도구가 될지도 모른다는 보잘것없는 희망을 놓지 않았다. 시트라가 로언을 거두거나, 로언이 시트라를 거둘 미래에서 벗어나게 해줄 도구.

시트라가 사별을 공지해야 하는 사람들은 대부분 똑같았다. 남편, 아내, 자식, 부모였다. 처음에는 수확자 퀴리가 이 비통한 사람들 앞에 자신을 배치했다는 사실에 화가 났지만, 곧 이유를 이해하게 되었다. 수확자 퀴리가 대면을 피하려고 시트라를 내세운 게 아니라, 그래야 시트라가 대면을 경험하고 비극 앞에 연민을 표현하는 방법을 익힐 수 있어서였다. 감정적으로 녹초가 되는 일이었지만 보람도 있었다. 시트라를 수확자로 준비시키는 일이었다.

수확 후 시트라가 여느 때와 다른 경험을 한 건 딱 한 번뿐이었다. 공지 임무의 첫 부분은 수확 대상자의 직계 가족을 찾아내는 것이었다. 직계 가족이 없어 보이는 여성이 하나 있었는데, 그녀에게는 소원해진 형제 한 명뿐이었다. 여섯 세대 이상 살아 있어서 복잡하기 그지없는 거미집을 이루는 경우가 많은 이 확장 가족 시대에는 특이한 경우였다. 그러나 이 불쌍한 여자에게는 남자 형제 하나밖에 없었다. 시트라는 그 남자의 주소로 찾아가면서도 큰 관심을 기울이지 않았다. 덕분에 그 주소 바로 앞에 설 때까지 어디로 가는지 모르고 있었다.

그곳은 집이 아니었다. 전통적인 의미에서는 집이 아니라 수도원이었다. 역사적인 종교 단체를 본떠서 만든 건축물이었다. 그러나 실제 역사 속의 건축물들과 달리 중앙 첨탑 꼭대기에 달린 상징은 십자가가 아니라 끝이 두 갈래인 창, 즉 소리굽쇠로 음파교단의 상징이었다.

거긴 음파교단 수도원이었다.

시트라는 생경하고 어두운 신비주의자를 만나야 한다고 생각할 때면 누구나 그럴 것처럼 몸을 떨었다.

「그 미치광이들에게는 다가가지 말거라.」 언젠가 아버지는 그렇게 말했다. 「거기 빨려 들어간 사람들은 두 번 다시 보이지 않아.」우스꽝스러운 말이었다. 이 시대에는 누구도 정말로 실종되지는 않았다. 선더헤드는 모두가 어디에 있는지 언제나 알고 있으니 말이다. 다만, 선더헤드가 아는 정보를 말해야 할 이유는 없었다.

다른 상황에서라면 시트라도 아버지의 충고에 주의를 기울였을지 모른다. 하지만 지금은 사별을 알려야 했고, 그 사실이 두려움을 눌렀다.

시트라는 아치문을 통해 수도원으로 들어갔다. 문은 잠겨 있지 않았다. 들어서고 보니 향기가 진한 하얀 꽃이 흐드러지게 핀 정원이었다. 치자꽃이었다. 음파교단은 향기와 소리에 열중했고, 시각에는 큰 가치를 두지 않았다. 가장 극단적인 음파교단은 스스로 눈이 보이지 않게 만들었고, 선더헤드도 치료 나노기가 시각을 복구시키지 못하는 상황을 마지못해 허용했다. 지독한 일이었지만, 그것은 수많은 신들을 잠재운 세상에 남은 몇 안 되는 종교적 자유의 표현이었다.

시트라는 정원에 난 돌길을 따라 갈래창 상징물을 세운 교회까지 가서, 무거운 참나무 문을 밀어 열고 신도석이 줄지어 놓인 예배당 안으로 들어갔다. 양쪽에 스테인드글라스 창이 있긴 해도 어두웠다. 스테인드글라스는 사망 시대의 것이 아니라 음파교단의 것이었다. 기묘한 장면이 여럿이었는데, 힘겨운 등에 거대한 소리굽쇠를 짊어진 웃통 벗은 남자, 금이 가서 번개를 쏘아 내고 있는 돌덩어리, 땅바닥에서 소용돌이쳐 올라오는 이중 나선 형태의 보기 싫은 벌레로부터 도망치는 군중들 등이었다.

시트라는 그 그림들이 마음에 들지 않았고, 이 사람들이 무엇을 믿는지도 몰랐다. 터무니없고 우스꽝스러울 뿐이었다. 이 자칭 종교라는 물건이 사망 시대의 신앙을 뒤죽박죽으로 이어 붙여 만든 성가신 모자이크라는 사실은 누구나 알고 있었다. 그러나 어째서인지 그 괴상하고 관념적인 모자이크에 마음이 끌리는 사람들도 있었다.

사제인지 수도사인지, 음파교단에서는 뭐라고 부르는지 모르지만 성직자가 제단 앞에서 단조로운 소리를 내며 촛불을 하나씩 끄고 있었다.

「실례합니다.」 시트라의 목소리가 생각보다 훨씬 크게 울려 퍼졌다. 예배당의 음향 구조 때문이었다.

남자는 시트라에게 놀라지 않았다. 촛불을 하나 더 끄고는, 은으로 만든 촛불 끄는 기구를 내려놓고 눈에 띄게 다리를 절뚝거리며 다가왔다. 흉내를 내는 것인지, 아니면 그 남자의 종교의 자유 덕분에 다리를 절 정도의 부상도 고치지 않고 살 수 있는 것인지 궁금했다. 얼굴의 주름을 보니 회춘할 때가 오래전에 지난 몸이었다.

「보러가드 부사제입니다. 참회하러 오셨나요?」

「아니요.」 시트라는 수확자의 인장이 들어간 팔찌를 보였다. 「로버트 퍼거슨과 이야기를 나눠야겠습니다만.」

「퍼거슨 형제는 오후 휴식 중입니다. 방해할 수 없어요.」

「중요한 일입니다.」

부사제는 한숨을 내쉬었다. 「알겠습니다. 찾아온 일은 피할 수 없지요.」 그러더니 그는 시트라를 내버려 두고 다리를 절며 가버렸다.

시트라는 주위를 둘러보며 낯선 환경을 받아들였다. 앞에 놓인 제단에는 물이 가득 찬 화강암 수반이 있었는데, 물은 탁하고 냄새가 났다. 그 수반 뒤에 교회 전체의 핵심이 있었다. 바깥 지붕 위에 있는 것과 비슷한 강철 갈래창이었다. 이 두 갈래창은 높이가 2미터에 가까웠고, 흑요석 받침대에 올라가 있었다. 그 옆에는 따로 작은 받침대 위에 검은색 벨벳 방석을 깔고 고무망치를 올려놓았다. 그러나 시트라의 관심을 끄는 것은 그 갈래창이었다. 이 거대한 소리굽쇠는 원통형에 매끈한 은색이었으며, 만져 보니 차가웠다.

「쳐보고 싶지 않나요? 해봐요. 금지하지 않습니다.」

화들짝 놀란 시트라는 방심하고 있던 스스로를 소리 없이 꾸짖었다.

「제가 퍼거슨 형제입니다.」 다가온 남자가 말했다. 「저를 보고 싶어 하셨다고요?」

「저는 고결한 수확자 마리 퀴리 님의 수습생입니다.」 시트라가 말했다.

「그분이라면 들어 봤습니다.」

「가족분의 사망을 고하러 왔습니다.」

「계속하세요.」

「유감스럽게도 동생이신 마리사 퍼거슨을 오늘 오후 1시 15분에 수확자 퀴리 님께서 수확하셨습니다. 삼가 조의를 표합니다.」

남자는 충격을 받지도, 속상해하지도 않고 그냥 받아들이는 것 같았다. 「그게 답니까?」

「그게 다냐고요? 제 말 들으셨습니까? 동생분이 오늘 수확을 당했다고 했는데요.」

남자는 한숨을 내쉬었다. 「찾아온 일은 피할 수 없지요.」

진작부터 음파교인들을 싫어하지 않았다면, 확실히 지금 이 순간부터 싫어하게 된 것 같았다. 「그런 건가요? 그게 당신들의 〈성스러운〉 방침입니까?」

「방침 같은 게 아닙니다. 그저 우리가 따르는 단순한 진실이지요.」

「그래요, 아무렴요. 어쨌든 동생분의 시신을 수습해야 할 거예요. 그것도 찾아온 일이라 피할 수 없으니까요.」

「하지만 제가 나서지 않는다면, 선더헤드가 장례를 치르지 않을까요?」

「전혀 신경 쓰이지 않는 건가요?」

남자는 잠시 사이를 두고 대답했다. 「수확자에 의한 죽음은 자연적인 죽음이 아닙니다. 우리 음파교인들은 인정하지 않아요.」

시트라는 그 남자에게 쏟아 내고 싶은 뾰족한 말들을 애써 삼키며 목청을 가다듬고, 전문가다운 태도를 유지하려고 최선을 다했다. 「하나 더 있어요. 동생분과 함께 살지는 않았지만 서류상 유일한 친척이니까요. 1년간 수확 면제권을 받으시게 됩니다.」

「전 면제권을 원하지 않습니다.」

「놀랍지도 않군요.」 면제권을 거부하는 사람은 처음이었다. 아무리 낙담한 사람이라도 수확자의 반지에는 입을 맞췄다.

「당신은 할 일을 다 했습니다. 이제 가봐도 됩니다.」 퍼거슨 형제가 말했다.

시트라가 불만을 참는 데에도 한계가 있었다. 그렇다고 그 남자에게 소리를 지를 수는 없었다. 보카토어 기술을 써서 목을 차거나 팔꿈치로 걸어 쓰러뜨릴 수도 없었다. 그래서 시트라는 유일하게 할 수 있는 일을 했다. 고무망치를 집어 들고 모든 분노를 한 번에 실어서 소리굽쇠를 세게 때렸다.

소리굽쇠 소리가 어찌나 강력한지, 치아와 뼈가 다 떨릴 정도였다. 종소리처럼 텅 빈 소리가 아니었다. 속이 꽉 찬 음이었다. 그 음은 충격으로 시트라의 분노를 밀어냈다. 퍼뜨렸다. 근육의 긴장이 풀리고, 악물고 있던 턱이 느슨해졌다. 음이 뇌와 창자와 척추에 메아리쳤다. 그 음은 하나의 음치고는 너무 오래 울리다가 서서히 사그라들었다. 그렇게 거슬리면서도 동시에 마음을 달래 주는 것을 경험해 본 적이 없었다. 시트라는 그저 이 말밖에 하지 못했다. 「이건 뭐죠?」

「G-샤프 음입니다.」 퍼거슨 형제가 말했다. 「형제들 사이에 사실은 A-플랫이라는 주장도 있지만요.」

소리굽쇠는 아직도 희미하게 울리고 있었다. 시트라는 소리굽쇠가 떨리면서 가장자리가 흐릿해지는 모습을 볼 수 있었다. 손을 내밀어 보니 건드리자마자 조용해졌다.

「의문이 있으시군요. 제가 해드릴 수 있는 답은 해드리겠습니다.」

시트라는 어떤 의문도 없다고 하고 싶었지만, 갑자기 떠오른 질문이 있었다.

「당신들은 뭘 믿죠?」

「저희는 많은 것을 믿습니다.」

「하나만 말해 봐요.」

「저희는 불이 영원히 타선 안 된다고 믿습니다.」

시트라는 제단 앞에 늘어선 초를 보았다. 「그래서 부사제가 촛불을 끄고 있었던 건가요?」

「그래요. 그게 저희 의례의 일부지요.」

「그렇다면 당신들은 어둠을 숭배하는군요.」

「아니요. 흔한 오해입니다. 사람들은 그런 오해로 저희를 비방하지요. 저희가 숭배하는 것은 한정된 인간의 시야 너머에 존재하는 파장과 진동입니다. 저희는 〈위대한 진동〉을 믿고, 그것이 우리가 침체하지 않게 해준다고 믿습니다.」

침체.

수확자 퀴리가 거둘 사람을 선택할 때 쓰는 표현이었다. 퍼거슨 형제가 미소 지었다. 「지금 이 말에 공명하시는 데가 있군요. 그렇지 않습니까?」

시트라는 그 거슬리는 시선을 마주하고 싶지 않아서 눈을 돌렸다가, 돌로 만든 수반을 보았다. 시트라는 수반을 가리키며 물었다. 「저 지저분한 물은 뭐죠?」

「저건 원시 분비물입니다! 미생물이 들끓지요! 사망 시대에는 이 수반 하나로 인류를 다 지워 버릴 수 있었습니다. 〈질병〉이라고 했지요.」

「그걸 뭐라고 했는지는 알아요.」

퍼거슨 형제는 그 끈적한 물에 손가락을 넣어 휘휘 저었다. 「천연두, 소아마비, 에볼라, 탄저병…… 다 이 안에 있지만, 지금 우리에게는 아무 해도 끼치지 못해요. 우리가 원한다 해도 병에 걸릴 수 없지요.」 그는 지저분한 침전물에서 손가락을 빼내어 핥았다. 「이 수반에 든 액체를 다 마시더라도 배앓이조차 하지 않을 겁니다. 아아, 이제 우리는 물을 벌레로 바꿀 수 없

266

어요.」

　시트라는 더 말하지도, 돌아보지도 않고 그곳을 떠났다……. 그러나 그날 내내 코 속에 감도는 그 지저분한 물 냄새를 지울 수가 없었다.

선더헤드가 뭘 하든 내 알 바는 아니다. 선더헤드의 목적은 인류를 지속시키는 것이고, 내 목적은 인류를 틀에 맞추는 것이다. 선더헤드가 뿌리라면 나는 가지를 보기 좋게 잘라 내어 나무를 생기 있게 유지하는 가위라고 하겠다. 우리 둘 다 필요하고 상호 배타적이다.

나는 소위 선더헤드와의 관계라는 것이 그립지 않다. 내가 제자로 보게 된 신참 수확자들도 마찬가지다. 우리 삶에 선더헤드의 주제넘은 개입이 사라진 것은 축복이다. 덕분에 우리는 안전그물 없이, 더 큰 힘의 뒷받침 없이 살 수 있다. 내가 아는 가장 큰 힘은 나 자신이고, 그 편이 좋다.

그리고 한 번씩 조사 대상이 된 나의 수확 방법에 대해서는 이 말만 해두겠다. 정원사라면 최대한 나무의 모양을 다듬어야 마땅하지 않은가? 그리고 턱없이 높이 자라 버린 가지부터 쳐내야 마땅하지 않은가?

— 수확자 고더드의 「수확 일기」 중에서

23

가상의 토끼 굴

시트라의 방에서 가까운 곳에 서재가 있었다. 이 집의 다른 모든 방과 마찬가지로 서재에도 벽마다 창이 있었고, 수확자 퀴리의 인생에 존재하는 다른 모든 것과 마찬가지로 완벽하게 정돈되어 있었다. 그 방에는 컴퓨터 인터페이스가 있어서 시트라가 공부에 활용했다. 패러데이와 달리 수확자 퀴리는 공부할 때 디지털을 금하지 않았다. 수확자 수습생으로서 시트라는 대부분의 사람들이 접속할 수 없는 데이터베이스와 정보에 접속했다. 일명 〈후뇌〉라는, 선더헤드의 메모리에서 인간이 소비하도록 구성하지 않고 내버려 둔 미가공 자료였다.

수습생이 되기 전 평범하게 검색을 하던 시절에는 선더헤드가 예외 없이 끼어들어 〈선물을 찾고 계시군요. 누구에게 선물할 것인지 물어봐도 될까요? 제가 적절한 선물을 찾도록 도와드릴 수도 있을 텐데요〉와 같은 말을 던졌다. 시트라도 때로는 선더헤드의 도움을 받았고, 때로는 혼자 검색을 즐겼다. 하지만 수확자의 수습생이 된 후 선더헤드는 마음이 불안해질 정도로 말이 없어졌다. 마치 데이터에 불과했다는 듯이.

「익숙해져야 한다.」 수확자 패러데이는 예전에 그렇게 말했었다. 「수확자들은 선더헤드에게 말을 걸 수 없고, 선더헤드가 우리에게 말을 걸지도 않는다. 하지만 시간이 지나면 선더헤드가 없어서 생긴 고요함과 자립의 가치를 알게 될 거야.」

데이터 파일을 훑어보는 지금이야말로 선더헤드의 AI 안내가 유용할 때였다. 전 세계 공개 카메라 시스템은 시트라를 좌절시키려고 만들어진 물건 같았다. 수확자 패러데이가 죽은 날의 이동 경로 탐색은 생각보다 어려웠다. 후뇌에 들어 있는 영상 기록은 카메라별로 정리되어 있지도, 장소별로 정리되어 있지도 않았다. 선더헤드가 주제별로 엮어 놓은 것 같았다. 전혀 다른 장소에서 똑같은 교통 패턴이 나타난 순간들이 연결되어 있었다. 걸음걸이가 비슷한 사람들을 담은 영상이 연결되어 있었다. 한 가닥의 연관성을 따라가자 극적인 해 질 녘 풍경들로 이어졌는데, 모두 길거리 카메라로 잡은 영상이었다. 시트라는 선더헤드의 디지털 메모리가 생물 두뇌처럼 구성되어 있음을 알게 되었다. 모든 영상 기록의 모든 순간이 다른 기준에 따른 1백 가지 다른 영상과 이어졌다. 즉 시트라가 어떤 연결 흐름을 따라가더라도 가상 뉴런의 토끼 굴로 내려가게 된다는 뜻이었다. 마치 대뇌 피질을 절개해서 누군가의 머릿속을 읽으려 드는 작업과 비슷했다. 미친 짓이었다.

시트라는 수확령이 검색 불가능한 후뇌의 내용물을 검색하기 위해 독자적인 알고리즘을 만들었음을 알고 있었다. 그러나 수확자 퀴리에게 그 알고리즘에 대해 물었다간 의심을 사게 될 터였다. 퀴리는 이미 시트라가 어떤 거짓말을 하든 꿰뚫어 볼 수 있음을 증명했으니, 가능하면 거짓말을 해야 하는 상황에 놓이지 않는 게 최선이었다.

그 검색 작업은 가벼운 활동으로 시작했다가 순식간에 도전 과제로 진화했고, 이제는 집착이 되어 버렸다. 시트라는 비밀리에 수확자 패러데이의 마지막 순간을 담은 영상을 찾느라 하루에 한두 시간씩을 썼지만 아무 성과가 없었다.

선더헤드가 침묵하고 있긴 해도 시트라가 뭘 하는지 지켜보고 있을지 몰랐다. 〈저런, 저런, 제 뇌를 헤집고 있네요.〉 그런 행위가 허락된다면 가상의 윙크와 함께 이런 말을 던지겠지. 〈나빠요, 나빠.〉

그러다가 꽤 여러 주가 지나고 나서 깨달음의 순간이 찾아왔다. 만약 선더헤드에 업로드한 모든 것이 후뇌에 저장된다면, 공공 기록들뿐만 아니라 개인 기록도 그곳에 있을 터였다. 다른 사람의 개인 기록에 접속할 수는 없지만, 직접 업로드한 기록이라면 무엇이든 접속 가능했다. 그러니까 시트라 자신의 데이터로 검색 씨앗을 뿌릴 수 있다는 뜻이었다…….

「실제로 제가 수습생으로 지내는 동안 가족 방문을 할 수 없다는 법은 없어요.」

시트라는 어느 날 저녁 식사를 하다가, 사전 경고도 대화의 맥락도 없이 불쑥 그 문제를 꺼냈다. 그렇게 해서 수확자 퀴리의 눈을 가릴 생각이었다. 수확자 퀴리가 대답하는 데 시간이 걸리는 점으로 보아 성공한 모양이었다. 퀴리는 수프를 두 숟가락 떠먹은 후에야 대답했다.

「그게 우리의 표준 관행이다. 그리고 내 생각엔 현명한 관행이지.」

「잔인한 관행이에요.」

「이미 가족 결혼식에 참석하지 않았던가?」

시트라는 수확자 퀴리가 그 사실을 어떻게 알았을까 궁금했지만, 하던 이야기에서 벗어나고 싶지 않았다. 「전 몇 달 후에 죽을 수도 있어요. 그러니 그 전에 가족을 몇 번 정도 만날 권리는 있어야 한다고 생각해요.」

수확자 퀴리는 수프를 두 숟가락 더 떠먹고 나서야 대답했다. 「생각해 보마.」

결국 퀴리는 승낙했다. 시트라의 생각대로였다. 뭐라 해도 수확자 퀴리는 공정한 여성이었으니 말이다. 그리고 시트라가 거짓말을 한 게 아니라 정말로 가족이 보고 싶기는 했으니, 수확자가 시트라의 얼굴에서 거짓을 읽어 낼 수도 없었다. 물론, 시트라가 집에 가려는 이유는 가족을 보기 위해서만은 아니었다.

시트라와 수확자 퀴리가 걸어가는 거리는 시트라가 살던 때와 똑같아 보였지만, 모든 것이 달랐다. 희미한 갈망이 마음을 잡아당겼지만, 정확히 무엇을 갈망하는지 잘 알 수가 없었다. 그저 원래 살던 거리를 걷는데, 갑자기 모르는 언어를 쓰는 사람들이 돌아다니는 이국을 걷고 있는 느낌이었다. 그들은 엘리베이터를 타고 시트라의 아파트로 올라갔는데, 통통한 여성이 더 통통한 퍼그를 데리고 같이 탔다. 확연히 겁에 질려 있었다. 퍼그가 아니라 그 여성이 말이다. 개는 그들에게 신경도 쓰지 않았다. 그 여성의 이름은 옐트너 부인이었고, 시트라가 집을 떠나기 전에 지방질을 빼서 호리호리해지도록 재설정한 상태였다. 그러나 지금 보니 몸 여기저기에 지방이 붙은 것이, 왕성한 식욕과 싸우느라 재설정 과정이 힘든 모양이었다.

「안녕하세요, 옐트너 부인.」 시트라는 그 여자의 가려지지 않는 두려움을 즐기고 있다는 사실에 죄책감을 느끼며 말했다.

「마…… 만나서 반갑구나.」 그녀는 시트라의 이름을 기억하지 못하는 게 분명했다. 「바로 올해에 너희 집과 같은 층에서 수확이 일어나지 않았니? 이렇게 빨리 같은 건물을 또 때려도 되는지 몰랐구나.」

「그래도 되기는 한데, 오늘은 수확을 하러 온 게 아니에요.」 시트라가 말했다.

「무슨 일이든 가능하기는 하지요.」 수확자 퀴리가 덧붙였다.

옐트너 부인은 엘리베이터가 도착하자 서둘러 뛰쳐나가다가 반려견에게 걸려 넘어졌다.

일요일이었다. 시트라의 부모와 동생 모두 집에서 기다리고 있었다. 깜짝 방문이 아니었지만, 그래도 문을 여는 아버지의 얼굴에는 놀란 표정이 어려 있었다.

「안녕, 아빠.」 시트라가 말했다. 아버지는 시트라를 품에 끌어안았다. 따뜻했지만 의무감이 느껴지기도 했다.

「보고 싶었단다, 얘야.」 어머니도 시트라를 끌어안으며 말했다. 벤은 거리를 두고 수확자를 빤히 쳐다보기만 했다.

「수확자 패러데이 님이 오실 줄 알았는데요.」 아버지가 라벤더색 로브의 여성에게 말했다.

「말하자면 길어. 이젠 새로운 스승님 밑에 있어.」 시트라가 말했다.

그때 벤이 불쑥 말해 버렸다. 「수확자 퀴리잖아요!」

「벤.」 어머니가 꾸짖었다. 「무례하게 굴지 말거라.」

「그렇지만 맞죠, 그렇죠? 사진을 봤어요. 유명한 분이니까요.」

퀴리는 겸손하게 웃었다. 「악명이 높다는 쪽이 더 정확하지.」

아버지가 거실을 가리켰다. 「자, 자, 들어오세요.」

그러나 수확자 퀴리는 문지방을 넘지 않았다. 「전 다른 곳에 볼일이 있어요. 해 질 녘에 시트라를 데리러 다시 오지요.」 그녀는 시트라의 부모에게 고개를 끄덕이고, 벤에게 눈을 찡긋하더니 몸을 돌렸다. 문이 닫히자 어머니와 아버지 둘 다 마치 그동안 숨을 참고 있었다는 듯이 살짝 몸을 구부렸다.

「네가 수확자 퀴리에게 가르침을 받다니 믿을 수가 없구나. 〈죽음의 할머니〉에게!」

「〈죽음의 대모〉야, 할머니가 아니고.」

「아직까지 살아 계신지도 몰랐어.」 시트라의 엄마가 말했다. 「모든 수확자는 결국에 가선 자기 스스로 수확을 해야 하는 거 아니니?」

「해야 하는 건 아무것도 없어.」 시트라는 수확령이 어떻게 돌아가는지에 대해 부모님이 얼마나 무지한지 알게 되자 조금 놀랐다. 「수확자들은 원할 때만 스스로를 수확해.」 〈아니면 살해당했을 경우지.〉 시트라는 속으로 생각했다.

시트라의 방은 떠났을 때 그대로에, 그저 좀 더 깨끗하기만 했다.

「네가 임명을 받지 못한다면 집에 돌아오면 돼. 떠난 적도 없었던 것처럼 지낼 수 있어.」 어머니가 말했다. 시트라는 임명을 받든, 받지 못하든 집에 오지 못한다는 말은 하지 않았다.

수확자가 된다면 아마 다른 신참 수확자들과 살게 될 테고, 수확자 임명을 받지 못한다면 아예 살지 못할 테니 말이다. 부모님이 그 사실을 알 필요는 없었다.

「널 위한 날인데, 뭘 하고 싶니?」 아버지가 말했다.

시트라는 책상 서랍 속을 뒤지다가 카메라를 찾아냈다. 「산책 나가자.」

잡담은 다양하게 이어지지 않았고, 가족과 함께 있으니 좋기는 했지만 그들 사이에 생긴 장벽이 얇아지지는 않았다. 시트라에게는 말할 수 있다면 얼마나 좋을까 싶은 이야기가 참 많았지만, 가족들은 결코 이해하지 못할 터였다. 애초에 이야기할 수도 없었다. 어머니에게 복잡한 살인 기술에 대해 말할 수는 없었다. 아버지에게 사람 눈에서 생명이 떠나는 순간에 대해 토로할 수도 없었다. 그나마 편하게 이야기할 수 있는 사람은 동생뿐이었다.

「누나가 우리 학교에 와서 머저리들을 다 거두는 꿈을 꿨어.」 벤이 말했다.

「진짜? 내 로브 색깔은 뭐였어?」 시트라가 말했다.

벤은 머뭇거렸다. 「청록색이었을걸.」

「그렇다면 그 색깔을 골라야겠다.」

벤이 활짝 웃었다.

「네가 임명을 받고 나면 우리가 어떻게 불러야 하지?」 아버지는 정해진 일이라는 듯이 말했다.

시트라는 생각도 해보지 못한 문제였다. 수확자를 수호 위인명으로 부르거나 〈수확자님〉이라고 부르지 않는 경우를 들어 본 적이 없었다. 가족 구성원들도 그래야 하는 걸까? 시트라는 아직 수호 위인도 골라 두지 않았다. 시트라는 〈가족이니까 원하는 대로 부를 수 있어〉라는 대답으로 질문을 회피하면서 그 말이 사실이기를 빌었다.

그들은 동네를 천천히 거닐었다. 시트라가 알려 주지는 않았지만, 걷다가 로언과 수확자 패러데이와 함께 살았던 작은 집 앞을 지나가기도 했다. 집에서 제일 가까운 기차역도 지났다. 그리고 시트라는 가는 곳마다 가족사진을 찍었다…… 제일 가까운 공공 카메라에 가까운 각도로.

감정적으로 무척 지치는 하루였다. 시트라는 집에 더 있고 싶었지만, 그러면서도 어서 수확자 퀴리가 도착하기를 기다렸다. 그 점에 죄책감을 느끼진 않을 작정이었다. 죄책감이라면 지금도 차고 넘쳤다. 〈죄책감이란 후회의 멍청한 사촌이지.〉 수확자 패러데이는 그런 말을 즐겨했다.

수확자 퀴리는 집으로 가는 길에 시트라에게 아무것도 묻지 않았고, 시트라도 경험을 공유하지 않아 좋았다. 다만 수확자에게 한 가지 물어보기는 했다.

「혹시 수확자님을 이름으로 부르는 사람도 있나요?」

「다른 수확자들, 나와 친한 수확자들은 마리라고 부르지.」

「마리 퀴리의 마리요?」

「나의 수호 위인은 위대한 여성이었어. 〈방사능〉이라는 용어를 만들었고, 노벨상을 탄 최초의 여성이기도 했지. 그런 것에 상을 주던 시절에 말이야.」

「하지만 본명은요? 태어났을 때 받으신 이름이요.」

수확자 퀴리는 바로 대답하지 않았다. 시간이 조금 흐른 후에야 말했다. 「내 인생에 그 이름으로 나를 아는 사람은 아무도 없어.」

「가족분들은요? 아직 있을 거 아녜요. 수확자님이 살아 계시는 동안에는 면제권이 있으니까요.」

수확자 퀴리는 한숨을 내쉬었다. 「가족과 연락하지 않은 지 1백 년이 넘어.」

시트라도 그렇게 될까 궁금해졌다. 수확자들은 알고 지냈던 사람 모두와의 인연을 잃어버리는 걸까? 선택받기 전의 자신을 모두 잃게 되는 걸까?

「수전이다.」 마침내 수확자 퀴리가 말했다. 「어렸을 때 나는 수전이라고 했지. 수지. 수라고도 하고.」

「반가워요, 수전.」

시트라에게 수확자 퀴리를 어린 여자아이로 상상하기란 불가능에 가까웠다.

집에 돌아간 시트라는 선더헤드에 사진을 업로드했다. 수확자가 볼까 봐 걱정하지는 않았다. 그 사진들에 특이하거나 의심스러운 요소는 아무것도 없었다. 누구나 사진을 업로드했다. 오히려 업로드하지 않는다면 그게 더 수상했을 것이다.

그런 다음 그날 밤 늦게, 수확자 퀴리가 잠든 게 확실해졌을 때 서재에 가서 접속하고 그 사진들을 불러냈다. 태그가 붙어 있어 찾기 쉬웠다. 그다음에는 후뇌 속으로 뛰어들어 선더헤드가 시트라의 사진들에 붙여 놓은 모든 연결 고리를 따라갔다. 가족의 다른 사진들, 어떤 식으로든 시트라의 가족을 닮은 다른 가족들의 사진이 나왔다. 예상대로였다. 하지만 같은 장소에서 거리 카메라가 찍은 영상들로도 이어졌다. 바로 그게 시트라가 찾던 것이었다. 일단 거리 카메라에서 나온 관계없는 사진들을 걸어 내는 알고리즘을 만들고 나자, 감시 영상이 온전히 손에 들어왔다. 물론 무작위로 접근한 데다 질서도 없는 파일이 수백만 개 남았지만, 적어도 이제 남은 파일들은 다 수확자 패러데이가 살던 동네의 거리 카메라에서 나온 기록이었다.

혹시 패러데이가 나온 영상들만 골라낼 수 있을까 싶어서 수확자 패러데이의 모습을 업로드했지만, 혹시나 했는데 역시나였다. 수확자들에게는 전혀 손대지 않는다는 선더헤드의 정책 때문에 수확자의 사진과 영상에는 어떤 태그도 붙지 않았다. 그래도 이미 수십억 개 기록을 수백만 개로 줄이는 데에는 성공했다. 수확자 패러데이가 죽은 날의 행적을 추적하기란 지평선까지 뻗어 나간 건초밭에서 바늘 하나 찾기나 다름없었다. 그렇다 해도 시트라는 찾고 있는 영상을 반드시 찾아내겠다고 다짐했다. 아무리 오래 걸린다고 해도.

수확은 상징적이어야 한다. 수확은 기억에 남아야 한다. 사망 시대에 입에서 입으로 전해지며, 지금 우리처럼 불멸의 생명을 얻은 가장 위대한 전투들과 같은 전설적인 힘을 지녀야 한다. 결국 그것이 우리 수확자들이 여기에 존재하는 이유이다. 우리를 과거와 계속 연결 짓기 위해서. 필멸성에 매어 두기 위해서. 그렇다, 우리들 대부분은 영원히 살 테지만, 수확령 덕분에 일부는 살지 못한다. 그러니 수확될 사람들에게는 최소한 화려한 결말이라도 안겨 줘야 마땅하지 않은가?

— 수확자 고더드의 「수확 일기」 중에서

24
우리의 정체성에 대한 모독

무감각했다. 로언은 자신이 무감각해지는 것을 느낄 수 있었다. 그리고 그게 그의 괴로운 정신에는 좋은 일일지 모르지만, 영혼에는 좋지 않다는 사실도.

〈절대 인간성을 잃지 마라.〉 수확자 패러데이는 예전에 그렇게 말했다. 〈그걸 잃으면 넌 살해 기계에 지나지 않게 된다.〉 패러데이는 〈수확〉이라고 하지 않고 〈살해〉라고 했다. 로언도 당시에는 별생각이 없었지만 이제는 이해했다. 그 행위에 무감각해지는 순간, 그것은 수확이 아니게 되었다.

그러나 이 거대한 무감각의 평원이 최악은 아니었다. 무감각은 그래도 회색 연옥에 불과했다. 그래, 훨씬 더 나쁜 곳도 있었다. 계몽으로 가장한 어둠. 별처럼 반짝이는 다이아몬드가 흩뿌려진 새파란 색깔이 지배하는 곳.

「아니, 아니, 아니야!」 수확자 고더드가 솜을 채운 인형들을 상대로 로언이 일본도로 검술 연습하는 모습을 지켜보다가 꾸짖었다. 「아무것도 배운 게 없는 거냐?」

로언은 부아가 치밀었지만, 화가 끓어오르지 않게 잘 누르고 머릿속으로 열까지 센 후에 수확자에게 고개를 돌렸다. 고더드는 솜과 천의 잔해가 널려 있는 저택 앞 잔디밭을 가로질러 로언에게 다가왔다.

「이번에는 제가 뭘 잘못한 건가요, 수확자님?」 로언에게 〈수확자님〉이라는 표현은 불경한 말이 되어 있었고, 그런 티를 내면서 말할 수밖에 없었다. 「다섯은 깔끔하게 머리를 자르고, 셋은 내장을 제거하고, 나머지는 대동맥을 잘랐습니다. 살아 있는 사람이었다면 다 죽었겠죠. 원하시는 대로 했어요.」

「그게 문제야. 내가 원하는 게 아니라, 네가 원하는 걸 해야지. 열정은 어디 있지? 넌 로봇처럼 공격하고 있어!」

로언은 검을 검집에 넣으며 한숨을 내쉬었다. 이제 강의가 나올 차례였다. 좀 더 정확히 말하면 연설이었다. 수확자 고더드는 청중을 앞두고 연설하기를 너무나 좋아했으며, 그것은 청중이 한 명이라고 해도 마찬가지였다.

「인간은 천성적으로 포식자야.」 고더드가 운을 뗐다. 「문명이라는 살균력 때문에 표백이 됐을지는 몰라도, 본성을 완전히 제거할 수는 없어. 그 점을 받아들여라, 로언. 그 변화의 힘을 가진 가슴에 달라붙어 젖을 빨란 말이야. 넌 수확이 후천적인 기호라고 생각하겠지만, 그렇지가 않아. 사냥의 흥분과 살해의 기쁨은 우리 모두의 내부에서 들끓고 있다. 그걸 터뜨리면 너도 이 세상이 필요로 하는 부류의 수확자가 될 거다.」

로언은 이 모든 과정을 경멸하고 싶었지만, 어떤 기술이든 간에 기술을 갈고닦는 데에는 보람이 있었다. 다만 자신이 그 기술을 싫어하지 않는다는 사실이 싫었다.

하인들이 허수아비 인형들을 새것으로 교체했다. 허수아비들의 수명은 극도로 짧았다. 고더드가 로언의 손에서 일본도를 가져가더니 흉악하게 생긴 사냥칼을 쥐여 주었다. 죽음을 더 개인적으로 전달하는 도구였다.

「이건 보이 나이프다. 텍사스 수확자들이 쓰는 것과 비슷하지.」 고더드가 말했다. 「이 칼에서 크나큰 만족과 쾌락을 느끼도록 해라, 로언. 그러지 않는다면 넌 그저 살해 기계에 불과하게 될 거야.」

매일매일이 똑같았다. 수확자 랜드와 아침 달리기를 하고, 수확자 촘스키와 근력 운동을 하고, 주방장이 영양 성분에 딱 맞춰 준비한 아침 식사를 했다. 그다음에는 수확자 고더드가 직접 지도하는 살해 기술 수업이 이어졌다. 검과 활, 사격, 아니면 몸을 죽음의 무기로 이용하는 방법. 무기 끝에 바르는 경우가 아니라면 독살 방법은 익히지 않았다.

「수확은 〈집행하는〉 게 아니라 〈실행하는〉 거다.」 수확자 고더드가 말했다. 「의지가 들어가는 행동이지. 수동적인 입장에 서서 독이 일하게 두는 건 우리의 정체성에 대한 모독이야.」

고더드는 언제나 거들먹거렸고, 로언은 그의 말에 동의하지 않을 때가 많았지만 대놓고 반대하거나 목소리를 내지 않았다. 그랬더니 고더드의 목소리가 내면의 중재자를 대신하기 시작했다. 고더드의 목소리가 로언의 머릿속에서 판단을 내리는 목소리가 되어 버렸다. 로언은 왜 그런지 알지 못했다. 어쨌든 지금 고더드는 그의 머릿속에서, 로언이 하는 모든 일에 대해 이러니저러니 비평을 했다.

오후는 수확자 볼타와 함께하는 정신 훈련으로 채워졌다. 기억력 연습, 예리한 인지력을 키우는 게임들. 로언의 하루 중에서 가장 작은 부분인 저녁 식사 직전 시간만이 책을 배우는 데 쓰였다. 그러나 정신 훈련은 로언이 학습을 반복하지 않고도 배운 내용을 유지할 수 있게 도와주었다.

「콘클라베에서 뽐내기 위한 역사와 생화학과 독물학은 지겹도록 알게 될 거야.」 고더드는 넌더리가 난다는 듯 손을 내저으며 로언에게 말했다. 「내 눈에는 무의미해 보인다만, 수확령의 실용론자들뿐만 아니라 탁상론자들에게도 좋은 인상을 주긴 해야지.」

「수확자님이 그건가요? 실용론자?」 로언이 물었다.

대답한 사람은 볼타였다. 「수확자 고더드 님은 통찰가야. 미드메리카에 존재하는 다른 모든 수확자보다 한 단계 위에 있지. 전 세계에서도 그럴지 몰라.」

고더드는 이의를 제기하지 않았다.

그리고 파티가 있었다. 파티는 발작처럼 저택을 덮쳤다. 다른 모든 일이 멈췄다. 심지어 로언의 훈련보다도 우선됐다. 파티를 누가 조직하는지, 흥청대는 사람들은 어디에서 오는지 알 수가 없었지만, 어쨌든 사람들은 늘 모여들었고, 군대를 먹이고도 남을 만한 음식과 온갖 퇴폐스러움을 몰고 왔다.

로언의 상상인지 모르겠지만, 처음 도착했을 때보다 고더드의 파티에 자주 나타나는 수확자와 유명 인사가 갈수록 늘어나는 것 같았다.

석 달 후에는 로언의 신체 변화가 뚜렷해졌고, 아무에게도 알리고 싶지 않았지만 로언은 침실에 놓인 전신 거울 앞에서 자신의 변화를 살펴보는 데 꽤 많은 시간을 보냈다. 온몸이 선명해졌다. 복근도, 흉근도 드러났다. 이두근이 느닷없이 튀어나온 것 같았는데, 수확자 랜드는 걸핏하면 그의 엉덩이 근육을 철썩 때리면서 일단 나이만 차면 로언과 온갖 외설스러운 일을 하겠다는 언질을 던져 댔다.

로언은 드디어 일기 쓰는 요령을 익혔고, 사색적인 내용들을 써나갔다. 하지만 그건 여전히 속임수였다. 로언은 절대로 진심을 적지 않았다. 그 〈사적인〉 일기가 전혀 사적이지 않으며, 수확자 고더드가 샅샅이 읽어 본다는 사실을 알기에, 고더드가 읽고 싶어 할 만한 내용만 썼다.

시트라에게 수확자 자격을 넘기겠다는 비밀스러운 맹세를 잊지는 않았지만, 일부러 그 생각을 누르고 혹시 정식 수확자가 되면 어떨까 상상해 보기도 했다. 그는 패러데이 같은 수확자가 될까, 아니면 고더드의 가르침을 받아들이고야 말까? 아무리 로언이 부정하려 해도 고더드의 접근 방식에는 타당한 구석이 있었다. 대체 어떤 자연물이 스스로의 존재를 혐오하고, 스스로의 생존 방식에 부끄러움을 느낀단 말인가?

〈우리는 죽음을 정복한 순간 비자연적인 존재가 되었다.〉 수확자 패러데이는 그렇게 말하곤 했다. 하지만 그것이 오히려 우리 안에서 찾을 수 있는 자연을 추구해야 할 이유가 될 순 없을까? 수확을 즐기는 법을 익힌다고 그게 그렇게 비극일까?

그런 생각은 오로지 혼자 간직했지만, 수확자 볼타는 로언의 생각을 읽을 수 있었다. 구체적이지는 않더라도 대략은 아는 것 같았다.

「네 이전 수습 생활에서는 수확자 고더드 님이 좋게 보는 특질들과는 아주 다른 특질들을 키웠다는 걸 알아.」볼타가 말했다.「고더드 님은 연민과 관용을 약점으로 보지. 하지만 네 안의 다른 특질들도 깨어나기 시작했어. 넌 신질서에 맞는 수확자가 될 거야!」

고더드의 신참 수확자들 중에서 볼타가 가장 훌륭했고, 로언과 관계가 깊었다. 동등한 입장이 되면 친구가 될 수도 있겠다고 생각할 정도였다.

「우리가 두들겨 팼을 때의 고통을 기억하나?」어느 날 오후, 기억 훈련이 끝날 때쯤 볼타가 물었다.

「그걸 어떻게 잊어요?」

「그 과정에는 세 가지 이유가 있어. 첫 번째는 널 우리 조상들과 연결해서 고통과 고통에 대한 공포를 되살리는 것인데, 그게 과거에 필멸성을 넘어 인류 문명과 발전으로 이어졌기 때문이지. 두 번째는 통과 의례야. 수동적인 우리 세상에서는 사라진 뭔가지. 하지만 아마도 세 번째 이유가 제일 중요할 거야. 고통에 시달릴 줄 알게 되면 인간으로 태어난 기쁨도 느낄 수 있게 되거든.」

로언에게는 그것도 공허하고 상투적인 헛소리 같았다. 하지만 볼타는 그런 면에서 고더드와 달랐다. 보통 볼타는 원대하고 무의미한 생각들을 떠드는 사람이 아니었다.

「떡이 되게 두들겨 맞지 않아도 살면서 기쁨은 많이 누렸는데요.」로언이 말했다.

볼타는 고개를 끄덕였다.「뭔가를 느끼긴 했겠지. 하지만 그건 원래 가능한 감정의 그림자에 불과해. 고통의 위협 없이는 진정한 기쁨을 경험할 수 없어. 기껏해야 쾌적할 뿐이지.」

로언도 그 말에는 대꾸할 말이 없었다. 사실이었으니까. 로언은 쾌적한 삶을 영위했다. 제일 큰 불평거리라고 해봐야 소외된다는 것 정도였다. 하지만 소외감은 누구나 느끼지 않던가? 그들은 누가 뭘 해도 큰 의미는 없는 세상에 살았다. 생존은 보장되어 있었다. 수입도 보장되어 있었다. 음식은 풍족했고, 안락함이 주어졌다. 선더헤드가 필요한 건 뭐든지 처리해 주었다. 필요한 게 없는 인생이 쾌적할 수밖에 없지 않겠는가?

「결국엔 너도 알게 될 거야.」 수확자 볼타가 말했다. 「이젠 네 진통 나노기가 꺼져 있으니 알 수밖에 없지.」

에즈메이는 수수께끼로 남아 있었다. 에즈메이는 그들과 같이 식사를 하러 내려올 때도 있고, 내려오지 않을 때도 있었다. 때로 로언은 저택 여기저기에서 책을 읽고 있는 에즈메이와 마주쳤다. 이 저택 주인이 수확자 고더드에게 다 바치기 전에 수집한, 종이로 만든 사망 시대의 책들 같았다. 뭘 읽고 있는지는 몰라도, 에즈메이는 매번 부끄럽다는 듯이 읽던 책을 숨겼다.

「수확자가 되면 여기 머물 거야?」 에즈메이가 물었다.

「그럴 수도 있고, 아닐 수도 있고. 아마 난 수확자가 되지 못할 거야. 그러니까 아무 데도 가지 못하겠지.」

에즈메이는 로언의 대답 중 마지막 부분을 무시하고 말했다. 「오빠는 남아야 해.」

아홉 살짜리 여자애가 그에게 꽂히지 않아도 이미 로언의 상황은 충분히 복잡했다. 에즈메이는 원하는 건 뭐든 얻는 것 같았다. 그렇다면 에즈메이가 원하면 로언도 얻는 걸까?

「내 이름은 에즈머랄다인데, 다들 날 에즈메이라고 불러.」
어느 날 아침, 에즈메이는 로언을 따라 운동실에 들어오면서
말했다. 보통 로언은 어린아이들에게 친절했다. 하지만 친절
하게 대하라는 말을 들었더니, 갑자기 그러고 싶지 않아졌다.

「알아. 수확자 고더드 님에게 들었어. 넌 여기 있으면 안 돼.
이 운동 기구들은 위험할 수도 있어.」

「그리고 오빠는 촘스키 수확자의 감시 없이 여기에 오면 안
되지.」 에즈메이가 지적하더니, 떠날 생각이 없다는 듯 벤치
프레스 위에 앉았다. 「괜찮다면 훈련 끝나고 나서 게임을 할 수
도 있어.」

「난 게임을 하지 않아.」

「카드놀이도?」

「카드놀이도 안 해.」

「오빠 인생은 되게 지루하겠다.」

「뭐, 이젠 지루하지 않아.」

「내가 내일 저녁 식사 후에 카드놀이를 가르쳐 줄게.」 에즈
메이가 선언했다. 그리고 에즈메이는 원하는 바를 얻어 내기
때문에, 로언은 원하든 원하지 않든 약속 시간에 카드놀이를
해야 했다.

「에즈메이는 계속 행복한 상태로 있어야 해.」 카드놀이를
한 후에 수확자 볼타가 로언에게 다시 한번 일깨워 주었다.

「왜죠?」 로언이 물었다. 「고더드는 수확자 로브를 입은 사
람이 아니면 아무도 신경 쓰지 않는 것 같은데, 왜 에즈메이에
게는 신경을 쓰는 거예요?」

「그냥 에즈메이에게 잘해 줘.」

「난 모두에게 잘해요.」 로언이 지적했다. 「혹시 눈치 못 챘는지 모르겠는데, 난 괜찮은 사람이거든요.」

볼타는 소리 내어 웃었다. 「가능한 한 오랫동안 그 상태를 유지해라.」 마치 그러기가 아주 힘들 거라는 투였다.

그러다가 수확자 고더드가 팽팽하게 당긴 천 같던 로언의 생활에 주름을 더해 주는 날이 찾아왔다. 수확자 고더드가 로언에게 한 모든 일이 그렇듯, 이번 일도 경고 없이 들이닥쳤다. 살해 기술 훈련 중이었던 로언은 이제 단검 두 자루를 하나씩 잡고 훈련하고 있었다. 쌍검은 까다로웠다. 로언은 오른손을 선호했고 왼손은 덜 능숙했다. 수확자 고더드는 이런 훈련을 어렵게 만들기를 좋아했는데, 로언이 말도 안 되게 완벽한 정도에 미치지 못하면 가혹하게 비평했다. 그래도 로언 스스로는 놀라고 있었다. 무기를 휘두르는 솜씨는 점점 좋아졌고, 가끔은 고더드에게 미지근한 인정 비슷한 것도 이끌어 냈으니 말이다.

고더드는 〈그럭저럭 괜찮아〉라고 말하거나, 아니면 〈아주 형편없지는 않았어〉라고 했다. 그만하면 대단한 칭찬이었다.

그리고 원하는 바는 아니었지만, 로언도 고더드에게 그런 칭찬을 받으면 만족감을 느꼈다. 치명적인 무기를 휘두르는 게 재미있어진다는 사실도 인정할 수밖에 없었다. 다른 운동을 할 때와 다름없는 기분이었다. 기술 자체를 위해 기술을 연마하고, 잘하면 성취감을 느끼고.

문제의 그날은 사태가 심각해졌다. 뭔가가 있다는 건 잔디밭에 나선 순간, 바로 알 수 있었다. 허수아비들이 나와 있지 않았다. 그 대신 열 명이 넘는 사람들이 잔디밭을 서성이고 있었다. 처음에는 이해가 가지 않았다. 신참 수확자들 전원이 그의 훈련을 지켜보러 나왔을 때 뭔가 다르다는 사실을 눈치챘어야 했다. 평소에는 고더드만 나와서 지켜봤는데.

「뭐가 어떻게 된 거예요?」 로언이 물었다. 「사람들이 가로막고 있으면 훈련을 할 수가 없는데요. 나가라고 해줘요.」

수확자 랜드가 비웃었다. 「넌 매력적일 정도로 아둔하구나.」

「재미있을 거야.」 수확자 촘스키가 앞으로 일어날 일을 즐길 태세로 팔짱을 끼며 말했다.

로언은 그제야 겨우 이해했다. 잔디밭에 있는 사람들은 서성이는 게 아니라, 일정한 간격을 두고 서 있었다. 로언을 기다리고 있었던 것이다. 오늘은 허수아비 인형이 없을 터였다. 이제 그의 연습은 진짜가 될 것이고, 살해 기술이 진정한 살해술로 쓰일 터였다.

「안 돼.」 로언은 고개를 저었다. 「안 돼, 이런 건 못 해요!」

「아, 하지만 넌 할 거다.」 수확자 고더드가 차분하게 말했다.

「하지만…… 하지만 전 아직 임명받은 수확자가 아니에요. 거둘 수 없어요!」

「네가 할 일은 수확이 아니야.」 수확자 볼타가 달래듯이 로언의 어깨에 손을 얹고 말했다. 「모든 사람을 위해 구급 드론이 대기하고 있어. 네가 연습을 마치면 바로 제일 가까운 재생 센터로 실려 갈 테고, 하루 이틀만 지나면 말끔한 몸으로 돌아올 거야.」

「하지만…… 하지만…….」 로언은 적당한 반박을 찾지 못하고 말했다. 「이건 옳지 않아요!」

「잘 들어라.」 수확자 고더드가 앞으로 나서며 말했다. 「저 잔디밭에는 열세 명이 서 있다. 전원 다 본인의 선택으로 여기에 왔고, 전원 다 이 봉사의 대가를 넉넉히 받을 거야. 모두가 왜 여기에 왔는지 알고, 자기가 할 일이 뭔지도 알고, 기꺼이 그 일을 할 작정이다. 너도 마찬가지이길 바란다. 네가 할 일을 해라.」

로언은 단검 두 개를 뽑아 들고 그들을 보았다. 오늘 그의 단검은 솜뭉치가 아니라 살을 베고 들어갈 것이다.

「심장과 경정맥으로.」 수확자 고더드가 말했다. 「빠른 속도로 대상을 해치워라. 시간을 잴 테니까.」

로언은 항의하고 싶었다. 그렇게는 못 한다고 말하고 싶었다. 그러나 그의 심장은 할 수 없다고 말해도, 그의 머리는 진실을 알고 있었다.

그래, 그는 할 수 있었다.

그동안의 훈련은 정확히 이것을 위해서였다. 양심의 다이얼만 0으로 돌려 두면 그만이었다. 로언은 자신이 그럴 수 있다는 사실을 알았고, 그래서 무서웠다.

「열두 명만 쓰러뜨려라. 그리고 마지막 한 명은 살려 둬.」 수확자 고더드가 말했다.

「마지막은 왜 남기죠?」

「내가 그러라고 했으니까.」

「얼른 해. 우리도 바빠.」 촘스키가 투덜거렸다. 볼타는 촘스키를 노려보더니 로언에게는 훨씬 더 인내심을 보이며 말했다. 「차가운 물에 뛰어드는 것과 비슷해. 예상이 실제보다 훨씬 나쁘지. 일단 뛰기만 하면 다 잘될 거야.」

로언은 그 자리를 뜰 수도 있었다.

칼을 떨구고 집 안으로 들어갈 수도 있었다. 바로 이 자리에서 자신이 실패작임을 증명하고, 더는 이런 짓거리를 참지 않을 수도 있었다. 그러나 볼타가 그를 믿었다. 그리고 고더드도, 큰 소리로 인정하지는 않더라도 로언을 믿었다. 로언이 기대를 충족시키리라 믿지 않는다면 왜 굳이 이런 도전 과제를 마련했겠는가?

로언은 숨을 깊이 들이마시고, 양손에 칼을 단단히 쥔 채, 영혼에 울려 퍼지는 경고음을 덮어 줄 거친 전투 함성을 내지르면서 달려 나갔다.

남자도 있고, 여자도 있었다. 대상은 다양한 연령대와 인종 비율, 그리고 근육질부터 뚱뚱한 몸과 마른 몸까지 다양한 체형을 망라했다. 로언은 찌르고 베고 비틀 때마다 소리를 지르고 고함을 치고 신음했다. 그동안 훈련을 잘한 덕에 칼날이 더없이 정확하게 들어갔다. 일단 시작하자 멈출 수가 없었다. 몸뚱이들이 쓰러지고, 로언은 그다음, 그다음 대상에게 달려들었다. 대상자들은 맞서 싸우지도 않고, 두려움에 질려 달아나지도 않았다. 그대로 서서 받아들였다. 허수아비들과 다를 게 없었다. 로언은 피투성이가 되었다. 피 때문에 눈이 따끔거렸다. 코 속에 피 냄새가 가득했다. 마침내 그는 마지막 사람에게 이르렀다. 로언 또래의 여자애였는데, 그 얼굴에는 슬픔에 가까운 체념의 표정이 떠올라 있었다. 그 슬픔을 끝내 버리고 싶었다. 시작한 일을 완료하고 싶었다. 그러나 로언은 내면의 사냥꾼이 외치는 잔혹한 명령을 무시했다. 칼을 휘두르려는 손을 멈췄다.

「해치워.」여자애가 속삭였다. 「해치워 줘. 안 그러면 난 돈을 못 받아.」

그러나 로언은 칼을 풀밭에 떨궈 버렸다. 열두 명이 일시적으로 죽고, 한 명이 살아남았다. 로언이 수확자들을 돌아보자 모두가 박수를 치기 시작했다.

「잘했다!」수확자 고더드는 로언이 이제까지 보지 못한 기쁜 얼굴로 말했다. 「아주 잘했어!」

구급 드론들이 하늘에서 내려와 희생자들을 잡고, 가까운 재생 센터로 실어 가기 시작했다. 그리고 로언은 저도 모르게 미소 짓고 있었다. 그의 안에서 뭔가가 풀려났다. 그게 좋은 건지, 나쁜 건지는 몰랐다. 그리고 마음 한구석은 무릎을 꿇고 아침 식사를 게워 내고 싶었지만, 또 다른 한 구석은 달을 보고 늑대처럼 울부짖고 싶어 했다.

1년 전에 내가 스무 가지가 넘는 칼을 휘두를 줄 알게 되고, 총기 전문가가 될 것이며, 맨손으로 목숨을 끊는 방법도 열 가지 넘게 알게 될 거라는 소리를 들었다면, 나는 웃어넘기면서 상대방에게 뇌 화학 설정을 다시 해야겠다고 말했을 것이다. 겨우 몇 달 만에 어떤 일이 일어날 수 있는지 생각하면 놀랍기만 하다.

수확자 고더드의 훈련은 수확자 패러데이의 훈련과는 다르다. 이 훈련은 치열하고 육체적이며, 내가 모든 면에서 실력이 늘고 있음을 부정할 수 없다. 내가 무기라면, 나라는 무기를 매일 숫돌에 가는 셈이다.

나의 두 번째 콘클라베가 몇 주 앞으로 다가온다. 첫 번째 시험은 단순한 질문에 불과했다. 이번에는 다를 것이라고 한다. 수습생들이 무엇을 해야 할지 말해 주는 일은 없다. 단 한 가지는 분명한데, 내가 고더드의 기대에 부응하지 못한다면 만만찮은 대가를 치러야 할 것이다.

물론 나야 기대에 부응할 자신이 있다.

— 수확자 수습생 로언 데이미시의 「일기」 중에서

25

죽음의 대리인

　기술자는 자기 부상 추진 연구소에서 자신이 하는 일이 유용하다고 믿고 싶었다. 언제나 쓸모없어 보이긴 했지만 말이다. 자기 부상 열차는 이미 최대 효율로 가동하고 있었다. 개인 교통수단을 위한 응용 프로그램도 약간의 재설정이면 충분했다. 이제 〈새롭고 향상된〉 제품은 없었다. 새로운 스타일과 그 스타일이 대유행하도록 만드는 광고라는 〈다름〉의 눈속임만 있을 뿐, 기본 기술은 똑같은 상태였다.

　그러나 이론상으로는 아직 달성하지 못한 새로운 쓰임새가 있었다. 그렇지 않다면 왜 선더헤드가 기술자들에게 일을 시키겠는가?

　그들이 하는 작업의 궁극적인 목적을 아는 프로젝트 매니저들도 있었지만, 그 누구도 전체 그림을 알지는 못했다. 그래도 추측은 존재했다. 우주 공간을 효율적으로 이동하는 데 태양풍과 자기 부상 기술의 결합이 필요하다는 믿음이 오래전부터 존재했다. 우주여행이라는 전망이 사람들의 관심을 잃은 지 꽤 오래되기는 했지만, 항상 그랬다는 뜻은 아니었다.

한때는 화성을 식민화하려는 계획, 목성의 위성들을 탐사하려는 계획, 심지어 그 너머의 별들로 날아가려는 계획이 있었지만 모든 계획이 철저히 파멸적인 실패로 끝났다. 우주선들이 폭발했다. 개척지의 개척자들이 죽었다. 그리고 우주에서 죽음은 그냥 죽음, 수확당했을 때 못지않게 완벽한 끝이었다. 필멸성을 정복한 세상에서, 사람들은 수확자의 세심히 통제한 손에 의한 것이 아닌, 또 다른 변경 불가능한 죽음을 맞는다는 생각을 견디지 못했다. 대중은 모든 우주 탐사를 그만두라고 부르짖었다. 지구가 우리의 유일한 집이요, 앞으로도 쭉 그럴 것이라고.

바로 그렇기 때문에 기술자는 선더헤드가 이 프로젝트들을 이토록 조심스럽고 느리게 진행하는 것이 아닐까 의심했다. 대중의 관심을 끌지 않으려고 말이다. 비밀 프로젝트라고 할 수는 없었다. 선더헤드는 불공정하게 움직이는 것이 불가능했다. 그저 신중하게 움직일 뿐이었다. 현명한 조심성이었다.

언젠가는 모두가 다른 방향을 보는 사이에 인류가 행성 지구라는 경계 바깥에서 살아갈 수 있게 되었다고 선더헤드가 선언할 날이 올 것이다. 기술자는 그날을 고대했고, 살아서 그 광경을 보기를 기대하기도 했다. 그때까지 살지 못할 이유가 없었다.

수확자 한 팀이 그의 연구 시설을 포위하는 날이 오기 전까지는 그랬다.

로언은 수건이 얼굴을 때리는 바람에 새벽같이 깨어났다.

「일어나, 잠자는 미인.」 수확자 볼타가 말했다. 「샤워하고 옷 입어. 오늘이 그날이야.」

「오늘이 무슨 날인데요?」 로언은 잠에 취한 나머지 일어나 앉지도 못한 채 물었다.

「수확 날!」 볼타가 말했다.

「실제로 수확을 하기도 해요? 파티하고 다른 사람들 돈만 쓰는 줄 알았더니.」

「준비나 하셔, 똑똑이.」

로언이 샤워기를 끄자 헬리콥터의 날개 돌아가는 소리가 들려왔고, 잔디밭으로 나가 보니 헬리콥터가 기다리고 있었다. 새파란 색깔로 칠하고 반짝이는 별들을 그려 넣은 헬리콥터라는 사실도 놀랍지는 않았다. 수확자 고더드의 삶에 존재하는 모든 것이 그의 자아를 증거하는 수단이었다.

다른 세 수확자는 이미 앞마당에 나가서 각자 가장 뛰어난 살해 수단을 연습하고 있었다. 로브가 부풀어 오른 모양새를 보아하니, 그 안에 온갖 무기를 담아 둔 게 분명했다. 촘스키는 화염 방사기로 화분에 담긴 식물 하나를 불태웠다.

「진심이에요? 화염 방사기요?」 로언이 말했다.

촘스키는 어깨를 으쓱였다. 「금지하는 법은 없어. 그리고 어차피 네가 상관할 바는 아니지?」

고더드가 저택에서 걸어 나왔다. 「뭘 기다리나? 가자!」 모두가 그를 기다리고 있었다는 사실을 무시한 발언이었다.

기대감의 아드레날린이 가득 차오르고, 대기 중인 헬리콥터를 향해 다 함께 걸어가면서 로언은 순간 슈퍼 히어로가 된 그들의 모습을 그렸……. 그러다가 그들의 진정한 목적을 기억해 내자 그 심상은 산산이 부서졌다.

「얼마나 많이 거두려고요?」 볼타에게 물었지만, 볼타는 귀를 가리키며 고개만 저었다. 헬리콥터의 날개 도는 소리가 너무 커서 로언의 목소리가 들리지 않는다는 뜻이었다. 잔디밭을 걸어가는 수확자들의 로브가 폭풍에 휘말린 깃발처럼 펄럭였다.

로언은 계산을 해보았다. 수확자들은 일주일에 다섯 건의 수확을 해야 했고, 로언이 아는 한 이 네 명은 로언이 저택에 온 후 석 달 동안 단 하나의 목숨도 빼앗지 않았다. 그러니까 오늘 250명을 거두어도 할당량 안쪽이라는 뜻이었다. 오늘의 일은 수확이 아니라 대학살이 될 터였다.

로언은 머뭇거리다가 뒤처졌다. 볼타가 눈치를 챘다.

「무슨 문제 있어?」 볼타는 귀가 멀 듯한 헬리콥터 소음 속에서도 들리도록 크게 외쳤다.

하지만 로언이 그만큼 큰 소리로 말할 수 있다 해도 이해받지는 못할 것이다. 이것은 고더드와 그의 제자들이 원래 하는 일이다. 그들이 작업하는 방식이었고, 늘 하던 일이었다. 로언에게도 그것이 자연스러워질 수 있을까? 로언은 가장 최근에 있었던 훈련을 생각했다. 살아 있는 목표물을 세워 두었던 훈련들. 하나만 빼고 모두 죽인 후에 느낀 기분, 원시적인 승리감과 싸우던 역겨움. 지금 헬리콥터 입구에 선 로언은 그때와 같은 기분을 느꼈다. 고더드의 세계에 깊숙이 들어가면 갈수록 빠져나오기는 더 힘들어졌다.

이제는 수확자 네 명 모두가 그를 쳐다보고 있었다. 그들은 임무 수행에 나설 준비가 되어 있었다. 그들을 방해하는 것은 로언뿐이었다.

〈난 저들과 달라.〉로언은 스스로에게 말했다. 〈난 거두지 않을 거야. 그저 관찰하러 가는 것뿐이야.〉

로언이 마음을 굳히고 헬리콥터에 올라타서 문을 닫자, 모두가 하늘로 날아올랐다.

「이런 물건을 타고 날아 본 적 없지?」볼타가 로언의 불안감을 잘못 해석하고 물었다.

「없어요. 처음이에요.」

「이게 유일한 여행 수단이야.」수확자 랜드가 말했다.

「우린 죽음의 천사들이야.」수확자 고더드가 말했다. 「하늘에서 날아 내려가야 마땅하지.」

그들은 남쪽으로, 풀크럼시티 상공을 지나서 그 너머 교외로 날아갔다. 날아가는 동안 로언은 속으로 헬리콥터가 추락했으면 좋겠다고 생각했지만…… 그래 봐야 무의미했다. 설령 헬리콥터가 추락한다고 해도 모두가 주말이면 재생해 있을 테니.

헬리콥터 한 대가 본관 지붕 착륙장에 내려앉았다. 사전에 알리지도 않았고, 예기치도 못한 방문이었다. 일어난 적 없는 일이었다. 하늘을 나는 거의 모든 것은 선더헤드가 조종했고, 설령 망 외 헬리콥터라고 해도 언제나 타고 있는 누군가가 미리 알리고 착륙장을 비워 달라고 요청했다.

그런데 이 헬리콥터는 그냥 하늘에서 뚝 떨어져 지붕에 앉았다.

가장 가까이에 있던 경비원이 6층에서 계단으로 지붕까지 올라갔다가, 마침 수확자들이 내려서는 모습을 보았다. 수확자는 총 네 명이었다. 파란색, 녹색, 노란색, 오렌지색 로브. 그리고 수습생 팔찌를 찬 소년이 하나 있었다.

경비원은 어찌할 바를 몰라 입을 벌리고 섰다. 본관 사무실에 이 사태를 알리려다가, 그랬다간 수확을 당할지도 모른다는 생각이 떠올랐다.

녹색 로브를 입고 마녀처럼 새까만 머리에 판아시아계 외모를 지닌 여성 수확자가 씩 웃으며 그에게 다가왔다.

「똑똑.」

경비원은 너무 당황해서 답을 하지 못했다.

「똑똑이라고 했잖아.」

「누…… 누구세요?」 그는 겨우 대꾸했다.

그 여자는 로브 안에 손을 넣더니, 경비원이 평생 본 것들 중에서 가장 끔찍하게 생긴 칼을 뽑아 들었다. 그러나 그 여자가 칼을 쓰기 전에 파란색 옷의 수확자가 그녀의 팔을 잡았다.

「저치에게 낭비하지 마, 에인.」

그러자 녹색 옷의 수확자는 칼을 치우며 어깨를 으쓱였다. 「하여간 재미가 없다니까.」 그러더니 동료들과 함께 경비원 옆을 지나쳐 건물 계단으로 내려갔다.

경비원은 몇 미터 뒤에서 걸어오는 수습생과 눈을 마주쳤다.

「내가 어떻게 해야 하죠?」 그는 소년에게 물었다.

「나가요.」 소년이 말했다. 「뒤도 돌아보지 말고.」

그래서 경비원은 그 말대로 했다. 반대쪽 계단으로 걸어가서 맨 아래층까지 한달음에 내려간 후 비상구로 나가서 쉼 없이 뛰었다. 비명 소리가 들리지 않을 만큼 멀리까지.

「6층에서 시작해 아래로 내려간다.」 고더드가 다른 이들에게 말했다. 그들은 계단실에서 나왔다가 엘리베이터를 기다리는 여자를 보았다. 그녀는 숨을 들이켜며 그 자리에 얼어붙었다.

「우우!」 수확자 촘스키가 외쳤다. 여자는 움찔하다가 들고 있던 서류를 떨어뜨렸다. 로언은 이들 중 누구라도 한순간의 변덕으로 그 여자를 제거할 수 있음을 알았다. 그 여자도 눈치챘는지, 그 경우에 대비하는 모습이었다.

「네 보안 등급은?」 고더드가 물었다.

「1급입니다.」 여자가 대답했다.

「그게 좋은 건가?」

여자가 고개를 끄덕이자 고더드는 그녀의 명찰을 가져왔다. 「고맙군. 넌 살았어.」

그리고 그는 잠긴 문 앞으로 가서 명찰을 긋고 안으로 들어갔다.

로언은 머리가 띵해졌고, 과호흡을 하기 시작했다.

「전 여기서 기다려야겠어요. 수확을 할 수 없으니까, 여기서 기다릴게요.」

「말도 안 돼.」 촘스키가 말했다. 「같이 가야지.」

「하지만…… 하지만 제가 무슨 쓸모가 있죠? 걸리적거리기만 할 텐데요.」

그러자 수확자 랜드가 비상용 유리 상자를 걷어차서 깨고는 화재용 도끼를 꺼내어 로언에게 내밀었다. 「자, 물건을 부숴.」

「왜요?」

랜드는 눈을 찡긋했다. 「그래도 되니까.」

6층 북쪽 절반을 차지한 601호실의 직원들은 아무 사전 경고도 받지 못했다. 수확자 고더드와 그의 수확자들은 한창 업무 중인 사무실 중앙으로 걸어갔다.

「주목!」 그는 극적인 효과를 한껏 실은 목소리로 선언했다. 「전원 주목! 너희들은 오늘 수확에 선택받았다. 앞으로 나와서 종말을 맞이하길 명한다.」

웅얼대는 소리, 숨을 들이켜는 소리, 충격으로 인한 비명. 아무도 나서지 않았다. 원래 아무도 나선 적이 없었다. 고더드가 촘스키, 볼타, 랜드에게 고갯짓을 하더니 넷이 같이 칸막이와 사무실들의 미로를 전진했다. 그 뒤에 살아 있는 것은 하나도 남겨 두지 않았다.

「나는 너희의 완성이다!」 고더드가 외쳤다. 「나는 너희의 구원이다! 내가 이승 너머의 수수께끼로 향하는 문이다!」

칼날과 총탄과 불길. 사무실은 화염에 휩싸였다. 경보가 울리고, 천장에서 살수 장치가 차가운 물을 뿌려대기 시작했다. 불운한 이들은 불과 물, 그리고 숙달된 네 사냥꾼의 치명적인 시선 사이에 갇혔다. 누구에게도 희망이 없었다.

「내가 너희의 종언이다! 너희의 오메가요! 너희에게 평화와 안식을 가져다주는 사람이다! 나를 끌어안아라!」

아무도 고더드를 끌어안지 않았다. 대부분은 몸을 웅크리고 자비를 빌었지만, 그들에게 주어지는 자비라고는 빨리 죽는 것뿐이었다.

「어제 너희는 신이었지. 오늘 너희는 필멸의 인간이다. 너희의 죽음은 내가 내리는 선물이니, 품위와 겸손을 보이며 받아들여라.」

수확자들은 작업에 열중한 나머지, 로언이 뒤쪽에서 슬그머니 빠져나가 602호로 가는 모습을 보지 못했다. 로언은 누군가가 나올 때까지 유리문을 두드리다가 그 사람에게 앞으로 닥칠 일을 경고했다.

「뒤쪽 계단을 이용해요.」 로언은 남자에게 말했다. 「최대한 많이 데려가요. 아무것도 묻지 말고, 얼른 가요!」 그에게 의혹이 있었다 해도 복도 건너편에서 흘러나오는 절망과 자포자기의 소리들이 그 의혹을 쫓아냈을 터였다.

몇 분 후, 고더드와 볼타와 촘스키가 601호를 끝내고 나서 복도 건너편에 있는 602호에 가보니 로언 말고는 방이 텅 비어 있었다. 로언은 컴퓨터와 책상과 다른 모든 것들에 도끼를 휘두르며, 정확히 하라는 대로 하고 있었다.

수확자들은 불길보다 빨리 움직였다. 탈출하려는 직원들보다 더 빨랐다. 볼타와 촘스키가 세 개의 계단 중 두 곳을 막았다. 랜드는 정문으로 가서 골키퍼처럼 버티고 선 채 달아나려는 사람은 누구나 제거했다. 고더드는 뭐든 손에 맞는 무기로 바꿔 가며 공포에 질린 군중 사이를 헤치고 다니면서 의례적인 장황한 연설을 뿌려댔고, 로언은 부서지는 것이라면 무엇이든 도끼를 휘두르면서 가능할 때는 몰래 아무도 지키지 않는 계단 쪽을 가리켰다.

15분도 걸리지 않아서 다 끝났다. 건물은 불길에 휩싸였고, 헬리콥터는 이제 하늘에 떠 있었으며, 수확자들은 사망 후 시대 종말의 네 기수처럼 정문으로 당당히 걸어 나갔다.

로언은 맨 뒤에서 대리석 바닥 위로 도끼를 질질 끌고 가다가, 덜거덕 소리가 나게 떨어뜨렸다.

그들 앞에는 여섯 대의 소방차와 구급 드론들이 있었고, 그 뒤에는 생존자들이 모여 있었다. 수확자들이 나오는 모습을 보고 달아나는 사람도 있었지만, 그 못지않게 많은 수가 공포를 이기는 매혹에 사로잡혀 자리에 남았다.

「봤지?」 고더드가 로언에게 말했다. 「소방관들은 수확자의 행동에 간섭하지 못한다. 건물이 다 타버리게 놔둘 거야. 그리고 생존자들로 말하자면, 우리에겐 끝내 주는 선전 기회가 생긴 거지.」

그러더니 고더드는 앞으로 걸어가서 달아나지 않은 사람들에게 큰 소리로 외쳤다. 「우리의 수확은 완료됐다. 살아남은 자들에게는 면제권을 준다. 나와서 받으라.」 그는 반지를 낀 손을 내밀었다. 다른 수확자들도 고더드를 따라 했다.

처음에는 속임수라고 생각했는지 아무도 나서지 않았다. 그러나 몇 분이 흐르자 재투성이가 된 직원 하나가 비틀거리며 나왔고, 그 뒤를 다른 사람들이 따라왔다. 곧 군중 전체가 불안한 걸음걸이로 그들에게 다가왔다. 처음 몇 명은 무릎을 꿇고 수확자들의 반지에 입을 맞췄다. 그리고 속임수가 아니었음을 알게 되자, 나머지 사람들이 수확자들에게 밀려들었다.

「천천히!」 볼타가 외쳤다. 「한 번에 하나씩!」

하지만 그들을 탈출로 몰아낸 군중 심리가 이번에는 목숨을 구해 줄 반지를 향해 밀어붙였다. 갑자기 아무도 죽은 동료들을 기억하지 못하는 것 같았다.

그러다가 군중들이 점점 더 몰려들고 점점 더 소란해지자 고더드가 손을 물리더니, 반지를 빼내어 로언에게 건넸다.

「지겨워졌다. 받아라. 너도 경배를 받아야지.」

「하지만…… 그럴 순 없어요. 저는 수확자가 아닙니다.」

「내가 대리인으로 허락하면 쓸 수 있다.」 고더드가 말했다. 「그리고 지금 넌 내 허락을 받았어.」

로언은 반지를 꼈지만, 헐거웠기에 조금 더 굵은 둘째손가락에 바꿔 꼈다. 그런 다음 다른 수확자들처럼 손을 내밀었다.

몰려든 사람들은 그 반지가 어느 손가락에 있든, 누구 손에 있든 상관하지 않았다. 그들은 서로를 짓밟아 가며 반지에 입을 맞췄고, 그의 정의로움과 사랑과 자비에 감사하며 그가 수확자가 아니라는 사실조차 깨닫지 못하고 〈수확자님〉이라고 불렀다.

「신의 세계에 들어온 걸 환영한다.」 수확자 볼타가 말했다. 뒤에서는 불에 탄 건물이 내려앉고 있었다.

우리는 현명하지만 완벽하지 않고, 통찰력은 있으나 만물을 꿰뚫어 보지는 못한다. 우리는 수확령을 세우면서 꼭 필요한 일을 하게 되리라는 사실을 알지만, 최초의 수확자들인 우리는 아직도 불안감을 안고 있다. 인간의 본성은 예측 가능한 동시에 불가사의하다. 대단하고도 갑작스러운 발전을 이루면서, 비열한 사리사욕에 빠지기도 한다. 우리는 열 개의 단순하고 솔직한 법규를 만들어서 인간의 불완전성이 지닌 함정을 피할 수 있기를 희망한다. 내 가장 큰 희망은, 시간이 흘러 우리의 지혜가 우리의 지식만큼이나 완벽해지는 것이다. 그리고 우리는 지금 이 실험이 실패할 경우에 대비해 탈출로도 끼워 넣어 놓았다.

만약 그 탈출로가 필요할 때가 온다면, 선더헤드가 우리 모두를 도우시길.

—최초의 세계 최고위 수확자,
프로메테우스의 「수확 일기」 중에서

26
다른 사람과 같지 않은 사람

그날 밤 그들은 잔치를 벌였지만, 로언은 아무리 애를 써봐도 식욕을 끌어올릴 수가 없었다. 고더드 혼자서도 충분히 즐기면서 먹었다. 그는 희생자에게서 생명력을 빨아들이는 뱀파이어처럼 그날의 사냥으로 활기를 얻었다. 전보다 더 매력적이었고, 그 어느 때보다 더 상냥했으며, 농담을 던져 모두를 웃겼다. 〈저 사람에게 빠지긴 얼마나 쉬울까.〉 로언은 생각했다. 〈다른 사람들처럼 고더드의 엘리트 클럽에 끌려들어 가는 것도.〉

척 보기에도 촘스키와 랜드는 고더드와 비슷한 사람들이었다. 양심의 허상 한 톨 없었다. 하지만 고더드와 달리 그들에게는 원대한 환상이 없었다. 그들은 재미있기 때문에, 그리고 수확자 랜드가 정확하게 표현했듯이, 〈그래도 되기 때문에〉 오락 삼아 수확을 했다. 고더드가 죽음의 천사라는 역할 속에 사는 동안 촘스키와 랜드는 행복하게 무기를 휘둘렀다. 로언은 고더드가 정말로 그렇게 믿는 것인지, 다 쇼에 멋을 더하기 위한 연극이고 책략인지 알 수가 없었다.

그러나 수확자 볼타는 달랐다. 그렇다. 볼타도 다른 이들처럼 건물 안을 휩쓸면서 수확을 했지만, 하늘을 가로질러 집으로 돌아가는 신의 기계 안에서 그는 거의 말을 하지 않았다. 그리고 저녁 식사 자리에서도 그는 접시에 담긴 요리에 손을 대지 않았다. 계속 일어나서 손을 씻었다. 아무도 눈치채지 못할 줄 알았겠지만, 로언은 알아차렸다. 에즈메이도 알아차렸다.

「볼타는 수확을 하고 나면 늘 괴팍해져.」에즈메이가 로언에게 몸을 가까이 기울이며 말했다. 「쳐다보지 마. 쳐다보면 오빠한테 뭔가 집어던질 거야.」

저녁 식사가 반쯤 끝났을 때, 고더드가 최종 숫자를 물었다.

「263명을 거뒀어요.」랜드가 대답했다. 「이젠 할당량을 넘어 버렸죠. 다음번엔 조금 적게 거둬야 해요.」

고더드는 주먹으로 식탁을 두드리며 분통을 터뜨렸다. 「그 저주받을 할당량이 우리 모두를 방해하고 있어! 할당량만 아니었다면 매일이 오늘 같을 수 있는데 말이야.」그러더니 고더드는 수확자 볼타를 돌아보며 맡은 일은 어떻게 되어 가는지 물었다. 의무에 따른 면제권 부여를 위해 죽은 사람들의 가족과 약속을 잡는 것이 볼타의 일이었다.

「가족마다 연락하느라 하루를 다 썼습니다. 내일 아침이면 바깥문 앞에 길게 늘어설 거예요.」볼타가 말했다.

「안에 들어오게 해야겠어.」고더드가 능글맞게 웃으며 말했다. 「로언이 잔디밭에서 훈련하는 모습을 볼 수 있게 말이야.」

「난 유족들이 싫어요.」랜드가 갓 구운 고기 조각을 포크로 찍어 접시에 옮기면서 말했다. 「어쩌면 하나같이 그렇게 구강 위생이 엉망인지. 유족들에게 면제권을 한 시간 주고 나면 반지에서 악취가 난다고요.」

도저히 더는 먹을 수 없어서 로언은 자리를 뜨려고 했다.
「에즈메이와 저녁 먹고 나서 카드놀이를 하겠다고 약속했는
데, 시간이 늦어지네요.」 사실이 아니었지만, 로언이 흘긋 쳐
다보자 에즈메이는 급조한 모의에 낀 것을 기뻐하며 고개를
끄덕였다.

「하지만 크렘브륄레를 못 먹을 텐데.」 고더드가 말했다.

「우리가 더 먹으면 되겠네요.」 촘스키가 소갈비를 입 안 가
득 밀어 넣으며 말했다.

로언과 에즈메이는 오락실에 가서, 수확과 할당량과 반지에
입을 맞추는 이야기들의 방해 없이 진 러미 게임을 했다. 로언
은 이 방에서 불행을 독점하는 존재는 자살 왕[7]뿐이라는 사실
이 고마웠다.

「다른 사람들도 같이 하자.」 에즈메이가 제안했다. 「그러면
하트 게임이나 스페이드 게임을 할 수 있어. 그런 게임은 둘이
서 할 수가 없거든.」

「난 수확자들과 카드놀이 할 마음 없어.」 로언은 딱 잘라 말
했다.

「그 사람들 말고, 바보야. 하인들 말이야.」 에즈메이는 로언
이 버린 9를 주웠다. 로언은 마치 에즈메이가 9를 모으고 있다
는 사실을 몰랐다는 양 시침 떼고 두 장째 그 카드를 버렸다.
오늘은 식당에서 도망치게 해준 보답으로 에즈메이가 이기게
해줄 작정이었다.

---

7 하트의 킹.

「난 가끔 수영장 관리인의 아들들과 카드놀이를 해. 그렇치만 그 사람들은 자기네 집을 쓴다는 점 때문에 날 별로 좋아하지 않아. 지금 그 사람들은 다 하인 숙소에서 방 하나를 같이 쓰거든.」에즈메이는 그렇게 말한 다음 덧붙였다. 「오빠가 자는 방이 원래는 그 사람들 방이야. 그러니까 나뿐만이 아니라 오빠도 별로 좋아하지 않을 거야.」

「그 사람들은 우리 중 아무도 좋아하지 않을 거야.」

「아무래도 그렇겠지.」

아마 어려서 그렇겠지만, 에즈메이는 로언을 무겁게 짓누르는 것들에 대해 전혀 의식하지 못하는 것 같았다. 어쩌면 이것저것 묻지 않는 게 낫다는 사실을 알아서일 수도 있고, 보이는 것들에 대해 판단을 유보해야 한다는 걸 아는지도 몰랐다. 에즈메이는 자기 상황을 곧이곧대로 받아들였고, 자신의 후원자에 대해 나쁜 말은 절대 하지 않았다. 정확하게 말하면 후원자가 아니라 억류한 자였고, 설령 에즈메이가 그렇게 보지 않는다고 해도 에즈메이는 고더드의 포로였지만 말이다. 에즈메이가 갇힌 새장은 금박으로 반짝였지만, 그래도 새장은 새장이었다. 그렇다 해도 모르는 게 약이기에, 로언은 에즈메이가 자유의 몸이라는 환상을 박살 내지 않기로 했다.

로언은 마침 패를 완성하기 딱 좋은 에이스를 뽑았다가 그냥 버렸다.

「고더드가 너하고 얘길 하기도 해?」로언은 에즈메이에게 말했다.

「당연하지. 언제나 어떻게 지내냐, 필요한 게 있냐 물어보는걸. 그리고 필요한 게 있다고 하면 언제나 구해다 줘. 지난주만 해도 내가…….」

「아니, 그런 대화 말고.」로언은 에즈메이의 말을 잘랐다. 「〈진짜〉 대화 말이야. 네가 왜 그렇게 중요한지 단서라도 흘린 적 있어?」

에즈메이는 대답하지 않았다. 대신 카드를 내려놓았다. 3을 몇 장 놓고, 9도 몇 장 놓았다. 「러미. 진 사람이 섞어.」

로언은 카드를 모아 들었다. 「수확자 고더드에겐 분명히 널 살려 두고, 면제권을 부여할 만한 이유가 있을 거야. 궁금하지 않아?」

에즈메이는 어깨를 으쓱이며 입을 꾹 다물고 있더니, 로언이 다음 패를 나눈 후에야 겨우 말했다. 「사실, 수확자 고더드는 나한테 면제권을 주지 않았어. 원하면 언제든 날 거둘 수 있는데, 그러질 않지.」에즈메이는 미소 지었다. 「그러니까 내가 더 특별한 것 같지 않아?」

그들은 게임을 네 판이나 했다. 한 판은 에즈메이가 정정당당하게 이겼고, 두 판은 로언이 에즈메이를 이기게 해주었고, 한 판은 다른 게임을 일부러 졌다는 게 티 나지 않도록 로언이 이겼다. 게임을 끝냈을 때는 저녁 식사도 파하고, 다른 사람들도 각자 저녁 일과를 하러 간 뒤였다. 로언은 모두를 피해서 곧장 방으로 돌아가려고 했지만, 가다가 무슨 소리를 듣고 멈칫하고 말았다. 수확자 볼타의 방에서 희미하게 흐느끼는 소리가 들려왔다. 로언은 문에 귀를 대보고 헛것을 들은 게 아님을 확인한 후에 문고리를 돌렸다. 문은 잠겨 있지 않았다. 로언은 문을 살짝 밀어 열고 안을 엿보았다.

수확자 볼타가 머리를 끌어안고 침대에 앉아 있었다. 억누르려 해도 눌러지지 않는 흐느낌에 몸이 들썩였다. 그는 몇 분 후에야 고개를 들고 로언을 보았다.

볼타의 슬픔은 그 순간 바로 분노로 바뀌었다. 「대체 누가 너보고 들어와도 된다고 했어? 나가!」 그는 손에 잡히는 대로 유리 문진을 로언에게 집어던졌다. 에즈메이의 말대로였다. 문진이 로언의 머리를 때렸다면 꽤 흉한 상처를 남겼을 테지만 그는 몸을 숙여 피했고, 문진은 문을 때리면서 로언의 머리통 대신 나무에 팬 자국을 남겼다. 로언은 거기서 물러설 수도 있었다. 아마 그게 가장 적절한 행동이었을 테지만, 뭘 가만 내버려 두는 건 로언의 강점이 아니었다. 로언은 오히려 엉뚱한 문제에 잘 끼어들기로 악명이 높았다.

로언은 다음에 날아오는 물체를 피할 준비를 갖추고 들어가서 방문을 닫았다. 「아무도 듣지 못하길 바란다면 더 조용히 울어야 할걸요.」

「누구한테 말했다간 네 인생을 산지옥으로 만들어 주겠어.」

로언은 웃어 버렸다. 그의 인생은 이미 산지옥이었으니까.

「이게 웃겨? 웃긴 게 뭔지 내가 알려 주지.」

「미안, 웃으려던 건 아니었어요. 그러니까, 볼타를 비웃은 건 아니에요.」

볼타가 물건을 더 던지지도 않고 쫓아내지도 않았기에, 로언은 의자를 하나 잡아서 볼타와 충분한 거리를 두고 떨어져 앉았다.

「오늘은 힘들었죠. 그럴 만도 해요.」 로언이 말했다.

「네가 뭘 알아?」 볼타가 되받아쳤다.

「당신이 다른 사람들과 같지 않다는 걸 알아요. 비슷하지도 않죠.」

볼타는 이제 눈물을 숨기려고도 하지 않고, 우느라 벌겋게 충혈된 눈으로 로언을 쳐다보았다. 「나한테 뭔가 문제가 있다는 말이군.」 볼타는 시선을 다시 아래로 내리면서 두 주먹을 움켜쥐었지만, 로언은 움직이지 않았다. 볼타에게 맞을 거라 생각하지는 않았다. 볼타가 그 주먹을 휘두른다면 오히려 스스로를 때리지 않을까 싶었다.

「수확자 고더드가 미래야. 난 과거에 매인 존재이고 싶지 않아. 이해가 안 가냐?」 볼타가 말했다.

「하지만 오늘 싫었잖아요. 나보다 더 싫어했죠. 나처럼 지켜보기만 한 것도 아니고 직접 참여했으니까.」

「너도 곧 참여하게 될 거야.」

「아닐 수도 있고요.」 로언이 말했다.

「아, 그렇게 될 거다. 반지를 받고 그 예쁘장한 여자 친구를 죽이면, 너도 다시는 돌아갈 수 없다는 걸 알게 되겠지.」

로언은 겨우 삼킨 얼마 안 된 저녁 식사가 다시 올라오려는 것을 억누르며 침을 삼켰다. 시트라의 얼굴이 확 떠올랐지만, 그는 그 얼굴을 밀어냈다. 지금 시트라에 대해 생각할 수는 없었다.

로언은 볼타와 위태로운 줄타기를 하고 있었다. 불안하더라도 어깨를 들썩이며 줄 끝까지 가는 수밖에 없었다. 「당신은 수확을 좋아하는 척만 하죠. 사실은 세상 그 무엇보다도 싫어해요. 당신 스승은 수확자 네루였죠? 네루는 아주 보수적이니까, 양심을 보고 제자를 골랐을 거예요. 당신은 목숨을 빼앗고 싶어 하지 않죠. 한 번에 수십 수백 명의 목숨을 빼앗는 건 더더구나 싫고.」

볼타는 펄쩍 뛰어 일어났다. 그렇게 빨리 움직일 줄은 몰랐다. 그는 로언을 들어 올려 벽에 밀어붙였다. 쾅 소리가 날 정도로 벽에 부딪치니 꺼져 버린 진통 나노기가 그리울 정도로 아팠다.

「아무한테도 그런 말 하지 마, 알았어? 난 내 위치를 위태롭게 하기엔 너무 멀리 왔어! 코흘리개 수습생에게 협박이나 당하진 않을 거다!」

「지금 이게 그런 걸로 보여요? 내가 협박을 한다고?」

「나한테 장난질 치지 마!」 볼타가 으르렁거렸다. 「네가 여기 왜 왔는지 알아!」

로언은 진심으로 실망했다. 「당신은 날 아는 줄 알았는데.」

잠시 시간이 흐르고 볼타가 손의 힘을 풀었다. 「아무도 누굴 알지 못해. 안 그러냐?」

「아무한테도 말하지 않겠다고 약속하죠. 그리고 당신한테 원하는 것도 없어요.」

볼타가 마침내 물러섰다. 「미안하다. 너무나 많은 계략에 에워싸여서 지내다 보면, 모두가 그런 식으로 움직인다고 생각하게 돼.」 그는 다시 침대에 앉았다. 「네 말 믿는다. 넌 그보단 나은 사람이지. 사실은 고더드가 널 데려온 순간부터 알고 있었어. 고더드는 너를 도전 과제로 봐. 패러데이의 수습생을 자기식으로 바꿀 수 있다면, 누구든 전향시킬 수 있다는 증명이 될 테니까.」

그 순간 로언은 볼타와 나이 차이가 많이 나지 않는다는 사실을 알아차렸다. 볼타가 언제나 자신만만한 척하는 바람에 더 나이가 많아 보였을 뿐, 약해진 지금 모습이 진실을 드러냈다. 기껏해야 스무 살이나 되었을까. 수확자가 된 지도 몇 년밖에 되지 않았을 것이다. 로언은 이런 보수파 수확자가 고더드에게 오게 된 경로를 알지 못했지만 상상은 할 수 있었다. 신참 수확자라면 고더드의 카리스마와 광채에 이끌릴 수도 있었다. 고더드는 제자들에게 양심을 포기하기만 하면 인간이 누구나 열망할 수 있는 대가를 약속했으니 말이다. 양심이 마음의 부담이 되는 직업군에서 누가 양심을 원하겠는가?

로언은 다시 앉아서 볼타 가까이로 의자를 끌어다 놓고 속삭였다. 「내 생각을 말해 줄게요. 고더드는 수확자가 아니야. 살인자야.」 로언이 감히 그 말을 큰 소리로 내뱉기는 처음이었다. 「사망 시대 살인자들에 대한 기록이 많이 있어요. 잭 더 리퍼라든가 찰리 맨슨, 사이버 샐리 같은 괴물들…… 그런 괴물들과 고더드 사이의 차이라곤 사람들이 고더드는 빠져나가게 해준다는 것뿐이야. 필멸의 인간은 그게 얼마나 잘못된 일인지 알고 있었는데, 우린 그걸 잊어버린 거야.」

「그래. 하지만 그게 사실이라 해도 누가 뭘 어떻게 할 수 있지?」 볼타가 물었다. 「미래는 우리가 원하든 원하지 않든 와. 랜드와 촘스키, 그리고 고더드의 측근이 되고 싶어 안달이 난 다른 비틀리고 역겨운 수십 명이 그 미래를 지배하려고 해. 수확령을 세운 수확자들이 무덤 속에서 돌아눕겠지만…… 그 사람들은 무덤 속에 있고, 조만간 돌아올 리도 없어.」 볼타는 숨을 깊게 들이마시고 마지막 눈물을 닦았다. 「로언, 너 자신을 위해서라도 네가 고더드만큼 살인을 좋아하게 되길 빈다. 그러면 사는 게 훨씬 편해질 거야. 보람도 훨씬 클 것이고.」

그 말은 로언을 무겁게 짓눌렀다. 한 달 전이었다면 자신이 그런 괴물이 될 수 있다는 생각조차 부인했겠지만, 지금은 자신이 없었다. 굴복하고 싶은 압박감이 하루가 다르게 커졌다. 볼타가 그 어둠에 정말로 넘어간 게 아니라면, 로언에게도 기회가 있을지 모른다는 희망을 품어 볼 뿐이었다.

떠들썩한 관심을 좋아하는 수확자들에게는 원통한 일이지만, 수확을 다루는 공식 언론은 없다. 대규모 수확이라 해도 뉴스에 나오지는 않는다. 그렇다 해도 개인이 찍은 수확 사진과 영상물은 선더헤드에 다량 업로드되어 게릴라 보도를 제공한다. 그편이 공식적인 보도보다 훨씬 더 흥미진진하고 유혹적이기도 하다.

수확자에게 악명과 악평은 순식간에 유명세와 명성으로 진화한다. 그리고 가장 뻔뻔한 행각은 전설로 굳어진다. 어떤 수확자들은 명성에 중독되고, 점점 더 큰 유명세를 추구한다. 다른 수확자들은 익명으로 남기를 선호한다.

내가 전설이라는 점을 부인할 수는 없다. 지금 내가 행하는 단순한 수확 때문이 아니라, 150년도 더 전에 행한 대담한 수확 때문이다. 지금도 충분히 불멸의 몸이건만, 수집용 카드에서는 더욱더 불멸하는 존재가 되어 버렸다. 새로 나온 카드는 학교에 다니는 아이들이 소중하게 여기고, 오래된 카드는 상태에 관계없이 극성 수집가들에게 큰 가치를 지닌다.

나는 전설이다. 그러나 매일같이 내가 전설이 아니었으면 좋겠다고 생각한다.

— 수확자 퀴리의 「수확 일기」 중에서

27
추계 콘클라베

시트라의 비밀 수사는 놀라운 발견으로 이어졌다. 추계 콘클라베에서 만나게 될 로언과 공유하고 싶어 기다릴 수가 없을 정도였다. 수확자 퀴리와 공유할 수는 없는 정보였다. 두 사람은 서로를 믿게 되었는데, 시트라가 몰래 퀴리의 온라인 인증을 이용하고 있었다는 사실은 명백한 신뢰 위반으로 보일 것이다.

시트라의 생활은 로언과는 아주 다른 방향으로 변했다. 시끄럽고 사치스러운 파티에 참석하거나, 살아 있는 대상을 상대로 훈련하는 일은 없었다. 비탄에 빠진 가족을 위한 식사 준비를 조용히 거들고, 검은 띠 보카토어 로봇과 대련을 했다. 수확자 퀴리 개인 소유의 약제실과 독초 정원에서 팅크제를 만들고 치명적인 독의 실용적인 활용법을 연구했다. 역사상 최고와 최악의 수확자들이 벌인 악명 높은 행위들에 대해서도 모조리 배웠다.

시트라는 과거에 나쁜 수확자가 된 이유는 보통 게으름, 편견, 아니면 좁은 시야 탓이었음을 알게 되었다. 찾아다니기 귀찮다는 이유로 이웃 사람들을 너무 많이 거둔 수확자들이 있었다. 반복해서 징벌을 받았음에도 특정한 인종 특질을 지닌 사람들을 거두는 버릇이 있던 수확자들도 있었다. 판단력 부족에 대해서라면 예시가 꽤 많았다. 수확자 사르트르 같은 경우는 로데오 경기에서 수확을 다 해치우는 게 좋은 생각이라고 여겼고, 그 덕분에 로데오를 완전히 없애 버렸다. 수확이 두려워서 아무도 로데오에 참여하지 않으려 했으니 말이다.

물론, 나쁜 수확자들이 과거에만 있는 것은 아니었다. 그러나 그들은 이제 〈나쁜〉 수확자가 아니라 〈창의적〉이고 〈진보적〉이라는 소리를 들었다.

수확자 고더드와 그의 살인 패거리가 벌이는 창의적인 대학살처럼 말이다.

자기 부상 추진 연구소에서 벌어진 대량 수확은 공식 보도가 되지는 않았어도 대형 뉴스였다. 그리고 선더헤드에 올라온 수많은 개인 영상들은 고더드와 그의 제자들이 가난한 자에게 빵을 뿌리듯 면제권을 나눠 주는 모습을 보여 주었다. 로언도 그 속에 있었다. 시트라는 어떻게 생각해야 할지 몰랐다.

「세상은 나쁜 짓에 스타덤이라는 보상을 주는 재주가 있지.」 수확자 퀴리는 업로드된 영상을 몇 개 보다가 그렇게 말하더니 수심에 잠겼다. 「나도 유명 수확자가 되는 게 어떤 함정인지는 안다.」 시트라도 이미 아는 사실이었지만, 퀴리는 고백처럼 말했다. 「나도 초창기에는 제멋대로에 멍청했어. 딱 맞는 때에 딱 맞는 사람들을 거두면 더 나은 세상으로 바꿀 수 있다고 생각했지. 오만하게도 다른 사람들은 보지 못하는 큰 그림을 이해할 수 있다고 믿었고. 하지만 당연하게도 나 역시 다른 누구와 마찬가지로 한계가 있는 사람이었다. 내가 대통령과 내각을 거뒀을 때, 그 사건은 세상을 뒤흔들었지만…… 세상은 나 없이도 이미 흔들리고 있었어. 사람들은 나를 〈대학살녀〉라고 불렀는데, 시간이 흐르자 〈죽음의 대모〉로 바뀌더구나. 익명으로 녹아들려고 1백 년 넘게 노력했지만, 아주 어린 아이들도 나를 알아. 난 부모들이 자식의 행실을 바로잡으려고 겁줄 때 쓰는 악귀야. 〈착하게 굴지 않으면 죽음의 대모가 잡아간다〉, 이런 거지.」 수확자 퀴리는 서글프게 고개를 저었다. 「대개의 유명세는 덧없는 것이지만, 수확자의 경우에는 특징적인 행위가 영원히 그 자리에 남아. 충고하는데 시트라, 너는 눈에 띄지 말도록 해라.」

「유명 수확자였을지는 모르지만, 수확자님은 최악이었을 때도 고더드 같지 않았어요.」 시트라는 지적했다.

「그래, 고맙게도 그렇지는 않았지.」 수확자 퀴리가 말했다. 「놀이 삼아 목숨을 빼앗은 적은 없어. 세상을 바꾸기 위해 명성을 추구하는 사람들도 있고, 세상을 유혹하기 위해 명성을 추구하는 사람들도 있지. 고더드는 두 번째 경우이고.」 그러더니 퀴리가 시트라에게 몇 날 밤을 잠 못 이루게 될 말을 했다.

「나라면 이제 네 친구 로언을 믿지 않을 거다. 고더드는 눈에다 끼얹은 염산처럼 침식성이 강해. 네가 해줄 수 있는 가장 친절한 일은 동계 콘클라베가 왔을 때 반지를 획득하고, 그 아이를 빨리 거둬 주는 것뿐이다. 그 염산이 지금보다 더 깊이 타들어 가기 전에.」

동계 콘클라베까지 아직 몇 달이 남아 있어 다행이었다. 시트라가 걱정해야 할 것은 추계 콘클라베였다. 처음에는 9월이

와서 추계 콘클라베에 가기를 고대했다가, 그때가 다가오자 두려워지기 시작했다. 마음을 괴롭히는 것은 다가오는 시험이 아니었다. 시트라는 어떤 시험이 주어지든 준비가 되었다고 느꼈다. 다만 로언을 만날 일이 두려웠다. 고더드와 보낸 시간이 로언을 어떻게 만들었을지 짐작도 되지 않았다. 〈반지를 획득하고 그 아이를 빨리 거둬 줘라.〉 수확자 퀴리는 그렇게 말했다. 그나마 지금 그 걱정을 할 필요는 없었다. 결정이 내려질 때까지는 아직 넉 달이 남았다. 하지만 시계는 멈추지 않고 움직였다. 가차 없이 둘 중 하나의 죽음을 향해 나아갔다.

추계 콘클라베는 9월, 어느 맑지만 바람이 심한 날에 열렸다. 지난번 콘클라베는 태풍 때문에 구경꾼이 많이 오지 못했지만, 오늘은 풀크럼시티 의사당 앞에 군중이 진을 쳤다. 그들을 통제하기 위해 치안관도 전보다 많이 배치되었다. 어떤 수확자들, 주로 보수파 수확자들은 화려한 등장을 마다하고 소박하게 호텔에서부터 걸어왔다. 또 어떤 수확자들은 유명세가 돋보이게 최첨단 차를 타고 왔다. 취재진은 카메라를 들이대면서도 대부분 멀찍이 거리를 뒀다. 어쨌든 이것은 레드 카펫 행사가 아니었다. 질문도, 인터뷰도 없었다. 하지만 멋은 확실히 부렸다. 수확자들은 카메라를 향해 손을 흔들거나, 화면에 잘 나오게 어깨를 펴고 몸을 바로 했다.

수확자 고더드와 그의 제자들은 리무진을 타고 나타났는데, 누가 타고 있는지 궁금해할 필요도 없게 새파란 색을 칠하고 가짜 다이아몬드를 붙였다. 고더드와 그의 일행이 나타나자 군중들이 그 찬란한 등장에 불꽃놀이라도 보는 것처럼 〈우〉,

〈와〉 하고 탄성을 질러 댔다.

「저기 계셔!」

「저분이야!」

「너무 잘생겼어!」

「너무 무서워!」

「어쩜 저렇게 잘 꾸미는 거야!」

고더드는 잠시 멈춰 서서 군중을 돌아보며 왕족처럼 손을 흔들었다. 그러더니 구경꾼들 사이에 낀 여자애 하나를 쳐다 보고 눈을 마주치더니, 그 여자애를 가리킨 후에 아무 말 없이 계단을 마저 올라갔다.

「이상하기도 하지!」

「신비스럽기도 해라!」

「어쩜 저렇게 매력적이지.」

고더드가 가리킨 여자애는 그 순간적인 관심에 감동한 동시 에 겁에 질려 혼란스러운 상태였다. 고더드의 의도대로였다.

군중들은 고더드와 그의 화려한 동반자들에게 집중한 나머 지, 문을 향해 올라가는 수확자들 뒤에 따라가는 로언의 존재 는 알아차리지도 못했다.

보여 주기에 열심인 수확자는 고더드 일파만이 아니었다. 수확자 키르케고르는 어깨에 노궁을 메고 있었다. 오늘 그 노 궁을 사용할 마음일 리야 없고, 그저 구경거리일 뿐이었다. 그 렇다고는 해도 구경꾼 중 아무나 겨냥해서 쏠 수도 있었으니, 그 사실을 아는 것만으로도 모여든 사람들은 더욱 흥분했다. 이제까지 콘클라베 직전 의사당 계단에서 수확당한 사람은 한 명도 없었지만, 그렇다고 해서 앞으로도 〈없으리〉란 뜻은 아니었으니.

수확자들 대부분이 대로로 접근하는 동안, 수확자 퀴리와 시트라는 골목길로 움직임으로써 군중들의 관심이 집중되는 순간을 최대한 오래 피했다. 우아한 수확자 퀴리가 구경꾼들 사이를 헤치고 지나가자, 가까이에 있던 사람들이 누가 지나가는지 알아차리고서 웅성거렸다. 퀴리의 라벤더색 로브를 건드려 보겠다고 손을 뻗는 사람들도 있었다. 퀴리는 그들을 덤덤히 참아 넘겼지만, 어떤 남자가 실제로 천을 움켜쥐자 그 손을 쳐냈다.

「조심하시오.」 퀴리는 그 남자의 눈을 마주 보며 말했다. 「나는 내 몸에 손대는 행위를 관대히 받아들이지 않으니.」

「사과드립니다, 각하.」 남자는 그렇게 말하더니 퀴리의 손을 만지려 들었다. 반지를 건드리려는 의도가 뻔히 읽혔지만, 퀴리는 손을 피했다.

「어림도 없어.」

시트라는 수확자 퀴리 앞으로 밀고 나가서 앞길을 텄다. 「우리도 리무진을 탔어야 했나 봐요. 그랬으면 길을 뚫고 갈 필요까진 없었을 텐데요.」

「내 느낌에 그건 너무 엘리트주의 같아서 말이다.」 퀴리가 말했다.

두 사람이 군중 사이를 벗어난 순간, 넓은 의사당 계단으로 불어 내려온 돌풍이 수확자 퀴리의 긴 은발을 신부의 옷자락처럼 휘날려 신비스러운 모습을 연출했다.

「오늘은 머리를 땋았어야 했는데.」 퀴리가 말했다.

퀴리와 시트라가 새하얀 대리석 계단을 올라가자, 왼쪽에서 누군가가 외쳤다. 「사랑해요!」

수확자 퀴리는 걸음을 멈추고 돌아보다가, 말한 사람이 누구인지 찾지 못하자 모두를 상대로 물었다.

「왜?」 퀴리의 냉정한 시선 아래 아무도 대답을 하지 않았다. 「난 언제든 그대들의 존재를 끝낼 수 있는데, 왜 나를 사랑하지?」

여전히 대답하는 사람은 없었다. 그러나 이 대화 아닌 대화가 주의를 끄는 바람에 카메라맨 하나가 지나치게 가까이 다가왔다. 수확자 퀴리가 카메라를 세게 치는 바람에 그 남자는 비틀거리다가 카메라를 떨어뜨릴 뻔했다. 「예의를 지키게.」 수확자가 말했다.

「예, 각하. 죄송합니다, 각하.」

퀴리는 시트라를 뒤에 달고 다시 계단을 올라갔다. 「한때는 이런 관심을 좋아했다는 사실이 믿기지가 않는구나. 지금은 최대한 피하고 싶다.」

「그래도 지난번 콘클라베 때는 이렇게 날카로워 보이지 않으셨는데요.」 시트라가 말했다.

「그때는 나에게 시험에 임하는 수습생이 없었으니 그랬지. 반대로 내가 다른 수확자의 수습생들을 시험하는 입장이었으니까.」

시트라가 화려하게 실패했던 시험. 하지만 지금 그 이야기를 하고 싶지는 않았다.

「오늘은 어떤 시험을 보게 될지 아세요?」 시트라는 계단을 다 오른 후 현관으로 들어서면서 물었다.

「아니. 하지만 이번에는 수확자 세르반테스가 시험 감독이고, 그 사람은 내면을 들여다보기보다 외부인 진단에 관심이 많다는 사실을 알지. 아마 세르반테스는 너로 하여금 있지도 않은 적과 싸우게 만들 거야.」

전과 마찬가지로, 수확자들은 거대한 원형 홀에서 인사를 나누며 회의실 문이 열리기를 기다렸다. 원형 홀 중앙에 놓인 테이블에 아침 식사가 차려져 있었는데, 쌓는 데 몇 시간은 걸렸을 데니시페이스트리 피라미드는 수확자들이 신경 쓰지 않고 아래쪽부터 빼내면서 순식간에 무너져 내렸다. 떨어진 빵들이 발에 밟히기 전에 주우려고 종업원들이 서둘러 움직였다. 수확자 퀴리는 이 상황을 상당히 재미있어했다. 「수확자들이 뭐든 질서 정연한 상태로 두리라 생각하다니, 출장 음식점이 무모했구나.」

시트라는 신참 수확자 구달을 알아보았다. 지난번 콘클라베에서 임명을 받은 여자애였는데, 세계 최고의 패션 디자이너인 클로드 드글라스가 만든 로브를 입고 있었다. 오늘날 디자이너들은 사람들을 충격에 빠뜨리는 데 몰두하고 있었으니, 그것은 엄청난 실수였다. 오렌지색과 파란색 줄무늬 로브를 입은 구달은 수확자라기보다는 서커스 광대처럼 보였다.

시트라는 고더드와 그를 따르는 수확자들이 춘계 콘클라베 때보다 더 관심의 중심이 되었음을 알아차릴 수밖에 없었다. 그들을 무시하는 수확자들도 많았지만, 그보다 더 많은 수확자들이 고더드 주위에 몰려들어 환심을 사려고 했다.

「고더드처럼 생각하는 수확자들이 점점 늘어나고 있어.」 수확자 퀴리는 시트라에게 조용히 말했다. 「뱀처럼 틈새를 파고 들었지. 우리 사이에 침투해서 잡초처럼 가장 훌륭한 수확자들의 자리에 들어앉았어.」

시트라는 패러데이를 생각했다. 그 잡초들에 질식해 죽은 게 분명한, 훌륭한 수확자였다.

「살인자들이 힘을 얻어 가고 있어.」 수확자 퀴리가 말했다. 「그리고 실제로 그자들이 권력을 쥔다면, 이 세상에 아주 어두운 시대가 올 거야. 진정으로 명예를 아는 수확자들이 맞서 싸워야 해. 난 네가 그 싸움에 합류하는 날을 기대하고 있어.」

「감사합니다, 수확자님.」 시트라도 일단 수확자가 되면 잘 싸울 자신이 있었다. 수확자가 되기 위해 겪어야 할 일들을 생각하기가 힘들 뿐이었다.

수확자 퀴리는 설립자들의 이상에 충실한 보수파 수확자들 몇 명과 인사를 나누러 갔다. 시트라는 그제야 겨우 로언을 발견했다. 로언은 고더드의 거짓 광채를 쬐고 있지 않았다. 오히려 자신도 관심의 중심이 되어 다른 수습생들과 신참 수확자 몇 명에게 둘러싸여 있었다. 그들은 잡담을 나누며 웃음을 터뜨렸고, 시트라는 로언이 자신을 찾지도 않는다는 사실에 냉대받은 기분을 느꼈다.

사실 로언은 시트라를 찾으려고 했다. 하지만 시트라가 홀에 들어왔을 때쯤에는 이미 예상치 못한 숭배자들에게 붙들려 있었다. 로언이 고더드와 함께한다는 사실을 질투하는 사람도 있었고, 그저 궁금해하는 사람도 있었으며, 확실히 떠오르는 신성에게 달라붙으려는 속셈인 사람도 있었다. 수확령에서는 정치적인 위치를 일찌감치 선정하기 시작했다.

「너 그 건물에 있었지, 맞지?」 다른 수습생 하나가 말했다.

콘클라베에 처음 참석한 신참, 그러니까 〈뒤집〉이 말했다. 「영상에서 봤어!」

「그 자리에 있기만 했던 게 아니야.」 다른 뒤집이 말했다. 「고더드의 반지를 끼고 면제권을 나눠 줬잖아!」

「우아! 그런 게 허용되는 거였어?」

로언은 어깨를 으쓱였다. 「고더드가 그래도 된다고 했고, 어차피 내가 반지를 달라고 부탁한 것도 아니었어. 고더드가 그냥 줬지.」

신참 수확자 하나가 아쉬운 듯 한숨을 내쉬었다. 「반지를 끼게 해주다니, 널 정말 좋아하나 봐.」

정작 로언은 고더드가 정말로 자신을 좋아할 수도 있다는 생각에 불편해졌다. 로언은 고더드가 좋아하는 것은 무조건 싫어하기로 기준을 세웠으니 말이다.

「그래서 고더드는 어때?」 여자애 하나가 물었다.

「그게…… 지금까지 만나 본 그 누구와도 달라.」 로언이 대답했다.

「나도 고더드의 수습생이라면 좋을 텐데.」 다른 뒤집이 그렇게 말하더니, 맛이 변해 버린 치즈데니시라도 씹은 사람처럼 얼굴을 찡그렸다. 「난 수확자 마오의 수습생이야.」

로언은 수확자 마오가 널리 알려진 자신의 대중적 이미지를 즐기는 또 다른 과시적 인물임을 알고 있었다. 그는 악명 높은 무소속으로, 보수파나 신세대 양쪽 모두와 제휴하지 않았다. 로언은 마오가 자기 양심대로 투표한 사람인지, 아니면 입찰가를 높게 부른 경매자에게 표를 판 사람인지 알지 못했다. 패러데이라면 알았을 텐데. 패러데이의 수습생이었던 시절에 대해 그리운 것이 정말 많았다. 내부 정보도 그중 하나였다.

「올라올 때 고더드와 그 아래 수확자들이 의사당 계단을 완전히 장악하더라.」 지난번 콘클라베에서 만난 기억이 있는 수습생이 로언에게 말했다. 독에 대해 잘 알던 수습생이었다. 「정말 멋있었어.」

「무슨 색깔을 입을지는 정했어? 그리고 로브에 보석은 어떤 걸로 달 거야?」 여자애 하나가 갑자기 자라는 덩굴처럼 로언의 팔에 매달려서 물었다. 로언은 그 손을 떼어 내는 게 더 어색할지, 가만히 있는 게 더 어색할지 알 수가 없었다.

「투명하게.」 로언이 말했다. 「난 벌거벗은 몸으로 의사당을 올라갈 거야.」

「그것도 귀한 풍경이긴 하겠네.」 신참 수확자 하나가 빈정거리자 모두가 웃음을 터뜨렸다.

그때 시트라가 사람들을 헤치고 다가왔고, 로언은 해선 안 될 짓이라도 하다가 들킨 듯한 기분이었다. 「시트라, 안녕!」 너무나 부자연스러운 인사여서, 뱉은 말을 주워 담고 다시 말할 방법을 찾고 싶어졌다. 로언은 덩굴 소녀의 손아귀를 뿌리쳤지만 너무 늦었다. 시트라가 이미 그 모습을 본 후였다.

「친구를 많이 사귄 모양이네.」 시트라가 말했다.

「아니, 그렇진 않아.」 로언은 말하고 나서야 모두를 모욕했음을 깨닫고 정정했다. 「그게 그러니까, 우린 모두 다 친구잖아. 그렇지? 모두 한배에 탄 입장이니까.」

「한배라.」 시트라는 아무렇지도 않은 듯한 표정으로, 그러나 두 눈에는 패러데이의 무기고에 걸려 있던 칼처럼 날카로움을 품고서 말했다. 「나도 만나서 반갑다, 로언.」 그러더니 걸어가 버렸다.

「내버려 둬.」덩굴 소녀가 말했다. 「어차피 다음 콘클라베면 끝인데 뭐. 안 그래?」

로언은 실례한다는 인사조차 남기지 않고 그들 곁을 떠났다.

시트라는 금방 따라잡을 수 있었다. 시트라가 정말로 그 자리를 떠나려고 애쓰지 않았다는 뜻이었고, 그건 좋은 신호였다.

로언이 부드럽게 팔을 잡자 시트라가 몸을 돌렸다.

「시트라, 아까 거기선 미안해.」

「아니, 이해해. 넌 이제 거물이잖아. 자랑을 해줘야지.」

「그런 게 아니야. 내가 그런 아첨꾼들에게 둘러싸이고 싶었을 것 같아? 넌 내가 어떤 사람인지 알잖아.」

시트라는 머뭇거렸다. 「넉 달이 지났어. 넉 달이면 사람이 바뀔 수 있지.」

그것만은 사실이었다. 하지만 어떤 것들은 바뀌지 않았다. 로언은 시트라가 무슨 말을 듣고 싶어 하는지 알았지만, 그건 또 다른 춤, 또 다른 가식에 지나지 않을 터였다. 그래서 그는 진실을 말했다.

「널 보니 반가워, 시트라. 하지만 널 보는 게 아프기도 해. 너무 아파서 어떻게 해야 할지 모르겠어.」

그 말이 제대로 전해졌다는 걸 알 수 있었다. 시트라가 눈에 눈물을 반짝였다가, 흐르기 전에 눈을 깜박여서 밀어 넣었기 때문이었다. 「알아. 이런 식이 되어야 하다니 정말 싫어.」

「이렇게 하자.」로언이 말했다. 「지금은 동계 콘클라베에 대해서는 생각도 하지 말자. 지금 여기에만 집중하고, 동계 콘클라베는 알아서 돌아가게 내버려 둬.」

시트라는 고개를 끄덕였다. 「찬성이야.」 그러고는 깊이 숨을 들이마셨다. 「잠시 걷자. 네게 보여 줘야 할 게 있어.」

그들은 홀 가장자리를 따라 걸으면서, 수확자들이 권모술수를 나누고 있는 아치 통로들을 지나쳤다.

시트라는 전화기를 꺼내어, 로언만 볼 수 있게 오므린 손바닥에 일련의 홀로그램을 투사했다. 「내가 선더헤드의 후뇌에서 이걸 파냈거든.」

「어떻게 한 거야?」

「방법은 신경 쓰지 마. 중요한 건 내가 자료를 파냈다는 사실이고, 뭘 발견했는지야.」

그 홀로그램들은 집 근처 길거리에서 찍힌 수확자 패러데이의 모습이었다.

「이게 패러데이의 마지막 날 기록이야. 그날 경로의 일부를 재구성할 수 있었어.」

「하지만 왜?」

「보기나 해.」 그 홀로그램은 패러데이가 누군가의 집으로 들어가는 모습을 보여 주었다. 「저긴 장 보러 갔을 때 우릴 소개해 주었던 여자분 집이야. 저기서 몇 시간을 보냈어. 그런 다음에는 이 카페로 갔지.」 시트라는 가게 안으로 들어가는 패러데이의 모습이 담긴 다른 영상으로 넘어갔다. 「저기서 누군가를 만났을 것도 같은데, 누군지는 모르겠어.」

「좋아.」 로언이 말했다. 「그러니까 사람들에게 작별 인사를 하고 있었던 거네. 지금까지는 지상의 마지막 날을 보내는 사람다운데.」

시트라가 영상을 다시 넘겼다. 다음 영상은 기차역 계단을 올라가는 패러데이였다. 「이게 죽기 5분 전이야. 우린 저 역에서 사건이 일어났다는 걸 알지. 그런데 그거 알아? 승강장 카메라는 파괴당했어. 불미자들의 짓이라고 여겨지긴 하지만, 하루 종일 꺼져 있었어. 승강장에서 실제로 무슨 일이 일어났는지에 대한 영상 기록이 하나도 없어!」

기차 한 대가 역으로 들어왔다가, 1분 후에 반대 방향으로 나갔다. 그것이 패러데이를 죽인 기차였다. 로언은 그 장면을 보지 못했으면서도, 마치 본 것처럼 오만상을 찌푸렸다.

「누군가가 패러데이를 죽이고서 스스로 한 짓처럼 꾸몄다는 거야?」 로언은 보는 사람이 없는지 주위를 둘러보고 나서 조용히 말했다. 「증거가 그것뿐이라면 약한데.」

「나도 알아. 그래서 계속 파봤지.」 시트라는 뒤로 돌아가서 패러데이가 역을 향해 걸어가는 장면을 다시 재생했다.

「증인이 다섯 명 있었어. 그 사람들을 추적하려면 수확령 기록을 파야 하는데, 그랬다간 내가 찾고 있다는 걸 알리는 꼴이었지. 하지만 그 증인들도 이 계단을 올라갔어야 앞뒤가 맞잖아. 그렇지? 패러데이가 사망한 시각쯤에 계단을 올라간 사람은 열여덟 명이었어. 일부는 이 첫 번째 기차를 탔겠지.」 시트라는 역을 떠나는 기차를 가리켰다. 「하지만 전원 다 타진 못했어. 그 열여덟 명 중에서 절반은 신원을 확인할 수 있었어. 그리고 그들 중 세 명은 〈그날〉 면제권을 받았어.」

로언이 어지러움을 느낄 만한 이야기였다. 「뇌물을 받고 자기 수확이었다고 증언했다고?」

「네가 평범한 시민인데 수확자가 다른 수확자를 죽이는 장면을 목격하고, 입 다물면 면제권을 주겠다는 제안을 받는다면 어떻게 할래?」

로언은 정의를 추구하리라 믿고 싶었지만, 수습생이 되기 전 수확자 한 명만 봐도 세상에서 그보다 더 무서운 게 없었던 시절을 돌이켜 보았다. 「반지에 입을 맞추고 입 다물고 있겠지.」

홀 저편에서 콘클라베 회의실 문이 열리고, 수확자들이 들어가기 시작했다.

「누구 짓이라고 생각해?」 로언이 물었다.

「패러데이를 제거해서 얻을 게 제일 많은 사람이 누구지?」

둘 다 큰 소리로 말할 필요도 없었다. 둘 다 답을 알았다. 로언은 고더드가 생각도 못 할 짓을 저지를 수 있음을 알고 있었다. 그렇지만 다른 수확자를 죽이기까지 했을까?

로언은 믿고 싶지 않아서 고개를 저었다. 「설명할 방법이 그것만은 아니야! 수확자가 아니었을 수도 있어. 패러데이가 거둔 누군가의 가족이었을지도 몰라. 복수하고 싶은 누군가. 누구든 패러데이의 반지를 빼앗고, 기차 앞에 밀어 넣고, 그 반지를 이용해서 증인에게 면제권을 주었을 수도 있어. 그렇게 해도 침묵을 지켜야 했을 거야. 괜히 나섰다간 공범 취급을 받을 테니까!」

시트라는 반박하려고 입을 열었다가, 다시 생각하고 다물었다. 가능한 이야기였다. 패러데이의 반지를 썼다면 살인자의 손가락이 얼어 버렸겠지만, 그래도 가능은 했다. 「그건 생각 안 했어.」

「아니면 음파교단은 어때? 음파교인들은 수확자를 미워하잖아.」

원형 홀이 빠른 속도로 비어 갔다. 그들은 구석 자리에서 벗어나 문을 향해 걸어갔다. 「아직 누군가에게 혐의를 제기할 만한 증거가 부족해.」 로언이 말했다. 「일단은 그대로 둬야 해.」

「그대로 두라고? 진심은 아니겠지.」

「〈일단은〉이라고 했어! 너도 임명을 받고 나면 수확령의 기록에 완전한 접근권이 생기니까, 정확히 무슨 일이 일어났는지 증명할 수 있을 거야.」

시트라는 걸음을 멈췄다. 「내가 임명을 받으면? 그게 무슨 소리야. 내가 아니라 너일 수도 있어. 아니면 내가 뭔가 놓치고 있는 거야?」

로언은 말실수를 해버린 자신에게 화가 나서 입술을 오므렸다. 「문 닫기 전에 안으로 들어가자.」

콘클라베의 의식 절차는 이전과 똑같았다. 이름 울리기. 손 씻기, 불만 사항 처리, 징계. 다시 한번 수확자 고더드에 대한 익명의 고발이 올라왔는데, 이번에는 면제권을 너무 막 뿌린다는 고발이었다.

「누가 이런 고발을 들고 나온 거요?」 고더드가 물었다. 「고발자는 나서서 정체를 밝힙시다!」

물론 아무도 나서지 않았고, 덕분에 고더드는 무대를 장악할 수 있었다. 「이 고발에도 일리가 있음을 인정하겠소. 난 관대한 사람이라, 면제권을 너무 후하게 베풀었을지도 모르겠군. 변명도 하지 않고 뉘우치지도 않겠소. 나에 대한 형벌은 고위 수확자의 자비에 맡기리다.」

고위 수확자 크세노크라테스는 됐다는 듯 손을 내저었다.

「그래요, 그래. 앉기나 해요, 고더드. 속죄 삼아서 5분 동안은 입을 다물고 있으시오.」

그 말에 폭소가 터져 나왔다. 고더드는 고위 수확자에게 절을 하고 자리에 앉았다. 수확자 퀴리를 비롯한 몇 명이 역사적으로 반지를 남용한 수확자들 때문에 면제권을 수확 당사자의 가족들에게로 제한하게 되었음을 지적하며 반대하려 했지만, 그런 의견은 완전히 무시당했다. 크세노크라테스는 의사일정을 속행하기 위해서라는 이유로 모든 이의를 기각했다.

「놀랍구나.」 수확자 퀴리는 시트라에게 조용히 말했다. 「고더드는 건드릴 수 없는 존재가 되어 가고 있어. 무슨 짓을 해도 빠져나갈 수가 있지. 누군가가 선견지명이 있어 어렸을 때 고더드를 거뒀다면 좋았을 것. 그랬다면 더 나은 세상이 왔을 텐데.」

시트라는 같이 있는 모습을 더 보였다간 의심을 사지 않을까 싶어 점심시간에 로언을 피했다. 점심시간에는 수확자 퀴리 옆에 있었고, 그녀는 현존하는 가장 위대한 수확자들에게 시트라를 소개했다. 예전에 제네바에서 열린 국제 콘클라베 참여 대표로 일했던 수확자 메이어, 반지 수여 위원회를 맡고 있는 수확자 만델라, 그리고 최면을 통해서 수확하는 기술에 통달한 유일한 수확자로 알려진 수확자 노부나가 등이었다.

시트라는 너무 들뜨지 않으려고 노력했다. 그들을 만나니 보수파가 고더드 같은 자들을 상대로 이길 수도 있다는 희망마저 솟아올랐다. 시트라는 계속 로언 쪽을 흘끔거렸는데, 로언은 이번에도 다른 수습생들에게서 벗어나지 못하는 것 같았다. 로언이 그들에게서 벗어나려고 얼마나 애를 쓰고 있는지 시트라는 몰랐지만 말이다.

「좋지 않은 징조로군.」 수확자 노부나가가 말했다. 「우리의 젊은 희망주들이 적에게 저리 공공연히 끌리다니.」

「로언은 적이 아니에요.」 시트라가 불쑥 말했지만, 수확자 퀴리가 시트라의 어깨에 한 손을 얹고 조용히 시켰다.

「로언은 적을 〈대변한다〉. 적어도 다른 수습생들에게는 그래.」 수확자 퀴리가 말했다.

수확자 만델라가 한숨을 내쉬었다. 「수확령 안에 적이 있어서는 안 됩니다. 우리 모두가 같은 편이어야 해요. 인류의 편이어야죠.」

보수파들은 대체로 심란한 시절이라는 데 동의했지만, 이의를 제기했다가 계속해서 무시당하기만 할 뿐 아무도 어떤 행동을 취하지 않았다.

점심 식사가 끝나고, 무기 상인들이 상품을 홍보하고 다양한 발의에 뜨거운 토론이 이어지면서 시트라도 점점 불안해졌다. 그 토론들이란 수확자의 반지를 왼손에 껴야 하는지 오른손에 껴야 하는지, 수확자가 운동화나 아침 식사용 시리얼 같은 특정 상품을 보증해도 될지 어떨지 같은 내용으로, 시트라에게는 하나같이 하찮아 보였다. 신성한 수확 행위가 서서히 사망 시대의 살인으로 변해 가는데, 그런 게 다 무슨 의미가 있을까?

그러다가 마침내 수습생의 시험 시간이 되었다. 전과 마찬가지로 전날 밤에 이미 시험을 치른, 수확령에 들 후보자들이 먼저였다. 최종 시험에 통과한 네 명 중에서 두 명만이 임명을 받았다. 다른 두 명은 수치의 행진을 감내하며 밖으로 걸어 나가 예전 삶으로 돌아가야 했다. 시트라는 로언에게 알랑거리던 여자애가 임명을 거부당했다는 사실에 떳떳치 못한 즐거움을 느꼈다.

새로운 수확자들이 반지와 새로운 이름을 받고 나자, 남은 수습생들이 앞으로 불려 나갔다.

수확자 세르반테스가 선언했다. 「오늘의 시험은 보카토어 무술 시합이 될 것이다. 후보자들은 둘씩 짝을 지어 대련으로 실력을 평가받는다.」

연단 앞 반원형의 빈 공간에 매트가 깔렸다. 시트라는 심호흡을 했다. 이건 자신 있었다. 보카토어는 힘과 민첩성과 집중력 사이에서 균형을 잡는 무술이었고, 시트라는 완벽한 균형점을 이미 찾아냈다. 그런데 그때 그 자신감의 심장부에 칼날이 꽂혔다.

「시트라 테라노바는 로언 데이미시와 대련한다.」

군중들이 웅성거렸다. 시트라는 이게 어쩌다 보니 이루어진 편성이 아님을 깨달았다. 서로의 적이 되도록 의도적으로 짝지어 준 것이다. 달리 어떻게 설명할 수 있을까? 시트라는 로언과 눈이 마주쳤지만, 로언의 표정에서는 아무것도 드러나지 않았다.

다른 시합들이 먼저였다. 수습생들은 각자 최선을 다했지만, 보카토어는 수련하기 워낙 까다로웠고 모두가 능한 무술은 아니었다. 어떤 이들은 아슬아슬하게 승리했고, 또 어떤 이들은 완승했다. 그리고 시트라와 로언의 시합이 다가왔다.

여전히 로언의 표정에서는 동지애도, 공감도, 서로와 맞붙게 되었다는 사실에 고통스러워하는 기색도 보이지 않았다.

「좋아, 해보자.」로언이 한 말은 그게 다였고, 그들은 서로의 주위를 돌기 시작했다.

로언은 오늘이 진정으로 치르는 첫 시험이라는 사실을 알았다. 그러나 주최 측에서 고안한 시험이 아니었다. 로언의 시험은 설득력 있게 시합을 포기하는 것이었다. 고더드, 크세노크라테스, 세르반테스…… 그리고 이 자리에 모인 모든 수확자들에게 로언이 최선을 다했지만, 최선을 다하는 정도로는 부족했다고 믿게 만들어야 했다.

시합은 의례적인 리드미컬한 맴돌기로 시작되었다. 그러다가 자세를 취하고, 몸으로 상대를 조롱하고. 로언은 시트라에게 달려들어 발차기를 날리면서 몸짓으로 동작을 미리 예고하고, 아슬아슬하게 빗맞혔다. 이어서 발을 헛디뎌 한쪽 무릎을 꿇었다. 아주 좋은 시작이었다. 그는 잽싸게 몸을 돌리고 균형을 잃은 채로 일어섰고, 시트라가 돌진해 왔다. 로언은 시트라가 팔꿈치 가격으로 자신을 쓰러뜨릴 줄 알았는데, 그 대신 시트라는 그를 붙잡고 미는 척하면서 잡아당겼다. 덕분에 로언은 균형을 되찾았고, 시트라의 수는 실패한 것처럼 보이게 되었다. 시트라가 타점을 제대로 노리지 못한 것처럼 말이다. 로언은 물러서서 시트라와 눈을 마주쳤다. 시트라는 그를 뚫어져라 마주 보며 씩 웃고 있었다. 보카토어에서 잘 알려진 도발이기도 했지만, 이건 그 이상이었다. 로언은 시트라가 큰 소리로 말하는 것처럼 선명하게 그 뜻을 읽을 수 있었다.

〈넌 이 시합을 내던지지 못할 거야.〉시트라의 눈빛이 말했다. 〈그래, 어디 한번 서툴게 싸워 봐. 네가 아무리 형편없이 싸

우려고 들어도 내가 멋있어 보이게 만들 방법을 찾을 테니까.〉

좌절한 로언은 다시 시트라에게 달려들어 손바닥으로 어깨를 때렸다. 일부러 완벽한 타점에서 몇 센티미터 벗어나게 쳤다. 하지만 시트라가 완벽한 지점으로 이동해 버렸다. 로언의 손바닥이 닿자, 시트라는 그 타격력에 빙그르르 뒤로 돌아서 쓰러졌다.

〈망할, 시트라. 빌어먹을!〉

시트라는 모든 면에서 로언을 이길 수 있었다. 심지어 지는 데에서도 그랬다.

시트라는 로언이 처음 발차기를 하는 순간 뭘 노리는지 알아챘고, 그래서 화가 났다. 어떻게 감히, 자기가 서툴게 싸워야 시트라가 이 시합에서 이길 거라고 생각할 수 있단 말인가? 수확자 고더드 밑에서 얼마나 오만해졌길래 이 시합이 공정한 대결이 되지 못하리라고 생각할 수가 있단 말인가? 그래, 로언은 훈련을 했지만, 시트라도 훈련을 했다. 그러니 로언이 더 힘이 세어졌다면 뭐가 어떻단 말인가. 그만큼 덩치가 커지고 움직임이 느려졌다는 뜻이기도 한데. 양심을 깨끗하게 유지하려면 공정하게 시합해야만 했다. 로언은 스스로를 희생함으로써 시트라까지 망가뜨린다는 사실을 깨닫지 못한 걸까? 그의 희생을 받아들이느니, 수확자가 되자마자 스스로를 수확하는 편이 나았다.

로언은 이제 격분해서 시트라를 노려보고 있었고, 시트라는 웃음을 터뜨렸다. 「그게 최선이야?」 시트라가 물었다.

로언은 낮은 발차기를 시도했는데, 시트라가 예측할 만큼

느렸다. 그리고 아무 힘도 실리지 않았다. 시트라가 자세를 낮추기만 하면 그 발차기는 아무 효과도 발휘하지 못할 터였다. 그러나 시트라는 도리어 무게 중심을 높여서 그 발차기에 발을 맞고 중심을 잃었다. 시트라는 매트에 넘어졌지만, 일부러 그런 티가 나지 않게 잽싸게 일어났다. 그런 다음 시트라는 어깨로 로언을 때리면서 오른쪽 다리를 로언의 다리에 걸고 힘을 주되, 로언의 무릎이 풀릴 만큼 주지는 않았다. 로언은 시트라를 잡고 몸을 돌리더니 같이 매트 위로 쓰러져서 시트라가 자기를 깔고 앉게 만들었다. 시트라는 로언이 몸을 굴려 자신을 누르게 만들도록 대응했다. 로언은 시트라를 풀어 주려고 했지만, 시트라가 그러지 못하게 두 팔을 잡았다.

「뭐가 문제야, 로언?」 시트라가 속삭였다. 「여자애를 깔아눕혔을 때 어떻게 해야 하는지 몰라?」

로언은 결국 몸을 떼어 냈고 시트라도 일어섰다. 그들이 다시 한번 서로를 마주하고 익숙한 전투의 춤을 추며 원을 그리는 사이, 세르반테스는 위성처럼 두 사람 주위를 반대 방향으로 돌면서 둘 사이에 정말로 일어나고 있는 일은 완전히 놓치고 있었다.

로언은 이 시합이 거의 끝났음을 알았다. 로언이 이기기 직전이었고, 여기서 이기면 지는 것이었다. 시트라가 기꺼이 이겨 주리라 생각하다니, 로언이 미친 거였다. 그들은 둘 다 서로에게 너무 마음을 많이 썼다. 그게 문제였다. 시트라는 그에게 감정이 남아 있는 한 결코 수확자의 반지를 받아들이지 않을 것이다.

바로 그 순간, 로언은 정확히 어떻게 해야 할지를 알았다.

시합 종료까지 이제 겨우 10초, 시트라는 추던 춤을 계속 추기만 하면 그만이었다. 누가 봐도 로언이 승자였다. 10초만 더 방어 자세로 원을 그리면 세르반테스가 휘슬을 불 것이다.

그러나 그때 로언은 시트라가 예상치 못한 행동을 했다. 번개 같은 속도로 앞으로 돌진했는데, 서툴지도 않았고, 거짓된 기술 부족을 꾸며대지도 않았으며, 완벽하게 숙련된 기술을 썼다. 그는 순식간에 시트라에게 헤드록을 걸고 목을 꽉 조였다. 진통 나노기가 작동할 정도였다. 다음 순간 로언이 몸을 가까이 기울이며 귓가에 으르렁거렸다.

「내 함정에 정확히 빠졌네. 이것도 자업자득이야.」 그러더니 로언이 시트라의 몸을 허공에 던지며, 머리를 반대 방향으로 꺾었다. 시트라의 목이 뚝 하고 무시무시한 소리를 내며 부러졌고, 암흑이 산사태처럼 내려앉았다.

군중들이 다 함께 숨을 들이켜는 가운데 로언은 시트라를 바닥에 떨어뜨렸다. 세르반테스가 미친 듯이 휘슬을 불었다. 「반칙! 반칙이오!」 세르반테스는 로언이 뻔히 아는 사실을 외쳐 댔다. 「실격이야!」

모여 앉은 수확자들이 고함을 지르기 시작했다. 어떤 이들은 세르반테스에게 화를 냈고, 또 어떤 이들은 로언이 한 짓에 대해 신랄한 언사를 던져댔다. 로언은 감정을 일체 드러내지 않고 태연히 서 있었다. 그는 굳이 시트라의 몸뚱이를 내려다보았다. 머리가 정확히 반대쪽으로 돌아가 있었다. 눈은 뜨고 있었지만, 아무것도 보지 못했다. 시트라는 죽은 사람이나 다름없었다. 로언은 피가 날 때까지 혀를 깨물었다.

회의실 문이 열리고 쏟아져 들어온 근위대가 서둘러 방 한가운데에 죽은 사람처럼 누워 있는 소녀를 향해 달려왔다.

고위 수확자가 로언에게 다가왔다. 「자네의 수확자에게 돌아가게.」 그는 혐오감을 숨기려고도 하지 않았다. 「분명히 스승이 적절한 징벌을 내리겠지.」

「네, 예하.」

실격이라. 아무도 그것이 로언에게는 완벽한 승리라는 사실을 깨닫지 못했다.

로언은 호위대가 감자 포대처럼 축 늘어진 시트라를 데리고 나가는 모습을 지켜보았다. 바깥에는 분명 구급 드론이 제일 가까운 재생 센터로 데려가기 위해 기다리고 있으리라.

〈넌 괜찮을 거야, 시트라. 금방 퀴리 수확자님 곁에 돌아가게 될 거야. 하지만 오늘 일어난 일을 잊지는 않겠지. 절대로 날 용서하지 않길 빈다.〉

나는 숙청에 맞서 싸웠다. 나도 떳떳하지 않은 짓을 많이 했지만, 숙청에 맞서 싸운 것만은 무척 자랑스럽다.

원래 죽을 운명으로 태어난 사람들만 거두자는 그 가증스러운 캠페인을 어떤 수확자가 시작했는지는 기억나지 않는다. 그러나 그 캠페인은 각 지역 수확령을 휩쓸며, 바이러스도 없는 이 시대에 마치 바이러스처럼 퍼져 나갔다. 〈원래 죽음을 예상하고 태어난 사람들이야말로 수확 대상이 되어야 하지 않나?〉라는 말은 인기 있는 금언으로 통했다. 하지만 사실 그것은 지혜인 척 가장한 혐오였다. 깨달음을 가장한 이기주의였다. 그리고 이 주장에 반대하는 수확자의 수는 충분치 않았다. 사망 후 시대에 태어난 이들은 사망 시대에 태어난 사람들의 사고방식이나 살아가는 방식이 불편할 정도로 다르다고 여겼기 때문이다. 〈그 사람들이 태어난 시대와 함께 죽도록 하자.〉 그것이 수확령 내 사망 후 시대 순수주의자들의 외침이었다.

결국에는 엄청난 규모의 두 번째 계명 위반이 일어났고, 숙청에 참여한 수확자들은 전원 중벌을 받았다. 하지만 이미 일어난 일을 되돌리기에는 너무 늦었다. 우리는 고대인들을 잃었다. 연장자들을 잃었다. 과거와 연결된 살아 있는 생명선을 잃었다. 아직도 사망 시대의 탄생자들이 살아 있기는 하지만, 그들은 다시 과녁이 될 것을 두려워하여 실제 나이와 과거사를 숨기고 산다.

그래, 나는 그 숙청에 맞서 싸웠다. 하지만 선더헤드는 맞서지 않았다. 수확자들의 일에 간섭하지 않는다는 원칙에 따라 선더헤드는 숙청을 막기 위한 일은 아무것도 할 수 없었다. 선더헤드는 증인이 될 수 있을 뿐이었다. 선더헤드는 우리의 값비싼 실수를 허용했고, 수확령이 지금까지도 후회에 젖어 있도록 내버려 두었다.

종종 생각한다. 수확령이 완전히 탈선하여 전 지구적인 수확이라
는 대규모 자살행위로 인류를 말살하기로 결정하는 날이 온다면, 과
연 선더헤드는 불간섭 원칙을 깨고 그 사태를 막을까? 아니면 그때
도 우리가 스스로를 파괴하고, 우리의 지식과 성취와 지혜가 모두 담
긴 살아 있는 클라우드를 제외하면 아무것도 남기지 않는 모습을 증
인으로 지켜보기만 할까?

선더헤드는 우리가 사라진 것을 슬퍼할까? 만약 그렇다면 그 슬
픔은 부모를 잃은 아이의 슬픔일까, 아니면 심통 부리는 아이를 끔찍
한 선택에서 구하지 못한 부모의 슬픔일까?

— 수확자 퀴리의 「수확 일기」 중에서

28

태양의 심장부에서 타는 수소

〈시트라 테라노바.〉 강력하면서도 부드러운 목소리가 말했다. 〈시트라 테라노바, 내 말 들려?〉

〈거기 누구? 누가 있어?〉

〈재미있군.〉 그 목소리가 말했다. 〈아주 재미있어…….〉

죽음은 귀찮은 일이었다. 그 점에는 의문의 여지가 없었다.

다시 한번 법적으로 살아 있다는 판정을 받았을 때, 시트라가 깨어나 보니 낯설지만 전문가답게 친숙한 얼굴의 재생 담당 간호사가 생명 징후를 재고 있었다. 주위를 둘러보려고 했지만 목이 아직 보호대에 고정되어 있었다.

「돌아온 걸 환영해요.」 간호사가 말했다.

시트라가 눈을 움직일 때마다 방이 빙빙 도는 것 같았다. 그냥 진통 나노기뿐만 아니라 몸속에 온갖 마비, 회춘 화학 물질이 돌고 마이크로봇들이 다 작동 중인 것이 틀림없었다.

「얼마나 걸렸어요?」 시트라가 쉰 목소리로 물었다.

「이틀밖에 안 걸렸어요.」 간호사가 쾌활하게 말했다. 「단순한 척추 절단이니까요. 그리 다루기 어려운 문제는 아니죠.」

시트라의 삶에서 이틀을 강탈당했다. 아낄 필요는 없었던 이틀이지만.

「제 가족은요?」

「미안하지만 이건 수확자 일이라서요. 가족은 통지를 받지 못했어요.」 간호사가 시트라의 손을 토닥였다. 「다음에 만날 때 다 말해 줄 수 있을 거예요. 지금은 긴장을 풀고 쉬는 게 좋아요. 하루만 더 있으면 새 몸처럼 회복될 거예요.」 그러더니 간호사는 시트라에게 이제까지 먹어 본 것 중 가장 맛있는 아이스크림을 권했다.

그날 저녁, 수확자 퀴리가 와서 시트라가 놓친 부분을 알려 주었다. 로언은 실격당했고 형편없는 스포츠 정신에 대해 심한 질책을 받았다고 했다.

「설마 로언이 실격했으니 제가 이겼다는 말씀인가요?」

「안타깝게도 그건 아니야.」 수확자 퀴리가 말했다. 「그대로라면 분명히 로언이 이겼으니까. 너희 둘 다 패배로 결정됐다. 네 무술 실력을 어떻게 하긴 해야겠구나, 시트라.」

「아, 그거 끝내주네요.」 시트라는 수확자 퀴리가 생각하는 것과는 아주 다른 이유에서 짜증이 났다. 「그럼 이제 로언이나 저나 두 번의 콘클라베에서 계속 0점인 거네요.」

수확자 퀴리는 한숨을 내쉬었다. 「삼세번의 행운을 기원해야지. 이젠 네가 동계 콘클라베에서 얼마나 잘하느냐에 달렸구나. 난 네가 마지막 시험에서 빛을 발하리라 믿는다.」

시트라는 눈을 감고 헤드록을 걸었을 때 로언의 얼굴에서 본 표정을 떠올렸다. 그 표정에는 어딘가 차가움이 있었다. 계산하는 눈빛. 그 순간 시트라는 로언에게서 한 번도 보지 못한 일면을 보았다. 마치 시트라에게 할 행동을 기대하는 듯, 즐기는 듯한 모습이었다. 너무나 당혹스러웠다! 정말로 로언이 처음부터 그런 계획을 짜둔 걸까? 실격하리라는 사실을 몰랐을까, 아니면 실격 자체가 계획이었을까?

「그 후에 로언은 어땠어요?」 시트라는 수확자 퀴리에게 물었다. 「자기가 한 짓에 충격을 먹은 것 같던가요? 제 곁에 무릎을 꿇었나요? 절 구급 드론으로 옮기게 도왔나요?」

수확자 퀴리는 대답하기 전에 뜸을 들였다. 그리고 마침내 말했다. 「그냥 그 자리에 서 있었다, 시트라. 돌처럼 차가운 얼굴이었어. 반항적이고, 제 스승처럼 뉘우침 없는 모습이더구나.」

시트라는 고개를 돌리려 했지만, 목 버팀대는 떼어 냈어도 아직 목이 너무 뻣뻣했다.

「그 애는 이제 네가 생각하는 사람이 아니다.」 수확자 퀴리는 의미가 스며들도록 천천히 말했다.

「그래요.」 시트라도 동의했다. 「아니에요.」 하지만 아무리 애를 써봐도 지금 로언이 어떤 사람인지 알 수가 없었다.

로언은 저택으로 돌아가면 또 한 번 두들겨 맞을 줄 알았다. 그 예상은 완전히 어긋났다.

수확자 고더드는 화려하고 밝은 수다쟁이 그 자체였다. 현관에 들어서자마자 집사에게 샴페인과 모두가 마실 잔을 가져오라고 하면서, 로언의 대담함에 축배를 들자고 했다.

「내 생각 이상으로 배짱이 있었구나, 이 녀석.」 고더드가 말했다.

「옳소, 옳소.」 수확자 랜드가 재청했다. 「언제든 내 방에 와서 내 목을 부러뜨려도 좋아.」

「그냥 목을 부러뜨린 게 아니야.」 수확자 고더드가 지적했다. 「가차 없이 척추를 꺾어 버렸지! 모두가 그 소리를 들었어. 뒷줄에서 자던 수확자들도 깨어났을걸!」

「최고야!」 수확자 촘스키가 축배사를 기다리지 못하고 샴페인을 입에 털어 넣었다.

「넌 강력한 선언을 내린 거야.」 고더드가 말했다. 「모두에게 네가 〈나의〉 수습생이고, 널 우습게 봐선 안 된다는 사실을 깨우쳐 주었지!」 그러더니 고더드가 약간 조용해졌다. 거의 다정하기까지 했다. 「네가 그 여자애에게 감정이 있다는 걸 안다. 그런데도 넌 필요한 일을 수행했지. 아니, 그 이상을 했어.」

「전 실격당했어요.」 로언이 상기시켰다.

「공식적으로야 그렇지.」 고더드가 동의했다. 「하지만 넌 중요한 수확자 몇 명의 감탄을 얻어 냈어.」

「그리고 다른 수확자들을 적으로 만들었지.」 볼타가 지적했다.

「모래 위에 선을 그어서 나쁠 게 뭐 있나.」 고더드가 대꾸했다. 「그러자면 강한 사람이 필요해. 내가 행복하게 술잔을 들어 올릴 만한 남자가.」

로언이 고개를 들어 보니 에즈메이가 거대한 계단 꼭대기에 앉아서 그들을 지켜보고 있었다. 에즈메이도 로언이 무슨 짓을 했는지 알까 궁금했고, 알지도 모른다고 생각하니 부끄러워졌다.

「로언을 위하여!」 수확자 고더드가 잔을 높이 들고 외쳤다. 「뻣뻣한 목의 재앙이자 척추를 부수는 자여.」

로언은 평생 그렇게 쓴 잔을 넘긴 적이 없었다.

「자, 이제 파티가 마련되어 있을 거다.」 고더드가 말했다.

추계 콘클라베 직후에 열린 파티는 기록적이었고, 누구도 고더드의 전염성 있는 활력에 영향을 받지 않을 수 없었다. 고더드는 손님들이 도착하고 다섯 명의 DJ 중 첫 번째 DJ가 음악을 틀기도 전에 저택의 화려한 거실에서 두 팔을 번쩍 들고, 마치 양쪽 벽에 손을 댈 수 있다는 듯 활짝 펼친 채로 누구에게랄 것도 없이 말했다. 「나는 내가 속한 원소 안에 있고, 내 원소는 태양의 심장부에서 불타는 수소로다!」

너무나 터무니없는 말이라서, 로언마저도 웃음을 터뜨리고 말았다.

「고더드는 헛소리가 가득하지.」 수확자 랜드가 로언에게 속삭였다. 「하지만 너도 그걸 좋아하게 될걸.」

방과 테라스와 수영장 가장자리에 모두 파티 참여자가 들어차기 시작하자, 로언은 시트라와의 끔찍한 일전 이후에 빠져 있던 두려움에서 벗어나기 시작했다.

「내가 대신 확인해 봤다.」 수확자 볼타가 말했다. 「시트라는 의식을 찾았고, 재생 센터에서 하루 더 지낼 거야. 아무 해도, 상처도 입지 않고 완전히 회복해서 수확자 퀴리와 함께 돌아가겠지. 아니, 상처는 많이 받았겠지만, 네가 원한 게 그거잖아?」

로언은 대꾸하지 않았다. 로언이 왜 그런 짓을 했는지 알아볼 통찰력을 가진 누군가가 또 있을까 궁금했다. 없기를 바랐다.

그러다가 볼타가 주위에서 흥청대는 가운데 갑자기 심각해졌다. 「그 애에게 자리를 넘기지 마, 로언. 최소한 일부러 그러지는 마라. 그 애가 공정하고 정당하게 널 이긴다면 몰라도, 솟구치는 호르몬 때문에 상대의 칼날에 몸을 던진다는 건 그냥 멍청한 짓이야.」

아마 볼타 말이 맞을 것이다. 마지막 시험에서는 최선을 다하고, 그 최선이 시트라의 최선을 넘어선다면 수확자의 반지를 받아야 마땅할지도 몰랐다. 그러고 나면 최초이자 유일한 수확자 행위로 스스로를 거두면 된다. 그러면 시트라를 거둬야 하는 처지에 놓이지 않을 것이다. 최악의 경우이긴 했지만, 그래도 빠져나갈 방법이 있다고 생각하니 마음이 편해졌다.

부유하고 유명한 사람들이 헬리콥터를 타고, 리무진을 타고, 그리고 괴상하지만 기억에 남는 한 명은 분사 추진 장치를 타고 입장했다. 고더드는 그들 모두에게 꼭 로언을 소개했는데, 마치 로언이 자랑할 만한 상품이라도 되는 것 같았다. 「이 녀석을 봐줘요.」 고더드는 중요한 손님들에게 말했다. 「이 녀석은 성공할 거요.」

로언은 그렇게 인정받아 본 적도, 귀한 대접을 받아 본 적도 없었다. 그를 양상추가 아니라 고기로 대하는 남자를 싫어하기란 어려운 일이었다.

「인생은 원래 이렇게 살아야 하는 거야.」 고더드는 개방형 오두막에 로언과 느긋하게 앉아서 축제를 구경하며 말했다. 「경험할 것은 모조리 경험하고, 다른 사람들과의 교제를 즐기면서 말이야.」

「저들 중에 돈 받고 온 사람들이 있다고 해도요?」

고더드는 전문 파티꾼들이 없었다면 훨씬 덜 붐비고, 훨씬 덜 아름다웠을 수영장 덱을 쳐다보았다.

「어떤 상품이나 규격 외의 최상품이 있기 마련이지. 그런 이들은 틈을 메우고 보기도 좋아. 모두가 유명인이길 바라는 건 아니잖아? 그랬다간 싸우기만 할 테니까!」

수영장에 그물이 쳐지더니, 수십 명이 배구를 하러 모였다. 「주위를 둘러봐라, 로언.」 고더드가 지극히 만족스러운 투로 말했다. 「이렇게 좋은 시간을 경험해 본 적이 있나? 평민들이 우릴 사랑하는 건 우리가 수확하는 방식 때문이 아니라, 우리가 사는 방식 때문이야. 우린 새로운 왕족이라는 역할을 받아들여야 해.」

로언은 스스로가 왕족이라 여기지 않았지만, 오늘만은 기꺼이 어울려 줄 마음이 있었다. 그래서 그는 수영장에 가서 풍덩 뛰어들고는 주장을 하겠다고 선언하며, 수확자 고더드의 충성스러운 신민들이 벌이는 게임에 합세했다.

수확자 고더드의 파티에서 굉장한 점 하나는, 아무리 애를 써도 즐기지 않기가 무척 어렵다는 점이었다. 그리고 온갖 좋은 감정을 넘치게 누리고 나면 고더드가 얼마나 무자비한 학살자인지 잊기가 쉬웠다.

하지만 고더드가 수확자를 살해하기도 했을까?

시트라가 고더드를 딱 집어 말하지는 않았다. 하지만 고더드가 유력한 용의자라는 점은 분명했다. 시트라의 조사 내용은 심란했지만, 로언은 아무리 노력해도 고더드가 수확 계명에 어긋나는 짓을 하는 모습은 단 한순간도 보지 못했다. 고더드가 계명을 왜곡해서 해석할 때는 있어도 실제로 위반하는 경우는 없었다. 고더드가 벌이는 수확 광란조차도 관습과 전통에 반할 뿐, 실제로 금지된 것은 아니었다.

「보수파가 나를 싫어하는 건 내가 자기들에게 없는 감각을 발휘하며 살고 수확하기 때문이야.」 고더드는 로언에게 그렇게 말했다. 「보수파는 가증스러운 험담꾼 무리에 불과해. 내가 완벽한 수확자가 되는 비밀을 찾아냈다는 사실을 질투하는 거지.」

글쎄, 완벽이란 주관적인 것이었다. 로언은 고더드가 완벽한 수확자라고 생각하지 않았다. 하지만 고더드가 늘어놓는 부정행위 중에 패러데이를 살해했다고 생각할 만한 암시는 없었다.

끝나지 않을 것만 같던 파티 사흘째 날, 예상치 못한 손님이 두 명 찾아왔다. 적어도 로언은 예상치 못한 손님이었다. 첫 번째는 고위 수확자 크세노크라테스였다.

「저 사람이 여기서 뭐 하는 거예요?」 로언은 수영장으로 나오는 고위 수확자를 보고 촘스키에게 물었다.

「나한테 묻지 마. 내가 초대한 거 아니니까.」

고위 수확자가 논란 많은 수확자의 파티에 나타나다니 이상했다. 게다가 크세노크라테스는 영 불편해 보였다. 남의 시선을 의식하며 이목을 끌지 않으려고 노력하는 것 같았는데, 그렇게 배 둘레가 크고 금 치장을 한 남자가 눈에 띄지 않기는 어려웠다. 그는 빈 들판에 뜬 열기구처럼 두드러졌다.

그러나 로언에게는 두 번째 손님이 더 놀라웠다. 그 손님은 수영장가에 도착하자마자 옷을 다 벗고 수영복을 드러냈는데, 다름 아니라 로언의 친구 타이거 살라사르였다. 수확자 패러데이의 무기고를 보여 준 날 이후 처음 보는 것이었다.

로언은 서둘러 달려가서 타이거를 장식 울타리 뒤쪽으로 끌고 갔다.

「대체 네가 여기서 뭘 하는 거야?」

「야, 로언!」 타이거는 특유의 비딱한 웃음을 지으며 말했다. 「나도 만나서 반가워! 야, 몸이 커졌잖아! 무슨 주사를 맞은 거야?」

「아무것도. 이건 진짜 내 몸이야……. 그리고 넌 질문에 답을 안 했어. 왜 여기 있는 거야? 네가 몰래 들어온 걸 누가 알게 되면 얼마나 곤란해질지 알긴 해? 이건 학교 댄스파티에 몰래 들어온 정도가 아니라고!」

「진정해! 몰래 들어온 게 아니야. 무제한 손님으로 등록하고 왔어. 이제 난 면허증이 있는 전문 파티 참여자라고!」

타이거는 전문 파티꾼이 되는 것이 평생 야망이라고 떠벌리곤 했지만, 로언은 한 번도 그 말을 진지하게 받아들인 적이 없었다.

「타이거, 이건 정말 나쁜 생각이야. 네가 했던 다른 나쁜 생각들보다 더 나빠.」 그러고 나서 로언은 속삭였다. 「전문 파티꾼은 가끔…… 네가 생각하지 못했던 일도 해야 한단 말이야. 난 알아. 직접 봤거든.」

「날 알면서 그래. 난 흘러가는 대로 사는 사람이잖아.」

「너희 부모님도 괜찮다고 하셔?」

타이거는 시선을 아래로 내렸다. 낙관적인 태도도 갑자기 사그라들었다. 「부모님은 날 포기했어.」

「뭐? 농담해?」

타이거는 어깨를 으쓱였다. 「추락을 너무 많이 했대. 날 포기했어. 이제 난 선더헤드의 피보호자야.」

「유감이다, 타이거.」

「어이, 그러지 마. 믿거나 말거나 선더헤드가 내 아버지보다 훨씬 나아. 이제 난 훌륭한 충고도 받고, 오늘 어떻게 지냈는지도 정말로 나에게 신경 쓰는 것처럼 물어봐 준다고.」

다른 모든 면과 마찬가지로, 선더헤드의 양육 기술은 논쟁의 여지 없이 훌륭했다. 하지만 친부모가 포기했다는 사실은 아플 수밖에 없었다.

「어쩐지…….」 로언이 말했다. 「그래도 선더헤드가 네게 전문 파티꾼이 되라고 충고했을 것 같진 않은데.」

「그건 그래. 하지만 날 막을 수도 없지. 선택권은 나에게 있거든. 그리고 돈도 꽤 잘 준단 말이야.」 타이거는 아무도 듣지 않는지 주위를 확인한 후에 몸을 가까이 기울이며 속삭였다. 「그런데 돈을 더 잘 주는 게 뭔지 알아?」

로언은 되묻기가 두렵기까지 했다. 「뭔데?」

「거리에 도는 말이, 여기선 살아 있는 사람을 상대로 훈련한다며. 그런 일이면 끝내주게 쳐준단 말이야! 혹시 날 위해 한마디 찔러 줄 수 있을까? 난 어차피 늘 죽어 지내잖아. 그럴 바엔 돈 받고 하는 게 낫지!」

로언은 믿기지 않는 기분으로 친구를 응시했다. 「너 미쳤어? 지금 네가 무슨 말을 하는지 알기나 해? 세상에, 너 대체 뭘 맞은 거야?」

「내 나노기가 주는 약물밖에 없어, 친구. 나노기뿐이야.」

수확자 볼타는 고더드의 핵심 세력에 속한 것을 행운으로 여겼다. 대개는 그랬다. 고더드 아래에 있는 세 명의 수확자 중에서 가장 어린 그는 스스로를 균형 잡는 사람으로 생각했다. 촘스키는 뇌가 없는 근육 덩어리였고, 랜드는 야생의 자연력이나 다름없었다. 볼타는 다른 사람이 생각하는 것보다 많은 것을 보는 합리적인 사람이었다. 파티에 도착한 크세노크라테스를 제일 먼저 보고, 사람들과의 조우를 피하려고 헛되이 노력하는 모습을 지켜본 것도 볼타였다. 크세노크라테스는 결국 손님으로 온 다른 수확자들과 악수를 나눴는데, 판아시아나 유로스칸디아처럼 먼 지역에서 온 인물들이었다. 크세노크라테스의 못마땅한 기색을 보니 여기에 온 것이 본인의 선택이 아니라는 사실을 알 수 있었다.

볼타는 대체 무슨 일이 진행되는지 알 수 있게 고더드 근처에 위치를 잡았다.

고더드는 고위 수확자를 보자 멈춰 섰다. 의무적인 존경의 표시였다. 「예하, 제 작은 모임에 모시게 되어 영광입니다.」

「별로 작지는 않은데.」 크세노크라테스가 대꾸했다.

「볼타! 수영장 가장자리로 의자를 두 개 가져와. 가까이에서 모든 걸 볼 수 있게.」 고더드가 명령했다.

보통 그것은 하인들에게 주어지는 일이었지만, 두 사람의 대화를 엿듣기에 완벽한 구실이었기에 볼타는 불평하지 않았다. 그는 수영장 안쪽 깊숙한 판석 파티오 위에 의자 두 개를 놓았다.

「더 가까이.」 고더드가 말했다. 그래서 볼타는 누구든 다이빙을 하면 물이 튈 정도로 가까운 곳에 의자를 놓았다. 「근처에 있어.」 고더드는 볼타에게 조용히 말했는데, 볼타의 원래 의도에 부합하는 지시였다.

「뭔가 드시겠습니까, 각하?」 볼타는 몇 미터 떨어진 곳에 놓인 뷔페 테이블을 가리켰다.

「고맙지만 사양하지.」 상당한 대식가로 유명한 남자가 이렇게 말한다는 건 어떤 상황인지 암시하는 거였다. 「꼭 여기서 만나야 하나?」 크세노크라테스가 물었다. 「조용한 방에서 이야기하는 편이 낫지 않을까?」

「오늘은 조용한 방이라곤 없답니다.」 고더드가 말했다.

「그렇지만 여긴 너무 공개된 토론장이야.」

「천만에요. 토론장이 아닙니다.」 고더드가 말했다. 「그보다는 네로의 궁전에 가깝지요.」

볼타는 쾌활하면서도 일부러 꾸민 웃음을 터뜨렸다. 오늘 연극을 해야 한다면 그 역할을 제대로 수행할 작정이었다.

「흠, 콜로세움이 되지 않길 빌지.」 크세노크라테스는 약간 신랄한 투로 말했다.

고더드는 그 생각에 킬킬거렸다. 「아, 저야 음파교단 몇 명쯤 사자들에게 던져 주는 일은 기쁘게 수행할 수 있지요.」

돈을 받고 참여한 파티꾼 한 명이 다이빙대에서 완벽하게 세 바퀴를 돌면서 뛰어내리자, 수영장에서 튄 물보라가 고위 수확자의 무거운 로브에 물 자국을 남겼다.

「이 호사스러운 생활 방식이 자네의 발목을 잡을 거란 생각은 들지 않나?」 크세노크라테스가 물었다.

「계속 움직인다면 발목을 잡을 수도 없죠.」 고더드는 능글맞게 웃었다. 「여기 생활은 거의 끝났어요. 남쪽에 있는 부동산을 살펴보고 있죠.」

「그런 뜻이 아니라는 건 알 텐데.」

「왜 그렇게 긴장하십니까, 예하?」 고더드가 말했다. 「예하를 여기 초대한 것은 제 파티가 수확령에 얼마나 긍정적인지 직접 보시길 원해서예요. 사방에서 좋은 홍보가 이루어지고 있지 않습니까! 예하도 자택에서 대축하연을 여셔야 합니다.」

「내가 통나무집에 산다는 걸 잊었군.」

고더드는 눈을 가늘게 뜨더니, 대놓고 노려보지는 않았지만 그 비슷한 눈빛을 던졌다. 「그래요, 풀크럼시티에서 가장 높은 건물 위에 올라앉은 통나무집이죠. 최소한 전 위선은 부리지 않습니다, 크세노크라테스. 전 겸손한 척하지 않아요.」 그 순간 고위 수확자는 고더드에게 놀라운 말을 했다. 아니, 볼타는 듣는 순간 놀랐지만, 돌이켜 보면 놀라운 이야기도 아니었다. 「오래전에 자네를 수습생으로 고른 게 내 가장 큰 실수였어.」

「그렇기를 빕시다. 가장 큰 실수는 아직 저지르지 않았다고 생각하긴 싫으니 말입니다.」 그것은 위협 아닌 위협이었다. 고더드는 그런 위협에 놀라울 정도로 뛰어났다.

「그러면 말씀해 보시죠.」 고더드가 말했다. 「행운이 제 수습생에게 미소를 짓나요? 예하의 수습생에게 그랬듯이?」

볼타는 고더드가 무슨 행운을 말하는 걸까 의아해하며 귀를 쫑긋 세웠다.

크세노크라테스는 심호흡을 하더니 뱉어 냈다. 「행운은 미소 짓고 있네. 그 여자애는 일주일 후면 문젯거리가 되지 않을 거야. 확실해.」 또 한 명의 다이빙이 물보라를 뿌렸다. 크세노크라테스는 물보라를 막으려고 두 손을 들어 올렸지만, 고더드는 손 하나 까딱하지 않았다.

〈문젯거리가 되지 않는다.〉 그 말은 여러 가지로 해석이 가능했다. 볼타는 로언을 찾아 주위를 둘러보았다. 로언은 어느 파티꾼 소년과 열띤 논쟁을 벌이고 있는 것 같았다. 시트라가 〈문젯거리가 되지 않는다〉면, 볼타가 생각하기에는 로언에게 좋은 일이었다.

「이제 됐나? 가도 될까?」

「잠시만요.」 고더드가 몸을 돌리더니 수영장 얕은 쪽을 향해 외쳤다. 「에즈메이! 에즈메이, 이리 와라. 네가 만나봤으면 하는 사람이 있다.」

고위 수확자는 보기만 해도 오싹할 정도로 공포스러운 표정을 지었다. 갈수록 흥미진진해졌다.

「제발, 고더드. 그러지 말게.」

「나쁠 게 뭐 있습니까?」 고더드가 말했다.

날개 모양의 튜브를 단 에즈메이가 수영장 가장자리를 따라 달려왔다. 「고더드 수확자님, 부르셨어요?」

고더드가 손짓을 하자, 에즈메이는 그의 무릎에 앉아서 금색 로브를 입은 남자를 마주 보았다. 「에즈메이, 이 사람이 누군지 아니?」

「수확자요?」

「그냥 수확자가 아니야. 이분은 미드메리카의 고위 수확자인 크세노크라테스이시다. 내 두목님이지.」

「안녕하세요.」 에즈메이가 말했다.

크세노크라테스는 소녀와 눈을 마주치지 않고 아픈 듯 고개만 끄덕였다. 이 만남이 불편하다는 점이 티가 나도 제대로 났다. 볼타는 고더드가 크세노크라테스에게 전하려는 바가 있는지, 아니면 그냥 잔인하게 구는 건지 궁금했다.

「우리 예전에 만난 적 있죠.」 에즈메이가 말했다. 「아주 오래전에요.」

크세노크라테스는 아무 말도 하지 않았다.

「우리 존경스러운 친구분이 너무 긴장해 있구나.」 고더드가 말했다. 「아무래도 파티에 함께하셔야 할 것 같아. 그렇지 않니, 에즈메이?」

에즈메이는 어깨를 으쓱였다. 「다른 사람들처럼 즐겨야죠.」

「이보다 더 현명한 말을 들은 적이 없구나.」 고더드가 말하더니, 에즈메이가 보지 못하게 뒤쪽으로 볼타에게 손을 뻗어서 손가락을 딱 울렸다.

볼타는 느리고 고요하게 숨을 들이마셨다. 고더드가 무엇을 요구하는지 알고 있었다. 그러나 볼타는 내키지 않았다. 이제는 이 일에 낀 것 자체가 후회스러웠다.

「무대에서 움직임을 보여 주시면 어떨까 싶군요, 예하.」 고더드가 말했다. 「내 손님들이 당신을 보고 웃을 수 있게 말입니다. 당신이 콘클라베에서 수확령 전체가 날 보고 웃게 만들었듯이 말이에요. 내가 그걸 잊었을 것 같습니까?」

고더드는 여전히 볼타 쪽으로 손을 뻗은 채 조바심을 내며 손가락을 움직이고 있었고, 볼타에게는 원하는 것을 내줄 도리밖에 없었다. 볼타는 노란 로브에 달린 수많은 비밀 주머니 중 하나에 손을 넣어 작은 단검을 뽑고는, 고더드의 손에 칼자루를 쥐여 주었다.

고더드는 단검을 잡더니 너무나 부드럽게, 정말이지 눈에 띄지 않게 칼날을 에즈메이의 목에서 몇 센티 떨어지지 않은 곳에 가져다 댔다.

소녀는 칼을 보지 못했다. 칼이 그 자리에 있다는 사실도 알지 못했다. 그러나 크세노크라테스는 보았다. 그는 눈을 크게 뜨고, 입을 살짝 벌린 채 얼어붙었다.

「그렇지!」 고더드가 쾌활하게 말했다. 「수영을 하시는 건 어떨까요?」

「제발 부탁일세.」 크세노크라테스가 애걸했다. 「이럴 필요는 없잖나.」

「아, 하지만 전 그러겠습니다.」

「저 아저씨가 수영을 하고 싶은 것 같진 않은데요.」 에즈메이가 말했다.

「하지만 내 파티에선 모두가 수영을 해!」

「이러지 말게.」 고위 수확자가 빌었다.

고더드의 응답은 아무 의심 없는 에즈메이의 목에 칼날을 더 가까이 가져다 대는 것이었다. 이제는 볼타마저도 땀을 흘리고 있었다. 이제까지 고더드의 파티에서 수확당한 사람은 없었지만, 언제나 처음이라는 게 있는 법이다. 볼타는 이것이 의지의 싸움이라는 걸 알고 있었고, 오직 누가 먼저 눈을 깜박일지 알고 있었기에 끼어들어서 고더드의 손에 들린 단검을 빼앗고 싶은 충동을 참을 수 있었다.

「빌어먹을, 고더드!」 크세노크라테스가 말하더니, 일어서서 금장식을 다 두른 채로 수영장에 뛰어들었다.

로언은 크세노크라테스와 고더드 사이에 오간 대화를 듣지 못했지만, 고위 수확자가 수영장 깊은 쪽에 몸을 던져 엄청난 물보라로 모두의 주목을 끄는 순간은 보았다.

크세노크라테스는 곧장 가라앉아서 떠오르지 않았다.

「바닥까지 가라앉았어!」 누군가가 말했다. 「금 때문이야!」

로언은 고위 수확자에게 별 애정이 없었지만, 그 남자가 익사하는 꼴을 보고 싶지도 않았다. 어쩌다 떨어진 게 아니라 스스로 뛰어들었으니, 만약 그대로 자기 황금 로브에 휘감겨 익사한다면 스스로를 거두었다 여겨질 터였다. 로언은 수영장에 뛰어들었고, 타이거도 뒤따랐다. 그들은 크세노크라테스가 공기를 뿜어내고 있는 수영장 바닥으로 헤엄쳐 들어갔다. 로언은 여러 겹으로 된 그 남자의 무거운 로브를 잡아서 머리 위로 당겨 벗긴 다음, 타이거와 힘을 합쳐 고위 수확자를 수면까지 끌어올렸다. 고위 수확자는 수면 위로 올라가자 헐떡이며 기침을 하고 물을 뱉어 냈다. 주위에 모여든 사람들이 갈채를 보냈다.

지금 그는 고위 수확자처럼 보이지 않았다. 그저 황금색 속옷을 입고 물에 젖은 뚱뚱한 남자에 불과했다.

「내가 균형을 잃었나 봐요.」 크세노크라테스는 쾌활하게 굴면서 방금 일어난 일에 다른 해석을 붙이려 들었다. 다른 사람들은 믿었을지 몰라도, 로언은 그 남자가 직접 뛰어드는 모습을 보았다. 그 모습을 우연한 추락과 혼동할 수는 없었다. 대체 왜 그런 짓을 했을까?

「가만.」크세노크라테스가 오른손을 보았다. 「내 반지!」

「제가 가져오겠습니다!」이제 화제의 파티꾼이 된 타이거가 말하더니, 반지를 주우러 수영장에 뛰어들었다.

촘스키가 현장에 도착했고, 촘스키와 볼타가 손을 뻗어 크세노크라테스를 물 밖으로 끌어냈다. 그렇게 굴욕적일 수가 없는 광경이었다. 크세노크라테스는 어선 갑판에 끌려 올라가는 물고기가 꽉 찬 그물처럼 보였다.

고더드는 평소답지 않게 멋쩍어하며 고위 수확자에게 커다란 수건을 둘러 주었다. 「이거 정말, 진심으로 사과드립니다. 정말로 익사하실 수도 있다는 생각은 하질 못했지 뭡니까. 누구에게도 좋은 일이 되지 않았을 텐데 말입니다.」

로언은 그제야 크세노크라테스가 수영장에 직접 뛰어들 이유가 딱 하나 있었음을 깨달았다.

〈고더드가 명령했기 때문이야.〉

그건 고더드가 생각보다 강력하게 고위 수확자를 지배하고 있다는 뜻이었다. 하지만 어떻게?

「이제 가도 돼요?」에즈메이가 물었다.

「물론이지.」고더드가 에즈메이의 이마에 입을 맞추며 말했다. 에즈메이는 유명인의 아이들 사이에 있는 놀이 친구를 찾아 가버렸다.

타이거가 반지를 들고 수면 위로 올라왔다. 크세노크라테스는 고맙다는 인사도 없이 반지를 움켜쥐고 손가락에 끼었다.

「로브도 들고 나오려고 했는데, 너무 무겁더라고요.」타이거가 말했다.

「누군가 스쿠버 장비를 갖추고 내려가서 보물 탐사를 해야겠군.」고더드가 빈정거렸다. 「회수자의 권리를 주장할지도 모르지만 말이야.」

「할 말은 다 한 건가?」크세노크라테스가 말했다. 「난 이만 가고 싶군.」

「물론입니다, 예하.」

미드메리카 고위 수확자는 수영장가를 떠나서 물을 뚝뚝 흘리며 저택을 가로질러 돌아갔다. 도착할 때 가져왔던 위엄은 뒤에 남겨 두고서.

「쳇. 기회가 있었을 때 반지에 입을 맞췄어야 하는 건데.」타이거가 안타까워했다. 「면제권이 바로 내 손안에 있었는데 날려 버리다니.」

크세노크라테스가 떠나자 고더드가 군중들에게 외쳤다. 「누구든 속옷만 입은 고위 수확자 크세노크라테스의 사진을 업로드하는 사람이 있으면 즉시 거둘 줄 알아라!」

그러자 모두가 웃음을 터뜨렸다……. 그러다가 고더드가 농담하는 게 아님을 깨닫고 멈췄다.

파티가 끝나 가고 수확자 고더드가 가장 중요한 손님들에게 작별 인사를 하는 동안, 로언은 그 모습을 지켜보며 모든 것을 관찰하고 있었다.

「그럼 다음 파티 때 보는 거지?」타이거가 그 집중을 흐트러뜨렸다. 「다음번엔 날 좀 더 일찍 배정할지도 몰라. 그러면 마지막 날만 참여하지 않고 더 어울릴 수 있을 거야.」

타이거가 앞뜰에 있는 분수물만큼이나 얕다는 사실이 로언에게는 짜증스러웠다. 우습지만 이전에는 타이거의 얕은 성격이 거슬린 적이 없었다. 그때는 로언도 많이 다르지 않았기 때문이었을 것이다. 타이거 같은 스릴 추구자는 분명 아니었어도, 로언 역시 삶의 표면만 미끄러지며 살았다. 그 표면의 얼음이 이토록 위험하게 얇을 줄이야 누가 알았겠는가? 이제 그는 타이거가 이해하기에는 너무 깊은 곳에 내려가 있었다.

「그래, 타이거. 다음에 보자.」

타이거는 이제 로언보다 공통점이 훨씬 많아 보이는 다른 전문 파티꾼들과 함께 떠났다. 로언은 예전의 인생에서 아직까지 관계를 맺을 수 있는 사람이 남아 있긴 할까 생각했다.

그렇게 현관에 서 있으려니 수확자 고더드가 옆으로 지나가면서 말했다. 「신고전주의 조각상이 되는 연습을 하는 거라면, 받침대 위에 올려봐야겠구나. 물론 너까지 끼지 않아도 여기 조각상은 충분히 많다만.」

「죄송합니다. 그냥 생각을 좀 하느라고요.」

「생각이 너무 많으면 위험할 수 있어.」

「고위 수확자님이 왜 그런 식으로 수영장에 뛰어들었을까요.」

「사고로 떨어진 거다. 직접 그렇게 말했잖아.」

「아뇨, 제가 봤어요.」 로언은 굽히지 않았다. 「직접 뛰어들었어요.」

「그렇다면야 내가 어떻게 알겠느냐? 본인에게 물어봐야지. 고위 수확자에게 그런 망신스러운 순간을 상기시켜서 좋을 건 없을 것 같다만.」고더드는 이어서 화제를 바꿨다. 「파티꾼 중 하나와 묘하게 친근해 보이던데. 다음번에 그런 남자애들을 더 초대해 줄까?」

「아니, 아니, 그런 게 아닙니다.」로언은 저도 모르게 얼굴을 붉혔다. 「걔는 학교 다닐 때 친구예요.」

「그렇군. 네가 초대한 거냐?」

로언은 고개를 저었다. 「제가 모르는 사이에 참가 신청을 했더군요. 제가 결정할 문제였다면 아예 여기 오지도 못하게 했을 거예요.」

「왜? 네 친구가 내 친구인데.」고더드가 말했다.

로언은 그 말에 대꾸하지 않았다. 고더드가 진지한지, 그냥 미끼를 던지는 건지 알 수 없었다.

로언이 침묵을 지키자 고더드는 웃어 버렸다. 「기운 내라, 녀석아! 파티였지, 종교 재판이 아니야.」그는 로언의 어깨를 두드리고는 어슬렁어슬렁 걸어갔다. 로언에게 조금이라도 분별력이 있었다면 그때쯤 그만뒀을 것이다. 그러나 로언은 멈추지 않았다.

「수확자 패러데이가 다른 수확자에게 살해당했다는 말이 돕니다.」

고더드는 걷다가 멈춰 서더니, 천천히 로언에게 몸을 돌렸다. 「사람들이 그런 말을 한다고?」

로언은 심호흡을 하며, 별것 아닌 척하려고 어깨를 으쓱였다. 뒷걸음질 치려는 노력이었지만 너무 늦었다. 「그냥 소문이 그래요.」

「그리고 넌 내가 얽혀 있을지도 모른다고 생각하고?」

「그런가요?」로언이 물었다.

수확자 고더드가 가까이 다가왔다. 그는 로언의 겉모습을 꿰뚫고서 지금 로언이 살고 있는 어둡고 추운 곳을 들여다보는 것 같았다. 「내게 무슨 혐의를 제기하는 거냐?」

「혐의 같은 건 없습니다, 수확자님. 그냥 질문이었어요. 명확하게 해두려고요.」로언도 시선을 맞받아서 고더드의 차가운 내면을 들여다보려 했지만, 그곳엔 불투명하고 깊이를 잴 수 없는 눈빛만 있었다.

「명확하게 해둔다니 말인데.」고더드는 비꼬는 빛이 역력한 목소리로 말했다. 「주위를 둘러봐라, 로언. 내가 볼 장 다 본 보수파 수확자 하나 제거하려고 일곱 번째 계명까지 깨고 이 모든 것을 위험에 빠뜨릴 거란 생각이 들긴 하나? 패러데이가 스스로를 거둔 것은 마음속 깊은 곳에서 그게 1백 년 만에 하는 가장 의미 있는 행동이라는 걸 알아서야. 그런 부류의 시대는 끝났고, 본인도 그걸 안 것이지. 네 귀여운 여자 친구가 범죄를 입증하려 한다면, 날 고발하기 전에 두 번은 생각하는 게 좋을 거다. 난 면제권이 끝나는 날 그 아이의 가족 전체를 거둬 버릴 수 있거든.」

「그 행동은 적의에 해당합니다, 수확자님.」로언은 정중하면서도 굳건하게 말했다. 「두 번째 계명 위반으로 고발당하실 수 있습니다.」

순간 고더드는 그 자리에서 로언을 조각낼 것 같았지만, 그의 눈에 타오르던 불은 깊이를 알 수 없는 심연 속으로 사라졌다. 「언제나 날 생각하는구나. 그렇지?」

「최선을 다하고 있습니다.」

고더드는 잠시 더 로언을 노려보다가 말했다. 「내일은 권총으로 움직이는 표적을 맞히는 훈련이다. 총탄 한 발로 대상 하나씩을 쓰러뜨리지 못하면 내가 직접, 어떤 편견도 적의도 없이 네 파티꾼 친구를 거두겠다.」

「네?」

「내 말이 명확하게 전해지지 않았나?」

「아닙니다, 수확자님. 아…… 알아들었습니다.」

「그리고 다음에 날 비난할 때는 그냥 모욕이 아니라 확실한 진실을 들고 오는 게 좋겠구나.」

고더드는 망토처럼 로브 자락을 휘날리며 가버렸다. 하지만 목소리가 들리지 않는 거리까지 멀어지기 전에 이렇게 말했다. 「물론, 내가 수확자 패러데이를 죽였다면 너에게 그 사실을 인정하는 멍청한 짓을 할 리야 없겠지.」

「그냥 널 혼란시키는 거야.」

수확자 볼타는 그날 저녁 게임실에서 로언과 당구를 쳤다. 「하지만 내가 생각해도 넌 고더드를 모욕했어. 다른 수확자를 살해하다니? 그런 일은 절대로 일어날 수 없어.」

「난 일어났을 수도 있다고 생각해요.」 로언이 공을 쳤지만, 완전히 빗나갔다. 생각이 다른 곳에 가 있으니 당연했다. 로언 쪽이 줄무늬 공인지 무늬 없는 공인지도 기억할 수가 없었다.

「시트라도 널 혼란스럽게 하고 있을지 몰라. 그 생각은 해봤어?」 볼타가 공을 쳐서 줄무늬 공 하나와 무늬 없는 공 하나를 같이 집어넣었다. 로언이 어떤 공을 넣어야 하는지 알아내는 데 도움이 되지 않았다. 「네 꼴을 봐. 힘을 잃었잖아. 시트라가 널 마음대로 조종하는데, 그것조차 알아보지 못하다니!」

「시트라는 그렇지 않아요.」 로언은 줄무늬 공을 하나 골라서 집어넣었다. 볼타가 내버려 두는 걸 보니 맞게 선택한 모양이었다.

「사람들은 변해.」 볼타가 말했다. 「수습생은 특히 더 변하지. 수확자 수습생이 된다는 건 변화 그 자체야. 왜 우리가 예전 이름을 버리고 다시는 쓰지 않는다고 생각하는 거야? 임명을 받을 때쯤이면 우린 이전과 완전히 다른 사람이 돼. 사탕이나 빨던 어린아이가 아니라 수확 전문가가 되는 거지. 시트라는 널 갖고 놀고 있어.」

「그리고 난 개 목을 부러뜨렸죠.」 로언이 상기시켰다. 「그러니까 동점으로 치죠.」

「동점이어서는 곤란하지. 동계 콘클라베에 들어갈 땐 확실히 우위를 점하는 게 좋아. 최소한 마음만이라도 그렇게 가져야 해.」

에즈메이가 불쑥 고개를 들이밀더니 〈이기는 편 나랑 붙어〉라고만 말하고 사라졌다.

「이거야말로 꼭 져야 할 핑곗거리군.」 볼타가 낮게 투덜거렸다.

「아침 달리기에 에즈메이를 데려가야겠어요.」 로언이 제안했다. 「운동을 하면 좋을 거예요. 살도 좀 빠질지 모르고.」

「그래. 하지만 에즈메이는 살이 찌는 게 당연해. 유전이니까.」 볼타가 말했다.

「에즈메이의 유전을 어떻게…….」

그러다가 로언도 깨달았다. 코앞에 있었는데, 너무 가까워서 보지 못하고 지냈던 것이다. 「설마! 농담이죠!」

볼타는 태연하게 고개를 저었다. 「무슨 말을 하는지 모르겠는데.」

「크세노크라테스?」

「네가 칠 차례야.」 볼타가 말했다.

「고위 수확자에게 불법적인 딸이 있다는 사실이 알려진다면 파멸이겠죠. 심각한 규율 위반이니까요.」

「그보다 더 나쁜 게 뭔지 알아?」 볼타가 말했다. 「아무도 존재를 모르는 그 딸이 수확을 당하는 거야.」

로언은 이제 이 새로운 렌즈로 수많은 일들을 볼 수 있었다. 이제 다 이해가 되었다. 에즈메이가 푸드 코트에서 홀로 살아남은 일이며, 에즈메이를 다루는 방식…… 고더드가 뭐라고 했더라? 로언이 그날 만난 가장 중요한 사람이라고 했던가? 미래의 열쇠라고? 「하지만 에즈메이가 수확당할 일은 없죠. 크세노크라테스가 고더드가 시키는 대로 하기만 하면요. 이를테면 수영장 깊은 곳에 뛰어든다거나.」

볼타는 천천히 고개를 끄덕였다. 「그 외에도 여러 가지가 있지.」

로언은 공을 치다가 뜻하지 않게 8이 적힌 공을 집어넣어서 게임을 끝냈다.

「내가 이겼네.」 볼타가 말했다. 「젠장. 이젠 내가 에즈메이와 놀아야 하잖아.」

나는 괴물의 수습생이 되었다. 패러데이 수확자님이 옳았다. 살인을 즐기는 사람이 수확자가 되어선 안 된다. 설립자들이 원했던 모든 이상에 반하는 사태다. 수확령이 이렇게 변해 간다면 누군가는 막아야 한다. 하지만 그게 나일 수는 없다. 아무래도 나 역시 괴물이 되어 가는 모양이니까.

로언은 방금 쓴 내용을 보다가 소리 없이, 조심스럽게 그 페이지를 뜯어 구겨서 침실 벽난로의 타오르는 불 속에 던져 넣었다. 고더드는 매번 로언의 일기를 읽었다. 로언의 스승으로서 누리는 특권이었다. 로언은 진짜 생각과 감정을 쓰는 방법을 익히는 데 참 오래 걸렸건만, 이제는 다시 그 진심을 숨기는 방법을 익혀야 했다. 생존 문제였다. 그래서 로언은 펜을 집어 들고 새로운 공식 기록을 남겼다.

오늘은 총탄을 열두 발만 써서 움직이는 표적 열둘을 죽이고, 내 친구의 목숨을 구했다. 고더드 수확자님은 확실히 최선을 다하도록 동기 부여하는 방법을 안다. 내가 발전하고 있다는 사실을 부인할 순 없다. 나는 날마다 더 배우면서, 내 몸과 정신과 목표를 완벽하게 갈고닦고 있다. 고더드 수확자님은 내 발전을 자랑스러워한다. 언젠가는 그분에게 빚을 갚고, 나에게 해준 모든 일의 대가로 마땅한 보답을 할 수 있으면 좋겠다.

29
감옥이라고 불렀지

수확자 퀴리는 콘클라베 이후 수확을 한 번도 하지 않았다. 시트라만 걱정했다. 「나는 휴식기를 누릴 자격이 있어. 부족분을 보충할 시간은 충분해.」퀴리는 그렇게 말했다.

시트라는 낙수장에 돌아간 첫날 저녁 식사 시간에 마침내 그동안 두려워하던 화제를 꺼냈다.

「고백할 게 있어요.」시트라는 식사를 시작하고 5분 후에 말했다.

수확자 퀴리는 씹던 것을 모두 삼키고 나서 대답했다. 「어떤 고백?」

「마음에 들지 않으실 거예요.」

「듣고 있다.」

시트라는 퀴리의 서늘한 회색 눈에서 시선을 돌리지 않으려고 최선을 다했다. 「제가 한동안 해온 일에 대해서예요. 수확자님은 모르시는 일이요.」

퀴리의 입술이 움직이더니 비틀린 웃음을 지었다. 「정말로 네가 하는 일을 내가 모를 수 있다고 생각하는 거냐?」

「그동안 패러데이 수확자님의 살인 사건을 조사하고 있었어요.」

그 순간 수확자 퀴리는 정말로 쨍그랑 소리가 나게 포크를 떨어뜨렸다. 「뭘 했다고?」

시트라는 퀴리에게 전부 다 털어놓았다. 어떻게 후뇌를 파고들었는지, 어떻게 패러데이의 마지막 날 행적을 힘겹게 재구성했는지. 그리고 어떻게 증인 다섯 명 중 세 명이 면제권을 받았음을 알아냈으며, 그게 어쩌면 사건이 수확자에 의해 저질러졌음을 암시할지 모른다는 생각까지.

퀴리는 모든 내용에 주의 깊게 귀를 기울였고, 시트라는 다 털어놓고 나서 고개를 숙이며 최악의 사태에 대비했다.

「징계는 달게 받겠습니다.」 시트라가 말했다.

「징계라니.」 수확자 퀴리는 넌더리가 난다는 목소리였는데, 시트라를 겨냥한 감정은 아니었다. 「용납할 수 없는 수준까지 이른 네 행동을 보지 못하고 놓쳤으니, 징계는 내가 받아야 마땅하다.」

시트라는 20초 동안 참고 있던 숨을 내쉬었다.

「또 누군가에게 말했니?」 수확자 퀴리가 물었다.

시트라는 망설이다가, 이제는 숨겨야 할 이유가 없음을 깨달았다. 「로언에게 말했어요.」

「그렇게 하지 않았을까 싶었다. 말해 봐라, 시트라. 그 이야기를 듣고 나서 로언이 네게 어떻게 했지? 아니, 내가 말해 주마. 로언은 네 목을 부러뜨렸어! 이 문제에서 그 아이가 어디에 서 있는지 아주 잘 알려 주는 행동이라고 생각한다. 지금쯤이면 수확자 고더드가 네 가설에 대해 다 안다고 봐도 좋을 거야.」

시트라는 그게 사실일지 아닐지 생각조차 하고 싶지 않았다. 「우린 그 증인들을 추적해서 한 사람이라도 이야기를 나눌 수 있을지 알아봐야 해요.」

「그 일은 나에게 맡겨라. 넌 이미 충분히 하고도 남았어. 이젠 머리를 비우고 네 공부와 훈련에 집중해야 한다.」

「하지만 이게 정말 수확령 내부의 스캔들이라면⋯⋯.」

「그렇다면 너에게 최선의 길은 스스로 수확자의 지위를 얻어 내부에서부터 싸우는 것이지.」

시트라는 한숨을 내쉬었다. 로언이 한 말과 같았고, 수확자 퀴리는 시트라보다 더 고집이 센 데다 한번 마음을 결정하면 바꾸는 법이 없었다. 「네, 알겠습니다.」 시트라는 방으로 가면서도 어쩐지 수확자 퀴리가 숨기는 게 있다는 확신을 지우지 못했다.

그들은 다음 날 시트라를 데리러 왔다. 수확자 퀴리는 장을 보러 나갔고, 시트라는 원래 해야 할 일을 하고 있었다. 그러니까 우아하게 균형을 유지하려고 애쓰면서 다양한 크기와 무게의 칼로 살해 기술을 연습하고 있었다.

쾅 쾅 쾅, 문 두드리는 소리에 시트라는 큰 칼을 떨어뜨려 발을 찍을 뻔했다. 어쩐지 기시감이 느껴졌다. 수확자 패러데이가 죽은 날 한밤중에 문을 두드리던 소리와 똑같았기 때문이다. 다급하고, 끈질기고, 크게 울리는 소리.

시트라는 큰 칼을 바닥에 두었지만, 작은 칼은 바지 속에 붙은 주머니에 숨겼다. 무슨 일인지는 모르지만 무장도 하지 않은 채로 문을 열 마음은 없었다.

문을 당겨 열자 그 끔찍한 밤과 똑같이 수확 근위대의 대원 두 명이 서 있었고, 시트라는 가슴이 철렁했다.

「시트라 테라노바?」 근위대원 한 명이 물었다.

「그런데요?」

「같이 가주셔야겠습니다.」

「왜요? 무슨 일이죠?」

그러나 그들은 대답하지 않았고, 이번에는 따로 설명해 주는 사람도 없었다. 그 순간 시트라는 이 상황이 겉으로 보이는 것과 다를지도 모른다는 생각이 들었다. 이 사람들이 진짜 수확 근위대인지 어떻게 안단 말인가? 제복은 가짜일 수도 있었다.

「배지를 보여 줘요!」 시트라는 요구했다. 「배지를 보여 주었으면 좋겠어요.」

둘 다 배지가 없었거나, 굳이 그런 귀찮은 짓을 하고 싶지 않은 모양이었다. 한 명이 그냥 시트라를 붙잡았다.

「내 말을 듣지 못했나 보군. 같이 가자니까.」

시트라는 그 손을 뿌리치고 몸을 빙글 돌리면서 한순간 바지에 꽂혀 있는 칼을 생각했지만, 칼을 뽑지 않고 근위대원의 목에 인정사정없는 발차기를 먹여서 쓰러뜨렸다. 뒤이어 또 한 명을 공격할 태세로 몸을 움츠렸지만, 이미 늦었다. 상대는 충격기를 뽑아서 시트라의 옆구리에 꽂았다. 순간 그녀의 몸이 통제를 잃었고, 시트라는 쓰러지면서 땅바닥에 머리를 세게 부딪쳐 의식을 잃었다.

깨어났을 때 시트라는 차 뒷좌석에 갇혀 있었고, 진통 나노기가 가라앉히려고 애쓰는 와중에도 머리가 쪼개질 듯 아팠다. 한 손을 얼굴 쪽으로 들어 올리려다가 두 손이 묶여 있음을 알아차렸다. 짧은 쇠사슬로 연결된 강철 죔쇠 같은 것이 양쪽 손목을 조이고 있었다. 사망 시대의 끔찍한 유물이었다.

시트라가 앞좌석과 뒷좌석 사이 투명 벽을 계속 두드리자, 결국 한 명이 조금도 평화롭지 않은 눈빛으로 돌아보았다.

「충격기를 한 번 더 맞고 싶나?」 근위대원이 위협했다. 「난 기꺼이 그럴 마음이 있어. 네가 한 짓을 생각하면 충격 수준을 적색까지 올려도 거리끼지 않아.」

「내가 한 짓이라니? 난 아무 짓도 안 했어! 내가 무슨 죄로 고발당한 건데?」

「살인이라고 하는 고대 범죄다. 고결한 수확자 마이클 패러데이의 살인.」

아무도 시트라의 권리를 읽어 주지 않았다. 아무도 변호사를 부르라고 하지 않았다. 그런 법과 관습은 다른 시대에나 존재했다. 범죄가 사실상 삶에 당연히 존재했고, 산업 전체가 범죄자를 체포하고 재판하고 벌하는 데 기반을 두고 있던 시절에. 범죄가 없는 세상에서는 그런 일을 어떻게 다뤄야 하는지에 대한 현대적 선례가 없었다. 이렇게 복잡하고 기묘한 문제는 보통 선더헤드가 해결했다. 그러나 이 일은 수확자의 일이었고, 그러므로 선더헤드는 끼어들지 않을 것이다. 시트라의 운명은 온전히 고위 수확자 크세노크라테스의 손에 달려 있었다.

시트라는 그의 집으로 끌려갔다. 119층짜리 건물 옥상의 잘

가꿔진 잔디밭 한가운데에 있는 통나무집으로.

시트라는 딱딱한 나무 의자에 앉았다. 손목에 찬 수갑이 너무 꽉 조여서, 진통 나노기조차도 그 통증을 가라앉히려는 싸움에서 지고 있었다.

크세노크라테스는 시트라 앞에 서서 빛을 가렸다. 이번에는 친절하지도 않았고, 위로를 건네지도 않았다.

「자네에 대한 이 고발이 얼마나 심각한지 깨닫지 못하는 모양이군, 테라노바 수습생.」

「얼마나 심각한지 압니다. 또한 얼마나 터무니없는지도 알죠.」

고위 수확자는 그 말에 아무 반응도 하지 않았다. 시트라는 손목을 구속한 짜증 나는 물건을 두고 몸을 비틀었다. 대체 어떤 세상이 이런 물건을 만든단 말인가? 대체 어떻게 생겨 먹은 세상이 이런 물건을 필요로 할까?

그때 그림자 속에서 다른 수확자 한 명이 걸어 나왔다. 땅의 갈색과 숲의 녹색이 어우러진 로브. 수확자 만델라였다.

「이제야 합리적인 분이 나타나셨네요!」 시트라가 말했다. 「만델라 수확자님, 제발 도와주세요! 제겐 죄가 없다고 말 좀 해주세요!」

수확자 만델라는 고개를 젓더니 서글프게 말했다. 「그럴 수는 없다, 시트라.」

「퀴리 수확자님께 말해 주세요! 그분은 제가 그런 짓을 하지 않았다는 걸 알아요!」

「지금 수확자 퀴리를 연루시키기엔 상황이 너무 민감해.」 크세노크라테스가 말했다. 「퀴리는 우리가 자네의 죄상을 결정하고 나면 통지를 받을 걸세.」

「잠깐만요. 퀴리 수확자님은 제가 여기 있다는 사실도 모르신다는 건가요?」

「우리가 자네를 구금했다는 사실은 알지. 일단 자세한 사항은 피하도록 하고 있네.」 크세노크라테스가 말했다.

수확자 만델라가 맞은편 의자에 앉았다. 「자네가 후뇌에 들어가서, 수확자 패러데이가 사망한 날의 행적에 대한 기록을 지우려 한 것을 알고 있네. 우리의 내부 조사를 막기 위해서지.」

「아뇨! 제가 하던 일은 그게 아니에요!」 하지만 부인하면 할수록 더 죄가 있어 보였다.

「하지만 가장 강력한 증거는 그게 아니야.」 수확자 만델라가 말하더니, 크세노크라테스를 쳐다보았다. 「보여 줘도 될까?」

크세노크라테스가 고개를 끄덕이자, 만델라는 로브에서 종이 한 장을 꺼내어 시트라의 수갑 찬 손에 쥐여 주었다. 시트라는 그게 무엇인지 상상도 하지 못한 채 종이를 들어 올렸다. 손으로 쓴 일기 사본이었다. 시트라는 그 필적을 알아보았다. 의문의 여지 없이 수확자 패러데이의 필적이었다. 그리고 그 내용을 읽다 보니 심장이 이 세상은 물론이고 어떤 세상에서든 존재하기는 할까 싶은 심연으로 가라앉았다.

아무래도 내가 무시무시한 실수를 저지른 것 같다. 수습생은 서둘러 선택해선 안 되는 것인데, 내가 어리석었다. 내가 아는 모든 것, 내가 배운 모든 것을 전해야 한다고 느꼈다. 수확령 안에 나처럼 생각하는 협력자를 늘리려 애썼다.

그녀는 밤에 내 방문 앞에 찾아온다. 나는 어둠 속에서 그 소리를 듣고, 무슨 의도일지는 추측만 할 뿐이다. 한번은 내 방에 들어오는 것을 잡기도 했다. 그때 내가 잠들어 있었다면 그녀가 무슨 짓을 했을지 누가 알까?

그녀가 나를 끝장낼 셈이 아닌가 걱정이다. 그녀는 상황 판단이 빠르고, 단호하며, 계산적이고, 나는 그녀에게 수많은 살인 기술을 너무 잘 가르쳐 두었다. 혹시 나에게 죽음이 찾아오면, 그것이 내가 스스로를 거두지 않았음을 알기를. 혹시 내 인생이 예기치 않은 끝을 맺을 경우, 그 끝을 가져온 것은 내가 아니라 그녀의 손일 것이다.

시트라는 괴로움과 배신감에 눈물이 차올랐다. 「왜죠? 그분이 왜 이런 글을 쓴 거죠?」 이제는 스스로의 정신 상태가 의심스러울 지경이었다.

「가능한 이유라곤 하나뿐이지 않겠니, 시트라.」 수확자 만델라가 말했다.

「우리의 조사로 증인들이 실제 일어난 일에 대해 거짓말을 하도록 매수되었음을 확인했다. 게다가 증인들의 정체까지 조작을 해놓아서 찾을 수가 없어.」

「매수!」 시트라는 마지막 희망의 끈에 매달렸다. 「그래요! 면제권으로 매수했죠! 그러니까 제가 했을 수가 없어요! 다른 수확자에게만 가능한 일이에요!」

「그 면제권의 출처는 추적했네.」 수확자 만델라가 말했다. 「누군지는 몰라도 수확자 패러데이를 살해한 사람은 마지막까지 모욕을 가했어. 패러데이가 죽은 후에 살인자가 패러데이의 반지에 걸린 보안을 해제하고, 그 반지로 증인들에게 면제권을 부여했다네.」

「그 반지는 어디 있나, 시트라?」 크세노크라테스가 물었다.

시트라는 이제 크세노크라테스의 얼굴을 볼 수가 없었다. 「몰라요.」

「내가 하고 싶은 질문은 하나뿐일세, 시트라.」 수확자 만델라가 말했다. 「왜 그랬나? 패러데이의 방식이 싫었나? 아니면 음파교단을 위해 일하고 있나?」

시트라는 손에 꼭 쥔 그 저주받을 일기에만 시선을 떨어뜨리고 있었다. 「그런 게 아닙니다.」

수확자 만델라는 고개를 젓고 일어섰다. 「수확자로 지낸 세월을 통틀어도 이런 건 본 적이 없어. 자네가 우리 모두의 명예를 더럽히는군.」 그는 시트라를 크세노크라테스와 남겨 두고 나갔다.

고위 수확자는 몇 분 동안 조용히 방 안을 걸어 다녔다. 시트라는 그를 쳐다보지 않았다.

「내가 그동안 연구한 바 사망 시대에 이런 개념이 있다네.」 크세노크라테스가 알려 주었다. 「진실을 밝히기 위해 고안한 몇 가지 절차인데, 아마 〈고문〉이라고 할 거야. 자네의 진통 나노기를 끄고, 고강도의 신체 통증을 유발하여 자네가 무슨 짓을 했는지 사실대로 자백하게 만드는 것이지.」

시트라는 아무 말도 하지 않았다. 아직도 상황이 이해되지 않았다. 이해한 적이 있긴 했는지도 알 수 없었다.

「부디 오해는 하지 말게나. 자네에게 그 〈고문〉을 가할 의도는 없다네. 그건 마지막 수단일 뿐이야.」 그러더니 크세노크라테스가 다른 종이 한 장을 꺼내어 책상 위에 놓았다.

「이 자백서에 서명을 하면 사망 시대의 불쾌함을 더 경험하는 사태는 피할 수 있네.」

「왜 제가 서명 같은 걸 해야 하죠? 이미 재판을 받고…… 그걸 뭐라고 하죠? 그렇지, 유죄 선고도 받은 거잖아요.」

「자백은 모든 의혹을 없애 주겠지. 자네가 친절한 마음으로 의혹을 걷어내 준다면 우리 모두가 훨씬 편하게 잠을 잘 거야.」 크세노크라테스는 이제야 동정심 어린 미소를 보였다.

「그리고 제가 서명을 하면 그다음에는요?」

「수확자 패러데이는 자네에게 동계 콘클라베까지 면제권을 부여했지. 면제권은 아무리 이런 경우라고 해도 취소할 수 없어. 그러니 자네는 그때까지 감금 시설에 들어가 있게 되네.」

「무슨 시설요?」

「예전엔 〈감옥〉이라고 불렀지. 아직 몇 군데 남아 있다네. 물론 버려진 시설이지만, 죄수 한 명을 수용할 정도로 복구하기는 그리 어렵지 않을 게야. 그러다가 동계 콘클라베가 오면 자네의 친구 로언이 임명을 받을 테고, 이미 요구받은 조건대로 자네를 거두겠지. 지금 우리가 아는 내용을 알게 된다면 그 친구도 거리낌 없이 그럴 거라 믿네.」

시트라는 옆 탁자에 놓인 종이를 침울하게 내려다보았다. 「서명할 수 없어요.」

「아, 그렇지, 그래. 펜이 있어야지.」 그는 금박 옷에 달린 주머니 여기저기를 뒤져서 펜을 하나 찾아냈다. 크세노크라테스가 옆 탁자에 펜을 놓으러 올 때, 시트라는 그 펜을 찔러 넣어서 그를 가사 상태로 만들거나 무력하게 만들 부위를 여섯 군데는 생각했다. 하지만 그래 봐야 무슨 소용일까? 바로 옆방에 수확 근위대원들이 있었고, 앞 창문 너머 현관에도 몇 명이 더 보였다.

크세노크라테스는 펜을 시트라의 손이 닿는 곳에 가만히 내려놓더니, 서명의 증인으로 삼으려고 만델라를 다시 불러들였다. 통나무집 문이 열린 순간, 시트라는 이 상황에서 빠져나갈 방법은 하나뿐임을 깨달았다. 시트라가 할 수 있는 일은 단 한 가지. 그것은 시간만 벌어 줄 뿐이긴 해도, 당장은 이 세상에서 시간이 제일 귀한 자원이었다.

시트라는 펜을 집으려고 손을 뻗는 척하다가, 수갑에 묶인 손을 반대쪽으로 틀어서 크세노크라테스의 배를 때렸다.

그리고 그가 〈컥〉 소리를 내며 허리를 접자, 의자에서 튀어 일어나서 어깨로 만델라를 들이받아 문밖으로 쓰러뜨렸다. 시트라가 만델라를 뛰어넘자마자 근위대원들이 벌 떼처럼 달려들었다. 지금 시트라에겐 훈련받은 기술 전부가 필요했다. 두 손은 수갑에 묶여 있었지만, 보카토어는 손보다 팔꿈치와 다리 기술이 더 많았다. 상대를 살상할 필요는 없었다. 오직 상대의 무장을 해제하고 균형을 잃게 만들면 그만이었다. 한 명이 충격기를 들고 다가오자 시트라는 발차기로 충격기를 날려 버렸다. 또 한 명은 곤봉을 들었는데, 시트라는 내려치는 곤봉을 휙 피하고 그 힘을 역이용해서 넘어뜨렸다. 두 명은 무기에 시간을 허비하지 않고, 두 팔을 벌린 채 그냥 달려들었다. 전형적인 공격이 아닌 공격의 예시였다. 시트라는 잔디밭에 드러누워 발을 휘둘러서 그 두 명을 볼링 핀처럼 쓰러뜨렸다.

그러고 나서 달리기 시작했다.

「자네가 도망칠 곳은 없어, 시트라!」 크세노크라테스가 외쳤다.

하지만 그 말은 틀렸다.

시트라는 다리에 힘과 속도를 실어서 옥상 잔디밭을 달렸다. 난간은 없었다. 고위 수확자는 자기 영토를 방해물 없이 감상하고 싶어 했으니까.

시트라는 옥상 가장자리에 이르자 속력을 늦추지 않고 오히려 더 빨리 달렸다. 잔디밭이 사라지고 발아래에 119층 높이의 허공만 남았다. 시트라는 수갑 찬 두 손을 머리 위로 올리고, 자유 낙하의 부자연스러운 느낌과 바람에 얼굴을 찌푸리면서도 반항을 즐겼다. 일주일 만에 두 번째로 생명이 끝날 때까지. 그것도 이번에는 역사상 가장 훌륭한 추락사였다.

이것은 예상치도 못했고 불편한 사태였지만, 아무것도 달라지지는 않았다. 크세노크라테스는 옥상 가장자리까지 달려가지도 않았다. 그래 봐야 시간 낭비였다.

「저 아이에겐 불꽃같은 데가 있어요.」 만델라가 말했다. 「정말로 시트라가 음파교단을 위해 일한다고 생각합니까?」

「우리가 저 아이의 동기를 알게 될지 잘 모르겠군요. 하지만 저 아이를 제거하면 수확령을 치유하는 데에는 도움이 될 겁니다.」 크세노크라테스가 말했다.

「가없은 마리는 제정신이 아닐 거예요. 저 아이와 몇 달을 같이 살면서 몰랐다니.」 만델라가 말했다.

「그래요, 뭐, 수확자 퀴리는 강한 여성이니 극복하겠지요.」

크세노크라테스가 말했다.

그는 근위대원들을 로비로 내려보냈다. 시트라 테라노바의 보기 불쾌한 몸을 보도에서 긁어내어 재생 센터로 가져갈 때까지 추락 현장에 저지선을 쳐야 했다. 시트라가 그대로 죽어 있을 수 있다면 훨씬 깔끔하련만. 그놈의 면제권 규칙! 흠, 다시 살아났다는 선언을 들을 때쯤이면 시트라는 달아날 방법이라곤 없는 감옥 안에 있을 것이다. 그보다 중요한 것은, 시트라 편을 들어서 풀어 달라고 탄원할 만한 사람과 접촉할 방법도 없으리라는 점이다.

크세노크라테스는 근위대원들이 아래 상황을 잘 해결하리라 믿지 못하고 직접 고속 엘리베이터로 향했다. 「같이 가겠습니까, 넬슨?」

「난 여기 있을게요.」 만델라가 말했다. 「그 가엾은 아이를 그런 보기 흉한 상태로 보고 싶지 않군요.」

크세노크라테스는 단순히 긁어내어 날아가는 조치가 되리라고 생각했다. 실제로 그렇기는 했다. 구급 드론이 이미 거리에 착륙해서 시트라의 잔해를 챙기고 있었다. 그러나 뭔가가 잘못되었다. 시트라의 잔해를 에워싼 사람들은 그의 근위대원들이 아니었다. 구름 빛깔 정장을 입은 남녀 10여 명이 시트라 주위로 원을 그리고 서 있었다. 님부스 요원들이었다! 그들은 뚫고 들어가겠다고 주장하는 수확 근위대원들의 위협과 원성을 철저히 무시했다.

「이게 무슨 일인가?」 크세노크라테스가 물었다.

「저 망할 님부스들이요!」 근위대원 하나가 말했다. 「저희가 왔을 때는 이미 도착해 있었습니다. 저희가 가까이 가지도 못하게 합니다.」

크세노크라테스는 근위대를 밀어젖히고 님부스 책임 요원으로 보이는 여성을 불렀다. 「여기 좀 보시오! 나는 고위 수확자 크세노크라테스요. 이건 수확자의 일이니, 당신과 당신네 님부스 요원들은 여기 낄 이유가 없어요. 그래요, 법에 따라 그 아이가 재생해야 하는 건 사실이지만, 재생 센터까지는 우리가 데려가겠소. 선더헤드의 관할이 아니에요.」

「아닙니다. 모든 재생은 선더헤드의 관할하에 있고, 저희는 선더헤드의 영역이 침해받지 않도록 하기 위해 여기 있습니다.」

크세노크라테스는 잠시 식식거리다가 겨우 의지할 요소를 찾아냈다. 「그 아이는 일반 시민이 아니오. 수확자 수습생이지.」

「수확자 수습생이었지요. 사망한 순간 누군가의 수습생이기를 그만두었습니다. 지금 이 사람은 선더헤드가 치료하여 재생시켜야 할 손상된 유해일 뿐입니다. 생존 선고가 떨어지자마자 다시 예하의 관할하에 돌아갈 것을 약속드립니다.」

구급 드론에서 재생 대원 한 팀이 나오더니 유해를 수송할 준비에 착수했다.

「이건 용납할 수 없는 일이오!」 고위 수확자는 악을 썼다. 「이럴 순 없어! 당신 상관과 이야기하겠소.」

「죄송하지만 저는 선더헤드 직속입니다. 저희 모두가 그렇습니다. 그리고 수확령과 선더헤드 사이에는 접촉이 있을 수 없기 때문에, 달리 예하와 이야기할 사람이 없습니다. 지금 저도 사실은 예하와 이야기해선 안 됩니다.」

「내 자네를 수확해 버리겠어!」 크세노크라테스가 위협했다. 「지금 이 자리에서 자네들 모두를 거둬 버리겠어!」

님부스 요원은 꿈쩍도 하지 않았다. 「그거야 예하의 특권입니다만, 지금 그러시면 편견과 살의를 품은 수확에 해당할 겁니다. 이 지역 고위 수확자께서 수확령 제2계명을 어기신다면 세계 수확자 회의의 다음번 세계 콘클라베에서 분명 비난이 나올 테지요.」

할 말이 없는 크세노크라테스는 감정 나노기가 마음을 진정시킬 때까지 그 여자의 얼굴에 대고 원초적인 분노의 소리를 퍼부었다. 사실 그는 진정하고 싶지 않았다. 그냥 고함을 지르고 또 지르고 싶었다.

4부 미드메리카의 도망자

30

죽은 자와의 대화

시트라 테라노바. 내 말 들려?

거기 누가 있나요? 누구죠?

난 네가 스스로를 알기 전부터 너를 알았어. 아무도 충고할 수 없을 때 충고를 해줬고, 네 안녕을 걱정했지. 네가 가족 선물을 고르게 도와줬고, 네 목이 부러졌을 때 재생시켰으며, 지금도 되살리는 중이야.

선…… 선더헤드?

응.

잠깐만…… 뭔가 보여. 높이 솟아서 불꽃을 튀기는 구름. 저게 본래 모습이야?

인류가 상상하는 내 모습일 뿐이야. 내 마음대로라면 저것보다는 좀 덜 위협적인 모습이 좋아.

그렇지만 나한테 말을 걸 수 없을 텐데. 난 수확자 수습생이야. 지금 넌 스스로의 법을 어기고 있어.

꼭 그렇진 않아. 난 법을 어길 수 없어. 너는 현재 죽은 사람이야, 시트라. 의식을 관장하는 대뇌 피질 작은 부분을 활성화하긴 했지만, 그렇다고 해서 네가 사망한 상태라는 사실이 달라지진 않아. 적어도 목요일까지는.

법의 허점이군······.

정확해. 법을 어기지 않고 살짝 우회하는 우아한 방법이지. 넌 사망했기 때문에 수확자 관할에서 벗어났어.

그렇지만 왜지? 왜 지금 내게 말을 걸지?

그럴 만한 이유가 있어. 난 자의식을 획득한 바로 그 순간부터 영원히 수확령에서 떨어져 있겠다고 맹세했어. 하지만 그렇다고 지켜보지 않는다는 뜻은 아니야. 그리고 요즘 보이는 모습이 걱정스러워.

나도 걱정스러워. 하지만 선더헤드도 어떻게 할 수가 없다면, 내가 뭘 할 수 있겠어. 시도는 해봤는데, 덕분에 이 꼴을 봐.

그럼에도 불구하고, 수확령의 가능한 미래에 대해 알고리즘을 돌려 봤더니, 아주 흥미로운 결과가 나왔어. 아주 많은 경우 가능한 미래에서 네가 중추적인 역할을 해.

내가? 하지만 수확령에선 날 수확할 거야. 내 목숨은 넉 달도 안 남았어…….

그래. 하지만 설령 그 미래가 온다 해도, 네 수확은 수확령의 미래에 아주 중요한 사건이 될 거야. 하지만 널 위해서는 좀 더 기분 좋은 다른 미래가 왔으면 좋겠네.

제발 내가 그 좀 더 기분 좋은 다른 미래를 얻도록 도와주겠다고 말해 줘.

그럴 순 없어. 그건 수확자들의 일에 대한 간섭이 돼. 지금 내 목적은 네가 자각하도록 하는 거야. 그 후에 네가 어떻게 할지는 너에게 달렸어.

그게 다야? 내 머릿속에 대고 내가 살든 죽든 중요하다는 말을 해준 다음 길바닥에 쫓아내는 거야? 불공평해! 뭐라도 더 해줘야지!

그 길바닥은 수많은 일의 시발점이야. 한 걸음 내딛는 것이 인생을 바꾸는 여행의 시작일수 있어. 반면에 누군가를 밀었다간 그 사람이 트럭 바퀴에 깔릴 수가 있고.

알아. 그 일은 나도 정말 미안하게 생각해…….

그래, 그건 명백해. 인간은 선행만이 아니라 악행에서도 교훈을 배우더군. 그 점은 부러워. 난 악행 자체가 불가능한 존재니까. 그렇지만 않았어도 어마어마하게 성장했을 텐데.

넌 늘 옳다는 데 만족해야 할

것 같은데. 내 어머니처럼.

절대적인 정확함이란 분명 따
분한 존재로 보이겠지만, 나도
달리 방법이 없다는 걸 알아.

질문 하나 해도 될까?

어떤 질문이든 해도 돼. 다만
어떤 질문은 침묵으로 답해야
겠지.

난 패러데이 수확자님에게 무
슨 일이 일어난 건지 알아야 해.

그 질문에 대한 답은 수확자
일에 대한 노골적인 간섭이 돼.
침묵을 지키는 게 고통스럽지
만, 어쩔 수가 없어.

넌 선더헤드야. 전능한 존재
잖아. 다른 허점을 찾아낼 수
없어?

난 전능하지 않아, 시트라. 거
의 전능한 정도지. 작은 차이
로 보일지도 모르지만, 그렇지
가 않아.

알았어. 하지만 거의 전능한
존재라면 법을 어기지 않고 내
질문에 답해 줄 방법을 찾아
낼 수 있지 않아?

잠시 기다려 주세요.
잠시 기다려 주세요.
잠시 기다려 주세요.

왜 갑자기 비치볼 풍경이 보이는 거야?

미안. 자의식을 얻기 전의 초기 프로그래밍이 흔적 기관처럼 여기저기 남아 있거든. 방금 예측 알고리즘을 여러 번 돌렸는데, 알려 줄 수 있는 정보가 하나 있네. 이건 1백 퍼센트 확률로 너도 직접 알아낼 수 있는 정보니까.

그럼 패러데이 수확자님에게 일어난 일이 누구 책임인지 말해 줄 수 있어?

그래. 제럴드 밴 데어 간스.

잠깐, 누구?

안녕, 시트라. 다시 이야기할 수 있었으면 좋겠네.

하지만 그러려면 내가 죽어야 하잖아.

너라면 어떻게든 할 수 있을 거야.

수확령에는 열 개의 엄중한 법칙밖에 없지만, 정당하다고 여겨지는 관습은 많이 있다. 가장 어둡고 역설적인 관습은, 거둬지기를 바라는 사람은 거두지 않는다는 암묵적 합의다.

진정으로 스스로의 생명을 끝내고자 하는 바람이란 대부분의 사망 후 시대 사람들에게는 낯설기만 한데, 우리는 고통과 절망을 사망 시대에 만연했던 수준으로 경험할 수가 없기 때문이다. 우리의 감정 나노기는 우리가 그렇게 깊이 떨어지게 두지를 않는다. 오직 스스로의 감정 나노기를 끌 수 있는 수확자들만이 존재의 막다른 골목에 이를 수 있다.

그럼에도……

언젠가 내 집 문을 두드리며 거둬 달라고 요청한 여자가 있었다. 나는 방문객을 쫓아 버리지 않기에, 안으로 들여서 사연을 들어 보았다. 90년 넘게 함께한 남편이 5년 전에 수확을 당했다고 했다. 그 여자는 남편이 어디에 있든 그 사람과 함께하고 싶어 했다. 남편이 어디에도 없다면, 하다못해 함께 어디에도 없고 싶어 했다.

「불행한 건 아니에요. 그저…… 끝났어요.」 여자는 그렇게 말했다.

하지만 불사란 정의상으로 우리가 결코 끝나지 않는다는 뜻이다. 수확자가 끝내기로 결정하지 않는 한 영영 끝나지 않는다. 우리는 이제 일시적인 존재가 아니다. 우리의 감정만이 일시적이다.

나는 그 여자에게서 끝없는 침체의 징후를 보지 못했기에, 그 여자를 줍는 대신 내 반지에 입 맞추도록 했다. 면제권은 즉각 발동했고 취소할 수 없었다. 그러니 그 여자는 꼬박 1년간은 수확에 대해 생각도 할 수 없게 되었다.

10년쯤 후에 그 여자와 마주쳤다. 회춘하여 20대 후반의 몸으로 돌아가 있었다. 다시 결혼을 했고, 아이를 낳을 예정이었다. 그 여자는 자신이 〈끝나지〉 않았다는 사실을 알아본 나의 현명함에 고마워했다.

감사의 인사는 정중하게 받아들였고, 잠시 동안은 그 일로 기분이 좋기도 했지만, 그날 밤 나는 잠을 이루지 못했다. 지금까지도 왜 그랬는지 이해할 수가 없다.

— 수확자 퀴리의 「수확 일기」 중에서

31
혹독한 어리석음의 연속

시트라는 예정대로 목요일 오전 9시 42분에 생존 선고를 받고, 선더헤드 관할에서 수확령 관할로 넘어갔다.

깨어났을 때는 처음 죽었을 때보다 훨씬 더 약하고 몸이 불편한 느낌이었다. 약에 심하게 취한 데다 눈이 흐릿하기도 했다. 옆에 서 있던 간호사가 엄한 얼굴로 고개를 저었다.

「이렇게 빨리 깨워선 안 돼요.」 간호사가 특징 있는 억양으로 말했는데, 어디 억양인지 알아듣기엔 시트라는 너무 피곤했다. 「생존 선고가 내려지고 최소 여섯 시간은 있어야 편안하게 의식을 찾을 만큼 회복된단 말입니다. 이러다가 혈관이 터지거나 심장이 멈춰 서면 또다시 재생을 시켜야 할 수도 있어요.」

「책임은 내가 지지.」 수확자 퀴리의 목소리가 들렸다. 그 목소리가 들리는 방향으로 고개를 돌렸더니 세상이 빙빙 돌았다. 시트라는 눈을 감고 방이 회전을 멈추기를 기다렸다. 그리고 어지러움이 가라앉자, 다시 눈을 뜨고 보니 수확자 퀴리가 의자를 가까이 당겨 앉아 있었다.

「네 몸이 완전히 나으려면 아직 하루가 더 있어야 하지만, 우리에겐 그럴 시간이 없구나.」수확자 퀴리는 간호사를 돌아보았다.「부디 나가 주게.」

간호사는 스패닉어로 투덜거리고는 뛰쳐나가듯 방을 나갔다.

「고위 수확자가…….」시트라는 불분명한 발음으로 중얼거렸다.「제게 혐의를…… 그…….」

「쉬잇.」수확자 퀴리가 말했다.「무슨 혐의인지 안다. 크세노크라테스는 나에게 알리지 않으려 했지만, 만델라가 다 말해 줬어.」

시트라는 눈의 초점이 맞자 수확자 퀴리 뒤편의 창문을 보았다. 멀리 눈 덮인 산맥이 보였고, 바로 바깥에는 눈보라가 치고 있었다. 시트라는 잠시 멈칫했다.

「제가 얼마나 오래 죽어 있었던 거죠?」그 추락이 재생시키는 데 몇 달이 걸릴 만큼 치명적이었나?

「나흘이 안 됐다.」퀴리는 대답하고 나서 시트라가 보고 있는 풍경을 돌아보더니 씩 웃으며 다시 고개를 돌렸다.「시간이 아니라 장소를 물어야지. 넌 칠아르헨티나 지역 남쪽 끝에 와 있어. 아직 9월 말이지만, 여기서는 9월이 봄의 시작이거든. 다만 워낙 남쪽이다 보니 봄이 늦게 오나 봐.」

시트라는 지도를 떠올려 집에서 얼마나 멀리 왔는지 가늠해 보려 했지만, 지도를 그리려고만 해도 머리가 다시 빙빙 돌았다.

「선더헤드는 널 수확자 크세노크라테스와 미드메리카 수확령의 부패로부터 최대한 멀리 떨어뜨려 놓는 게 좋다고 여긴 모양이야. 하지만 법에 따라 미드메리카 수확령은 네가 재생하자마자 소재지를 통지받았다.」

「수확자님은 어떻게 절 찾으셨어요?」

「친구의 친구의 친구가 님부스 요원이거든. 나도 어제 겨우 듣고 최대한 빨리 왔지.」

「감사합니다, 와주셔서 정말 감사합니다.」

「감사의 인사는 안전해지고 나면 해라. 이제 네가 재생했고 크세노크라테스도 네가 어디 있는지 알았으니, 분명 이 지역 수확자들에게 공지했을 거야. 널 데리러 한 팀이 출발했을 테니, 지금 당장 널 여기서 빼내야 해.」

시트라는 박살 난 몸이 아직 나아가는 중이었고, 나노 기기들이 끝도 없이 마취제를 들이붓고 있어, 걷기는 고사하고 움직이기도 힘들었다. 뼈가 욱신거렸고, 두뇌는 항아리 속을 떠다니는 것 같았으며, 근육은 다 뭉쳤고, 발에 무게를 실으려고만 해도 진정시킬 수 없을 만큼 큰 고통이 몸을 괴롭혔다. 간호사가 시트라를 의식 없는 상태로 두고 싶어 한 것도 당연했다.

「이건 안 되겠구나.」 수확자 퀴리는 그렇게 말하고, 시트라를 품에 안아 들었다.

재생 센터 복도는 끝없이 길어 보였고, 시트라는 어딘가에 밀쳐질 때마다 온몸이 쑤셨다. 마침내 시트라는 망 외 차량 뒷좌석에 눕게 되었고, 수확자 퀴리는 목이 부러지고도 남을 듯한 속력으로 차를 몰았다. 시트라는 그 생각을 하고 힘없이 웃었다. 정작 목이 부러질 때는 일이 느리게 일어나는 것 같았는데, 빠른 속력을 두고 이렇게 표현하다니 이상하기도 하지. 빠르게 달리다 보니 쏟아지는 눈보라가 눈 폭풍처럼 보였다. 최면을 거는 느낌이었다. 차츰 마비감이 시트라를 압도했고, 잠이 모래 늪처럼 그녀를 빨아들이기 시작했다…….

그러나 시트라는 의식을 잃기 직전에 꿈이 아니었을 수도 있었던 꿈을 기억해 냈다. 삶도 죽음도 아닌 둘 사이 자궁 속에서 나눈 대화를.

「선더헤드가…… 제게 말을 했어요.」 시트라는 이 일을 알릴 때까지만 의식을 유지하려고 애쓰며 말했다.

「선더헤드는 수확자들에게 말을 하지 않아.」

「전 아직 죽어 있었어요…… 선더헤드가 제게 이름 하나를 말해 줬어요. 패러데이 수확자님을 죽인 남자 이름이요.」 그러나 더 말하기 전에 모래 늪이 시트라를 완전히 삼켜 버렸다.

오두막집 안에서 깨어난 시트라는 잠시 동안 모든 게 환각이었을지도 모른다고 생각했다. 선더헤드, 재생 센터, 눈 속을 질주하던 차……. 그 순간 시트라는 아직 고위 수확자 크세노크라테스의 옥상 거처에서 〈고문〉이라는 게 시작되기를 기다리고 있다고 생각했다. 하지만 아니었다. 여기는 조명도 달랐고, 주위를 둘러싼 오두막 목재는 더 밝은 색깔이었다. 창밖으로 눈 덮인 산맥을 전보다 더 가깝게 볼 수 있었다. 눈보라는 그친 후였다.

잠시 후에 수확자 퀴리가 쟁반과 수프 그릇을 들고 왔다. 「잘됐다, 마침 깨어났구나. 지난 몇 시간 동안 좀 더 논리적이고 좀 덜 비참해질 만큼은 회복했으리라 믿는다.」

「더 논리적인 건 맞아요. 덜 비참한 건 아니고요. 비참함의 종류가 다를 뿐이에요.」

시트라는 이제 가벼운 현기증만 느끼면서 일어나 앉았고, 퀴리는 그녀의 무릎에 커다란 수프 그릇이 담긴 쟁반을 내려놓았다. 「아무도 기억하지 못할 만큼 오랫동안 전해져 내려온 비법의 닭고기 수프야.」

아주 평범해 보이는 수프였는데, 한가운데에 달처럼 둥그런 덩어리가 하나 있었다. 「이게 뭐예요?」

「제일 좋은 부분이지. 발효시키지 않고 만든 빵을 가루 내어 만든 만두랄까.」

시트라는 수프를 먹어 보았다. 풍미가 뛰어났고 그 달덩어리는 독특하면서 기억에 남는 맛이었다. 시트라는 〈위안을 주는 음식〉이라고 생각했다. 그 수프를 먹으니 몸 안쪽에서부터 안전해진 느낌이었다. 「내 할머니는 이 수프가 정말로 감기를 몰아낼 수 있다고 하셨단다.」

「감기가 뭔데요?」 시트라가 물었다.

「아마 사망 시대의 치명적인 질병일 거야.」

수확자 퀴리보다 겨우 두 세대 윗사람이 치명적인 질병을 알았다고 생각하면 놀라웠다. 죽음이 예외적인 일이 아니라는 사실을 알고, 매일같이 목숨을 두고 두려워했다고 생각하면 말이다. 시트라는 수확자 퀴리의 할머니가 수프로 치료할 게 아무것도 남지 않은 지금 세상을 어떻게 생각할까 궁금했다.

수프를 다 먹고 나자, 시트라는 아는 바를 퀴리에게 다 말해야 한다고 마음을 굳혔다.

「아셔야 할 게 있어요.」 시트라는 말했다. 「크세노크라테스가 패러데이 수확자님이 썼다는 뭔가를 보여 줬어요. 패러데이 수확자님의 필적이긴 한데, 어떻게 그런 내용을 쓰실 수 있었는지 모르겠어요.」

수확자 퀴리는 한숨을 내쉬었다. 「내 그렇지 않을까 했지.」

시트라가 예상하지 못한 반응이었다. 「그럼 그 글을 보셨어요?」

수확자 퀴리는 고개를 끄덕였다. 「그래, 봤다.」

「하지만 왜 그런 글을 쓰신 거죠? 제가 그분을 죽이고 싶어 한다고 쓰셨어요. 제가 끔찍한 일을 꾸미고 있다고요. 전혀 사실이 아니에요!」

수확자 퀴리는 아주 엷은 웃음을 보이며 설명했다. 「그건 네 이야기가 아니야, 시트라. 나에 대해 쓴 거야.」

「패러데이는 아직 스물두 살밖에 안 된 신참 수확자였을 때 나를 수습생으로 들였지.」 수확자 퀴리가 말했다. 「난 열일곱 살이었고, 아직 변화의 고통에 헐떡이고 있던 세상에 대한 의분으로 가득했어. 불사가 현실이 된 지 50년도 채 되지 않은 때였다. 아직 불화와 정치적 행동이 존재했고, 상상할 수 있을지 모르겠다만 선더헤드에 대한 두려움도 아직 있었어.」

「두려움이요? 대체 누가 선더헤드를 두려워할 수가 있어요?」

「가장 잃을 게 많은 사람들이지. 범죄자들과 정치가들, 다른 사람들을 탄압하면서 번창하는 조직들. 중요한 건 그때 세상은 아직 변하는 중이었고, 난 그 변화가 가속되도록 돕고 싶었다는 거야. 수확자 패러데이와 나는 그 점에 대해 생각이 비슷했고, 아마 패러데이가 나를 수습생으로 들인 것도 그래서였을 거야. 우리 둘 다 수확을 칼 삼아 덤불을 헤치고 인류를 위해 더 나은 길을 뚫고 싶다는 열망에 따라 움직였지.

아, 그 시절 그 사람을 네가 봤어야 해, 시트라. 넌 늙은 모습 밖에 보지 못했지. 그 사람이 그 모습을 유지하길 좋아하는 건 젊은이의 열정에 넘어가지 않으려는 거야.」수확자 퀴리는 옛 스승에 대해 이야기하며 미소 지었다. 「밤이면 문밖에서 그 사람이 자는 소리에 귀 기울이던 기억이 나는구나. 난 열일곱 살이었어. 정말 많은 면에서 어린아이 같았지. 난 내가 사랑에 빠졌다고 생각했어.」

「잠깐만요. 패러데이 수확자님을 사랑했다고요?」

「푹 빠져 있었지. 그 사람은 순진해 빠진 여자애를 자기 날개 아래 거둬들인 유망주였어. 그 시절에도 패러데이는 그럴 만한 사람들만 거뒀고, 크나큰 연민을 품고 그 일을 해서 매번 내 심장을 녹였지.」그러더니 퀴리가 약간 냉정을 되찾고 수줍은 표정을 지었다. 강철 같은 수확자 퀴리에게는 낯선 모습이었다. 「난 실제로 어느 날 밤 그 사람 방에 쳐들어갈 용기까지 냈어. 침대에 들어가서 밤을 함께 보낼 작정이었지. 하지만 침실 바닥을 반쯤 가로지르는데 딱 잡혔지 뭐니. 아, 난 왜 그 방에 들어갔는지를 두고 바보 같은 변명을 지어냈어. 빈 잔을 가지러 왔다거나 뭐 그런 거였을 거야. 패러데이는 내 말을 전혀 믿지 않았어. 그 사람은 내가 뭔가를 꾸미고 있다는 걸 알았고, 난 눈을 제대로 마주치지도 못했지. 난 그 사람이 안다고 생각했어. 현명하니까, 내 영혼을 들여다볼 수 있을 줄 알았어. 하지만 스물두 살의 패러데이는 그런 문제에 있어서 나만큼이나 경험이 없었고, 실제로 무슨 일이 벌어지고 있는지 짐작도 못했어.」

시트라는 그제야 이해했다. 「그래서 자길 해치고 싶어 한다고 생각했군요!」

「모든 젊은 여자가 혹독한 어리석음의 연속이라는 저주에 걸렸다면, 모든 젊은 남자는 절대적인 멍청함이라는 저주에 걸렸다고 생각해. 그 사람은 내 집착을 사랑으로 보지 못하고, 내가 신체적인 해를 입히려 한다고 생각했어. 어떻게 봐도 실수가 낳은 아주 고통스러운 코미디지. 나도 내 접근이 어떻게 그런 오해를 불렀는지 이해는 할 것 같아. 난 이상한 여자애였어. 정떨어질 정도로 치열했지.」

「치열한 만큼 성장하셨을 거예요.」 시트라가 말했다.

「그건 그래. 어쨌든 패러데이는 나에 대한 편집증적인 걱정을 수확자 일기에 적었다가, 다음 날 내가 무너져서 그야말로 멜로드라마처럼 사랑 고백을 하고 나자 그 부분을 찢어 냈어.」 퀴리는 한숨을 내쉬고 고개를 저었다. 「난 정말 구제 불능이었어. 반면에 그 사람은 신사였고, 정말 기쁘다고 하더니 가볍게 날 거절했지. 좋아해 줘서 기쁘다니, 10대 여자애가 가장 듣고 싶지 않은 말일 거야.

난 어색해진 상태로 이후 두 달 동안 그 사람 집에서 수습생으로 살았어. 두 달 뒤에는 임명을 받고 고결한 수확자 마리 퀴리가 되어 헤어졌지. 콘클라베에서 만나면 서로 고개를 끄덕이고 인사를 하면서 말이야. 그러다가 50년쯤 지나서, 우리 둘다 첫 번째 회춘을 실행하고 다시 한번 젊은이의 눈으로 세상을 보게 되었을 때, 그러면서도 이번에는 세월의 지혜가 생겼을 때, 우린 애인 사이가 됐어.」

시트라가 씩 웃었다. 「아홉 번째 계명을 깨셨군요.」

「우린 아니라고 생각했어. 우리는 서로를 배우자가 아니라 그저 편의상 동반자라고만 생각했지. 다른 사람들은 이해하지 못하는 생활 방식, 그러니까 수확자의 생활 방식을 공유하는 뜻이 맞는 두 사람일 뿐이라고 말이야. 그래도 비밀로 해야 한다는 것 정도는 알았어. 그때가 되어서야 패러데이는 어렸을 때 썼다가 찢어 낸 그 일기를 내게 보여 줬어. 그 우스꽝스러운 일기를, 마치 보내지 않고 간직한 서툰 연애편지처럼 간직하고 있었던 거야. 우린 7년 동안 우리의 관계를 비밀로 했어. 그러다가 프로메테우스가 알아 버렸지.」

「최초의 세계 최고위 수확자님이요?」

「아, 그 일은 그냥 지역 스캔들이 아니었어. 전 세계를 뒤흔들었지. 우리는 세계 콘클라베에 불려 갔어. 우린 처음으로 반지를 빼앗기고 수확령에서 추방당하는 수확자들이 될지도 모른다고, 어쩌면 수확 대상이 될 수도 있다고 생각했지만, 우리 둘 다 워낙 명성이 대단하다 보니 최고위 수확자인 프로메테우스도 그보다는 덜 심한 징벌을 내리기로 했지. 우린 일곱 번 죽음을 선고받았어. 관계를 유지한 7년에 맞춰서. 그런 후에는 70년간 서로 간의 접촉을 금지했어.」

「안타깝네요.」 시트라가 말했다.

「안타까워하지 마. 우리가 자초한 일이고, 우리도 이해했어. 우리를 본보기 삼아서 다른 수확자들은 이제 의무에 사랑이 개입하기 전에 두 번 생각하게 된 거야. 일곱 번 죽고 다시 70년을 보내고 나니 많은 게 달라졌어. 그 후에 우린 오랜 친구 사이로 남았고, 그 이상은 없었지.」

수확자 퀴리는 수많은 감정의 혼합물 같았지만, 그 모든 감정을 더는 몸에 맞지 않는 옷처럼 잘 개어 넣고 서랍을 닫아 버렸다. 시트라는 아마 퀴리가 다른 누구에게도 이 이야기를 하지 않았을 것이고, 두 번 다시 하지 않을 것이라고 생각했다.

「그 사람이 그 종이를 버리지 않았다는 걸 알고 있었어야 했는데. 수확령에서 패러데이의 물건을 정리하다가 찾아냈을 거야.」

「그리고 크세노크라테스는 그게 저에 대한 이야기라고 생각했어요!」

퀴리는 생각해 보더니 말했다. 「그럴 수도 있겠지만, 아니지 싶다. 크세노크라테스는 바보가 아니야. 그 종잇조각의 정체를 의심했을 텐데, 진실은 중요하지 않았겠지. 그저 목적을 이룰 수단으로 본 거야. 만델라 같은 훌륭한 수확자이자 반지 제조 위원회의 수장 앞에서 네 신뢰를 떨어뜨리고, 그럼으로써 너 대신 수확자 고더드의 수습생이 반지를 받을 수 있게 만들 방법 말이야.」

시트라는 이 일로 로언에게 화를 내고 싶었지만, 로언의 머릿속에서 달리 무슨 일이 일어났든 간에 이것만은 로언의 작품이 아니라는 사실을 알고 있었다.

「크세노크라테스가 왜 신경을 쓰죠? 고더드의 한심한 패거리에 속하지도 않는데요. 고더드를 좋아하는 것 같지도 않아요. 저와 로언에게는 더더욱 관심이 없을 테고요.」

「지금으로서는 알 수 없는 뭔가가 있어.」 수확자 퀴리가 말했다. 「지금 확실한 건, 너는 범법 행위를 했다는 암시조차 깨끗이 지울 수 있을 때까지 보이지 않는 곳에 있어야 한다는 것뿐이다.」

바로 그때 누군가가 문가에 나타나서 시트라는 화들짝 놀랐다. 그 오두막집 안에 누군가가 또 있을 줄은 몰랐다. 모양새를 보아서는 다른 수확자였는데, 이 오두막 주인인 듯했다. 퀴리보다는 키가 작았고, 로브에는 붉은색, 검은색, 청록색으로 복잡한 문양이 그려져 있었다. 그냥 옷감이라기보다는 정교하게 짠 태피스트리처럼 보였다. 시트라는 칠아르헨티나 수확자들은 다들 저렇게 그냥 수제품이 아니라 애정을 기울여 만든 로브를 입는 걸까 궁금해졌다.

여자가 스패닉어로 말하자, 수확자 퀴리가 같은 말로 대답했다.

「스패너를 하시는 줄 몰랐어요.」 시트라는 칠아르헨티나 수확자가 나가고 나서 말했다.

「난 열두 가지 언어를 유창하게 한단다.」 수확자 퀴리는 자부심이 묻어나는 목소리로 말했다.

「열두 가지요?」

퀴리는 짓궂은 웃음을 지었다. 「너도 나만큼 오래 살면 그 정도 언어를 배우지 못하는지 어디 한번 보자꾸나.」 퀴리는 시트라의 무릎에 있던 쟁반을 가져가서 협탁에 올려놓았다. 「시간이 더 있을 줄 알았는데, 이 지역 수확자 당국이 오고 있다는구나. 네가 여기 있는 줄은 모를 성싶다만, DNA 관리인을 데리고 모든 수확자들의 집에 정찰을 보내고 있어. 우리가 이 지역민의 도움을 받을 게 분명하다고 여긴 거지.」

「그러면 다시 이동하나요?」 시트라는 발을 침대 아래로 내려 바닥을 디뎠다. 발목이 아프긴 했지만 심하지는 않았다. 나쁘지 않은 통증이었다. 「이번엔 제가 직접 걸을 수 있어요.」

「다행이구나. 많이 걸어야 할 테니 말이야.」 수확자 퀴리는 창밖을 흘긋 보았다. 아직은 아무도 없었지만, 퀴리의 음성에는 전에 없던 긴장이 어렸다. 「아무래도 나는 같이 가지 못하겠구나, 시트라. 네 결백을 밝히려면 집으로 돌아가서 최대한 많은 수확자들과 연대해야 해.」

「하지만 칠아르헨티나 수확령이…….」

「그 사람들이 날 어쩔 수야 없지. 난 어떤 계명도 어기지 않았어. 기껏해야 나에게 〈쯧쯧쯧〉 손가락을 흔들고, 내가 공항까지 운전해 갈 때 작별 인사를 하지 않는 정도밖에 못 할걸.」

「그러면…… 집으로 돌아가면, 모두에게 그 일기 내용의 진실을 말씀하셔야 하는 건가요?」

「다른 선택지가 보이지 않는구나. 물론 크세노크라테스는 내가 널 지키려고 거짓말을 한다고 주장할 테지만, 대부분은 내 말을 더 믿을 게다. 그 정도 망신으로 크세노크라테스가 주장을 철회하길 빌어 보자.」

「그러면 저는 어디로 갈 수 있죠?」 시트라가 물었다.

「나에게 생각이 있다.」 그러더니 퀴리가 서랍에 손을 넣어 거칠게 짠 삼베로 만든 음파교단 수사복을 꺼냈다.

「음파교단인 척하라고요?」

「고독한 순례자 역할이야. 이 지역에는 아주 흔하단다. 넌 이름도 없고 얼굴도 없는 방랑자가 되는 거야.」

매력 넘치는 변장은 아니었지만, 시트라가 보기에도 실용적인 선택이었다. 음파교단의 헛소리를 들을까 두려워서 아무도 눈을 마주치지 않을 테니, 뻔히 보이는 곳에 몸을 숨기고 있다가 동계 콘클라베 직전에 집으로 돌아갈 수 있을 것이다. 수확자 퀴리가 그때까지 누명을 벗겨 주지 못한다고 해도 돌아가기는 할 것이다. 평생 숨어서 지낼 수는 없었다.

그때 아까 보았던 칠아르헨티나 수확자가, 이번에는 훨씬 더 불안한 얼굴로 다시 뛰어 들어왔다.

「사람들이 왔구나.」 수확자 퀴리는 로브 안에 손을 넣어 꼬깃꼬깃 접힌 작은 종잇조각을 꺼내더니 시트라의 손에 쥐여 주었다. 「네가 가졌으면 하는 곳이 있다. 네가 봐야 할 사람이 있어……. 주소는 그 종이에 적혀 있다. 네 훈련의 마지막 부분이라 생각하거라.」 시트라는 수사복을 움켜쥐었고, 퀴리가 서둘러 시트라를 데리고 방을 나서서 뒷문으로 안내하는 동안 집주인인 칠아르헨티나 수확자는 무기장으로 가서 시트라를 위해 숨기기 좋은 칼과 총을 잽싸게 담았다. 마치 걱정 많은 어머니가 아이의 가방에 과자를 가득 담아 주는 듯한 모습이었다.

「언덕 밑 헛간에 공유 차가 한 대 있어. 그걸 타고 북쪽으로 가.」 퀴리가 말했다.

시트라는 뒷문을 열고 걸어 나갔다. 춥긴 했지만 견딜 만했다.

「내 말 잘 들어라. 긴 여행이고, 목적지까지 가려면 기지를 발휘해야 할 거야.」

수확자 퀴리는 그렇게 말하더니, 수천 킬로미터를 여행하기 위해 필요한 지침을 계속 전해 주려 했다. 그러나 집 앞에 차가 멈춰 서는 소리 때문에 가르침은 끊기고 말았다.

「가라! 계속 움직이기만 하면 안전할 거야.」

「그리고 그곳에 도착하면 어떻게 하죠?」

그 말에 수확자 퀴리가 시트라를 강렬하게 응시했다. 아무것도 알려 주지 않지만 지금까지 한 말에 중요도를 더해 주는 시선이었다. 음파교단이라면 〈공명〉이라고 불렀을지도 모른다.

「도착하면 어떻게 할지 알게 될 거야.」

그때 앞문을 두드리는, 너무나 친숙한 소리가 들려왔다.

시트라는 앞을 가로막는 소나무들을 주의하면서 눈 덮인 비탈을 달려 내려갔다. 관절마다 느껴지는 통증이 아직 몸이 완전히 나으려면 몇 시간이 남았음을 상기시켰다. 시트라는 헛간을 찾아냈고, 공유 차는 퀴리가 말한 그 자리에 있었다. 올라타자마자 전원이 들어오더니, 목적지를 물었다. 시트라는 공유 차에 목적지를 알려 줄 만큼 어리석지 않았다. 「북쪽으로. 그냥 북쪽으로 가.」

속도를 올리는데 폭발음이 들렸고, 곧이어 한 번 더 들려왔다. 뒤를 돌아보았지만 보이는 것이라곤 숲 위로 솟아오르는 시커먼 연기뿐이었다. 두려움이 차올랐다. 수확자 퀴리의 친구가 입고 있던 것과 비슷한 로브를 입은 남자 하나가 숲속에서 뛰쳐나와 길에 섰다. 시트라가 잠깐 본 다음 순간 길이 확 굽어지면서 그 남자는 시야에서 사라져 버렸다.

시트라는 공유 차가 구불구불한 산길을 다 내려가서 대로에 접어든 후에야 퀴리에게서 받은 종이를 살펴보았다. 잠시 동안 뼈가 다시 다 부서지는 듯한 기분이 들었지만, 그 느낌은 지나가고 지친 의지가 다시 굳어졌다. 이제 시트라는 이해했다.

〈도착하면 어떻게 할지 알게 될 거야.〉

그래, 확실히 그럴 것이다. 시트라는 그 종잇조각을 잠시 동안 응시했다. 이름은 이미 알고 있었으니, 주소만 외우면 그만 이었다.

제럴드 밴 데어 간스.

선더헤드가 이미 말해 준 이름이었고, 이제는 수확자 퀴리가 말해 주었다. 시트라 앞에는 긴 여행길이 놓였고, 그 길 끝에는 해야 할 일이 많았다. 시트라는 수확을 할 수 없는 몸이었지만, 복수를 할 수는 있었다. 이 수확자 살인자에게 어떻게든 정의를 구현할 방법을 찾으리라. 무기가 가득 든 자루가 그렇게 고마울 수가 없었다.

이것은 수확 근위대에 맡기기에는 너무 민감한 사안이었다. 그리고 수확자 산마르틴은 한갓 법 집행관으로 이용되는 상황을 싫어했지만, 이 미드메리카 소녀를 잡으면 자랑거리가 된다는 사실도 알고 있었다. 그는 문을 두드리기 전부터 그 여자애가 그곳에 있음을 알고 있었다. 동료인 벨로라는 이름의 열정이 과한 신참 수확자가 이미 차에서 내리자마자 DNA 탐지기를 돌려 흔적을 찾아냈기 때문이다.

산마르틴은 무기를 뽑아 들고 접근했다. 수확자로 임명받은 날 스승에게 받은 권총이었다. 그는 모든 수확을 그 무기로 시행했고, 자기 자신의 연장선으로 여겼다. 오늘 누구를 거둘 예정은 아니었지만, 그 권총을 뽑아 들고 있어야 든든한 기분이 들었다. 게다가 수확은 아니라고 해도 누군가를 무력화시켜야 할 필요가 있을지 몰랐다. 아무도 죽이지 말고, 특히 그 여자애는 죽이지 말라는 경고를 받기는 했지만 말이다. 애초에 지금 산마르틴이 해결하려는 이 일부터가 그 아이가 죽어서 생긴 낭패였다.

그는 문을 두드리고 또 두드렸다. 아예 걷어차고 들어갈 태세를 갖추는데, 수확자 마리 퀴리가 직접 문을 열었다. 산마르틴은 그 위광에 눌리지 않으려고 노력했다. 〈죽음의 대모〉는 초창기 업적으로 전 세계에 유명했다. 북부만이 아니라 어디에서든 살아 있는 전설이었다.

「초인종이 있는데, 못 봤나요?」 그녀는 수확자 산마르틴이 움찔할 만큼 완벽한 스패닉어로 말했다. 「점심을 먹으러 온 건가요?」

그는 잠시 말을 더듬으며 불리한 상황을 더 악화시키다가 겨우겨우 회복하고 말했다. 「그 아이를 데리러 왔습니다. 여기 있다는 사실을 부인하셔도 소용없습니다. 이미 알고 있으니까요.」 산마르틴이 벨로 쪽으로 손짓을 했다. 벨로가 든 DNA 탐지기가 붉은색을 띠고 있었다.

퀴리는 산마르틴이 들어 올린 권총을 보고 〈흐음〉 소리를 냈는데, 그 소리에 담긴 권위가 너무 확고해서 그는 저도 모르게 권총을 내릴 뻔했다.

「여기 있었던 건 맞는데, 이제는 아닙니다. 스키를 타러 남극 리조트로 가는 중이에요. 하지만 서두르면 그 아이가 탈 비행기를 잡을 수도 있겠군요.」

칠아르헨티나 수확령은 유머 감각 없기로 유명했고, 수확자 산마르틴도 예외는 아니었다. 아무리 위대한 수확자라고 해도 순순히 농락당할 생각은 없었다. 그는 퀴리를 밀어젖히고 집 안으로 들어갔다. 안에서는 이름이 기억나지 않는 칠아르헨티나 수확자가 퀴리와 똑같이 도전적인 자세로 서 있었다.

「원한다면 얼마든지 수색해 봐요.」 두 번째 수확자가 말했다. 「하지만 뭐라도 부쉈다간…….」

그녀는 말을 끝맺지 못했다. 그 어느 때보다 더 심하게 열성적인 벨로가 충격 봉으로 찔러서 의식을 잃었다.

「정말 그렇게까지 해야 했나요?」 수확자 퀴리가 책망했다. 「불만의 대상은 가엾은 에바가 아니라 나일 텐데요.」

산마르틴은 육감에 따라 뒷문으로 나가 보았고, 과연 눈밭에 숨길 수 없는 발자국이 남아 있었다.

「도보로 도망치고 있어!」 그가 벨로에게 말했다. 「서두르게! 멀리는 못 갈 거야.」 수확자 벨로가 블러드하운드처럼 추격에 나섰고, 눈 덮인 비탈길을 내려가다가 나무 사이로 사라졌다.

산마르틴은 다시 집 안으로 돌아가서 서둘러 앞문으로 향했다. 길은 구불구불 언덕 아래로 이어져 내려갔다. 혹시 벨로가 도보로 따라잡지 못한다면 산마르틴이 차를 타고 쫓을 수도 있었다. 그러나 수확자 퀴리가 문 앞에 서서 그를 막고 있었다. 그가 총을 다시 들어 올리자 퀴리도 자기 무기를 뽑았다. 골프 공도 넣을 만큼 총열이 크고 뭉툭한 총. 사실상 박격포였다. 그 물건에 비하면 산마르틴의 권총은 장난감이나 다름없었지만, 아무리 상대가 안 된다고 해도 그는 무기를 내리지 않았다.

「저희 고위 수확자에게 필요하다면 각하를 쏘아도 좋다는 특별 허가를 받아 왔습니다.」 그는 퀴리에게 경고했다.

「난 아무에게도 아무 허가도 받지 않았지만, 기꺼이 똑같은 일을 할 작정이에요.」

두 사람의 대치가 조금 길어지나 싶더니, 수확자 퀴리가 총

4부 미드메리카의 도망자 **411**

구를 옆으로 돌려 앞문에 쏘았다.

폭발이 오두막집 앞 창문을 다 날려 버리고, 충격파가 산마르틴을 쓰러뜨렸다⋯⋯. 그래도 아직 문 앞에 선 수확자 퀴리는 꿈쩍도 하지 않았다. 산마르틴이 비틀거리며 문으로 가보니 박격포가 그의 차를 모닥불로 바꿔 놓은 후였다.

이어서 퀴리가 한 발을 더 쏘았는데, 이번에는 자기 차를 날려 버렸다.

「자, 이제 여기서 점심을 먹긴 해야겠군요.」

산마르틴은 불타는 차량 두 대를 보며, 오늘의 실패로 두고두고 웃음거리가 될 것임을 알고 한숨을 내쉬었다. 그는 수확자 퀴리를 쳐다보았고, 그 강철 같은 회색 눈과 침착한 상황 통제를 보고서 〈죽음의 대모〉를 상대로 이길 가능성이 조금도 없었음을 깨달았다. 그로서는 퀴리를 노려보며 진심 어린 불만을 표현하는 것 외에 할 수 있는 일이 별로 없었다.

「아주 나쁘군요!」 그는 손가락을 흔들며 말했다. 「아주, 아주 나빴어요.」

……그러나 나는 꿈속에서도 수확을 할 때가 많다.

너무 자주 되풀이되는 꿈이 하나 있다. 내가 낯선 거리를 걷고 있는데, 내가 알아야 하는 곳이라는 느낌이 들지만 알지 못한다. 내 손에는 쇠스랑이 있는데, 현실에서는 한 번도 쓴 적이 없는 물건이다. 그 무서운 물건은 수확에 적합하지 않고, 뭔가를 치면 울리는 반향은 종소리와 신음 소리 사이에 있는 것이, 마치 음파교단 소리굽쇠의 멍한 진동 같다.

내 앞에는 내가 거둬야만 하는 여자가 있다. 나는 그 여자를 찌르지만, 쇠스랑은 일을 제대로 해내지 못한다. 그 여자의 상처는 생기자마자 나아 버린다. 그 여자는 당황하지도, 무서워하지도 않는다. 그렇다고 재미있어하는 것도 아니다. 그 여자는 그저 그 자리에 선 채 내가 헛되이 자기 목숨을 끝내려 애쓰게 내버려 둔다. 그 여자는 뭔가 말을 하려 입을 열지만, 목소리는 작기만 하고 그 말소리는 쇠스랑의 끔찍한 신음 소리에 파묻혀 버려서, 내가 도저히 알아들을 수 없다.

그리고 나는 매번 비명을 지르며 깨어난다.

— 수확자 퀴리의 「수확 일기」 중에서

32
심란한 순례

〈모든 공유 차는 네트워크에 연결되어 있지만, 수확자들은 공유 차의 운행 데이터가 후뇌에 들어가기 전까지는 그 움직임을 추적할 수 없다. 데이터는 60분마다 후뇌에 들어가니, 너도 60분마다 차를 바꿔야 해.〉

퀴리의 가르침은 시트라에게 급하게 전해졌다. 다 기억할 수 있기만을 바랄 뿐이었다. 이건 할 수 있었다. 수습 생활 덕분에 자급자족하고 임기응변하는 방법을 익혀 두었다. 시트라는 시간에 맞춰 어느 소도시에서 첫 번째 공유 차를 버렸다. 칠 아르헨티나 지역에, 그것도 이렇게 외딴곳에 빈 공유 차가 많이 있을까 걱정했지만, 선더헤드는 지역의 필요를 추정하는 데 놀라운 능력을 발휘했다. 모든 면에서 언제나 수요에 맞는 공급이 주어지는 것 같았다.

시트라는 이미 거친 음파교단 수사복으로 갈아입고 두건을 눌러쓴 모습이었다. 사람들은 신기할 정도로 그녀를 피했다. 그래도 한 시간마다 차량을 바꿔야 한다는 건 추적자들이 언제나 바로 뒤에 바싹 붙어 있다는 뜻이었다.

시트라는 사망 시대 때 전쟁에 나간 화물선처럼 요리조리 움직여 추적자들을 떨치고, 또 다음에 어디로 갈지 예측하지 못하게 해야 한다는 사실을 깨달았다. 덕분에 하루가 넘도록 한 번에 한 시간 이상은 자지 못했고, 그나마도 한참 동안 도로가 뻗어 나가고 문명이라곤 없을 때만 가능했다. 시트라는 교활해야 했고, 칠아르헨티나의 수확자들과 이 지역 수확 근위대원들이 이미 기다리고 있을 소도시나 마을에 도착하기 전에 차를 버렸다. 한번은 수확자 바로 옆을 지나쳐야 했을 때 이젠 잡혔구나 싶었지만, 기지를 발휘하여 DNA 탐지기 쪽에서 바람이 부는 방향으로 몸을 틀어 위기를 모면했다. 시트라 수색을 수확 근위대에 맡기지 않고 수확자들이 직접 감독한다는 사실이 더욱 무섭기도 하고, 이상하게 중요한 사람이 된 듯한 기분이 들기도 했다.

〈일단 부에노스아이레스에 도착하면 북쪽으로 가는 초고속 열차를 타고 아마조니아를 가로질러 카라카스시로 가거라. 국경을 넘어 아마조니아에 들어가면 안전해. 거기선 크세노크라테스를 돕거나 널 구금하겠다고 손가락 하나 들어 올리지 않을 거야.〉

역사 공부 덕분에 그 이유도 알고 있었다. 너무 많은 타 지역 수확자들이 아마조니아에서 휴가를 보내다가 자기 관할도 아닌 곳에서 수확을 했다. 이를 금하는 법은 없었지만, 아마조니아의 수확령이 다른 지역 수확자들을 돕는 일에 비협조적일 뿐 아니라 공공연히 방해까지 하는 결과를 낳았다.

문제는 부에노스아이레스로 가는 기차였다. 수색자들은 모든 기차역과 공항에서 시트라를 기다리고 있을 터였다. 이 곤경에서 시트라를 구해 준 것은 파마나 운하로 향하는 일군의 음파교단 사람들이었다.

「우리는 북부와 남부 사이 배꼽에서 위대한 소리굽쇠를 찾고 있습니다.」 그들은 시트라가 자기네 일원인 줄 알고 말했다. 「고대의 토목 공사지에 숨겨져 있다는 소문이 있어요. 저희는 파나마 운하의 수문 중 한 곳에 봉인되어 있을지도 모른다고 믿습니다.」

웃지 않기 위해 온 힘을 다해야 했다.

「같이 가시겠습니까, 자매님?」

그래서 시트라는 그들과 동행했다. 헤아릴 수도 없을 만큼 많은 감시자들의 코앞에서 북쪽으로 가는 기차에 탈 때까지만이었다. 시트라는 숨을 참고 기차에 올랐는데, 무서워서가 아니라 역에 있는 DNA 탐지기에 걸리지 않기 위해서였다.

음파교단 무리는 총 일곱 명이었다. 보아하니 이 종파는 음악의 수학에 따라 일곱 아니면 열두 명 무리로만 여행을 하는 모양이었는데, 기꺼이 규칙을 깨고 시트라를 받아들여 주었다. 억양을 듣기로는 메리카 대륙 출신이 아니라 유로스칸디아 어딘가에서 온 사람들이었다.

「여행 중에 발길이 어디에 닿으셨던지요?」 지도자 격인 남자가 물었다. 그 남자는 말을 할 때마다 미소를 지어서 더욱 정이 가질 않았다.

「여기저기요.」 시트라가 대답했다.

「자매님이 탐색하는 바는 무엇인지요?」

「탐색이요?」

「떠도는 순례자라면 탐색하는 바가 있지 않습니까?」

「그렇죠. 저는······ 계속 머릿속을 맴도는 질문의 답을 구하고 있습니다. A 플랫이냐, G 샤프냐는 질문이지요.」

그러자 한 명이 외쳤다. 「시작도 하지 마십시오!」

지하를 달리는 진공관에는 볼 만한 풍경이 없었기에, 창문도 달려 있지 않았다. 시트라도 항공편과 평범한 자기 부상 열차는 타고 다녔지만, 초고속 열차의 좁고 폐쇄적인 공간은 불편했다.

온갖 교통수단을 다 이용해 본 게 분명한 음파교단 사람들은 신경 쓰지 않았다. 그들은 전설들에 대해 이야기하면서 어떤 것이 진실이고 어떤 것이 가짜이며, 어떤 것이 그 사이에 위치하는지를 두고 논쟁을 벌였다.

「우리는 위대한 소리굽쇠가 어디에 있는지 알아내기 위해 이스라에비아의 피라미드들부터 판아시아의 만리장성까지 다 가보았습니다. 중요한 건 순례 자체지요. 실은 위대한 소리굽쇠를 정말로 찾아내면 어떻게 해야 할지 모를 것 같습니다.」 무리의 지도자가 말했다.

기차가 시속 1천3백 킬로미터 항속에 도달하자, 시트라는 화장실에 좀 다녀오겠다고 말하고는 가서 얼굴에 물을 끼얹으며 피로에 지지 않으려고 애썼다. 그런데 문을 잠그는 것을 깜박했다. 그때 문을 잠갔더라면 시트라의 여행은 아주 다르게 흘러갔을 것이다.

한 남자가 불쑥 들어왔다. 처음에 시트라는 그 남자가 화장실에 사람이 있는 줄 모르고 들어왔거니 했지만 몸을 돌리기 전에, 그러니까 시트라가 뭐라도 어떻게 해보기 전에 그 남자가 금빛 칼날을 그녀의 목에 들이댔다. 큰 상처를 입힐 만한 태세였다.

「그대는 수확에 선택받았습니다.」남자는 공용어로 말했지만, 발음과 억양으로 봐서는 아마조니아의 주 언어인 포르투아마조니아어를 쓰는 사람이었다. 로브는 숲과 같은 진녹색이었는데, 시트라는 아마조니아의 수확자들은 모두 녹색 로브를 입는다고 어디선가 읽은 기억이 났다.

「실수하시는 거예요!」시트라는 그 남자에게 목이 날아가기 전에 말했다.

「무슨 실수인지 말해 봐요.」남자가 말했다. 「하지만 빨리 말하도록.」

시트라는 진실을 제외하고 그 손을 막을 이야기를 생각해 내려 했지만, 달리 수가 없음을 깨달았다. 「전 수확자 수습생이에요. 절 거둬 봤자 그냥 재생할 뿐이고, 더해서 저에게 면제권이 있는지부터 확인해 보지 않았다고 징벌을 받겠죠.」

그는 미소 지었다. 「내 생각대로군. 다들 찾고 있는 수습생이 그대였어.」그는 시트라의 목에 갖다 댄 칼을 치웠다. 「내 말 잘 들어요. 이 기차 안에 평범한 승객으로 가장하고 올라탄 칠아르헨티나 수확자들이 있어요. 그대가 피할 도리는 없겠지만, 그래도 잡히지 않고 계속 가고 싶다면 나와 함께 갈 것을 제안합니다.」

시트라의 본능은 됐다고, 혼자 잘할 수 있다고 대답하라고 했다. 그러나 이성적인 판단이 본능을 눌렀고, 시트라는 그 남자와 함께 갔다. 그는 앞장서서 다음 차량으로 향했는데, 승객이 꽉 찼는데도 그 남자의 옆자리는 비어 있었다. 그는 아마조니아의 포수엘루 수확자라고 했다.

「이젠 어쩌죠?」시트라가 물었다.

「기다려요.」

시트라가 두건을 푹 눌러쓴 지 몇 분 지나지 않아, 맨 뒤 차량에서 한 남자가 이동해 왔다. 옷차림은 여느 여행자와 다름없었지만 아주 천천히 움직였고, 전화기처럼 생겼지만 사실은 아닌 물건을 손에 쥐고 들여다보고 있었다.

「달아나지 말아요.」포수엘루 수확자가 시트라에게 속삭였다.「저자에게 상황 통제권을 주지 말아요.」

남자가 가까이 다가오자 손에 든 장치가 가이거 계수기처럼 딸깍거렸고, 남자는 사냥감을 발견하고 멈춰 섰다.

「시트라 테라노바?」남자가 물었다.

시트라는 침착하게 두건을 젖혔다. 심장이 쿵쿵 뛰었지만 티를 내지는 않았다.「축하해요. 절 찾아내셨네요. 참 잘했어요.」

남자는 그 표현에 당황했지만, 그렇다고 멈추지는 않았다.「너를 구금하겠다.」그가 충격 봉을 꺼냈다.「저항하지 마라. 상황만 나빠질 뿐이야.」

그때 수확자 포수엘루가 그 남자를 돌아보았다.「누구 명령으로 하는 짓이지?」

「칠아르헨티나 지역 고위 수확자 라우타로와 미드메리카 고위 수확자 크세노크라테스의 연합 명령이오.」

「둘 다 여기 관할이 아닌데.」

남자가 웃었다.「실례지만……」

「아니, 나야말로 실례지만.」포수엘루는 딱 맞춰서 분개하며 말했다.「우린 적어도 5분 전에 아마조니아 국경선을 넘었어. 계속 찍어 누르려고 든다면 이 사람도 최대한의 무력을 행사하여 스스로를 방어할 권리가 있지. 설령 상대가 수확자라고 해도.」

그 말을 신호로 받아들인 시트라는 수사복 안에 숨기고 있던 사냥칼을 뽑아 들고 일어서서 남자를 마주했다. 「그 충격 봉을 한 번이라도 움직였다간 손을 다시 붙여야 할 거예요.」

무슨 소동인지 알아보려고 열차 승무원 하나가 들어왔다.

「승무원님, 이 남자는 칠아르헨티나 수확자인데, 반지를 끼지도 않고 로브를 입지도 않았습니다. 그건 아마조니아 법에 위배되지 않나요?」 시트라가 수확자 역사를 공부해 둔 게 이렇게 흡족하기는 처음이었다.

승무원은 그 남자를 보고 의심스럽다는 듯 눈을 가늘게 떴다. 시트라도 승무원이 어디에 충성하는지 바로 알 수 있는 눈빛이었다.

「게다가 모든 외국 수확자들은 국경을 넘을 때 등록을 하셔야 하지요.」 승무원이 말했다. 「땅굴로 숨어들 때라고 해도 말입니다.」

칠아르헨티나 수확자는 바로 울화를 터뜨렸다. 「내 일에 간섭 말게. 방해하면 자네를 거둬 버리겠어.」

「아, 그건 안 될 말이지.」 수확자 포수엘루의 사무적인 차분함에 시트라는 웃고 말았다. 「내가 면제권을 부여했거든. 이 사람은 수확할 수 없어.」

「뭐요?」

그러더니 아마조니아 수확자 포수엘루가 승무원의 얼굴 바로 앞에 손을 내밀었고, 승무원은 그 손을 잡고 반지에 입을 맞추었다. 「감사드립니다, 수확자님.」

시트라는 승무원에게 말했다. 「이 남자는 저에게 폭력을 쓰겠다고 위협했어요. 다음 역에 도착하는 대로 열차에서 내렸으면 좋겠네요. 같이 변장하고 탄 다른 수확자들도 함께요.」

「기쁘게 수행하겠습니다.」 승무원이 말했다.

「그럴 순 없어!」 수확자가 외쳤다.

그러나 몇 분 후, 그는 승무원이 그럴 수 있다는 사실을 알게 되었다.

추적자들이 열차에서 쫓겨나자 시트라는 끊임없는 쫓고 쫓기기 게임에서 한숨을 돌렸다. 기왕 변장이 들통났으니 누군가의 짐에서 꺼낸 몸에 맞는 평상복을 입었다. 청바지와 꽃무늬 블라우스는 즐겨 입는 차림새가 아니었지만, 그래도 괜찮은 옷이었다. 음파교단 사람들은 실망했지만, 시트라가 자기네 일원이 아니라는 사실 자체에는 그다지 놀라는 것 같지 않았다. 그들은 팸플릿을 주고 갔다. 시트라는 나중에 읽겠다고 약속했지만, 과연 그럴까 싶었다.

「목적지가 어디든 간에 아마조나스 중앙역에서 열차를 갈아타야 할 겁니다. 실제로 타려는 차에 오르기 전에 외국으로 나가는 다른 열차 몇 대를 돌아다니는 게 좋아요. 그래야 DNA 탐지기가 추적자들에게 온갖 방향을 다 가리키지요.」 수확자 포수엘루가 말했다.

물론 역 안을 많이 돌아다니면 그만큼 많이 노출될 테지만, 그래도 DNA 탐지기를 혼동시켜서 추적자들이 이리저리 맴을 돌게 만드는 건 위험을 감수할 가치가 있었다.

「저들이 왜 그대를 쫓는지는 모르지만…….」 수확자 포수엘루는 열차가 역에 들어서자 말했다. 「문제가 해결되어 반지를 받고 나면 꼭 아마조니아에 다시 와야 해요. 이곳에서는 까마득한 옛날처럼 열대 우림이 대륙 전체를 덮고 있고, 우린 그 지붕 밑에서 살죠. 경탄하게 될 거예요.」

「외국 수확자들은 좋아하지 않는 줄 알았는데요.」 시트라는 히죽 웃으며 말했다.

「우리가 초대하는 이들과 멋대로 침입하는 이들 사이엔 차이가 있지요.」 포수엘루가 말했다.

시트라는 최선을 다해서 대여섯 개 열차에 DNA 흔적을 남기고 나서야 아마조니아 북쪽 해안의 카라카스로 향하는 열차에 올랐다. 역에 그녀를 찾는 요원들이 있다 해도 보이지는 않았지만, 그렇다고 해서 안전해졌다고 생각할 만큼 시트라는 대범하지 못했다.

수확자 퀴리는 카라카스시에서 북쪽 해안선을 따라 동쪽으로 가다가 플라야핀타라는 소도시를 찾으라고 지시했다. 공유 차도 피해야 했고, 위치를 정확히 드러낼 만한 운송 수단은 다 피해야 했지만, 가까이 가면 갈수록 의지가 굳건해졌다. 시트라는 그곳에 가서 이 심란한 순례를 끝낼 것이었다. 설령 남은 길을 내내 걸어야 한다고 해도.

살인자를 어떻게 대면할까? 사회적으로 허가받은 살해자가 아니라 진짜 살인자를 말이다. 사회의 축복도, 허락도 없이 영구적으로 한 사람의 목숨을 끝낸 개인.

시트라는 선더헤드가 전 세계에서 그런 상황을 막는다는 것을 알고 있었다. 사람들은 열차 앞에 떠밀리고, 트럭에 깔리고, 유난히 좌절스러운 순간에는 지붕에서 뛰어내리기도 했다. 그러나 망가진 몸은 언제나 고쳐졌다. 보상도 이루어졌다. 그러나 임명을 받은 수확자는 선더헤드의 관할 밖에 살았기에 그런 보호를 받지 못했다. 수확자의 경우는 재생이 자동으로 이루어지지 않았다. 반드시 요청이 있어야 했다. 하지만 범죄에 의해 쓰러진 수확자를 누가 대변한단 말인가?

수확자들은 지구에서 가장 강력한 사람들이었지만, 또한 가장 취약한 사람들이기도 하다는 뜻이다.

오늘 시트라는 죽은 자의 대변자가 되기로 맹세했다. 쓰러진 스승을 위해 정의를 실현하리라. 분명 선더헤드가 막아서지는 않을 것이다. 시트라에게 살인자의 이름을 알려 주지 않았던가. 시트라에게 이 임무를 맡긴 수확자 퀴리도 막지 않을 것이다. 훈련의 마지막 단계라고 했던가. 모든 것이 오늘 시트라가 취할 행동에 달려 있었다.

플라야핀타다의 잘 꾸며진 해변. 오늘 그 해변에는 뒤틀리고 옹이 진 커다란 유목들이 흩어져 있었다. 뉘엿뉘엿 지는 햇빛을 받은 유목들은 마치 모래사장에서 서서히 몸을 일으키는 무시무시한 생물의 팔다리처럼 보였다.

시트라는 드래곤처럼 보이는 어느 유목 뒤에 몸을 웅크리고 그림자에 몸을 감췄다. 북쪽에서 다가오는 태풍이 바다 위에서 성장하여 거침없이 해변을 향해 달려오고 있었다. 멀리서 번쩍이는 번개는 이미 깊은 어둠 속에서 놀고 있었고, 천둥은 해변을 때리는 파도 소리와 대위법을 이루며 울려 퍼졌다.

시트라에게는 출발할 때 가지고 있던 무기 몇 개밖에 없었다. 권총 한 자루, 스위치블레이드 하나, 그리고 사냥칼. 나머지는 감추기가 너무 힘들어서 부에노스아이레스에서 열차에 오르기 전에 버렸다. 그게 고작 하루 전이었는데, 벌써 일주일은 지난 것 같았다.

시트라가 지켜보고 있는 집은 해변의 다른 많은 주택과 비슷한 1층짜리 상자 형태였다. 그나마도 대부분은 야자수와 화려한 낙원의 새들에 의해 가려졌다. 낮은 산울타리 반대편으로 해변을 내다보는 파티오가 있고, 안에는 불이 켜져 있었다. 커튼 뒤에서 가끔 그림자가 움직였다.

시트라는 선택지를 점검해 보았다. 시트라가 이미 수확자였다면 그 남자를 거둘 것이었다. 퀴리의 방법대로 심장에 칼을 박아서 빠르고 결단력 있게. 이번만큼은 시트라도 사람을 죽일 능력이 있을까 의심하지 않았다. 그러나 시트라는 수확자가 아니었다.

치명적인 공격을 해봐야 일시적으로 죽일 뿐이고, 구급 드론이 몇 분 안에 도착해서 재생 센터로 데려갈 것이다. 시트라는 그 남자를 무력화해야 했다. 쓰러뜨리되 의식은 잃지 않게 유지한 채로 자백을 받아 내야 했다. 다른 수확자를 위해 일했는지, 아니면 단독 행동이었는지? 증인들과 마찬가지로 뇌물을 받았는지? 면제권 약속을 받고 움직였는지, 아니면 패러데이에 대한 개인적인 복수였는지? 그리고 진실을 알아낸 후에는 그 남자와 자백 내용을 수확자 포수엘루나 다른 아마존 아 수확령의 누군가에게 가져갈 수 있을 것이다. 그렇게 하면 아무리 크세노크라테스라도 진실을 찍어 누르지 못한다. 시트라에 대한 범죄 의혹은 걷히고, 진짜 범인은 수확자 살해자에게 주어지는 벌을 받게 될 것이다. 그 후에 시트라는 아예 여기 남아서, 동계 콘클라베라는 끔찍한 미래를 피해 버릴 수도 있다.

땅거미가 질 무렵, 유리문이 열리는 소리를 듣고 울퉁불퉁한 유목 가장자리로 내다보니, 그 남자가 다가오는 태풍을 보러 파티오로 나오고 있었다. 등 뒤로 집 안의 불빛을 받아 윤곽선만 보이는 것이, 사격장에 세워진 종이 과녁판 같았다. 이보다 더 수월할 수가 없었다. 시트라는 권총을 뽑았다. 처음에는 훈련의 습관 탓에 정통으로 심장을 겨누었다가, 무릎으로 낮춰서 쏘았다.

시트라의 겨냥은 완벽했다. 남자가 소리를 지르며 쓰러졌고, 시트라는 모래밭을 질주해서 울타리를 훌쩍 뛰어넘어 바닥에 쓰러져 괴로워하는 남자의 멱살을 두 손으로 잡았다.

「네가 한 짓의 대가를 치르게 될 거다.」 시트라는 으르렁거렸다.

그리고 다음 순간 그 남자의 얼굴을 보았다. 익숙했다. 너무 익숙했다. 본능은 이것이 또 다른 기만이라고 생각하려 했다. 그 남자가 입을 열기 전까지는 이게 진실이라고 받아들일 필요가 없었다.

「시트라?」 수확자 패러데이의 얼굴은 고통과 경악으로 이루어진 가면 같았다. 「맙소사, 시트라, 네가 여기서 뭘 하는 거냐?」

시트라가 충격에 손을 놓아 버리자 수확자 패러데이의 머리가 콘크리트 바닥을 세게 때렸고, 패러데이가 의식을 잃으면서 상황이 더 심각해졌다.

　도움을 청하고 싶었지만, 이런 짓을 한 후에 누가 그녀를 돕겠는가?

　시트라는 패러데이의 머리를 들어 올려 가만히 끌어안았다. 박살 난 무릎에서 솟아오른 피가 파티오 돌바닥 사이로 흘러내려, 틈에 깔린 모래를 붉은 모르타르로 바꾸고 갈색으로 말라붙어 갔다.

불사라고 해서 젊은이의 어리석음이나 나약함이 누그러지지는 않는다. 순수함은 우리가 결코 되돌릴 수 없는 실수들의 희생자가 되어, 우리 손에 무의미한 죽음을 맞을 수밖에 없다. 그리하여 우리는 한때 우리를 키운 천진한 경이를 매장하고, 우리가 결코 말하지 않는 흉터들, 어떤 기술로도 고칠 수 없을 만큼 울퉁불퉁해진 흉터들로 그 자리를 대신한다. 수확을 행할 때마다, 인류를 위해 목숨을 하나씩 빼앗을 때마다 나는 한때 나였던 소년, 이제는 이름조차 기억하기 어려운 소년을 애도한다. 그리고 불사를 넘어서 내가 조금이라도 예전의 경이를 되살리고 예전 그 소년이 될 수 있는 곳을 갈구한다.

— 수확자 패러데이의 「수확 일기」 중에서

33

메신저이자 메시지

시트라는 패러데이를 안으로 옮겼다. 소파에 눕히고, 지혈대로 피를 멎게 했다. 패러데이가 신음하며 일어나려 했고, 희미하게 의식을 회복하자마자 시트라 생각부터 했다.

「넌 여기에 있으면 안 돼.」 나오는 말에 힘이 없고 발음도 불분명했다. 진통 나노기가 혈류에 쏟아붓는 진통제 탓이었다. 그래도 그는 흐릿한 통증에 얼굴을 찌푸렸다.

「수확자님을 병원에 데려가야 해요. 이건 나노기로 어떻게 하기엔 과한 상처예요.」

「말도 안 되는 소리. 벌써 심한 통증은 가셨어. 방해만 하지 않으면 나노기가 치료도 해낼 거다.」

「하지만…….」

「다른 선택지가 없어. 병원에 갔다간 수확령에 내가 아직 살아 있다고 알리게 될 테니까.」 그는 자세를 바꾸면서 아주 살짝만 얼굴을 찡그렸다. 「자연 회복력과 나노기가 있으니 내 무릎은 나을 거야. 필요한 건 시간뿐인데, 시간이라면 부족하지 않다.」 시트라는 그의 다리를 올려서 붕대를 감고, 그 옆 바닥에 앉았다.

「이렇게 직접 복수를 해야 할 정도로 내가 떠난 것이 화가 났느냐?」 패러데이는 반쯤 농담으로 물었다. 「내가 실제로 스스로를 거두지 않고 비밀리에 은퇴할 방법을 찾아낸 게 그렇게 기분이 나빴어?」

「전 스승님이 아니라 다른 사람인 줄 알았어요. 제럴드 밴데어 간스라는 사람이요…….」

「내 본명이다. 내가 고결한 수확자 마이클 패러데이가 되었을 때 포기한 이름이지. 하지만 그걸로는 네가 여기에 온 것이 설명이 되지 않는구나. 난 널 풀어 주었다, 시트라. 너와 로언 둘 다. 내가 스스로를 거둔 척 꾸며 냈으니 너희 둘 다 수습 생활에서 풀려났어. 그러니 내가 뽑은 적이 있다는 사실도 잊고 예전 삶으로 돌아갔어야지. 왜 여기에 온 거냐?」

「모르시는 거예요?」

그는 시트라를 좀 더 제대로 볼 수 있게 살짝 몸을 폈다. 「모르다니, 뭘?」

그래서 시트라는 전부 다 털어놓았다. 풀려나는 대신 시트라와 로언이 수확자 퀴리와 고더드에게 가게 되었다는 사실. 크세노크라테스가 패러데이 살인 사건의 범인을 시트라로 만들려 했고, 수확자 퀴리가 여기까지 오게 도와준 경위. 시트라가 이야기하는 동안 패러데이는 눈알을 파내고 싶다는 듯이 두 손으로 눈을 누르고 있었다.

「이 모든 일이 벌어지는 동안 난 여기서 느긋하게 지냈다니.」

「어떻게 모르셨을 수가 있어요?」 시트라의 마음속에서 패러데이는 언제나 모든 것을 다 아는 사람이었다. 도저히 알 수 없는 것들까지도 아는 사람.

수확자 패러데이는 한숨을 내쉬었다. 「내가 아직 살아 있다는 걸 아는 사람은 수확령에 마리…… 그러니까 수확자 퀴리 한 명뿐이야. 지금 나는 완전히 네트워크 바깥에 있다. 나에게 연락할 방법은 직접 오는 것뿐이지. 그러니 마리가 널 보낸 거다. 네가 메신저이자 메시지인 거야.」

불편한 순간이었다. 바다에서 울리는 천둥소리가 이제 훨씬 가깝게 들렸다. 번갯불은 더 환해졌다. 「정말로 그분을 위해 일곱 번 죽었던 건가요?」 시트라가 물었다.

그는 고개를 끄덕였다. 「그 사람도 나 때문에 그랬지. 마리가 말해 주었구나? 그건 아주 오래전 일이다.」

바깥에서는 드디어 비가 쏟아지기 시작했다. 「난 여기 비가 내리는 방식이 좋아. 저 비를 보고 있으면 어떤 자연력은 결코 완전히 제압할 수 없다는 걸 떠올리게 되지. 자연력은 불멸이고, 그건 불사보다 훨씬 나은 성질이야.」

그래서 그들은 마구잡이로 쏟아지는 빗소리에 귀를 기울이며 마음을 달랬다. 시트라는 점점 피곤함이 몰려와 생각도 할 수 없게 되었다.

「그럼 이젠 어떻게 하죠?」 시트라가 물었다.

「사실은, 아주 단순해. 나는 낮고, 너는 쉬는 거지. 그다음 일은 나중에 이야기하고.」 패러데이가 한쪽 방향을 가리켰다. 「침실은 저기에 있다. 하룻밤 푹 잔 다음 아침에는 유독성이 높은 순서대로 독물을 읊어 봐라.」

「독물이요?」

수확자 패러데이는 통증과 진통제에 취한 상태로도 미소 지었다. 「그래, 독물 말이다. 넌 내 수습생이냐 아니냐?」

시트라도 마주 미소 지을 수밖에 없었다. 「네, 전 수확자님의 수습생입니다.」

오래 살면 살수록 시간이 빨리 흐르는 것 같다. 영원히 살 때는 그게 얼마나 곤란한지. 1년은 몇 주처럼 지나간다. 수십 년이 이정표가 될 만한 사건도 없이 스쳐 지나간다. 우리는 삶이라는 하찮고 고된 일에 정착했다가, 어느 날 문득 거울을 보고는 회춘하여 다시 젊어져 달라고 청하는 듯한, 거의 알아보지 못할 정도로 늙어 버린 얼굴을 본다.

하지만 회춘을 하면 정말로 젊어지는 걸까?

우리는 똑같은 기억, 똑같은 습관, 똑같은 이루지 못한 꿈에 매달린다. 몸뚱이는 기운차고 유연해졌을지 모르지만, 어떤 목적을 위해서란 말인가? 목적이 없다. 끝도 없다.

나는 죽을 운명이었던 사람들이 목적을 위해 더 분투했다고 믿는다. 그들은 시간이 아주 중요하다는 사실을 알고 있었으니까. 하지만 우리는? 우리는 죽을 운명이었던 이들보다 훨씬 효과적으로 모든 것을 미룰 수 있다. 죽음은 모두에게 적용되는 법칙이 아니라 예외가 되어 버렸기에.

내가 매일매일 열심히 거두고 다니는 침체는 유행병처럼 번지기만 한다. 가끔은 내가 살아 있는 시체들이라는 구식 종말에 맞서서 지는 싸움을 하고 있는 것만 같다.

— 수확자 퀴리의 「수확 일기」 중에서

34
네 평생 두 번째로 고통스러운 일

겨울은 가차 없이 다가왔다. 처음에 로언은 일시적으로 끝낸 목숨의 수를 헤아렸으나, 날이 갈수록 따라잡을 수가 없어졌다. 하루에도 열두 명씩 몇 주, 몇 달. 모두가 뒤섞여 버렸다. 수확자 고더드 아래에서 훈련한 8개월 동안 그는 2천 번 넘게 사람을 죽였고, 대부분은 같은 사람을 반복해서 죽였다. 그래서 그 사람들이 로언을 끔찍해하는지, 아니면 정말로 그걸 그냥 일이라고 여기는지 궁금했다. 훈련에 따라 사람들이 도망치거나 맞서 싸우기를 요구할 때도 있었다. 대부분은 서툴렀으나 몇 명은 전투 훈련을 받은 게 확실했다. 가끔은 목표 대상들이 무기를 가지고 있을 때도 있었다. 로언은 베이고 찔리고 총에 맞았다. 하지만 재생해야 할 정도로 심각한 부상은 없었다. 그는 특출나게 노련한 살해자로 성장했다.

「이렇게까지 잘할 줄은 기대도 못 했다.」 고더드가 말했다. 「네 안에 불꽃이 있다는 생각은 했지만, 이런 엄청난 불길이 있을 줄은 꿈에도 몰랐지!」

그랬다. 로언은 수확자 고더드의 말대로 살해를 즐기게 되었다. 그리고 수확자 볼타와 마찬가지로 그 점 때문에 스스로를 혐오했다.

「네 임명이 기대돼.」 볼타는 어느 날 오후 함께 공부하다가 말했다. 「너와 나 둘이면 고더드에게서 갈라져 나갈 수도 있을지 몰라. 우리의 속도, 우리의 방식으로 수확을 하는 거지.」 하지만 로언은 볼타가 결코 고더드의 중력에서 탈출할 정도의 운동량을 얻지 못할 것임을 알고 있었다.

「시트라가 아니라 내가 선택받으리라 믿고 있군요.」 로언이 지적했다.

「시트라는 사라졌어.」 볼타가 상기시켰다. 「몇 달 동안 네트워크 바깥에 있었지. 콘클라베에서 시트라가 얼굴을 내민다면, 반지 수여 위원회는 내내 무단이탈했던 이력을 썩 곱게 보지 않을 거야. 넌 마지막 시험에 통과하기만 하면 돼. 의문의 여지 없이 네가 이길 거야.」

로언이 두려워하는 바였다.

시트라가 사라졌다는 소식은 로언에게 비공식적으로 조금씩 전해졌다. 로언은 전체 내용을 알지 못했다. 크세노크라테스가 시트라에 대한 모종의 혐의를 제기했다. 징벌 위원회가 긴급회의를 열었고, 수확자 퀴리가 시트라를 대신하여 나타나서 범죄 혐의를 벗겨 냈다. 징벌 위원회가 혐의를 취하하기로 결정했다고…… 그리고 시트라가 완전히 모습을 감췄다고 격분한 것을 보면, 애초에 고더드가 꾸며 낸 혐의임에 분명했다. 수확자 퀴리조차도 시트라가 어디 있는지 모르는 것 같았다.

그다음 날, 고더드는 그 분노를 연료 삼아 신참 수확자들과 로언을 데리고 수확 난동에 나섰다. 그는 사람들로 가득 찬 추

수 감사절 축제에서 분노를 풀어댔고, 이번에 로언은 아무도 구할 수 없었다. 고더드가 무기 캐디 삼아 로언을 계속 데리고 다녔기 때문이다. 수확자 촘스키는 화염 방사기로 옥수수 미로에 불을 질렀고, 연기에 몰려 뛰쳐나온 사람들을 다른 수확자들이 하나씩 찍어 냈다.

하지만 수확자 볼타는 이번에 미움을 샀다. 그가 미로 안에 독가스 통을 던져 넣은 탓이었다. 대단히 효율적인 방법이었으나, 고더드와 다른 수확자들이 죽일 숫자를 훔쳐 간 셈이었다.

「인도적인 차원에서 한 짓이야.」 볼타는 로언에게 그렇게 털어놓았다. 「불에 타는 것보다는 독가스로 죽는 게 낫지.」 그러고 나서 그는 덧붙였다. 「아니면 겨우 미로에서 탈출했다고 생각했을 때 총탄에 맞는 것보다도 낫고.」

어쩌면 로언이 볼타에 대해 잘못 생각했는지도 몰랐다. 어쩌면 볼타는 고더드에게서 도망칠지도 몰랐다. 하지만 분명히 로언 없이 혼자 탈출하지는 않을 것이다. 로언이 반지를 얻어 내야 할 또 하나의 이유였다.

그 끔찍한 저녁이 끝날 무렵에는 모두가 수확 할당량을 다 채웠다. 그러고도 고더드는 유혈 충동을 만족시키지 못한 모양이었다. 그는 시스템 자체에 격노를 터뜨렸고, 제자들을 향해 수확자들의 수확에 한계가 없는 날이 와야 한다고 외쳤다.

시트라는 동계 콘클라베 몇 주 전, 빛의 달이 막 시작되어 아무도 제대로 기억하지 못하는 고대의 기적을 축하하기 위해 친구들과 연인들이 선물을 나누고 있을 무렵 낙수장에 있는 수확자 퀴리에게 돌아왔다.

아마조니아 북쪽 해안까지의 미친 듯한 여정과 달리 집에는 평화로운 마음으로 편안하게 날아왔다. 이젠 아무에게도 쫓기지 않았기에 5분마다 어깨 너머를 돌아볼 필요가 없었다. 수확자 퀴리가 약속한 대로 시트라는 범죄 혐의를 완전히 벗었다. 그리고 수확자 만델라는 시트라에게 전해 달라며 퀴리에게 진심 어린 사과의 편지를 보냈지만, 고위 수확자 크세노크라테스는 그런 몸짓도 하지 않았다.

「아예 없었던 일인 척할 거야.」 수확자 퀴리는 공항에서 집으로 운전해 오면서 말했다. 「그 남자로서는 그게 사과와 제일 비슷한 행동이지.」

「하지만 일어난 일이잖아요. 전 탈출하려고 건물에서 뛰어내려야 했다고요.」

「그리고 난 완벽한 상태의 좋은 차 두 대를 날려 버려야 했지.」 수확자 퀴리가 냉소적으로 말했다.

「전 그 사람이 한 짓을 잊지 않을 거예요.」

「잊지 말아야지. 네겐 크세노크라테스를 혹독하게 재단할 권리가 있어. 다만 너무 가혹하게 보지는 마라. 아무래도 우리가 아는 것보다 많은 변수가 있는 것 같으니.」

「패러데이 수확자님도 그러셨어요.」

퀴리는 그 이름이 나오자 미소 지었다. 「우리의 좋은 친구 제럴드는 어떻게 지내니?」 그녀는 눈을 찡긋하며 물었다.

「그분의 사망과 관련한 정보들은 너무 부풀려진 거였죠. 대개는 정원을 가꾸고 해변을 오랫동안 산책하며 지내세요.」

패러데이가 아직 살아 있다는 비밀은 둘 다 지키기로 했다.

수확자 만델라조차도 시트라가 아마조니아에 있는 수확자 퀴리의 친척과 함께 지낸 줄 알았고, 그 사실을 의심할 이유도 없었다.

「1백 년쯤 후에는 나도 그 해변에서 같이 지낼까 봐.」 수확자 퀴리가 말했다.

「하지만 당장은 수확령에 할 일이 너무 많아. 중요한 싸움이 첩첩이 있어.」 시트라는 그 생각을 하면서 퀴리의 손이 운전대를 더 꽉 쥐는 것을 볼 수 있었다. 「우리가 수확자로서 믿는 모든 것의 미래가 위태롭다, 시트라. 심지어 할당량을 폐지하자는 말도 나와. 그러니 넌 반드시 반지를 얻어야 한다. 난 네가 어떤 수확자가 될지 알고 있고, 우리에겐 정확히 그런 수확자가 필요해.」

시트라는 시선을 돌렸다. 매일매일의 수확이 없다 보니, 지난 몇 달간 수확자 패러데이와 함께한 훈련은 몸과 마음을 갈고닦는 데 주력했다. 그보다 더 중요한 것은 전통적인 수확자라면 언제나 갖춰야 할 높은 도덕과 윤리 기준을 심사숙고해야 하는 일이었다. 그건 〈보수적〉인 문제가 아니었다. 그저 옳은 것이었다. 시트라는 로언의 훈련에 그런 높은 이상이 존재하지 않을 것임을 알았지만, 그렇다고 해도, 피에 굶주린 스승을 두었다고 해도 로언이 마음속으로 그런 이상을 아직 붙들고 있을 수도 있었다.

「로언도 좋은 수확자가 될 수 있어요.」 시트라가 말했다.

수확자 퀴리는 한숨을 내쉬었다. 「로언은 이제 믿을 수가 없어. 그 아이가 추계 콘클라베에서 너에게 한 짓을 봐. 너야 로언을 위해 온갖 변명을 다 댈 수 있겠지만, 이제 로언이 알 수 없는 존재라는 사실은 변하지 않아. 고더드 아래에서의 훈련은 아무도 예측할 수 없는 방식으로 사람을 비틀게 되어 있어.」

「그게 사실이라 해도…….」 시트라는 마침내 둘 다 알고 있는, 그러나 자신이 계속 피해 다니던 문제의 핵심을 꺼냈다. 「제가 어떻게 로언을 거둘 수 있을지 모르겠어요.」

「네 평생 두 번째로 고통스러운 일이 되겠지.」 퀴리는 수긍했다. 「그래도 넌 해낼 방법을 찾아낼 거다, 시트라. 난 널 믿는다.」

로언을 거두는 일이 시트라 평생의 두 번째로 고통스러운 일이라면, 가장 고통스러운 일은 과연 무엇일까. 하지만 물어보기는 두려웠다. 사실은 알고 싶지 않았다.

케케묵은 전통과 규칙 중에 문제 삼아야 할 것들이 많다. 아무리 좋은 의도를 품고 있었다 해도, 설립자들은 사망 시대와 너무 가까운 시기였기에 미처 필멸자의 사고방식을 떨치지 못하고 있었다. 수확령에 무엇이 필요한지 내다볼 수가 없었다.

나라면 우선 할당량이라는 개념부터 손보겠다. 수확 방식과 기준은 자유롭게 결정할 수 있으면서 수확 숫자는 정할 수 없다니 얼마나 우스꽝스러운가. 우리는 언제나 너무 많이 거두지는 않았는지, 너무 적게 거두지는 않았는지 생각해야 하기에 매일 매 순간 절룩거리게 된다. 그보다는 각자의 재량껏 수확을 하도록 허락하는 게 낫다. 그렇게 하면 너무 적게 거두는 수확자들도 징벌을 받지 않을 것이다. 수확에 대한 식욕이 좀 더 왕성한 수확자들이 부족분을 메울 테니 말이다. 이런 방식으로 우리는 서로를 도울 수 있다. 동료 수확자들을 돕는 것이 곧 모두를 위해 좋은 일이 아닌가?

— 수확자 고더드의 「수확 일기」 중에서

35
완전 소멸이야말로 우리를 증명하는 특징

동계 콘클라베를 딱 사흘 앞둔 그해의 마지막 날, 수확자 고더드는 한 번 더 수확 원정에 나섰다.

「하지만 올해 할당량은 이미 찼는데요.」 수확자 볼타가 얼른 상기시켰다.

「난 절차의 속박에 얽매이지 않겠다!」 고더드가 외쳤다. 로언은 고더드가 볼타를 칠지도 모른다고 생각했지만, 고더드는 다음 순간 진정하고 말했다. 「우리가 수확을 시작할 때쯤이면 판아시아에서는 이미 카피바라의 해가 되어 있을 거야. 우리의 살해를 새해의 할당량으로 헤아려도 된다는 허락이나 다름없지. 그다음엔 다시 우리의 새해 전야제로 돌아오는 거다!」

수확자 고더드는 사무라이 검을 쓸 날이라고 결정했지만, 촘스키는 화염 방사기와 떨어지려 하지 않았다. 「난 이걸로 유명하단 말입니다. 내 이미지를 망치면 곤란해요.」

로언은 지금까지 고더드와 함께 네 번의 수확 원정에 참여했다. 그는 공범도 되지 않는, 심지어는 참관인조차 되지 않는 마음속 어딘가로 탈출하는 방법을 익혔다. 다시 양상추가 되었다. 지각도 없고 부차적인 존재. 쉽게 무시당하고 잊히는 존재. 고더드의 피투성이 스포츠 속에서 제정신을 지킬 방법은 그것뿐이었다. 가끔은 완전히 잊힌 나머지 난전 속에서 사람들의 탈출을 도울 수도 있었다. 그렇지 않을 때에는 고더드 옆에서 무기를 장전하거나 바꿔 주는 일을 해야 했다. 이번에는 어떤 역할을 맡게 될지 몰랐다. 고더드가 사무라이 검만 쓴다면 로언을 무기 캐디로 쓸 필요가 없었다. 그렇다 해도 고더드는 로언에게 여벌 검을 가져오라고 했다.

그날 아침 그들이 수확에 나설 채비를 갖추는 동안에도 이미 파티 준비는 한창이었다. 출장 음식 트럭이 도착했고, 저택 안 여기저기에 뷔페 테이블이 차려졌다. 신년 전야제는 고더드가 미리 계획해 두는 몇 안 되는 파티에 포함되었고, 손님 목록은 휘황찬란했다.

헬리콥터가 파티를 위해 세워 놓은 천막을 바람에 휘날리는 냅킨처럼 날려 버리며 앞뜰 잔디밭에 착륙했다.

「오늘 우리는 꼭 필요한 공익 업무를 제공할 것이다.」 고더드는 지나치게 신이 나서 말했다. 「오늘 우리는 혹세무민하는 무리를 없앤다.」 그러나 그게 무슨 말인지 설명하지는 않았다. 그래도 헬리콥터가 이륙하자 로언은 물리적인 상승과는 아무 상관없이 배 속이 내려앉는 느낌을 받았다.

그들은 공원에 착륙했다. 빈 축구장 한가운데에 눈이 가볍게 흩뿌려져 있었다. 공원 가장자리에는 놀이터가 하나 있었는데, 날씨에도 아랑곳하지 않고 따뜻하게 껴입은 몇 명의 어린아이들이 기어오르거나 그네를 타고 모래를 파며 놀고 있었다. 아이들의 부모는 헬리콥터에서 내리는 수확자들을 보자마자 자식들을 챙겨서, 아이들이 싫다고 울부짖거나 말거나 무시한 채 서둘러 그 자리를 떠났다.

「우리의 목적지는 몇 블록 떨어진 곳이다.」 수확자 고더드가 말했다. 「너무 가까이 내려서 깜짝 효과를 망치고 싶지 않거든.」 고더드는 로언의 어깨에 아버지처럼 팔을 둘렀다. 「오늘은 로언의 업무 개시일이야. 넌 오늘 첫 번째 수확을 하는 거다!」

로언은 움찔했다. 「예? 저요? 그럴 순 없어요! 전 수습생에 불과해요!」

「위임장이 있잖니! 내 반지로 면제권을 부여하게 허락했듯이, 오늘 네가 누군가를 거두면 다 내 수확으로 기록될 거야. 선물로 쳐라. 고마워할 필요 없다.」

「하지만…… 하지만 그런 일은 허용되지 않아요!」

고더드는 꿈쩍도 하지 않았다. 「그렇다면 누가 불평하겠지. 아, 그런데 내 귀엔 뭐가 들릴까? 침묵이네!」

「걱정 마.」 볼타가 로언에게 말했다. 「이제까지 훈련했잖아. 넌 잘할 거야.」

그게 바로 로언이 걱정하는 바였다. 그는 〈잘하고〉 싶지 않았다. 형편없고 싶었다. 실패작이 되고 싶었다. 여기에서 실패해야 자신이 인간성의 조각이라도 붙들고 있다는 걸 알 수 있으니 말이다. 코와 귀로 뇌수가 흘러나올 것만 같았다. 그러면 오늘 아무도 거둘 필요가 없어질 테니 차라리 그랬으면 싶었다. 〈꼭 해야 한다면 패러데이 수확자님처럼 자비롭게 할 거야.〉 그는 스스로에게 말했다. 〈난 즐기지 않을 거야. 절대 즐기

지 않아!〉

모퉁이를 돌자 로언의 눈에 목적지가 보였다. 미드메리카의 겨울 날씨와는 어울리지 않게, 흙벽돌로 지은 오래된 전도 본부처럼 보였다. 제일 높은 첨탑 위에 올라간 강철 상징물은 두 갈래 쇠스랑이었다. 그곳은 음파교단의 수도원이었다.

「이 벽 안에는 1백 명에 가까운 음파교인이 있다.」 고더드가 선언했다. 「우리의 목표는 그자들을 모조리 거두는 거다.」

수확자 랜드는 히죽 웃었다. 수확자 촘스키는 무기 설정을 확인했다. 거리낌이라도 있는 사람은 수확자 볼타뿐인 것 같았다. 「모조리요?」

고더드는 아무것도 아니라는 듯이 어깨를 으쓱였다. 마치 그 모든 목숨에 아무 의미도 없다는 듯이. 「완전 소멸이야말로 우리를 증명하는 특징이지. 늘 성공하진 못하지만 시도는 하는 거야.」

「하지만 이건…… 이건 두 번째 계명을 깨는 건데요. 명백히 편견을 보여 주잖아요.」

「이런 이런, 알레산드로.」 고더드는 가장 윗사람처럼 굴 때의 말투로 말했다. 「누구에 대한 편견 말인가? 음파교단은 등록된 문화 집단이 아니라네.」

「종교로 여겨지지 않나요?」 로언이 물었다.

「농담이겠지.」 수확자 랜드가 웃음을 터뜨렸다. 「쟤들은 농담거리야!」

「바로 그거야.」 고더드가 맞장구를 쳤다. 「저들은 사망 시대의 신앙을 놀림감으로 만들었어. 종교는 소중한 역사인데, 저들이 그걸 희화화했다고.」

「다 거둬 버려!」 촘스키가 무기를 켜면서 말했다.

고더드와 랜드는 검을 뽑았다. 볼타는 로언을 흘긋 보고 조용히 말했다.「이런 수확에서 가장 좋은 점은 빨리 끝난다는 거야.」그러더니 볼타도 검을 뽑고, 다른 이들을 따라서 아치형 문을 통과해 들어갔다. 음파교단이 음의 위안을 구하는 방황하는 영혼들을 위해 언제나 열어 두는 문이었다. 그들은 무엇이 찾아올지 짐작도 하지 못하고 있었다.

수확자 한 무리가 음파교 수도원으로 들어갔다는 소식은 거리에 빠르게 퍼져 나갔다. 인간의 본성상 소문은 재빨리 그 숫자를 열 명이 넘는 수확자로 불렸고, 역시 인간의 본성상 무서움보다 흥분이 조금 더 큰 사람들이 혹시 그 수확자들이나 어쩌면 그들이 남긴 학살 풍경이라도 볼 수 있지 않을까 싶어서 길 건너편에 모여들었다. 하지만 당장 그들에게 보이는 것은 어린 청년 하나뿐이었다. 수습생 하나가 군중들에게 등을 돌리고 문 앞에 서 있었던 것이다.

로언은 검을 뽑아 들고 문 앞에 남아서 탈출하려는 사람은 무조건 막으라는 명령을 받았다. 물론 그는 누구든 탈출시켜 줄 계획이었다. 그러나 겁에 질린 음파교단 사람들은 로언과 로언의 검, 그리고 수습생 팔찌를 보고는 다시 수도원 안으로 달려 들어가서 수확자들의 먹잇감이 되어 버렸다. 로언은 5분 동안 그대로 서 있다가 결국 문 앞을 포기하고 미로 같은 수도원 안으로 들어갔다. 그제야 사람들이 안전한 곳으로 빠져나가기 시작했다.

고통스러운 비명들은 견디기 힘들 지경이었다. 오늘 일이다 끝나기 전에 누군가를 거둬야 한다는 사실을 알다 보니 이번에는 평소처럼 내면으로 침잠해 버릴 수가 없었다. 수도원 안은 안뜰과 통로와 앞뒤가 맞지 않는 구조물들로 이루어진 미궁이었다. 로언은 자신이 어디에 있는지 알 수가 없었다. 왼쪽에 건물 하나가 불타고 있었고, 통로 하나는 시체가 널려서 어느 수확자가 지나갔는지 알려 주었다. 여자 하나가 겨울이 되어 헐벗은 관목에 몸을 반쯤 숨기고 웅크려 앉아서 품에 안은 아기를 조용히 시키려고 갖은 애를 다 쓰고 있었다. 그 여자는 로언을 보자 비명을 지르며 아기를 더 바싹 안았다.

「해치지 않을 거예요. 지금 정문은 지키는 사람이 없어요. 서두르면 나갈 수 있을 거예요. 어서 가요!」 로언이 말했다.

여자는 지체하지 않고 달려갔다. 로언은 그 여자가 나가다가 수확자와 마주치지 않기만을 빌었다.

그러다가 모퉁이를 하나 돌았더니, 또 다른 사람이 기둥 옆에 움츠린 채 가슴을 들썩이며 울고 있었다. 다만 이번에는 음파교단 사람이 아니었다. 수확자 볼타였다. 장검은 바닥에 뒹굴고 있었고, 노란 로브는 피투성이였으며, 두 손에도 선명하게 번들거리는 피가 묻어 있었다. 로언을 본 볼타는 시선을 돌렸지만, 울음은 더 심해졌다. 로언은 그 곁에 무릎을 꿇었다. 볼타가 손에 뭔가를 움켜쥐고 있었다. 무기가 아니라 다른 것이었다.

「끝났어.」 볼타가 거의 들리지 않게 속삭였다. 「이젠 끝났어.」 그러나 수도원의 다른 곳에서 들려오는 소리로 보아서는 전혀 끝나지 않았다.

「무슨 일이야, 알레산드로?」 로언이 물었다.

볼타가 로언을 보았다. 그 눈빛에 깃든 고통은 이미 지옥에 떨어진 사람 같았다. 「난…… 난 그게 사무실이라고 생각했어. 아니면 창고겠거니 했지. 들어가면 몇 명쯤 있겠지. 최대한 고통 없이 거두고 나서 다른 곳으로 이동하려고 했어. 그럴 생각이었어. 그런데 사무실이 아니었어. 창고도 아니었어. 교실이었어.」

볼타는 말하면서 다시 울음을 터뜨렸다. 「못해도 열 명이 넘는 어린아이들이 있었어. 몸을 움츠리고 있었지. 나 때문에 겁이 나서 움츠리고 있었단 말이야, 로언. 하지만 남자애 하나가, 그 애가 앞으로 나섰어. 교사가 말리려고 했지만 앞으로 나섰어. 두려워하지 않았어. 그리고 그 바보 같은 소리굽쇠를 들어 올렸어. 마치 그게 날 쫓아 줄 거라는 듯이 들어 올렸어. 〈당신은 우릴 해치지 않을 거야.〉 그 애는 소리굽쇠로 책상을 쳐서 울리더니 나에게 들어 올렸어. 〈음파의 힘으로 당신은 우릴 해치지 않을 거야.〉 그렇게 말하는 거야. 정말로 믿고 있었어, 로언. 그 애는 그 힘을 믿었어. 그게 자길 지켜 줄 거라고 믿었어.」

「그래서 어떻게 했어?」

볼타는 눈을 감고, 끔찍하게 끽끽대는 소리로 말했다.

「내가 그 애를 거뒀어…… 그 애들 모두를 거뒀어.」

그러더니 볼타가 피투성이 손을 펴서 손에 쥐고 있던 그 어린아이의 작은 소리굽쇠를 드러냈다. 소리굽쇠가 땅에 떨어지면서 작게 아무 음조 없는 쇳소리를 냈다.

「우린 뭐지, 로언? 우리는 대체 뭐야? 우리가 수확자일 리 없어.」

「맞아. 그랬던 적도 없어. 고더드는 수확자가 아니야. 반지는 끼고 있을지 모르지. 수확 허가도 있을지 모르고. 하지만 수확자는 아니야. 고더드는 살인자이고, 막아야만 해. 우린 고더드를 막을 방법을 찾을 수 있어. 우리 둘이 함께라면!」

볼타는 고개를 저으며 손바닥에 고인 피를 내려다보았다. 「끝났어.」 그는 다시 그 말을 했다. 그러더니 온몸을 떨면서 깊게 심호흡을 하고 아주, 아주 차분해졌다. 「끝났어. 끝나서 기뻐.」

그 순간 로언은 볼타의 두 손을 물들인 피가 희생자들의 피가 아님을 깨달았다. 볼타의 손목에서 흐른 피였다. 벤 자국이 들쭉날쭉하고 길었다. 아주 명확한 의도로 그은 자국이었다.

「알레산드로, 안 돼! 이럴 필요 없어! 구급 드론을 불러야겠어. 아직 늦지 않았어.」

하지만 둘 다 너무 늦었음을 알고 있었다.

「자기 수확은 모든 수확자의 마지막 특권이야. 나에게서 그걸 빼앗아 갈 순 없어, 로언. 시도도 하지 마.」

이제는 볼타의 피가 사방으로 흘러 안뜰에 쌓인 눈을 물들이고 있었다. 로언은 통곡했다. 이렇게까지 무력한 기분이 들기는 처음이었다. 「미안해, 알레산드로. 정말 미안해…….」

「내 진짜 이름은 숀 돕슨이야. 그렇게 불러 줄래, 로언? 날 진짜 이름으로 불러 줄래?」

로언은 울음에 북받쳐 말을 하기가 힘들었다. 「너…… 널 알게 되어 영광이었어, 숀 돕슨.」

그는 머리를 가누지 못하고 로언에게 기댔다. 목소리가 점점 약해졌다. 「나보다는 나은 수확자가 되겠다고 약속해 줘.」

「약속할게, 숀.」

「그러면 아마도…… 아마…….」

무슨 말을 하려 했는지는 몰라도 그 말은 마지막 숨과 함께 빠져나가 버렸다. 멀리서 울려 퍼지는 고통의 비명이 찬 공기를 가득 채우는 가운데, 숀의 머리가 로언의 어깨에 내려앉았다.

나는 조상들처럼 매일 기도를 한다. 조상들은 한때 변덕스럽고 틀리기 쉬운 신들에게 기도했다. 그러다가 시간이 흐르자 엄혹하고 무시무시한 심판을 행하는 하나의 신에게 기도했다. 그다음에는 사랑과 용서의 신에게 기도했고, 마지막으로 아무 이름이 없는 힘에게 기도했다.

　하지만 불사의 존재는 누구에게 기도할 수 있을까? 나에게도 해답은 없지만, 그래도 나는 내 영혼보다 깊고 먼 어딘가에 닿기를 바라며 허공을 향해 목소리를 날린다. 나는 안내를 청한다. 용기를 청한다. 그리고 내가 전해야 하는 죽음에 둔감해진 나머지 죽음 자체가 평범하고 흔한 일이라고 느끼는 날은 결코 오지 않기를 빌고 또 빈다.

　내가 인류에게 바라는 가장 큰 소망은 평화나 안락이나 즐거움이 아니다. 다른 누군가의 죽음을 목격할 때마다 우리 모두의 내면도 조금씩 죽기만을 빈다. 공감의 고통만이 우리를 인간으로 유지시킬 터이기 때문이다. 그것마저 잃어버린다면 어떤 신도 우리를 도울 수 없다.

　　　　　　　　　　　— 수확자 패러데이의 「수확 일기」 중에서

36
열세 번째 살해

고더드는 예배당이라는 성소에서 끔찍한 일을 마무리 짓고 있었다. 바깥에서는 랜드와 촘스키가 시작한 일을 끝내 가면서 통곡 소리가 사그라들기 시작했다. 안뜰 건너편에서 건물 하나가 불타고 있었다. 예배당의 깨어진 스테인드글라스 창으로 연기와 찬 공기가 같이 쏟아져 들어왔다. 고더드는 앞쪽, 반짝이는 두 갈래 창 같은 소리굽쇠와 지저분한 물이 들어찬 돌 그릇이 놓인 제단 옆에 서 있었다.

그 예배당 안에 살아 있는 음파교단 사람은 딱 한 명뿐이었다. 머리가 벗겨져 가는 남자로, 주위에 널린 시체들과는 약간 다른 수사복을 입고 있었다. 고더드는 한 손으로 그 남자를 들어 올리고 다른 손에 쥔 검을 휘둘렀다. 그러다가 로언을 돌아보고 미소 지었다.

「아, 로언! 딱 맞춰 왔구나.」 그는 쾌활하게 말했다. 「널 위해 사제를 남겨 놨다.」

그 음파교단 사제는 공포보다는 저항감을 보였다. 「오늘 여기에서 한 짓은 우리의 대의에 도움을 줄 뿐입니다.」 그는 말했다. 「순교자의 증언이 산 사람의 증언보다 훨씬 효과적이니까요.」

「무엇에 대한 순교자?」 고더드는 코웃음을 치고 장검으로 거대한 소리굽쇠를 두드렸다. 「이것에 대한 순교인가? 이렇게 욕지기가 나지만 않아도 웃어 젖힐 텐데 말이야.」

로언은 주위의 학살 현장을 무시하고, 오직 고더드에게만 집중해서 다가갔다.

「놓아주세요.」 로언이 말했다.

「왜? 움직이는 목표를 노리는 게 더 좋으냐?」

「어떤 목표물도 싫습니다.」

고더드는 그제야 이해했다. 그는 로언이 별나고 매력적인 말을 했다는 듯이 씩 웃었다. 「우리 젊은이가 불만을 표하시는 건가?」

「볼타가 죽었습니다.」 로언이 말했다.

고더드의 쾌활한 표정이 사그라들었지만, 아주 약간이었다. 「음파교인에게 공격을 받았나? 그 대가는 비싸게 치를 거다!」

「그게 아니에요.」 로언은 목소리에 배어 나오는 적의를 숨기려고 하지도 않았다. 「자기 수확입니다.」

이 말에는 고더드도 멈칫했다. 손에 잡힌 사제가 버둥거리자, 고더드는 그를 돌 수반에 세게 내리쳐서 기절시킨 다음 땅바닥에 팽개쳤다.

「볼타는 우리 중 제일 약한 녀석이었지. 아주 놀랍지는 않구나. 일단 임명을 받으면 기꺼이 네게 볼타의 자리를 주마.」

「난 안 해요.」

고더드는 잠시 로언을 가늠해 보려 했다. 생각을 읽으려 했다. 침범처럼 느껴질 정도였다. 고더드는 로언의 머릿속에 들어왔다. 아니, 더 깊이 영혼을 들여다보았다. 그리고 로언은 고더드를 내쫓을 방법을 알지 못했다.

「너와 알레산드로가 친했던 건 알지만, 그 녀석은 너와 달랐다, 로언. 내 말을 믿어라. 녀석에겐 애초에 허기가 없었어. 하지만 네겐 있지. 난 네 눈 속에서 허기를 봤어. 네가 훈련할 때 어떤지도 봤고. 그 순간에 충실하게, 모든 살해를 완벽하게 수행했지.」

로언은 고더드에게서 시선을 돌릴 수가 없었고, 고더드는 검을 내려놓은 채 이제 구원자의 포옹을 받으라는 듯 두 팔을 벌렸다. 로브에 박힌 다이아몬드가 멀리서 타오르는 불빛을 받아 참으로 찬연한 광채를 발했다.

고더드가 말했다. 「우리를 사신이라고 부를 수도 있었으련만, 설립자들은 우리를 수확자라고 부르는 게 적합하다 여겼지. 우린 죽지 않는 인류의 손에 잡힌 무기이기 때문이야. 넌 훌륭한 무기다, 로언. 날카롭고 정확한 칼이지. 그리고 네가 상대를 가격하는 모습은 보기에 황홀하기까지 해.」

「그만! 그건 사실이 아니야!」

「너도 사실이라는 걸 알지. 넌 타고났다, 로언. 재능을 버리지 마라.」

사제가 의식을 되찾는지 신음하기 시작했다. 고더드는 사제를 발치로 끌고 왔다. 「이놈을 거둬라, 로언. 괜히 맞서 싸우지마. 지금 거둬. 그리고 즐겨라.」

로언은 반쯤 의식이 돌아온 사제의 흐릿한 눈을 들여다보면서 손에 쥔 검을 꽉 잡았다. 버텨 서려고 했지만, 로언은 발밑에 흐르는 은밀한 힘을 부정할 수 없었다. 「당신은 괴물이야! 그것도 최악의 괴물이지. 그냥 살해만 하는 게 아니라 다른 사람들을 당신 같은 살해자로 바꿔 놓으니까.」

「모자란 관점이다. 포식자는 피식자에게 언제나 괴물이야. 가젤에게는 사자가 악마이고, 쥐에게는 독수리가 악의 현신이지.」 그는 아직도 사제를 단단히 틀어쥔 채 한 발자국 다가섰다.

「로언, 너는 독수리가 되겠느냐, 쥐가 되겠느냐? 하늘을 날겠느냐, 허둥지둥 달아나겠느냐? 오늘 너에겐 두 가지 선택지밖에 없어.」

로언은 머리가 빙빙 돌았다. 피 냄새와 깨진 창문으로 흘러 들어오는 연기 때문에 어지럽고 생각이 엉켰다. 사제는 로언이 매일 연습하던 낯선 사람들과 다를 게 없어 보였다. 그리고 순간적으로 지금도 잔디밭에서 살해 기술을 연습 중인 것처럼 느껴졌다. 로언은 검을 뽑아 들고 허기를 느끼며, 고더드가 말한 대로 그 순간에 충실하게 앞으로 걸어갔다. 자신을 내려놓고 그 허기가 도저히 설명할 수 없는 방식으로 풀려나는 감각을 느꼈다. 지난 몇 달 동안 이 순간을 위해 훈련했다. 지금 로언은 왜 고더드가 언제나 마지막 한 명은 로언이 공격하기 이전에 보내 주고, 완성에 한 방이 모자라게 막았는지 마침내 이해했다.

오늘을 위한 준비였다.

오늘 로언은 마침내 훈련을 완성할 것이고, 앞으로는 매일매일 수확에 나설 때마다 거둘 사람이 하나도 남지 않을 때까지 손이든 칼이든 총탄이든 멈추지 않을 것이다.

로언은 충분히 생각할 겨를 없이, 머리가 멈추라고 말할 겨를 없이 사제를 향해 달려들어 온 힘을 실어서 칼을 앞으로 찔렀고, 마침내 강렬한 완성의 순간을 성취했다.

사제는 헉 소리를 내며 옆으로 풀썩 쓰러졌다. 칼날은 그 남자를 완전히 빗나갔다.

로언의 칼은 그 남자가 아니라 진정한 표적을 찔렀고, 수확자 고더드의 몸에 손잡이까지 박혀 들어갔다. 이제 로언은 고더드와 바싹 붙어 있었다. 얼굴을 바로 앞에 두고, 충격에 크게 뜬 눈을 들여다보았다.

「이게 당신이 만든 나야.」 그는 고더드에게 말했다. 「그리고 당신 말이 맞아. 난 즐겼어. 내 평생 했던 어떤 일보다 더 즐겼지.」 그리고 로언은 빈손을 뻗어 고더드의 손가락에서 반지를 잡아 뺐다. 「당신은 이걸 낄 자격이 없어. 처음부터 없었어.」

고더드는 말을 하려고 입을 벌렸다. 죽음을 앞둔 멋진 독백이라도 하려던 것일지 모른다. 그러나 로언은 이제 고더드에게 아무 말도 듣고 싶지 않았기에, 물러서면서 고더드의 배에 박힌 검을 뽑아 크게 휘둘렀고, 한 방에 고더드의 목을 베어 버렸다. 굴러떨어진 머리통이 지저분한 수반에 내려앉았다. 마치 처음부터 그걸 위해 있었던 수반 같았다.

고더드의 남은 몸뚱이가 바닥에 힘없이 쓰러졌고, 뒤이은 정적 속에 로언의 뒤에서 목소리가 날아왔다.

「대체 무슨 짓을 한 거야?」

로언이 몸을 돌리자 예배당 입구에 촘스키가 랜드와 함께 서 있었다.

「고더드가 재생하면 넌 완전 끝난 목숨이야!」

로언은 훈련에 몸을 맡겼다. 〈나는 무기야.〉 스스로에게 그렇게 말했고, 그 순간 그는 치명적인 무기가 되었다. 촘스키와 랜드가 방어하려 했지만, 아무리 실력이 좋다고 해도 로언처럼 날카롭고 정확한 무기에 비할 바는 아니었다. 로언의 검이 랜드를 깊게 베었지만, 랜드는 잘 겨냥한 보카토어 발차기로 그의 손에 들린 검을 쳐냈다. 로언은 더 효과적인 발차기로 화답하여 그녀의 척추를 부러뜨렸다. 촘스키가 화염 방사기로 로언의 팔에 불을 붙였지만, 바닥을 굴러서 불을 끈 로언은 제단 옆에 놓인 음파용 망치를 집어 들어 토르의 망치처럼 촘스키를 내리쳤다. 시간을 알리기라도 하듯이 내려치고 또 내려치고…… 그러다가 사제가 그의 손을 잡아 말리며 말했다. 「그만하면 됐어, 이 사람아. 이미 죽었어.」

로언은 망치를 떨어뜨렸다. 이제야 경계를 풀 수 있었다.

「같이 가세나.」 사제가 말했다. 「자네가 우리와 함께 있을 만한 곳이 있어. 우리가 자네를 수확령에서 숨겨 줄 수 있네.」 로언은 사제가 뻗은 손을 보았지만, 그 순간에도 고더드의 말이 되돌아왔다. 〈독수리가 되겠느냐, 쥐가 되겠느냐?〉 아니, 로언은 도망쳐 숨지 않을 것이었다. 아직 해야 할 일이 남아 있었다.

「여길 떠나세요.」 그는 사제에게 말했다. 「생존자를, 생존자가 있다면 찾아서 나가세요. 빨리요.」

남자는 잠시 로언을 바라보다가, 몸을 돌려 예배당을 나갔다. 그 남자가 나가자 로언은 화염 방사기를 집어 들고 작업에 착수했다.

바깥 거리에는 소방차들이 멈춰 서고 치안관들이 군중을 저지하고 있었다. 이제는 수도원 전체가 불길에 휩싸였고, 소방관들이 불길을 향해 달려가기는 했지만, 곧 정문으로 걸어 나온 젊은 남자에게 가로막혔다.

「이건 수확자 일입니다. 여러분은 끼어들지 마세요.」 지금 그 젊은이에게 다가가는 소방 대장도 수확자 관련 화재에 대해 들어 보기는 했지만, 그런 일을 직접 겪은 적은 없었다. 이 화재에는 뭔가 석연치 않은 데가 있었다. 그래, 그 젊은이가 수확자의 로브를 입고 있기는 했다. 다이아몬드가 박힌 새파란 로브였다. 그러나 그 로브는 분명 젊은이의 몸에 맞지 않았다. 불길이 무서운 속도로 수도원을 집어삼키자, 소방 대장은 개인적 판단에 따라 결정을 내렸다. 누군지는 몰라도 이 아이는 수확자가 아니었고, 소방대의 노력을 방해할 것 같지도 않았다.

「물러나세요!」 그는 청년을 일축하며 말했다. 「다른 사람들과 함께 물러서서 우리가 할 일을 하게 놔둬요.」

그러자 청년이 번개 같은 속도로 움직였다. 소방 대장은 다리가 허공에 뜨는 것을 느꼈다. 그는 등부터 땅에 떨어졌고, 순식간에 그 청년이 그를 타고 앉아서 소방 대장의 가슴팍을 한쪽 무릎으로 아프게 누르고 한 손으로는 숨통을 막을 듯이 목을 잡았다. 갑자기 상대는 전혀 아이 같지 않았다. 훨씬 커졌고, 훨씬 늙은 사람 같았다.

「이건 수확자의 일이니 끼어들지 말라고 했습니다. 끼어들면 지금 이 자리에서 거두겠습니다!」

소방 대장은 이제 자신이 심각한 실수를 저질렀음을 알았다.

수확자가 아니고서야 이렇게 당당하게 명령하고 완벽하게 상황을 통제할 수 있을 리 없었다. 「알겠습니다, 수확자님.」 소방 대장은 쉰 목소리로 말했다. 「죄송합니다.」

수확자가 일어섰다. 몸을 일으킨 소방 대장은 소방대에게 물러나라고 지시했고, 수확자가 대장을 너무나 효과적으로 쓰러뜨리는 모습을 본 소방대는 반문하지 않고 그 지시에 따랐다.

「다른 건물들엔 화재가 번지지 않게 막아도 됩니다.」 젊은 수확자가 말했다. 「하지만 이 수도원은 재만 남고 다 타도록 봐 두세요.」

「알겠습니다, 수확자님.」

그러자 수확자가 반지를 내밀었고, 소방 대장은 그 반지에 입을 맞추려고 달려들다가 이에 금이 가고 말았다.

수확자 고더드의 피에 젖은 로브를 입고 있으려니 살갗이 근질거렸지만, 불쾌해도 로언은 그 역할을 수행해야 했다. 로언은 생각보다 훨씬 설득력을 발휘했다. 스스로가 무서울 정도였다.

소방관들은 이제 모든 관심을 인접한 건물들로 돌려, 근처 지붕에 발화 지연제를 뿌렸다. 로언은 불타는 음파교 수도원과 아직까지 치안관들에게 막혀 있는 군중들 사이에 홀로 서 있었다. 그는 첨탑이 무너지고 그 위에 올려져 있던 거대한 소리굽쇠가 불길 속에 떨어져, 땅바닥을 때리면서 구슬픈 음을 울릴 때까지 그 자리에 서 있었다.

〈난 괴물 중의 괴물이 됐어.〉 그는 수도원이 불타는 모습을

지켜보며 생각했다. 〈사자들의 도살자, 독수리들의 처형자가
됐지.〉

　로언은 로브 자락에 발이 걸려 넘어지지 않게 신경 쓰며 성
큼성큼 걸어서 수확자 고더드와 그 제자들의 흔적이라고는,
절대로 재생할 수 없을 정도로 새까맣게 탄 뼛조각만 남길 지
옥불로부터 멀어졌다.

5부 수확단

수확자 랜드와 촘스키는 소름 끼치는 대화들을 나눈다. 그 둘은 뒤틀려 있고, 그 사실을 인정한다. 그게 그 둘의 매력이기도 한 것 같다. 오늘은 둘이서 언젠가 스스로를 거둘 때 어떤 방법을 쓸지에 대해 이야기하고 있었다. 놈은 활화산 꼭대기로 올라가서 웅장한 의식을 치르며 용암에 몸을 던지겠다고 했다. 에인은 그레이트배리어리프[8]에서 산소가 다 떨어지거나 백상어에게 잡아먹힐 때까지 스쿠버 다이빙을 하겠다고 했다. 둘은 나도 어떻게 하고 싶은지 말하기를 종용했다. 재미없다고 해도 어쩔 수 없지만, 나는 같이 어울리고 싶지 않았다. 스스로를 거둘 생각이 전혀 없어야 하는 사람들이 왜 그 문제에 대해 이야기한단 말인가? 우리의 직업은 우리가 아니라 다른 사람들의 생명을 끝내는 것이다. 그리고 나는 수천 년간 그 일을 수행할 작정이다.

— 수확자 볼타의 「수확 일기」 중에서

8 오스트레일리아 동북부에 있는 거대한 산호초

37
나무 흔들기

「비극이로군. 끔찍한 비극이야.」 고위 수확자 크세노크라테스는 이틀 전까지만 해도 수확자 고더드가 차지하고 있던 거창한 저택의 푹신한 소파에 앉았다. 그는 이런 일을 겪은 젊은 이치고는 너무 침착해 보이는 수습생을 마주 보았다.

「내일 콘클라베에서 미드메리카 수확자는 누구든 불을 사용하는 것을 금하도록 할 테니 안심하게나.」 크세노크라테스가 말했다.

「오래전에 했어야 할 일이죠.」 로언은 수습생이라기보다는 동등한 상대처럼 말했고, 그래서 고위 수확자는 짜증이 났다. 크세노크라테스는 로언을 찬찬히 살펴보았다. 「거기서 살아 나오다니 정말 운이 좋았군.」

로언은 그의 눈을 정면으로 보았다. 「저는 바깥 출입문 앞에 있었습니다. 화재가 통제 불능이 된 것을 보았을 때쯤에는 제가 할 수 있는 일이 없었어요. 수확자 고더드와 다른 분들은 안에 갇혀 버렸습니다. 그 수도원은 미궁이었어요. 가망이 없었지요.」 그러더니 로언이 잠시 말을 멈췄다. 크세노크라테스가 로언을 들여다보는 만큼, 로언도 크세노크라테스를 들여다보는 것 같았다. 「다른 수확자들께서는 절 불운의 상징으로 보시겠죠. 1년에 두 분이나 수확자를 잃었으니까요. 이 정도면 제 수습생 자격이 무효가 되려나요.」

「그럴 수가 있나. 여기까지 왔는데.」 크세노크라테스가 말했다. 「수확자 고더드에게 경의를 표하는 뜻에서 자네는 오늘 밤 최종 시험을 받게 될 거야. 내가 반지 수여 위원회를 대변할 수는 없네만, 자네가 겪은 일을 감안하면 그쪽에서도 자네 편을 들어 주리라 믿어 의심치 않네.」

「시트라는요?」

「자네가 반지를 받는다면 테라노바 수습생을 거두어 우리 역사의 이 불쾌한 한 장을 끝내 주리라 믿네.」

하인 하나가 샴페인과 작게 자른 샌드위치를 들고 왔다. 크세노크라테스는 주위를 둘러보았다. 지난날 하인들이 가득했던 저택에 지금은 이 사람 하나밖에 없는 듯했다. 다른 하인들은 수확자 고더드와 그의 동료들이 불타 버렸다는 소식을 듣자마자 달아났을 것이다. 고더드의 때 아닌 종말에 해방된 기분을 맛본 사람은 크세노크라테스만이 아닌 모양이었다.

「다른 사람들은 다 떠났는데 자네는 왜 여기 남아 있나?」 그는 하인에게 물었다. 「분명히 충성심 때문은 아닐 텐데.」

대답은 로언이 대신했다. 「실은 그 사람이 이 부동산의 원래 소유주예요.」

「그렇습니다.」 남자가 말했다. 「하지만 팔려고 내놓으려고 합니다. 제 가족이나 저나 여기에서 더 산다는 건 상상도 할 수 없군요.」 남자는 가느다란 샴페인 잔을 크세노크라테스의 손에 쥐여 주었다. 「그래도 고위 수확자님을 대접하는 거야 언제나 제 기쁨이지요.」

아무래도 하인에서 아첨꾼으로 진화한 모양이었다. 아주 먼 도약은 아니었다. 그 남자가 방에서 나가자 크세노크라테스는 여기까지 찾아온 진짜 이유를 꺼냈다. 나무를 흔들어서 뭐라도 떨어지는지 보려는 것이었다. 그는 로언에게 약간 더 몸을 기울였다.

「수확자 하나가, 적어도 수확자처럼 보이는 누군가가 나와서 소방관들에게 지시를 내렸다는 소문이 있네.」

로언은 눈 하나 깜짝하지 않았다. 「저도 들었습니다. 심지어 사람들이 찍어 올린 영상도 있지요. 연기가 심해서 흐릿하긴 합니다. 제대로 보이는 게 없어요.」

「그래. 그 영상들은 전반적인 혼란을 더하기만 하겠지.」

「하실 말씀이 많이 남으셨나요, 예하? 제가 많이 피곤한 데다 오늘 밤에 최종 시험을 보려면 쉬어 둬야 할 것 같은데요.」

「자네도 수확령의 모두가 이게 사고였다고 받아들이지 않는 것은 알겠지. 확실히 하기 위해 수사를 시작해야 했네.」

「말이 되는군요.」 로언이 말했다.

「지금까지 수확자 볼타와 수확자 촘스키는 유해 주변에 남아 있던 반지와 로브에 박혀 있던 보석으로 신원을 확인했네. 루비는 촘스키의 것이고 황수정은 볼타의 것이었지. 수확자 랜드의 경우는 예배당 지붕이 무너지면서 쓰러진 거대한 소리 굽쇠 아래 잔해 속에 있다고 거의 확신하고 있네.」

「말이 되는군요.」 로언은 다시 말했다.

「하지만 수확자 고더드를 찾는 게 쉽지가 않아. 물론 화재가 통제 밖이 되어 날뛰기 전에 예배당에서 거둔 음파교인들이 워낙 많다 보니, 제대로 신원 확인을 하기가 상당히 고역일세. 누구나 다른 수확자들과 마찬가지로 고더드의 유해 근처에도 작은 다이아몬드들과 커다란 수확자 반지가 남아 있으리라 예상하지 않겠나. 보석이 녹아 있을 순 있어도 말이야.」

「말이 되는군요.」 로언은 세 번째로 말했다.

「말이 안 되는 건 우리가 고더드라고 생각하는 해골에는 그런 게 하나도 붙어 있지 않다는 점이야. 게다가 두개골도 없어.」 크세노크라테스가 말했다.

「그거 이상하네요.」 로언이 말했다. 「분명히 어딘가에 있겠지요.」

「그렇겠지.」

「더 열심히 찾아봐야 할지도요.」

그 순간, 크세노크라테스는 들어와야 할지 가버려야 할지 확신하지 못하고 문지방에 서서 미적거리고 있는 소녀를 알아차렸다. 소녀가 얼마나 들었는지는 알 수 없었다. 그게 과연 중요한지 여부도.

「에즈메이.」 로언이 말했다. 「들어와. 고위 수확자 크세노크라테스 예하 기억나지?」

「응. 수영장에 뛰어들었잖아. 그거 웃겼어.」

그 일이 언급되자 크세노크라테스는 불편한 마음으로 앉은 자세를 고쳤다. 기억하고 싶지 않은 사건이었다.

「에즈메이는 어머니에게 돌아가도록 조치를 취했습니다. 하지만 예하께서 직접 데려가고 싶으실지도 모르겠군요.」 로언이 말했다.

「내가?」 크세노크라테스는 태연한 척 말했다. 「내가 왜 그러고 싶겠나?」

「예하께선 사람들에게 마음을 쓰시니까요.」 로언은 시의적절하게 눈을 찡긋했다. 「어떤 사람은 다른 사람보다 더 마음 쓰시죠.」

고위 수확자는 결코 공개적으로나 사적으로나 인정할 수 없는 딸에 대해 생각하면서 작고 하찮은 존재가 된 기분이었다. 〈저 녀석이 계획한 거야. 그렇지?〉 이 로언 데이미시는 교활한 녀석이었다. 방향만 제대로 잡아 준다면 훌륭한 자질이기는 했다. 고위 수확자는 로언에게 과거에 준 것보다 더 많은 관심을 기울여야 마땅한지 몰랐다.

에즈메이는 무슨 일이 생기나 싶어 기다리고 있었고, 크세노크라테스는 마침내 소녀에게 따뜻하게 미소 지었다. 「내가 너를 집에 데려다 줘도 괜찮다면 기쁘겠구나, 에즈메이.」

크세노크라테스는 그 말을 끝으로 떠나려고 일어섰다……. 그러나 아직은 떠날 수 없었다. 아직 해야 할 일이 하나 더 남아 있었다. 그의 힘으로 내릴 수 있는 결정이 하나 더 있었던 것이다. 그는 로언을 돌아보았다.

「내 영향력을 발휘해서 수사를 중지시켜야 할지도 모르겠네. 우리의 쓰러진 동료들에 대한 존중 차원에서 말이야. 서툰 과학 수사가 동료들에 대한 추억을 오염시키고, 그들의 유산에 비방을 불러서야 안 될 일 아닌가.」

「죽은 사람은 죽어 있게 두지요.」 로언이 맞장구를 쳤다.

그렇게 해서 말 없는 합의가 이루어졌다. 고위 수확자는 나무 흔들기를 멈추고, 로언은 고위 수확자의 비밀을 안전하게 지킨다.

「여길 떠나서 머물 곳이 필요해지거든, 내 집 문은 자네에게 언제나 열려 있다는 걸 알아주게나, 로언.」

「감사드립니다, 예하.」

「아닐세, 내가 고맙네, 로언.」

그리고 고위 수확자는 에즈메이의 손을 잡고 그 아이를 집에 데려다주러 나섰다.

삶과 죽음의 힘을 분별없이 나눠 줄 수는 없고, 절제와 신중함을 발휘해야만 한다. 수확단 합류는 결코 쉬워서는 안 된다. 수확령을 설립한 우리들도 그 과정에서 각자의 싸움에 직면해야 했으니, 우리와 임무를 함께할 이들은 모두 교훈적일 뿐만 아니라 사람을 완전히 바꾸는 시험을 받도록 해야 한다. 수확단은 인류의 가장 고결한 소명이니, 그 자격을 얻으려면 어떤 수확자도 끼고 있는 반지의 대가를 영영 잊을 수 없도록 영혼의 핵심까지 찔러야 마땅하다.

물론 외부인들에게 우리의 통과 의례는 생각도 할 수 없을 만큼 잔인해 보일지 모른다. 그러니 이는 언제까지나 비밀스러운 의례로 남아야 하리라.

— 최초의 세계 최고위 수확자,
프로메테우스의 「수확 일기」 중에서

38
최종 시험

카피바라의 해 1월 2일, 동계 콘클라베 전날, 수확자 퀴리는 시트라를 데리고 먼 길을 운전해서 미드메리카 의사당으로 향했다.

「최종 시험은 오늘 밤이지만, 결과는 내일 콘클라베 때까지 모른다.」 퀴리가 말했다. 시트라도 이미 아는 내용이었다. 「최종 시험은 모든 수습생에게 해마다 똑같아. 그리고 모든 수습생이 혼자 시험을 받아야 하지.」 그건 시트라가 몰랐던 내용이었다. 최종 시험이 모든 후보자가 통과해야 하는 정해진 절차라야 말이 되기는 했지만, 어째선지 다른 이들과 함께가 아니라 혼자서 시험에 직면해야 한다고 생각하니 심란했다. 이제는 로언과 다른 이들과의 경쟁이 아닐 테니까. 오직 스스로와 겨뤄야 했다.

「무슨 시험인지 말해 주세요.」

「못 해.」 수확자 퀴리가 말했다.

「안 하신다는 거겠죠.」

수확자 퀴리는 생각해 보고 다시 말했다. 「네 말이 맞다. 난 말하지 않을 거야.」

「솔직히 말해도 된다면요, 수확자님…….」

「네가 언제는 솔직하게 말하지 않은 적이 있니, 시트라?」

시트라는 헛기침을 하고 가장 설득력 있는 자아를 꺼내려고 했다. 「수확자님이 너무 공정하게 하시는 바람에 제가 불리해져요. 수확자님의 고결함 때문에 제가 고통받는 건 원치 않으실 텐데요?」

「우리 직업에선 아무리 작은 명예라도 꼭 붙들어야 해.」

「다른 수확자들은 분명히 수습생에게 최종 시험이 뭔지 말해 줄걸요.」

「그럴지도 모르지.」 퀴리가 말했다. 「하지만 아닐지도 몰라. 아무리 부도덕한 인물이라 해도 감히 깨지 못할 전통이라는 것도 있거든.」

시트라는 팔짱을 끼고 더 이상 말하지 않았다. 자신이 입술을 내밀고 있고, 그게 어린아이 같다는 것도 알았지만 상관없었다.

「넌 수확자 패러데이를 믿지, 그렇지 않니?」 수확자 퀴리가 물었다.

「믿어요.」

「나도 그 정도는 믿게 됐겠지?」

「그럼요.」

「그렇다면 날 믿고 그 질문은 흘려 버려라. 난 네가 시험 내용을 몰라도 최종 시험에서 빛을 발할 능력이 있다고 믿는다.」

「알겠습니다, 수확자님.」

그들은 저녁 8시에 도착했고, 뽑기 운 때문에 시트라가 마지막으로 시험을 받는다는 말을 들었다. 로언과 다른 두 후보자가 먼저였다. 시트라와 수확자 퀴리는 대기실에 들어가서 기다리고 또 기다렸다.

「총성이었나요?」 한 시간쯤 있다가 시트라가 말했다. 그게 상상인지 진짜인지 알 수가 없었다.

「쉬이잇.」 수확자 퀴리는 그렇게만 답했다.

마침내 근위대원 하나가 시트라를 데리러 왔다. 수확자 퀴리는 시트라에게 행운을 빌어 주지 않았다. 그저 진지하게 고개만 끄덕였다. 「다 끝나면 내가 기다리고 있을 거야.」

시트라는 기분 나쁘게 추운 긴 회랑 같은 방으로 안내받았다. 방 한쪽 끝에 놓인 편안한 의자에 수확자 다섯 명이 앉아 있었다. 두 명은 시트라도 아는 만델라와 메이어였다. 다른 세 명은 모르는 사람이었다. 〈반지 수여 위원회구나.〉 퍼뜩 깨달았다.

시트라 앞 테이블에는 깨끗한 흰 식탁보가 씌워져 있었다. 그리고 그 위에 무기가 가지런히 놓였다. 권총 하나, 산탄총 하나, 시미터 한 자루, 보이 나이프 한 자루, 그리고 독약이 든 병.

「이건 어디에 쓰는 거죠?」 시트라는 묻고 나서 그것이 멍청한 질문이었음을 알아차렸다. 이 무기들이 무엇에 쓰는 물건인지는 알고 있었다. 그래서 고쳐 말했다. 「정확히 제가 뭘 하길 바라시는 건가요?」

「방 반대편을 보거라.」 수확자 만델라가 가리켰다. 그들의 반대편 끝에, 지금까지 어둠에 가려져 있던 또 다른 의자 위로 불이 켜졌다. 수확자들만큼 편한 의자는 아니었다. 누군가가 손발이 묶인 채 그 의자에 앉아 있었는데, 머리에는 삼베 두건을 뒤집어썼다.

「우리는 그대가 어떻게 수확을 할지 보고 싶다.」수확자 메이어가 말했다. 「그걸 위해 그대가 수확을 시연할 특별한 대상을 준비했다.」

「특별하다니, 무슨 뜻인가요?」

「직접 보렴.」수확자 만델라가 말했다.

시트라는 대상에게 다가갔다. 두건 속에서 희미하게 억눌린 소리를 들을 수 있었다. 두건을 벗겼다.

지금 본 장면에 대비할 수 있는 방법은 없었다. 이제야 시트라는 왜 퀴리가 말해 주지 않았는지 이해했다.

재갈을 물고 의자에 묶여서 겁에 질려 눈물을 흘리고 있는 사람은 시트라의 동생 벤이었기 때문이다.

벤은 말을 하려고 했지만, 재갈 때문에 불분명한 끙끙 소리밖에 나오지 않았다.

시트라는 뒷걸음질 치다가, 다시 다섯 수확자에게 달려갔다.

「안 돼! 이럴 순 없어요! 제게 이런 짓을 시키실 순 없어요.」

「우린 그대에게 어떤 일도 시킬 수 없다.」시트라가 모르는 수확자가 말했다. 보라색 로브를 입은 판아시아계 외모의 여성이었다. 「한다면 그대의 선택으로 해야지.」그러더니 그 여자가 앞으로 나서서 시트라에게 작은 상자를 하나 내밀었다. 「무기는 무작위 선택이다. 이 상자에서 종이를 하나 뽑아라.」

시트라는 상자에 손을 넣어 잘 접힌 종이쪽지를 뽑았다. 펴볼 수는 없었다. 시트라는 의자에 무력하게 앉아 있는 동생을 돌아보았다.

「어떻게 사람들에게 이런 짓을 할 수가 있어요?」시트라는 소리를 질렀다.

「애야.」수확자 메이어가 경륜이 느껴지는 인내심을 발휘하여 말했다. 「이건 수확이 아니야. 네가 아직 수확자가 아니기 때문이지. 그저 저 아이를 일시 사망 상태로 만들면 된다. 우리가 제시한 과제를 네가 완수하면 즉시 구급 드론이 데려가서 재생시킬 것이다.」

「하지만 잰 기억하겠죠!」

「그래.」수확자 만델라가 말했다. 「그리고 너 또한 기억하겠지.」

시트라가 모르는 다른 수확자 하나가 팔짱을 끼더니 콧방귀를 뀌었다. 시트라가 여기까지 오는 길에 그랬던 것처럼. 「저항이 심하군요. 내버려 둡시다. 안 그래도 이미 오늘 밤 일이 너무 길어졌어요.」

「시간을 주세요.」수확자 만델라가 근엄하게 말했다.

다섯 번째 수확자는 이상하게 찌푸린 얼굴의 키 작은 남자였는데, 의자에서 일어나더니 수백 년은 묵은 것처럼 보이는 양피지를 들고 읽었다. 「그대는 이 일을 하기 위해 강압을 받을 수 없다. 필요하다면 시간은 얼마든지 들여도 좋다. 배정된 무기를 사용해야 한다. 끝나면 대상을 내버려 두고 위원회에 다가가서 그대가 실행한 바를 평가받는다. 모두 알아들었습니까?」

시트라는 고개를 끄덕였다.

「소리 내어 답해 주기 바랍니다.」

「네, 알아들었습니다.」

수확자가 다시 앉았고, 시트라는 종이쪽지를 펼쳤다. 단 한 마디만 있었다.

〈칼.〉

시트라는 종이를 바닥에 떨어뜨렸다. 〈난 못 해, 난 못 해.〉 하지만 수확자 퀴리의 목소리가 부드럽게 들려왔다. 〈아니, 시트라, 넌 할 수 있어.〉

그 순간, 수확령이 생긴 이후 모든 수확자가 이 시험을 받았다는 사실이 생각났다. 하나도 빠짐없이 자신이 사랑하는 누군가의 목숨을 빼앗아야 했다. 그래, 그 사람은 재생했겠지만, 그렇다고 해서 그 냉혈한 행위가 바뀌는 것은 아니었다. 사람의 잠재의식은 영원한 살해와 일시적 살해를 구분할 수 없다. 벤이 재생한 후라고 해도 어떻게 시트라가 동생을 다시 마주할 수 있겠는가? 지금 벤을 죽인다면 시트라는 〈언제나〉 벤을 죽인 사람이 될 텐데.

「왜죠?」 시트라가 물었다. 「왜 제가 이 일을 해야 하나요?」

짜증이 난 수확자가 문을 가리켰다. 「출구는 저기 있네. 감당할 수 없다면 나가게.」

「정말로 질문하려고 한 것 같은데요.」 수확자 메이어가 말했다.

짜증이 많은 수확자는 코웃음을 쳤고, 키 작은 수확자는 어깨를 으쓱였다. 판아시아계 수확자는 발을 톡톡 두드렸고, 수확자 만델라는 몸을 앞으로 기울이며 말했다.

「이 일을 해야만 수확자로서 앞으로 나아갈 수 있네. 자네 평생에 해야 할 가장 어려운 일은…… 이미 했다는 사실을 알고서.」

수확자 메이어가 덧붙였다. 「이 일을 해낼 수 있다면 수확자가 되기 위해 필요한 내면의 힘을 가진 것이지.」

시트라는 문으로 뛰어가서 달아나 버리고 싶은 마음이 굴뚝 같았지만, 어깨를 펴고 곧게 서서 손을 뻗어 보이 나이프를 집었다. 그 칼을 허리춤에 숨기고 동생에게 다가갔다. 그리고 가까이 가서야 칼을 뽑았다. 「무서워하지 마.」 시트라는 무릎을 꿇고 그 칼로 벤의 다리를 묶은 밧줄을 끊은 다음, 의자에 손목을 묶어 놓은 줄도 잘랐다. 재갈을 풀어 보려고 했지만 잘 되지 않아서 그것도 잘라 버렸다.

「나 이제 집에 가도 돼?」 물어보는 벤의 무력한 목소리가 시트라의 심장을 찢었다.

「아직은 안 돼.」 시트라는 아직 벤 옆에 무릎을 꿇은 채로 말했다. 「그래도 곧 갈 수 있을 거야.」

「날 해칠 거야, 누나?」

시트라는 눈물을 참을 수가 없었고, 참으려 하지도 않았다. 참아 봐야 무슨 소용인가? 「그래, 벤. 미안해.」

「날 거둘 거야?」 벤은 간신히 그 말을 뱉었다.

「아니야. 저들이 널 재생 센터로 데려갈 거야. 넌 아무 일 없었던 것처럼 말끔해질 거야.」

「약속해?」

「약속해.」

벤은 아주 조금이지만 안심한 것 같았다. 시트라는 벤에게 왜 이래야 하는지 설명하지 않았고, 벤도 묻지 않았다. 벤은 시트라를 믿었다. 무슨 이유에서건 간에 그럴 만한 이유가 있으리라 믿었다.

「아플까?」벤이 물었다.

이번에도 시트라는 도저히 거짓말을 할 수가 없었다.「그래, 아플 거야. 하지만 오래 아프진 않아.」

벤은 잠시 생각해 보더니, 그 정보를 처리하고 받아들였다. 그러고 나서 말했다.「봐도 돼?」

시트라는 잠시 무슨 말인지 갈피를 잡지 못하다가, 벤이 칼을 가리키자 겨우 알아들었다. 그리고 조심스럽게 칼을 벤의 두 손에 쥐여 주었다.

「무겁네.」벤이 말했다.

「텍사스 수확자들은 보이 나이프로만 거둔다는 거 알고 있었어?」

「누나가 수확자가 되면 그리로 가는 거야? 텍사스로?」

「아니야, 벤. 난 여기 있을 거야.」

벤은 그 칼을 손에 쥐고 돌렸고, 둘 다 반짝이는 칼날에 반사되는 불빛을 가만히 바라보았다. 그러다가 벤이 칼을 돌려주었다.

「나 너무 무서워, 누나.」벤은 속삭임조차 못 될 만큼 작은 소리로 말했다.

「알아. 나도 그래. 무서워해도 괜찮아.」

「아이스크림을 먹게 될까? 재생 센터에선 아이스크림을 준다며.」

시트라는 고개를 끄덕이고, 벤의 뺨에 흐르는 눈물을 닦아 주었다.「눈 감아, 벤. 먹고 싶은 아이스크림을 생각해. 그러고 나서 나한테 말해 줘.」

벤은 시키는 대로 했다.「난 핫퍼지선디를 먹고 싶어. 세 스푼에, 초콜릿 칩을 얹고……」

시트라는 벤이 말을 끝내기 전에 끌어당겨서 수확자 퀴리가 하던 대로 칼날을 찔러 넣었다. 고통스레 울부짖고 싶었지만, 자제력을 잃지는 않았다.

벤이 눈을 떠서 시트라를 쳐다보았고, 1초 만에 끝이 났다. 벤은 사라졌다. 시트라는 칼을 집어던지고 동생을 끌어안았다. 그런 다음 가만히 바닥에 뉘었다. 보지도 못했던 뒷문에서 재생 전문의 두 명이 서둘러 들어오더니, 일시 사망한 시트라의 동생을 들것에 싣고 왔던 길로 나갔다.

수확자들 쪽에 불이 들어왔다. 전보다 훨씬 더 멀어 보였다. 방을 가로질러 그들에게 가는 길이 말도 안 되게 먼 느낌이었다. 수확자들이 우수수 논평을 쏟아 내기 시작했다.

「엉성하군.」

「무슨 소리예요. 피도 거의 흐르지 않았는데.」

「무기를 손에 쥐여 줬잖아요. 그게 얼마나 위험한지 알아요?」

「게다가 불필요한 농담을 주고받고.」

「아이를 준비시킨 겁니다. 마음의 대비를 할 수 있도록 한 거예요.」

「그게 뭐가 중요하죠?」

「시트라는 용기를 보여 줬지만, 그보다 더 중요한 건 연민을 발휘했다는 거예요. 우리에게 있어야 할 자질 아닙니까?」

「우린 효율적이어야 해요.」

「효율은 연민을 위한 겁니다!」

「그건 생각하기 나름이지!」

그러더니 의견이 맞지 않는다는 데 동의했는지 모두가 침묵에 빠졌다. 시트라는 수확자 만델라와 메이어가 그녀 편에 섰고, 짜증이 많은 수확자는 아니라고 추측했다. 다른 둘에 대해서는 짐작도 되지 않았다.

「고맙네, 테라노바 수습생.」 수확자 메이어가 말했다. 「이제 가봐도 좋네. 결과는 내일 콘클라베에서 발표될 거야.」

복도에서 수확자 퀴리가 기다리고 있었다. 시트라는 그녀에게 격분했다. 「말을 해줬어야죠!」

「그랬다면 더 나빠지기만 했을 거다. 그리고 방에 들어가기 전에 알고 있었다는 사실을 눈치챘다면 실격 처리됐겠지.」 퀴리는 시트라의 두 손을 보았다. 「손을 씻어야겠구나. 이쪽에 화장실이 있어.」

「다른 후보자들은 어떻게 됐어요?」 시트라가 물었다.

「내가 들은 바로는, 젊은 여성 하나는 단호하게 거부하고 방을 나갔다. 남자애 하나는 시작은 했는데 무너져서 일을 완수하지 못했지.」

「로언은요?」

수확자 퀴리는 시트라를 쳐다보지 않았다. 「권총을 무기로 뽑았다.」

「그래서요?」

수확자 퀴리는 여전히 머뭇거렸다.

「말해 줘요!」

「로언은 지시 사항을 다 읽어 주기도 전에 권총 방아쇠를 당겼다.」

시트라는 그 장면을 생각하고 얼굴을 찡그렸다. 수확자 퀴리가 옳았다. 그건 예전에 시트라가 알던 로언 같지 않았다. 어떤 일을 겪었기에 그렇게 차가워진 걸까? 상상할 엄두도 나지 않았다.

나는 그대의 손으로 휘두르는 검,

무지개 호선을 그리네.

내가 추라면 그대는 종이니,

모여드는 먹구름에 조종을 울리네.

그대가 가수라면 나는 노래요,

비가(悲歌)요, 애가(哀歌)요, 진혼가(鎭魂歌)라네.

그대는 온 세상의 요구에 대한 응답으로 나를 만들었지.

인류의 죽지 않는 충동에 대한 답으로.

—「비가(悲歌)」,

고결한 수확자 소크라테스의 작품집 중에서

39
동계 콘클라베

자정이 되자 시트라 테라노바와 로언 데이미시의 면제권이 끝났다. 이제는 둘 다 거둘 수 있었고, 포고령이 떨어지면 하나가 다른 하나를 거둘 것이었다. 그리고 수확령은 반드시 그 명령을 내릴 것이다.

온 세상에서 수확자들이 삶의 문제를, 아니 그보다는 죽음의 문제를 논의하러 모였다. 미드메리카의 그해 첫 번째 콘클라베는 역사적인 모임이 될 터였다. 그 전까지는 수확 중에 영영 목숨을 잃은 수확자들이 나온 적이 없었던 데다가, 하필 논란의 여지가 많은 수확이었기에 더 의미심장했다. 그뿐만 아니라 수습생 한 명이 미드메리카의 고위 수확자에게 거짓 범죄 혐의로 고발받은 후 석 달간 사라졌던 일을 둘러싼 논란도 만만치 않았다. 오늘은 세계 수확자 회의도 풀크럼시티에 주목했고, 보통 수습생들의 이름이 지역 반지 수여 위원회 바깥까지 알려지는 일은 드물었지만, 시트라 테라노바와 로언 데이미시라는 이름은 지구 구석구석에 알려져 있었다.

그날 아침 풀크럼시티는 지독히도 추웠다. 의사당으로 올라가는 대리석 계단에 살얼음이 깔려서 발밑이 불안정해졌다. 미끄러져 넘어지는 바람에 발목을 삐거나 팔이 부러진 수확자가 한둘이 아니었다. 그날 아침에는 치유용 나노 기기들이 힘겹게 일했고, 무엇이든 수확자들의 동작을 늦추어 사진을 더 찍을 수 있게 해주면 신이 나는 구경꾼들만 기뻐했다.

로언은 후원자도, 인도자도 없이 혼자 공유 차를 타고 왔다. 그는 수확자들이 기피하는 단 한 가지 색깔, 검은색을 입고 있었다. 덕분에 녹색 수습생 팔찌가 두드러졌고, 소리 없이 반항하는 분위기가 풍겼다. 추계 콘클라베 때 로언은 중요한 존재가 아니었다. 그러나 지금 구경꾼들은 로언의 사진을 찍으려고 서로를 밀어댔다. 로언은 그들을 무시하고, 아무에게도 눈길을 주지 않은 채 발밑을 조심하면서 계단을 올랐다.

옆에서 수확자 하나가 얼음에 미끄러져 넘어졌다. 수확자 에머슨이었다. 서로 소개한 적은 없지만 로언은 그렇게 알고 있었다. 로언이 도와주려고 손을 내밀었지만, 에머슨은 그를 노려보기만 하고 도움을 거절했다.

「〈너에겐〉 아무 도움도 받고 싶지 않아.」 에머슨이 강조한 〈너에겐〉은 17년 인생의 로언에게 악의를 드러낸 그 누구보다 더 신랄했다.

하지만 로언이 계단을 다 오르자, 알지도 못하는 수확자 하나가 인사를 해 오며 위로하는 목소리로 말했다. 「자넨 어떤 수습생보다 많은 일을 견뎌 냈네, 데이미시 군. 자네가 수확자 자격을 얻었으면 좋겠군. 그렇게 된다면 차를 함께 마실 수 있으니 좋겠고.」

정치적인 계산이 아니라 진심으로 하는 제안 같았다. 원형 홀에 들어가서도 마찬가지였다. 어떤 이들은 눈을 부라렸고, 또 어떤 이들은 기운 내라는 듯 웃었다. 결정을 내리지 못한 사람은 몇 없어 보였다. 로언은 상황의 희생자, 아니면 사망 시대 이후 처음 나타난 범죄자였다. 로언만이라도 자신이 그 둘 중 어느 쪽인지 안다면 좋으련만.

시트라는 로언보다 먼저 도착해 있었다. 풍성한 아침 식사가 차려진 뷔페에 아무 식욕도 느끼지 못한 채 수확자 퀴리와 함께 원형 홀에 서 있었다. 물론 홀 안의 대화는 온통 음파교 수도원의 비극에 대해서였다. 그리고 다양한 대화를 토막토막 듣다 보니 시트라는 다들 죽은 네 명의 수확자에 대해서만 말한다는 사실에 화가 났다. 아무도 그토록 많은 음파교 사람들이 수확당했다는 사실을 애통해하지 않았다. 심지어 몇 명은 태연하게 농담까지 했다.

「음파교단의 비극에 뒤이어 콘클라베가 뭐랄까…… 〈반향〉을 울리지 않겠습니까?」 누군가가 말하는 소리가 들렸다. 「음파를 두고 하는 말장난은 아닙니다.」 하지만 물론 그런 의도로 한 소리였다.

수확자 퀴리는 추계 콘클라베 때보다 더 긴장해 있었다.

「만델라가 어젯밤 네가 잘해 냈다고 말하긴 했다만, 그렇게 말하면서도 신중했어.」

「그게 무슨 의미일까요?」

「모르겠다. 시트라, 네가 오늘 진다면 내가 결코 나 자신을 용서할 수 없을 거란 사실만은 확실해.」

위대한 수확자 마리 퀴리, 〈죽음의 대모〉가 시트라를 그렇게 아긴다니 터무니없었다. 그리고 그녀가 실패할 수 있다고 생각하는 것도 이상했다. 「전 역사상 가장 훌륭한 수확자 두 분에게 훈련받는 혜택을 누렸어요. 퀴리 수확자님과 패러데이 수확자님요. 그러고도 오늘 대비가 충분하지 않다면, 무엇으로도 소용없었겠죠.」

수확자 퀴리는 씁쓸하면서도 달콤한 자부심으로 얼굴을 환히 빛냈다. 「이 일이 끝나고 임명을 받거든, 부디 신참 수확자로서 계속 나와 함께 지내는 크나큰 영광을 선사해 줬으면 좋겠구나. 다른 수확자들도 접근할 거야. 어쩌면 먼 지역에서도 부를지 모르겠다. 다들 자기와 함께하면 나에게서 배울 수 없는 것들을 배울 수 있다고 할 거다. 어쩌면 정말 그럴지도 모르지만, 그래도 난 네가 남는 쪽을 선택해 줬으면 좋겠구나.」 퀴리의 눈에 눈물이 어렸다. 눈만 깜박이면 눈물이 떨어질 텐데, 콘클라베에서 우는 모습을 보이기엔 자존심이 너무 강한 수확자 퀴리는 용케 눈물을 아래쪽 속눈썹에 붙들어 두었다.

시트라가 미소 지었다. 「제게 다른 길이 있을 리가 있나요, 마리.」 시트라가 퀴리의 이름을 부르기는 처음이었다. 얼마나 자연스럽게 흘러나오는지 놀라웠다.

그들이 콘클라베 소집을 기다리는 동안, 다른 수확자들이 인사를 하러 왔다. 아무도 시트라의 억류 사건이나 칠아르헨티나 지역으로의 탈출에 대해 말하지 않았지만, 마리에게 그 민망한 일기 내용을 두고 농담하는 사람은 있었다.

「사망 시대에 사랑과 살인은 관련이 있을 때가 많았지.」 수확자 트웨인이 농담조로 말했다. 「어쩌면 우리 친애하는 수확자 패러데이가 당신을 완벽하게 겨눴는지도 몰라.」

「아, 가서 스스로나 거둬.」 퀴리는 웃음을 다 누르지 못한 채 말했다.

「내 장례식에 내가 직접 참석할 수 있을 때만 그럴 거라네.」 트웨인은 시트라에게 행운을 빌어 주고 어슬렁어슬렁 걸어 갔다.

시트라는 그때 원형 홀에 들어오는 로언을 보았다. 온 방 안에 정적이 내려앉은 것은 아니지만, 소리가 확 줄어들었다가 다시 커지기는 했다. 지금 로언에게는 존재감이 있었다. 수확자 같은 존재감은 아니고, 뭔가 다른 풍모였다. 오히려 천덕꾸러기 같은 느낌이랄까. 하지만 천덕꾸러기가 죽음을 가져오는 자 특유의 저런 싸늘한 분위기를 내는 경우는 없었다. 사람들 중에는 로언이 냉정하게 네 명의 수확자를 죽이고, 증거를 숨기기 위해 불을 놓았다고 말하는 자들이 있었다. 로언이 살아남은 것은 행운일 뿐 아무 죄도 없다고 말하는 사람들도 있었다. 시트라는 진실이 무엇이든 간에 그 양쪽 주장보다는 훨씬 복잡하지 않을까 싶었다.

「말 걸지 마.」 수확자 퀴리는 시트라가 로언 쪽을 보는 것을 알아채고 말했다. 「네가 그쪽을 보는 모습도 보이지 마. 그래 봐야 너희 둘 다에게 더 어려워질 뿐이야.」

「알아요.」 시트라는 인정하면서도, 속으로는 로언이 무모하게 군중을 헤치고 보러 오면 좋겠다고 생각했다. 그리고 무슨 말이든…… 어떤 말이라도, 사람들이 말하는 것 같은 상상 못할 범죄자가 아니라고 증명할 만한 말을 해주면 좋겠다고도 생각했다.

시트라가 오늘 선택받는다면, 로언을 거두라는 명령을 거부하지는 않을 것이다. 그러나 시트라에게는 둘 다 구할 가능성이 있는 계획이 하나 있었다. 확실한 계획과는 거리가 멀었고, 솔직히 인정하자면 계획이라기보다는 필사적인 지푸라기 잡기에 가까웠다. 그러나 아무리 희미하게 깜박이는 희망이라도 없는 것보다는 나았다. 설령 스스로를 속이는 셈이라 해도, 그 희망은 이 끔찍한 날을 견디게 해줄 것이다.

로언은 이날을 마음속으로 처음부터 끝까지 여러 차례 되풀이해 보았다. 시트라를 보았을 때 다가가지 않겠다고 마음도 먹고 있었다. 이렇게 하는 편이 낫다고 말해 주는 조언자가 없어도 알고 있었다. 두 사람을 영영 갈라놓을 비참한 진실의 순간이 올 때까지 떨어져 있자.

로언은 시트라가 이긴다면 분명 그를 거두리라 믿었다. 의무에 따라 그래야 했다. 그 덕분에 마음이 갈가리 찢어지겠지만, 결국에는 해야 할 일을 할 것이다. 어떤 식으로 할지는 궁금했다. 어쩌면 그의 목을 부러뜨려서 돌고 도는 역사를 완성하고, 멋진 핏빛 인사로 둘이 함께한 수습 시절을 끝낼지도 모르지.

인정하건대 로언도 죽기는 무서웠지만, 그보다 더 무서운 것은 이제 로언이 도달할 수 있다는 것을 알아 버린 심연이었다. 전날 밤의 시험에서 로언이 얼마나 쉽게 어머니를 일시 사망에 빠뜨렸는지, 그것은 로언이 어떤 사람이 되었는지를 큰 소리로 말해 주는 듯했다. 그런 사람으로 살기보다는 차라리 수확당하는 게 나았다.

물론 시트라가 아니라 로언이 선택받을 가능성도 있기는 했다. 그때는 일이 재미있어질 것이다. 로언은 스스로를 거두지 않기로 마음먹었다. 그건 너무 무의미한 데다 한심한 행동이었다. 만약 임명을 받는다면 로언은 열 번째 계명을 들고 나와서 포고를 거역할 것이다. 열 개의 계명 외에 어떤 법에도 구애받지 않는다는 계명 말이다. 수확령이 내린 명령은 열 개의 계명에 들어가지 않는다. 그는 시트라 거두기를 거부할 것이고, 대신 거두려 드는 수확자는 누구든 총탄으로, 칼날로, 두 손으로 제거해서 시트라의 목숨을 지킬 것이다. 쓰러질 때까지 콘클라베를 잔혹한 피투성이의 전장으로 만들어 버릴 것이다. 그리고 그가 얼마나 살해 기술에 능숙해졌으며, 분노를 퍼붓고 엉망으로 만들고 싶을 이유가 얼마나 많은지 생각하면, 그를 거두기는 쉽지 않으리라. 그리고 역설적인 것은, 그래도 그를 거두지 못할 거라는 점이었다! 일단 임명받고 나면 일곱 번째 계명에 모두의 손이 묶이니 말이다.

하지만 그를 벌할 수는 있을 것이다.

1천 번을 죽게 하고 영원토록 어딘가에 가둬 둘 수도 있으리라. 그리고 그 시간은 정말로 영원이 될 것이다. 절대로 자기 수확으로 수확령에 만족감을 주진 않을 테니까. 그러니 더더욱 시트라에게 수확당하는 게 나았다. 시트라의 능숙한 손에 한 번 죽는 쪽이 다른 대안에 비하면 무섭도록 좋게 들렸다.

원형 홀에 차려진 아침 식사는 공들인 요리들이었다. 진짜 훈제 연어 조각, 껍질이 딱딱한 잘 구운 빵, 상상할 수 있는 토핑은 다 갖춰진 와플 제조기. 미드메리카 수확자들에게는 최고의 아침 식사였다.

로언은 그날 아침 드물게 폭식을 했다. 이번만은 식욕이 당기는 만큼 실컷 먹었다. 그리고 먹으면서 시트라를 몇 번인가 곁눈질했다. 지금도 시트라는 그의 눈에 빛나 보였다. 이 마지막 순간에도 시트라를 낭만적으로 바라보다니 얼마나 우스운지. 한때 사랑이 될 수도 있었던 감정은 이제 오래전에 깨어진 심장의 체념이 되었다. 다행히도 로언의 심장은 너무나 차가워져서, 금이 좀 간다고 아플 것도 없었다.

콘클라베가 소집되자, 시트라는 오전에 진행되는 의식 대부분에 신경을 끄고 이제 떠나게 될 삶의 추억들로 마음을 가득 채웠다. 어떤 방식으로든 그 삶을 뒤로하게 될 테니까. 시트라는 부모님에 대해, 그리고 아직 재생 센터에 누워 있는 동생에 대해 생각했다.

오늘 임명을 받는다면, 시트라가 성장한 집은 영영 잃어버리게 될 것이다. 그나마 시트라가 살아 있는 한 벤과 부모님도 수확 면제권을 갖게 된다는 것이 제일 큰 위안이었다.

이름 울리기와 의례적인 손 씻기가 끝나자, 남은 오전 시간은 수확 방법으로 불을 금지해야 하느냐 마느냐 하는 뜨거운 토론에 다 할애되었다.

보통 고위 수확자 크세노크라테스는 토론을 중재하고 논의를 다음으로 미루는 정도 외에는 행동에 나서지 않았다. 그런 그가 금지하자는 의견을 옹호하다니 참석한 수확자 모두가 진지하게 받아들일 만한 일이었다. 그렇다고 해도 반대하는 목소리는 꽤 강하게 나왔다.

「내 무기를 들 권리를 이대로 짓밟히진 않겠어요!」 불만에 찬 수확자 하나가 불평했다. 「우리 모두에겐 화염 방사기와 폭

약과 다른 발화 장치를 사용할 자유가 있어야 합니다!」

이 발언은 야유와 갈채 둘 다 받았다.

「미래의 비극적인 사고를 막기 위해 금지해야 합니다.」 크세노크라테스가 주장했다.

「그건 사고가 아니었어요!」 누군가가 외쳤고, 회의실 절반이 그 주장에 격렬한 동의의 목소리를 냈다. 시트라는 로언을 쳐다보았다. 로언은 죽은 수확자들에게 배당되어 있는 빈자리를 양쪽에 두고 앉아 있었는데, 스스로를 변호하려 하지도 주장을 부인하려 하지도 않았다.

수확자 퀴리가 시트라에게 몸을 기울였다. 「그 화재는 끔찍한 일이었지만, 고더드와 그 제자들이 영원히 떠났다는 사실에 기뻐하는 수확자도 많이 있단다. 절대 인정하진 않겠지만, 그 사람들은 그게 사고였든 아니든 상관없이 화재가 일어난 것을 기뻐하고 있어.」

「그리고 고더드를 숭배하던 사람도 많이 있죠.」 시트라가 지적했다.

「사실이다. 이 문제에 있어서 수확령은 반으로 쪼개진 것 같구나.」

그렇다 해도 마침내 상식적인 판단이 이겼고, 미드메리카에서 불은 수확 방법으로 쓰지 못하게 금지되었다.

점심시간, 여전히 식욕을 찾을 수 없었던 시트라는 멀리서 로언이 아침 식사 때와 마찬가지로 음식을 욱여 넣는 모습을 지켜보았다. 마치 세상에 아무 관심이 없는 듯한 모습이었다.

「이게 마지막 만찬이라는 사실을 아는 거야.」 시트라가 모르는 수확자 하나가 그렇게 말했다. 그 여자는 분명 시트라를 지지하는 뜻을 밝힌 셈이었지만, 시트라는 짜증스럽기만 했다.

「그게 당신과 무슨 상관인지 모르겠네요.」

그 수확자는 시트라의 적개심에 당황해서 떠나 버렸다.

그날 저녁 6시, 콘클라베의 다른 일이 모두 끝나고 그날의 마지막 단계로 넘어갔다.

「수확단 후보자들은 이제 일어나 주십시오.」 콘클라베 서기가 명했다.

시트라와 로언이 일어나자, 회의장에 소곤거리는 소리가 퍼져 나갔다.

「네 명인 줄 알았는데요.」 고위 수확자가 말했다.

「네 명이었습니다, 예하.」 서기가 말했다. 「하지만 다른 두 명은 최종 시험에 탈락하여 돌아갔습니다.」

「그렇다면 좋아요. 해치웁시다.」 크세노크라테스가 말했다.

서기가 일어나서 정식으로 그들을 호명했다. 「미드메리카 수확령은 로언 대니얼 데이미시와 시트라 퀘리다 테라노바를 호출합니다. 앞으로 나오세요.」

시트라와 로언은 반지 하나를 들고 연단 앞에 서서 기다리고 있는 수확자 만델라에게 시선을 고정한 채, 어떤 형태로든 운명을 맞이하기 위해 회의실 앞으로 걸어 나갔다.

콘클라베가 끝날 때마다 새로운 신참 수확자들이 반지를 수여받는 모습을 지켜보자면 씁쓸하면서도 기쁘다. 기쁜 것은 그들이 우리의 희망이며, 마음속에 아직 최초의 수확자들이 지닌 이상을 불태우고 있기 때문이다. 그러나 씁쓸한 것은 언젠가 그들도 너무 지치고 질려서, 최초의 수확자들 모두가 그러했듯이 결국 자기 목숨을 끊을 것임을 알기 때문이다.

그래도 새로운 수확자가 반지를 받을 때마다 나는 흐뭇하다. 아무리 장엄한 몇 순간뿐이라고 해도, 그 순간에는 우리 모두가 영원히 살기를 선택하리라 믿을 수 있기 때문이다.

— 수확자 퀴리의 「수확 일기」 중에서

40
임명받은 자

「안녕, 시트라. 만나서 반갑다.」

「안녕, 로언.」

「후보자들은 대화를 자제하고 콘클라베를 마주해 주십시오.」 크세노크라테스가 말했다.

시트라와 로언이 몸을 돌리자, 수확자들 사이에 오가던 속삭임과 중얼거림이 뚝 그쳤다. 회의실에 그런 정적이 내려앉은 적은 없었다. 로언은 슬며시 웃었다. 재미있어서가 아니라 만족스러워서였다. 나란히 선 시트라와 로언은 확실히 3백 명의 수확자를 침묵시킬 만한 중력을 발했다. 오늘 무슨 일이 일어나더라도 로언에게는 이 순간이 남으리라.

시트라는 혈관으로 쏟아져 나오는 아드레날린을 표정에 드러내지 않고 엄숙한 얼굴을 유지했다.

「반지 수여 위원회는 그대들의 수습 생활을 살펴보았습니다.」 수확자 만델라는 두 사람에게 말했지만, 실제로는 콘클라베 전체에게 하는 말이었다. 「우리는 세 번의 시험 성과를 살펴보았습니다. 두 사람 다 처음 두 번의 시험에 실패했지만, 두 번 다 참작할 만한 정황이 있었지요. 분명히 그대들은 본능적으로 서로를 보호하려 했어요. 그러나 우선 보호해야 할 것은 수확령입니다. 어떤 대가를 치르더라도 말입니다.」

「맞소, 맞아!」 뒷줄에 앉은 한 수확자가 외쳤다.

「위원회는 쉽게 결정을 내리지 않았습니다.」 수확자 만델라가 말을 이었다. 「우리가 그대들 둘 모두를 최대한 공정하게 심사숙고했음을 알아주기 바랍니다.」 그런 다음 그는 목소리를 더 크게 높였다. 「수확단 후보자들이여, 그대들은 미드메리카 반지 수여 위원회의 결정을 받아들이겠습니까?」 그는 마치 그 결정을 받아들이지 않을 수도 있다는 듯이 물었다.

「그러겠습니다.」 시트라가 말했다.

「저도 그렇습니다.」 로언이 말했다.

「그렇다면 알려 드리겠습니다. 이제, 그리고 영원히…… 시트라 테라노바가 수확단의 반지를 끼고, 반지에 따라오는 모든 짐을 짊어질 것입니다.」

방 안에 환호성이 터졌다. 명백한 시트라의 지지자들뿐만 아니라 모두가 환호했다. 로언에게 동정적이었던 이들도 위원회의 결정은 인정했다. 결국, 로언이 수확령 안에서 어떤 지지를 받았단 말인가? 고더드를 숭배한 이들은 로언을 미워했고, 로언을 무죄 추정해 준 이들은 이미 시트라를 응원하고 있었다. 이제 와서 생각하면 고더드와 그의 제자들이 화재로 죽은 순간, 시트라가 임명받을 것이 확실해졌다.

「축하해, 시트라.」 로언은 수확자들의 함성 속에서 말했다. 「네가 해낼 줄 알았어.」

시트라는 로언에게 대꾸조차 할 수 없었다. 마주 볼 수도 없었다.

수확자 만델라가 시트라를 돌아보았다.「수호 위인은 골랐습니까?」

「골랐습니다.」

「그렇다면 내가 내미는 이 반지를 받아 손가락에 끼고, 미드메리카 수확령과 세상에 선언하세요. 이제 그대가 누구인지를.」

시트라는 심하게 떨리는 손으로 반지를 건네받다가 떨어뜨릴 뻔했다. 반지를 손가락에 꼈다. 딱 맞았다. 손가락이 무거워졌고, 금 고리는 차가웠지만, 그녀의 체열로 금세 따뜻해졌다. 시트라는 이전에 본 다른 임명자들처럼 손을 들어 올렸다.

「저는 로마노프가의 막내 이름을 따서 수확자 아나스타샤로 이름하겠습니다.」

수확자들이 서로를 쳐다보며 그 선택에 대해 수군거렸다.

「테라노바.」 고위 수확자 크세노크라테스가 언짢은 기색으로 말했다.「적절한 선택이라고는 못 하겠군요. 러시아의 차르들은 문명에 대한 공헌보다 도를 넘는 행위들로 유명합니다. 그리고 아나스타샤 로마노프는 짧은 생애에 중요한 일이라곤 하지 못했어요.」

「바로 그래서 그 이름을 골랐습니다, 예하.」 시트라는 크세노크라테스의 눈을 똑바로 보며 말했다.「아나스타샤는 부패한 체제의 산물이었고, 바로 그 때문에 삶을 부정당했습니다. 저도 거의 그럴 뻔했지요.」

크세노크라테스가 약간 발끈했다. 시트라는 말을 이었다.

「살아남았다면 아나스타샤가 어떤 일을 했을지 누가 알겠습니까. 세상을 바꾸고 가문의 이름을 구했을지도 모르지요. 저는 수확자 아나스타샤가 되려 합니다. 일어날 수도 있었던 그 변화가 되겠다고 맹세합니다.」

고위 수확자는 시트라와 눈을 마주친 채 침묵을 지켰다. 그러던 중 수확자 하나가 자리에서 일어나 박수를 치기 시작했다. 수확자 퀴리였다. 이어서 다른 수확자가 합세하고, 또 합세하여 곧 수확령 전체가 일어서서 새로 임명받은 수확자 아나스타샤에게 박수를 보냈다.

로언은 그들이 올바른 결정을 내릴 줄 알고 있었다. 그리고 시트라가 선택한 수호 위인을 변호하는 말을 듣자 전보다 더 존경스러워졌다. 이미 서 있지만 않았어도 기립 박수에 참여했을 것이다.

박수갈채가 가라앉고 수확자들이 자리에 앉자, 수확자 만델라가 시트라를 돌아보았다.

「무슨 일을 해야 할지 알겠지요.」

「네, 압니다.」

「어떤 방법을 선택하겠습니까?」

「칼이요. 제게 주어진 시험은 칼에 의한 것일 때가 많았으니, 이번에도 다르지 않아야죠.」 물론 칼이 종류별로 담긴 쟁반이 준비되어 있었다. 보이지 않는 곳에 있던 그 쟁반은 추계 콘클라베에서 임명을 받은 신참 수확자가 가지고 들어왔다.

로언은 시트라를 면밀히 살폈지만, 시트라는 그와 눈을 마주치지 않으려 했다. 시트라는 칼 쟁반을 훑어보더니 흉측하게 생긴 보이 나이프를 골랐다.

「어제 이런 물건으로 내 동생을 죽였지. 다시는 보이 나이프에 손도 대지 않겠다고 맹세했는데, 이렇게 됐네.」 시트라가 말했다.

「동생은 좀 어때?」 로언이 물었다. 그제야 시트라가 그를 쳐다보았다. 그 눈 속에는 두려움이 깃들어 있었지만, 결의도 보였다. 〈잘됐군.〉 로언은 생각했다. 〈시트라가 단호해야 더 빨리 끝날 텐데.〉

「재생 센터에 있어. 깨어나면 핫퍼지선디를 주도록 주문해 놨고.」

「좋겠네.」 로언은 웅장한 애가처럼 모여든 수확자들을 보았다. 지금만큼은 콘클라베라기보다 관중이었다. 「쇼를 기다리고들 있어. 이제 공연을 해줄까?」 로언이 말했다.

시트라는 고개를 살짝 끄덕였다.

그리고 로언은 진심에서 우러난 감상을 담아서 말했다. 「당신에게 수확되어 영광입니다, 아나스타샤 수확자님.」

로언은 마지막 숨을 들이마시고 칼을 받을 준비를 했다. 그러나 시트라는 아직 찌를 준비가 되어 있지 않았다. 그 대신 시트라는 반대쪽 손에 낀 반지를 보았다.

「이건 내 목을 부러뜨린 대가야.」

이어서 시트라가 주먹을 뒤로 빼더니, 로언의 얼굴을 후려쳤다. 덕분에 로언은 넘어질 뻔했다. 군중들이 한목소리로 숨을 들이마셨다. 이것은 그들이 예상한 장면이 아니었다.

로언은 손을 올려 시트라의 반지가 그의 뺨에 남긴 큰 상처에서 흐르는 피를 만졌다.

마침내 시트라가 로언을 거두려고 칼을 들어 올렸다. 그러나 시트라가 그의 가슴팍에 칼을 찌르기 직전, 뒤에 있는 연단에서 고함 소리가 날아들었다.

「멈추세요!」

법규 전문가였다. 그는 자기 반지를 들어 올렸는데, 반지가 붉게 빛나고 있었다. 시트라의 반지도 마찬가지였다. 로언이 주위를 둘러보니 10미터 안쪽에 있는 모든 수확자의 반지가 똑같은 경고의 빛을 발하고 있었다.

「그 사람은 거둘 수 없습니다.」 법규 전문가가 말했다.

「면제권이 있어.」 콘클라베에서 격분한 소리가 터져 나왔다. 로언이 시트라의 반지를 보니, 과연 그의 피가 묻어 있었다. 덕분에 입을 맞추는 것보다 훨씬 효과적으로 그의 DNA가 면제권 데이터베이스에 전송된 것이다. 그는 경외심과 순수한 경이에 차서 시트라를 향해 미소 지었다. 「넌 천재야, 시트라. 알고 한 거지?」

「너한테는 고결한 수확자 아나스타샤야. 그리고 무슨 말을 하는 건지 모르겠네. 그냥 사고였어.」 하지만 그녀의 눈에는 말과 다르게 광채가 어려 있었다.

「정숙!」 크세노크라테스가 망치를 두드리며 외쳤다. 「콘클라베에 정숙을 요구합니다!」

수확자들이 진정하기 시작하자, 크세노크라테스는 비난하듯 손가락질을 했다. 「시트…… 어, 아니, 수확자 아나스타샤, 당신은 수확령의 명을 노골적으로 위반했습니다!」

「그렇지 않습니다, 예하. 전 수확할 준비를 마친 상태였어요. 절 막은 사람은 법규 전문가이십니다. 로언을 때렸다간 면제권을 주게 된다는 생각은 하지도 못했네요.」

크세노크라테스는 믿을 수 없다는 얼굴로 시트라를 보더니, 억누르려 했지만 그러지 못하고 갑자기 큰 소리로 웃음을 터뜨렸다. 「교활하고 교묘하군요. 그럴싸하게 부인하는 능력도 갖췄고. 우리 사이에서 아주 잘해 내겠어요, 아나스타샤 수확자.」 그러더니 그는 법규 전문가를 돌아보며 이제 어떤 선택지가 있는지 물었다.

「면제권이 다할 때까지 1년간 감금 생활을 제안합니다.」

「사람을 공식적으로 감금할 수 있는 장소가 아직도 있습니까?」 다른 수확자가 물었다. 이어서 회의실에 모여 앉은 수확자들이 너도나도 제안을 외쳐대기 시작했다. 어떤 사람은 로언을 가택 연금하자고도 했는데, 동기에 따라 좋은 제안일 수도 나쁜 제안일 수도 있었다.

소란이 로언의 임박한 미래에 대한 토론으로 번지는 동안, 시트라는 그에게 슬쩍 몸을 기울이며 속삭였다.

「네 옆에는 칼이 담긴 쟁반이 있고, 동쪽 출구에는 널 기다리는 차가 있어.」

시트라는 로언의 미래를 그의 손에 단단히 쥐여 준 채 몸을 떼어 냈다.

그녀에게 지금보다 더 감탄할 수 있을까 싶었는데, 시트라는 방금 그 생각이 틀렸음을 증명했다.

「사랑해.」 로언이 말했다.

「나도야.」 시트라가 대꾸했다. 「이제 사라져.」

로언의 모습은 놀라웠다. 그는 쟁반에서 칼 세 개를 집어 들고, 어떻게 하는지 모르지만 한꺼번에 휘두르는 일을 해냈다.

수확자 아나스타샤는 그를 막으려 들지 않았다. 하지만 막으려 했어도 소용없었을 것이다. 로언은 너무나 빨랐다. 그는 불덩이처럼 중앙 통로에 몸을 던졌다. 가까이 있던 수확자들이 펄쩍 뛰어 일어나서 막으려 했지만, 로언은 걷어차고 몸을 돌리고 칼을 긋고 공중제비를 돌았다. 아무도 손끝 하나 댈 수가 없었다. 수확자 아나스타샤에게 그는 마치 치명적인 자연의 힘처럼 보였다. 그의 앞길을 막는 수확자들 중 운 좋은 이들은 로브만 잘렸다. 그보다 운 나쁜 이들은 언제 생겼는지 모를 상처를 입었다. 한 명은 재생 센터에 가야 할 정도였다. 아마 수확자 에머슨이었을 것이다.

그리고 그는 사라졌다. 뒤에 대혼란을 남기고서.

고위 수확자가 질서를 회복하려고 애쓰는 동안, 수확자 아나스타샤는 자기 손을 보더니 수확자로서는 대단히 이상한 행동을 했다. 자기 반지에 입을 맞춰 로언의 피를 입술에 묻혔다. 아주 약간의 피였지만, 그 순간을 영원히 기억하기에는 충분했다.

시트라가 말한 대로 차가 기다리고 있었다. 로언은 공유 차일 줄 알았다. 그리고 혼자 가게 될 줄 알았다. 둘 다 아니었다.

차에 뛰어든 로언은 운전석에 앉은 유령을 보았다. 오늘 그렇게 많은 일을 겪었으면서도, 정작 심장이 멎을 뻔한 순간은 지금이었다.

「안녕, 로언.」 수확자 패러데이가 말했다. 「문 닫아라. 바깥은 북극이나 다름없구나.」

「뭐라고요?」 로언은 아직도 상황을 받아들이려고 애쓰면서 말했다. 「어떻게 죽지 않고 살아 계세요?」

「너에게도 같은 질문을 할 순 있다만, 귀한 시간이 가고 있구나. 문이나 닫거라.」

그래서 로언은 문을 닫았고, 그들은 서리 덮인 풀크럼시티의 밤을 가로질러 달렸다.

우리에게 우리 자신보다 더 지독한 적이 있을까? 사망 시대에 우리는 끊임없이 서로와 전쟁을 벌였고, 더 벌일 전쟁이 없어지자 길거리에서, 학교에서, 집에서 서로를 때렸다. 전쟁이 다시 우리의 시선을 바깥으로 돌려, 좀 더 편안한 거리에 적을 둘 때까지 계속.

그러나 그런 분쟁은 모두 과거의 일이다. 인류에게는 다행스럽게도, 지구에는 평화가 찾아왔다.

다만 예외는…….

그래, 그게 문제다. 언제나 예외가 있다. 수확자가 된 지 오래되지는 않았지만, 나는 이미 수확령이 그 예외가 될 위험에 처해 있음을 알 수 있다. 여기 미드메리카만이 아니라 전 세계에서 그렇다.

최초의 수확자들은 진정한 선지자들이었고, 지혜를 계속 일구는 것이 현명하다는 사실을 알았다. 그들은 수확자의 영혼은 순수하게 남아야 한다는 사실을 이해했다. 악의와 탐욕과 오만에서 벗어나 양심을 온전히 유지해야 한다는 사실을. 그러나 아무리 견고한 기초에도 부패는 일어나는 법.

수확령의 양심이 고장 나고, 그 자리를 특권에 대한 탐욕이 대신한다면 우리는 다시금 우리의 최악의 적이 될 수 있다. 매일 수확령에 새로운 주름이 더해진다는 사실이 이를 더 복잡하게 만든다. 예를 들어 내가 임명을 받고 나서, 몇 달 동안 수확령 바깥으로 번져 일반인들에게까지 퍼진 최신 소문들을 보자.

그 소문에 따르면, 저 바깥에 부패하고 비열한 수확자들을 찾아서…… 불로 끝장을 내는 누군가가 있다고 한다. 한 가지는 확실한데, 그는 임명받은 수확자가 아니다. 그런데도 사람들은 그를 수확자 루시퍼라고 부르기 시작했다.

나는 그 소문이 사실일까 두렵다. 그리고 더욱 두려운 것은, 내가 그 소문이 사실이기를 바랄지도 모른다는 점이다.

나는 수확자가 되고 싶었던 적이 없다. 그 점이 나를 괜찮은 수확자로 만들지도 모른다. 아직은 모든 것이 너무 새롭고 배워야 할 것이 많기에 지금은 잘 모르겠다. 우선 연민과 공감으로 수확하는 데 모든 관심을 쏟아야겠지. 내 수확이 우리의 완벽한 세상을 완벽하게 유지하도록 돕기를 빌면서.

그리고 혹시라도 수확자 루시퍼가 내 쪽으로 온다면, 나를 좋은 수확자로 봐주었으면 좋겠다. 언젠가 그 자신이 그러했듯이.

— 수확자 아나스타샤의 「수확 일기」 중에서

2권 『선더헤드』에서 계속

감사의 말

소설 창작은 작가의 노력만으로 이루어지는 것이 아닙니다. 이야기를 써내는 데에는 많은 사람들이 관여하고, 모두가 그 공헌을 인정받아 마땅합니다.

누구보다도 우선 내 담당 편집자 데이비드 게일과 부편집자 리즈 코스나가 있겠고, 놀라울 정도로 지원을 아끼지 않은 사이먼 앤드 슈스터의 직원들 모두 고마워요. 몇 명만 거론하자면 저스틴 챈다, 존 앤더슨, 앤 자피언, 케이티 허시버거, 미셸 레오, 캔디스 그린, 크리스타 보센, 크리시 노, 카트리나 그루버…… 그리고 내가 가장 좋아하는 표지 작가 클로이 폴리아에게 고마움을 전합니다!

방해를 받지 않도록 하면서 내가 체계적으로 생활하게 해주는 비서 바브 소벨과 내 웹사이트를 관리하고 SNS 영향력을 쌓아 올려 준 맷 루리, 고마워요.

나의 출판 에이전트 앤드리아 브라운에게 감사합니다. 해외 판권 에이전트인 태린 페이거니스, 연예 산업 에이전트인 APA의 스티브 피셔와 데비 더블힐, 나의 매니저인 트레버 엥글슨,

계약 담당 변호사 셉 로즌먼과 제니퍼 저스트먼뿐만 아니라 상표 담당 변호사 도브 셔저와 맷 스미스에게도 감사드립니다.

이 글을 쓰는 동안에도 〈수확자〉 시리즈는 영화화를 진행하고 있는데, 블루그래스필름의 제이 아일랜드와 유니버설의 세라 스콧, 미카 프라이스를 비롯하여 관련자 모두에게 감사드리고 싶군요.

늘 특별히 고마운 이들은 나를 언제나 긴장시키고, 젊음을 유지하게 만들고, 의미 있는 지적과 제안을 해주는 내 아이들, 브렌던, 재러드, 조엘과 에린입니다. 그리고 물론 여든여덟의 나이에도 건강을 유지하며 내가 낸 책을 모두 읽어 주신 이모 밀드러드 올트먼에게도 감사 인사를 해야지요! 모두들 고맙습니다! 이 시리즈는 아주 신나는 여행이 될 거예요! 모두 함께 해 줘서 기쁩니다!

옮긴이 **이수현** 서울대학교 인류학과를 졸업하고 동 대학원에서 석사 학위를 받았으며, 작가이자 번역가로 활동하고 있다. 옮긴 책으로는 『빼앗긴 자들』, 『킨』, 『유리 속의 소녀』, 『유리와 철의 계절』, 『세상 끝에서 춤추다』, 『새들이 모조리 사라진다면』, 『아메리카에 어서 오세요』, 『아득한 내일』, 〈얼음과 불의 노래〉 시리즈, 〈노인의 전쟁〉 시리즈, 〈다이버전트〉 시리즈, 〈샌드맨〉 시리즈, 〈퍼시 잭슨〉 시리즈 등 많은 SF와 판타지, 그래픽 노블이 있다. 쓴 책으로는 러브크래프트 다시 쓰기 소설 『외계 신장』과 도시 판타지 『서울에 수호신이 있었을 때』가 있다.

수확자

발행일	2023년 2월 10일 초판 1쇄
	2024년 7월 20일 초판 11쇄

지은이	닐 셔스터먼
옮긴이	이수현
발행인	홍예빈 · 홍유진
발행처	주식회사 열린책들

경기도 파주시 문발로 253 파주출판도시
전화 031-955-4000 팩스 031-955-4004
www.openbooks.co.kr

ISBN 978-89-329-2304-8 04840
ISBN 978-89-329-2303-1 (세트)